南开大学中外文明交叉科学中心
资助出版

聆听万物的歌唱

《诗经·国风》讲读

李宪堂——著

浙江人民出版社

图书在版编目（CIP）数据

聆听万物的歌唱 ：《诗经·国风》讲读 / 李宪堂著
. -- 杭州 ： 浙江人民出版社，2023.3
　ISBN 978-7-213-10949-2

　Ⅰ．①聆… Ⅱ．①李… Ⅲ．①《诗经》—诗歌研究
Ⅳ．①I207.222

　中国国家版本馆CIP数据核字(2023)第019390号

聆听万物的歌唱：《诗经·国风》讲读

李宪堂　著

出版发行：浙江人民出版社（杭州市体育场路 347 号　邮编　310006）
　　　　　市场部电话：(0571) 85061682　85176516

责任编辑：诸舒鹏　　　　　　　　营销编辑：陈雯怡　陈芊如　张紫懿
责任校对：何培玉　　　　　　　　责任印务：程　琳
封面设计：王　芸
电脑制版：浙江新华图文制作有限公司
印　　刷：杭州富春印务有限公司
开　　本：880毫米×1230毫米　1/32　　印　张：14
字　　数：338千字　　　　　　　　插　页：6
版　　次：2023年3月第1版　　　　印　次：2023年3月第1次印刷
书　　号：ISBN 978-7-213-10949-2
定　　价：89.00元

如发现印装质量问题，影响阅读，请与市场部联系调换。

读诗经

那时候岁月如梨花初放
大地空旷，天空澄明
雎鸠关关在沙洲中高唱
鹿鸣呦呦，原野青青
五彩山鸡在绿林边戏逐
发情的雄狐沿河岸潜行……

那时候岁月如小溪流淌
春风歌唱在烂漫的山坡
桑间濮上，曼舞轻歌
一代代红男绿女随季节走过
演绎着绿竹旖旎的故事
激扬着芦花苍茫的传说

什么时候时光染上"苦难"的颜色？
什么时候忧伤打湿了路边的风景？
什么时候童年的眼眸升起阴翳？
什么时候青春的歌声变得泥泞？

去哪里找回失落的家园？
去哪里找回童真的语言？
去哪里能打开人性的枷锁？

去哪里能摆脱宿命的螺旋？——

追逐着迷乱的风尘我们千回百转
在欲望的泥沼里苦苦纠缠
回首来路的尽头，那雄伟的高原
有多少孤独的游子梦绕神牵！

为了戴枷的灵魂学会歌唱
为了洗亮心穹蒙昧的星星
走吧，阴暗斗室中孤独的同胞
我目光亏损的姊妹弟兄——

让我们飞越千山万水
飞越百万个黑夜和黎明
返回我们灵魂的出生地
那春风骀荡的中华的祖庭！

在那里，我们脱去破烂的衣裳
在满月的潮汐里倾心聆听：
布谷鸟的弹唱，纺织娘的吟咏
那来自大地深处的万物的歌声……

李宪堂

2022 年 1 月 7 日于南开园

我们应该如何面对
世界中的无助和忧伤？

——诗经的魅力及其人生启迪

一

在这个充满不确定性的、价值多元的时代，对民族经典的回溯不仅是文化乡愁的表达，也是重建人类新型文明之基础的需要。因此，《诗经》这出自泥土、发于情性的先民的歌唱，这从民族传统的基岩缝隙中汩汩流出的清泉，越来越受到人们的重视和喜爱。

《诗经》的魅力到底从哪里来？孔子称："诗三百篇，一言以蔽之曰，思无邪。"他似乎认为《诗经》表达了最纯正、最合乎道德规范的人类情感。孔夫子的这一论断使后来的道学家们非常困惑，因为在他们看来，《诗经》到处可见男女淫奔和怨天尤人之词，根本谈不上纯洁无瑕。汉以后的儒生遵循孔子的诗教取向，把《诗经》解读成了惩恶扬善的道德教科书，使它的真滋味被裹在了年深月久的传统文化的酱料里边。现代人或许会为《诗经》特有的纯粹和清爽所感动，但对这种纯粹和清爽的来源少有能说清楚的。很多人只是想当然地认为这些感动来自《诗经》的简单和朴素本身，这种浅尝辄止的态度妨碍了人们对《诗经》的准确理解。

其实《诗经》不仅是一个可供阅读的客观文本，它提供给我们的还有对那个我们和万物所曾共有的世界的感受与体验。作为人跟自然的最原初的关联方式的体现，作为最具中华特色的人类心灵之感受与表达方式的体现，它呈现的诗意可以为我们当下的生存提供一种生动、切身的镜鉴，使我们在为那个早已失落的世界略感怅惘之时，对自己的当下和未来有所思考。

要理解《诗经》，不能局限于文字训诂，必须进入诗人所生活的那个世界深处，在人跟自然的深密联系中体会诗人的快乐和忧伤，因为它创作于我们民族寒风料峭而又朝气蓬勃的早春，它的歌唱发于大地深处的生机。

王国维先生曾强调殷周之际社会变革的剧烈及其深远影响，他关注的还只是制度层面，如分封制、嫡长子继承制等。其实"变革"一词还不足以表达这种进步的内涵，因为周朝的兴起意味着一种新的历史意识和文化传统的生成，意味着一个全新的生活世界的呈现：正在形成中的中华民族从无所不在的鬼神意志的笼罩下蠕动出来，像新生的蝉儿展开翅膀，迎着历史的地平线上刚刚升起的人文精神的晨曦，开始尽情地歌唱——歌唱古老的梦想和期望，歌唱日常生活中的爱恋和忧伤。

因而，《诗经》中的多数篇章，特别是《国风》部分，不是个体的有意识的"文学创作"，而是生命激情的自然流露，是人类整体性生存的深层律动。《毛诗序》在谈到《诗经》创作的缘起时说："情动于中而形于言。言之不足，故嗟叹之；嗟叹之不足，故永歌之；永歌之不足，不知手之舞之，足之蹈之也。"（《毛诗注疏》卷一，文渊阁四库全书本。）《诗经》所展示的是一个天人一体、万类共鸣的生机世界，人类同禽兽虫鱼一样沉浮在大自然的律动里，他们"舞之蹈之"的欢歌咏叹，同鹿鸣雁叫一起构成一个地方的生态景观与自然气场。"国风"之"风"不同于现代物理学所定义的"流动的空气",也不仅指地方性的风俗习惯,而是指自然万物所散发出的"有生命的气息"——在《诗经》的世界里,人和万物处在一种相互感发、相互应和的神秘联系中。

这就是为什么"兴"被视为《诗经》最主要的"创作手法"。

《毛诗》把"赋比兴"与"风雅颂"并称"六艺",在把"兴"作为一个问题提出来的同时也掩盖了它的特殊性本质。此后,历代学者都把"兴"简单地看作由一件事物引发和带起另一件事物的修辞方式,如朱熹称"兴者,先言它物以引起所咏之辞也"(朱熹《诗集传》)。千百年来,人们为辨析"比"与"兴"的区别而费尽周章,还制造出了正兴、反兴、倒兴、双兴之类名目,可谓治丝愈棼,在对文字的斤斤计较中离《诗》的本意愈去愈远。

二

"兴"不是什么"创作手法",把"兴"看作一种表达情感或处理文字的技巧,是自居为主体的文明人之精神障碍的表征。所谓"兴",指人在外部自然物触发下所做出的近乎本能的情感反应,这种反应是以源于原始思维律的"类联想"为机制进行的,即用于起兴的"彼物"与所要兴发的"此物"有或隐或显的类属性上的关联。

可以说,"兴"是生命本身在与万物交感中激发的共鸣。"兴"者,起也。人处在万物之中,触物起情,比类兴感,随时随地、近乎条件反射般地产生感应和联想,这就是"兴"之所兴。

因为"兴"是人作为一个类属整体与万物交感共振的方式,所以很容易成为共同的感受而为群体所享有。于是,在语言的反复"交往"中,一些常见的"兴象"被打磨成每个人都耳熟能详的拥有固定隐喻意的"现成词组",如"棠棣""雄狐"等。

它们像琴键一样，一旦被拨动就会引起群体的共鸣。若起兴的物象与所表达的情感之间的联系因年深月久的积淀而固化为"套式"，就成为表现某些文化母题的载体，如以鱼水兴婚媾与生育（包括捕鱼、钓鱼、烹鱼、食鱼等隐喻群），以采摘兴婚恋与性征服（包括采集植物、花果等隐喻群），以薪柴兴婚姻关系（包括伐薪、束薪、作伐等隐喻群）等。如果说《诗经》有什么创作手法的话，主要体现在对这些"套式"的灵活运用，如《卫风·竹竿》一上来即用"籊籊竹竿，以钓于淇"引起对昔日情人的思念和姻缘未成的怅惘（钓鱼而无获）；《唐风·绸缪》以"绸缪束薪，三星在天"开篇，渲染了获得美好眷属的庆幸与惊喜。

有时候这种"套式"的运用显得机械而笨拙。在遇到某个情感主题时，《诗经》的作者往往毫不犹豫地把现成的"情景文本框"剪贴过来，如《小雅·采薇》中的起兴句"采薇采薇，薇亦作止"——后面还有"薇亦柔止""薇亦刚止"——并不是实景叙述，不是在采薇食用之时感物兴怀，而是直接代入这个意象以引起思归的主题（采摘一般象征男子对女子的占有，这里指向占有的对象，即家中的妻子，室家之思通过"采薇"这种与妻子相关的日常劳动体现出来）。该诗前三章以"采薇"引起，第四章却突然换成了"彼尔维何，维常（棠）之华"。现代读者会认为很突兀，对《诗经》的作者而言却是一种自然而然的"创作手法"："薇"象征妻子，"棠棣"隐指兄弟——簇生的棠棣之花隐喻着兄弟相依的天伦情意的美好。它们都是构成"思归"主题的元素，可以随着内容的展开随时代入抒情的节奏中。

三

海德格尔说人诗意地栖居在大地上，诗意来自世界的整体性，来自人跟万物的深秘联系。数量众多的熟词套语的运用，并没有使《诗经》中的有关篇章变成令人厌烦的陈词滥调，这是因为诗人所感、所发关联着世界和人类生存的整体性。诗中所表达的并没有很深刻的个人体验，有的都是群体性的情感主题，如戏谑、赞美、恋慕、伤时、思归等。很多情况下，作者只是借助剪贴来的现成片段拼凑出一种公共性的情感氛围——诗歌的抒情主体并不在现场，在现场呈现的是人隐没于其中的世界本身，人只是一个为万物之"风"所振动的芦管，世界通过他发出自己的声音。那些被熟化的"现成词组"和"套式"积淀着一种公共性的情感，作者以自己的切身处境激活了它。作者不是在创作什么文学作品，而是在用自己生命的触角拨动大众的神经。《诗经》中的起兴句都是内涵魔力的道具，作者以某种情境、氛围或音乐节奏释放出它们的魔力，从而创造出与每个人血肉相连的情感世界。在看似简陋乃至稚拙的形式之下，内含鲜活生命的力与美，这是千古未曾道出的《诗经》魅力的奥秘。

因为我"在世界之中"，因为这个世界是"我"跟万物共享的生存场域，就不存在绝对的对立面和根本性的"恶"。《诗经》世界里的人们既没有宗教式的迷狂，也没有被不可把握者毁灭的绝望。他们生活在万物与群体之间，虽然渺小却自信而有尊严。虽然人性中有着丑陋的一面，但善恶毕竟取决于人自己的行为，生活中的祸福其实掌握在人的手中，一切都是现实的、可理解的——世界仍然是温情的，那种被称作"命运"的悲剧力量尚未形成。诗人们也有对"命"的抱怨，如《召南·小星》有"寔命不同""寔命不犹"的怨叹，但这种"命"不同于古希腊悲剧中那种不可抗拒的必然性，而只是个人性的境遇或遭际，因而对"命"的抱怨也是现实中的失意者无可奈何时的自我宽慰之辞。

所以，当遭遇天灾人祸，当统治者腐败荒唐导致民不聊生，而高高在上的"天"看起来昏聩无为，诗人们也会有愤怒，但没有不共戴天的仇恨；也会忧伤，但没有撕心裂肺的哀痛；有的只是温柔敦厚的倾诉、规劝与祈求。穷困倦极之时，诗人们也会抱怨上天的不明和不公，如"昊天不惠，降此大戾"（《小雅·节南山》），"昊天已威，予慎无罪"（《小雅·巧言》）。其实诗人们从未丧失对"照临下土"的至高神明的信念，只是更多时候把世间的灾祸和困苦看作上天对统治者的惩罚与警示，希望当道者"敬天之怒"，如《小雅·节南山》在倾诉"天方荐瘥，丧乱弘多"后，抱怨执政的太师尹氏"憯莫惩嗟"，最后以"式讹尔心，以畜万邦"作结，可谓告之谆谆，诫之切切。《小雅·雨无正》在抱怨"如何昊天，辟言不信"后，呼吁统治者敬天明命，共挽时艰："凡百君子，各敬尔身。胡不相畏，不畏于天？"只要"天"仍然在慈祥地关注着人间，所有的不平与不义，所有的愤怒和忧伤就都是暂时的，最终一切都将回复常态。

因而，即便读《诗经》中那些最具个人性的作品，如《小雅》中的《出车》《采薇》等，使我们感动的也不是哈姆雷特式的爱恨情仇的情感强度，而是那种依然对生活无限眷恋、对未来满怀希望的先觉者、失意者、被驱使者无可奈何却又不离不弃的哀婉和忧愁："知我者，谓我心忧；不知我者，谓我何求？悠悠苍天，此何人哉！"（《王风·黍离》）"正月繁霜，我心忧伤。"（《小雅·正月》）"心之忧矣，我歌且谣。"（《魏风·园有桃》）还有"忧心忡忡""忧心悄悄""忧心殷殷""忧心京京"等，哀而有节，怨而不怒，质朴却不卑微，沉重但不沉痛。这种悲伤来自世界不应有的混乱和个体在这混乱时世遭遇的挫折与感到的无助。这是一个刚刚步入文明时代的伟大民族人生日常的哀愁,虽然已经过去了将近三千年,但在今天读来仍然像来自身边亲人的倾诉一样令人动容。

《诗经》的欢乐是来自大地深处的欢乐,《诗经》的忧伤是系于生活日常的忧伤。这欢乐,这忧伤,像生于万物枝头的清风,像起于盛夏根部的阴凉,拂过岁月沧桑,总能在不经意间亲切地飘进我们空寂的心灵,使我们不禁怅怅然有所悟、有所思:在这个远离了大地也远离了自然万物的时代里,孤独的我们是否还有歌唱的能力和心情?千百年后的子孙,将通过什么来感受我们的感受,悲伤我们的悲伤?

目录

1

3

第一讲
情诗之一——戏谑

　　《国风》中歌咏男女之情的诗篇占了相当大的篇幅。我们大体上把它们分为以下七类：戏谑、企慕、赞美、欢会、思恋、求嫁与咒誓，以及怨诉、爱怜与伤悼等。

　　今天先讲第一类：戏谑。这一类主要有以下代表性诗篇：《山有扶苏》（郑风）、《狡童》（郑风）、《将仲子》（郑风）、《羔裘》（唐风）、《芄兰》（卫风）、《北风》（邶风）、《草虫》（召南）、《汝坟》（周南）、《候人》（曹风）等。

山有扶苏（郑风）

　　山有扶苏¹，隰²有荷华。不见子都³，乃见狂且⁴。

　　山有乔松，隰有游龙⁵。不见子充⁶，乃见狡童⁷。

◎注释

1. 扶苏：又作"扶胥"，意同"扶疏"，大树枝叶纷披貌，代指高大的乔木。《诗经》中经常以在山上的高大乔木和在低洼处的矮小灌木对比起兴，分别象征男（阳）女（阴）。
2. 隰（xí）：低洼的湿地。
3. 子都：对"美男子"的谐趣称法，下文"子充"同。子：对男子的敬称。都：美、好。按："都"与"充"对转而相通。
4. 乃：却。狂且（jū）：轻狂愚钝之人。且：《毛传》："狂，狂人也。且，辞也。"即释"且"为没有实义的语助词。闻一多先生在《诗经通义·乙》中以"且"

当读如"者"，"狂且"即"狂者"。笔者认为闻一多先生的意见更妥当些。

5. 游龙：水草名，又名马蓼，俗称狗尾巴花。

6. 充：美。《说文》："充，长也，高也。"古人以高大充实为美。《孟子·尽心下》："充实之谓美。"

7. 狡童：狡猾的小子。

◎译文

高高的山上长大树，
低低的泥沼生荷花。
不见帅哥美男子，
只见一只想吃天鹅的癞蛤蟆。

山上的松树高又壮，
河边的马蓼细又矮。
不见美男高富帅，
只见一个油嘴滑舌的大无赖。

游龙（马蓼）

◎赏析

　　此诗乃女子对男子的戏谑俏骂。山与隰对举，扶苏与荷花并列，前者象征男性，后者象征女性（《易·兑》：兑为泽，为少女；《易·艮》：艮为山，为男）。一阴一阳，相映成趣。男的说，嫁给我吧，像我这样既聪明又漂亮的帅小伙哪里找啊！女的反唇相讥：哪里有什么帅小伙，我只看到一个疯疯癫癫的大笨蛋、大傻瓜，一只想吃天鹅的癞蛤蟆。诗的风格爽朗明快而又富风趣，活现了青年男女之间打情骂俏的情景，可谓原汁原味，天然去雕饰。

◎相关链接

男女相谑

　　昨夜海棠初着雨，数朵轻盈娇欲语；

　　佳人晓起出兰房，折来对镜比红妆。

荷花

　　问郎："花好奴颜好。"郎道："不如花窈窕。"

　　佳人见语发娇嗔，不信死花胜活人；

　　将花揉碎掷郎前，请郎今夜伴花眠。

——〔明〕唐寅《妒花歌》

狡童（郑风）

　　彼狡[1]童兮，不与我言兮。维子之故[2]，使我不能餐兮！

　　彼狡童兮，不与我食兮。维子之故，使我不能息兮！

1. 狡：狡猾，一说通"佼"，俊美，恐与诗意不合。
2. 维子之故：维，通"惟"，只是；故，缘故。意为"由于你的缘故"。闻一多先生对此句有不同解释，他认为"故"是个动词，通"姤"（hù），为要好、恋惜意，全句的结构同于"唯你是问"，"唯尔马首是瞻"，等于"为你是爱"，因而恋惜不能去。

◎译文

你这个大骗子啊，　　　　　　　你这个大骗子啊，
怎么不跟我说话？　　　　　　　为什么不与我共食？
为了你我神魂颠倒，　　　　　　为了你我神魂颠倒，
连饭都吃不下啊！　　　　　　　再也不能够独息！

◎赏析

　　"狡童"是一个骂人的词汇，但这样的"骂"里边有无限深意在，有抱怨，也有爱慕，也许相当于现在说的"讨厌的骗子"。以反义词作俏骂，古今皆然。《西厢记》："猛见他可憎模样，早医可九分不快；早是那脸儿上扑堆着可憎，哪堪那心儿里埋没着聪明。"这首诗，一般人都理解为女子失恋后的伤心之作：对方先是"不与言"，继而"不与餐"，使我食不甘味，寝不安席。但我更愿意把它理解为男女戏谑之词：嘴里骂，心里喜欢；看起来要死要活，实际上没有什么事。"不与我食兮"的"食"字在这里语意双关，不能仅仅照字面意思理解。"食色，性也。"食与性都是人的本能，古人往往将两者联系在一起，互相指代，互相映射。这种双关意的存在，为诗增添了生趣，也扩大了回味的空间。《诗经》中我们发现大量此类的例子。同样，"不能息"之"息"也不仅仅指休息，而有"没人陪伴"之意。诗中的女子率真活泼，使人有清风扑面的感觉。同样"独守空床"的意境，在后世诗人笔下就凄凉得多了。如权德舆《妾薄命篇》："离别苦多相见少，洞房愁梦何由晓。闲看双燕泪霏霏，静对空床魂悄悄。"

相思与抱怨

> 伍胥山头花满林，石佛寺下水深深。
>
> 妾似胥山长在眼，郎如石佛本无心。
>
> ——〔清〕朱彝尊《鸳鸯湖棹歌》
>
> 少小别潘郎，娇羞倚画堂。有时裁尺素，无事约残黄。
>
> 鹊语临妆镜，花飞落绣床。相思不解说，明月照空房。
>
> ——〔唐〕权德舆《相思曲》

将仲子（郑风）

将仲子[1]兮，无逾我里[2]，无折我树杞[3]。岂敢爱[4]之？畏我父母。仲可怀[5]也，父母之言，亦可畏也。

将仲子兮，无逾我墙，无折我树桑。岂敢爱之？畏我诸兄。仲可怀也，诸兄之言，亦可畏也。

将仲子兮，无逾我园[6]，无折我树檀[7]。岂敢爱之？畏人之多言。仲可怀也，人之多言，亦可畏也。

1. 将（qiāng）：愿，请。仲子：兄弟排行第二称"仲"，"子"是对男子的美称。
2. 逾：翻越。里：村居。《毛传》："居也，五家为邻，五邻为里，里外有墙。"《周礼·地官·遂人》："五家为邻，五邻为里。"
3. 杞（qǐ）：木名，即杞柳，又名"榉"。落叶乔木，树叶如柳叶，木质坚实。树：种植。
4. 爱：吝惜。
5. 怀：思念。
6. 园：栽种器用树和果树的地方，一般在住房后面或侧面，因此也是男女相会的便利之处。

7. 檀：木名，即青檀，榆科（与紫檀、黄檀不同，紫檀和黄檀是豆科），
   落叶乔木，木质坚硬，可做车轮、家具等。

◎译文

叫声我的二哥呀，
别再翻墙来村里，
以免折我杞树枝。
父母就在眼前，
不要怪我太矜持！
不是我不想你呀，
父母大人的训诫，
实在不敢违逆。

叫声我的二哥呀，
别再翻越我垣墙，
不要攀折我柔桑。
不要怪我太保守，

诸位兄长在身旁！
不是我不想你呀，
各位兄长的告诫，
使我心意彷徨。

叫声我的二哥呀，
别再翻进我后园，
不要攀折我青檀。
不要怪我太拘谨，
怕人闲话传流言！
不是我不想你呀，
他人指点议论，
着实令人心烦。

榉树

◎赏析

　　一个小伙子，多次效登徒子之行，翻墙攀树来到所爱的女孩门前表达爱意，女孩子担心被家人和乡亲看见，有损自己的名节，尽管有所不忍但还是坚决地予以拒绝——如果这样理解这首诗，那就大错特错了。

　　人们总是习惯于把诗歌看作真实的经历和感受的反映，而忘了它更多地来自作者设身处地的想象（例如，诗歌史上的"闺怨"类诗词大都是男人写的）和集体性的情感交流，在个人性情感发育尚不充分的上古时代更是如此。试想，在本诗写作的西周中前期，一位女孩子倘若为了劝阻心上人夜晚翻墙而吭哧吭哧写下如此一首长诗（相对于其书写能力而言），还不厌其烦地从村庄的围墙说到院墙再到后院墙，是不是相当怪异？即便她认为十分必要，有谁感兴趣呢？

　　因此，本诗的作者应当是男性，并且是集体创作的结果。可以设想这样一种情景：一群闲极无聊的小伙子谈到了女孩子在面对"翻墙"问题时的种种表现，不禁兴致勃发。他们设想了一个人人熟悉的场景，你添油我加醋地共同叙述了一个大家都开心的故事（河南至今保持着一种叫作"喷空"的民俗文化，即两个人面对面合作编瞎话，既要争奇斗艳又要互相衔接），来调侃、戏谑女孩子那种欲迎还拒、口是心非的惶惑与犹疑——在"折杞""折桑""折檀"这些反复提到的、带有明显的性暗示的词汇后面，我们似乎可以看到一张张坏坏的笑脸；由闾里围墙到家庭院墙再到后园墙的这种向兴奋源逐渐靠近的叙述上的反复，明显带有满足窥探欲的功能。这个集体创作的故事被付之于"男女相谑"对歌连唱，再被"采风"的史官润色成篇，这便是我们今天看到的《将仲子》。

　　徐常吉《传说汇纂》指出："由逾里而逾墙而逾园，仲之来也以渐而迫也；由父母而诸兄而众人，女之畏也以渐而远也。"我们知道，在恋爱关系发展到实质性阶段时，处于被动地位的女孩子一般来说是既惶恐不安又充满期待。她们会本能地拒绝，为了拒绝会寻找各种冠冕堂皇的正当理由，诸如父母的训诫、旁人的议论等。这样的理由没有哪个能坚持很久，尤其在男女关系相对开放的《诗经》时代。理由在逐渐减弱，防线在不断后退，则主动"投降"指日可期了——本诗曲尽人情的妙处便在这里。

◎ 相关链接

闺怨

寂寂青楼大道边，纷纷白雪绮窗前。

池上鸳鸯不独自，帐中苏合还空然。

屏风有意障明月，灯火无情照独眠。

辽西水冻春应少，蓟北鸿来路几千。

愿君关山及早度，念妾桃李片时妍。

——〔南朝·陈〕江总《闺怨》

羔裘（唐风）

羔裘豹袪[1]，自我人居居[2]。岂无他人，维子之故[3]？

羔裘豹褎[4]，自我人究究[5]。岂无他人，维子之好[6]？

◎ 注释

1. 羔裘：羊羔皮做的皮衣，周朝大夫所服，一般用黑色皮料。袪（qū），袖口。豹袪：羔裘之袖口用豹皮装饰。
2. 自：于，对于。《小雅·伐木》："出自幽谷，迁于乔木。"我人：我，诗中女子自指。《豳风·破斧》："哀我人斯。"居，通"倨"，傲慢意。
3. 维子之故：即"唯子是姤"，意为："只爱你一个？"维：通"惟"，只有。之：是，助动词，同于"惟尔是问"之"是"。故：通"姤"（hù），爱恋，相好。

4. 袂：通"袖"。

5. 究：与"倨"通转，"究究"犹"倨倨"。闻一多谓通"仇"（qiú），亦通"仇"（qiú），义为傲气逼人，可参考。

6. 好：爱，眷顾。

◎译文

穿着羊羔皮的袍子，　　　　穿着羊羔皮的长袍，
用豹皮装饰袖口，　　　　　用豹皮装饰袖子，
因此就目中无人，　　　　　因此就趾高气扬，
不在乎我的感受？　　　　　不把我放在眼里？
难道再没有男人，　　　　　难道再没有男人，
可与我相爱携手？　　　　　可与我相爱相依？

◎赏析

　　有学者对这首诗有不同的理解。大多数人认为这是一首朋友之间的绝交诗：原来的朋友地位提高了，变得趾高气扬，目中无人，因此作者愤而与之绝交。吕恢文（著有《诗经国风今译》）和闻一多先生主张这是一首情歌，是因"情人的态度变得傲慢而冷淡"，姑娘感到烦恼。我想，还是应当把它理解为男女之间的斗气语、玩闹话。翻译成现代汉语，意思就是："你神气什么呀？人模人样的？你以为你是谁呀？你以为世界上就你一个男人吗？"恋爱中男女之间的这种源于鸡毛蒜皮的任性使气是我们每个人都熟悉的，女孩子那种赌咒发誓的蛮不讲理更是古今皆然。因此把它理解为男人之间的绝交语，有点不伦不类。这种歌谣式的诗大都是众人口头上的创作，一般不会涉及纯粹个人性的情感。再者，男人之间如果因为看不起对方的作态而分道扬镳，是不会形之于歌咏的——当然，同性恋是另一种情况。另外需要提一下的是，"羔裘"是一个值得注意的形象，作为有身份者的服饰，它往往是政府官员的、贵族的指代物，所以，历来解诗者都很自然地把《羔裘》释为针对政事和风俗的讽刺诗（《国风》中共有三首以"羔裘"命篇，郑风、桧风、唐

风中各有一首），但我认为没必要如此拘泥，把"羔裘"视为地位和身份的象征即可，因为当时人大体可分两类：穿皮的和穿草的。

芄兰（卫风）

芄兰之支[1]，童子佩觿[2]。虽则佩觿，能不我知[3]？容兮遂兮[4]，垂带悸兮[5]！

芄兰之叶，童子佩韘[6]。虽则佩韘，能不我甲[7]？容兮遂兮，垂带悸兮！

◎注释

1. 芄兰：一种蔓生植物，亦名萝藦，叶作长的心脏形，荚实两片对生，与茎秆一起呈三角状。"芄兰之支"的"支"是荚实"叉开的那种形状"。

2. 觿（xī）：《毛传》："觿所以解结，成人之佩也。"觿是解结用的工具，用骨制成，形如"芄兰之支"。

3. 能不我知：难道你以为成了一个大人了就不跟我相好了？能：宁，难道。知：相好、和好、交接。《尔雅·释诂》："知，匹也"，又"匹，合也"。《尔雅·释诂二》："接，合也。"《墨子·经上》："知，接也。"按：以上参考闻一多《诗经通义·乙》之《芄兰》篇注释。

4. 容兮遂兮：真是道貌岸然啊！容，指做作出来的仪态；遂，原意为从容、随便，这里指故意拿捏的神情。

5. 垂带悸兮：垂带抖擞什么呀？垂带：成年男子佩带的皮带，即鞶带，可用以佩挂工具和饰品，腹前垂下一段作为装饰。悸：颤动。

6. 韘（shè）：古人射箭时戴在大拇指上的扳指，一般用玉石制成，形状为带缺口的圆环，略似"芄兰之叶"。

7. 能不我甲：难道就不跟我玩了？甲（xiá）：通"狎""协"，匹合、交好、处朋友。闻一多："甲读为合，甲、合声近义通"，详见《诗经通义·乙》之《芄兰》篇注释。

◎译文

芃兰芃兰尖尖角，
毛头小子佩解锥，
就算你把解锥佩，
难道从此不理我？
抖抖擞擞作模样，
看你腰带都系不妥！

芃兰芃兰尖尖叶，
毛头小子新佩鞣，
就算佩鞣成人物，
难道从此不理我？
抖抖擞擞作模样，
看你腰带都系不妥！

◎赏析

　　这首诗展现的是一位（也许是一群）泼辣的姑娘逗一位毛头小伙子的场景——她们都是小伙子青梅竹马的玩伴。古人成年时举行冠礼，届时要装备一套标志成人的"行头"。诗中的觿、鞣都是成年人佩带的东西。小伙子刚刚举行了成人礼，竭力地想表现出老成持重的样子，以表明自己"已经是个大人了"，结果弄得很不自然——"容兮遂兮"。姑娘们毫不留情地拿我们的小伙子开起了涮："看呐，原来的毛孩子都长成大人了！真是有模有样啊！从此以后就不和我们相好了吗？算了吧，摆什么臭架子，装什么假正经！看到了吗？身前的带子都颤动了（类似于今天男人间打趣：下面都撑起帐篷

芃兰

了）"。需要指出的是，芄兰之"支"、之"叶"，与男子的生殖器在形状上有相似之处，因而芄兰被认为有刺激性欲的作用——陶弘景注《本草经》有"去家千里毋食萝藦"。这样一些暗示和联想使这首诗变得风味十足，而这样丰富的含义是道学家们永远理解不了的。

◎ 相关链接

情窦初开的烦恼

妾发初覆额，折花门前剧。郎骑竹马来，绕床弄青梅。
同居长干里，两小无嫌猜。十四为君妇，羞颜未尝开。
低头向暗壁，千唤不一回。十五始展眉，愿同尘与灰。
常存抱柱信，岂上望夫台。十六君远行，瞿塘滟滪堆。
五月不可触，猿鸣天上哀。门前迟行迹，一一生绿苔。
苔深不能扫，落叶秋风早。八月蝴蝶黄，双飞西园草。
感此伤妾心，坐愁红颜老。早晚下三巴，预将书报家。
相迎不道远，直至长风沙。

——〔唐〕李白《长干行》

北风（邶风）

北风其¹凉，雨雪其雱²。惠而³好我，携手同行⁴。其虚其邪⁵，既亟只且⁶！

北风其喈⁷，雨雪其霏⁸。惠而好我，携手同归。其虚其邪，既亟只且！

莫赤匪狐⁹，莫黑匪乌¹⁰。惠而好我，携手同车。其虚其邪，既亟只且！

◎注释

1. 其：结构助词。
2. 雨雪：雨或雪、雨夹雪，初、仲冬经常出现的天气特征。雱（pāng）：盛大貌。《毛传》："雱，盛貌。"其雱，即雱雱。
3. 惠：谦辞，有"蒙你关照而为之"之意。而：同"然"。《邶风·终风》："惠然肯来。"
4. 同行（háng）：一同上路。行：道路。《毛诗郑笺》："与我相携持同道而去，疾时政也。"
5. 其：语助词。虚：通"舒"，缓慢。邪：通"徐"，与"舒"义同。《毛诗笺》："邪，读如徐。"
6. 既：已、尽，引申为过、大、太。《史记·文帝纪》："朕既不敏，常畏过行以羞先王之遗德。"亟：通"急"。"既亟"即"太急迫了"。只且（jū）：语助词，相当于"也哉"。
7. 喈：通"湝"（jiē），又通"凄"，寒凉。
8. 其霏：即霏霏，同"纷纷"，亦盛大貌。
9. 莫赤匪狐：不赤就不是狐狸。莫：无、没有。匪：非。
10. 莫黑匪乌：不黑就不是乌鸦。按："莫赤匪狐，莫黑匪乌"是当时习语，意为不想结婚的男人不是真男人，不想结婚的女人不是真女人。狐狸被视为淫兽，《诗经》中经常用雄狐代指丈夫；乌鸦终生一夫一妻，古人有以乌为纳彩之礼的习俗。总之狐狸与乌鸦都与婚姻有关。

◎译文

"冬日已深北风凉，
风吹雨雪乱纷纷。
倘若蒙你喜欢俺，
今日相携上你门。"
"悠着点啊悠着点，
太着急了别太急！"

"深冬将至北风凉，
风吹雨雪乱霏霏。
倘若承蒙您见赏，

从此携手赋于归。"
"悠着点啊悠着点，
太着急了别太急！"

"天下狐狸色皆赤，
天下乌鸦一般黑。
倘若承蒙您见爱，
携手同车把家回。"
"悠着点啊悠着点，
太着急了别太急！"

◎赏析

　　关于此诗的题旨，《毛诗序》说："《北风》，刺虐也。卫国并为威虐，百姓不亲，莫不相携持而去焉。"自汉朝以至清代，这种观点为绝大多数解《诗经》者所接受，只是有人在此基础上略作修正，如方玉润认为是贤人预见危机而作（《诗经原始》），王先谦认为是"贤者相约避地之词"（《诗三家义集疏》）。现代学者提出了一些新的见解，如闻一多认为是婚嫁亲迎之诗（《风诗类钞·乙》），于省吾认为是"夫妇始合终离追述往昔共患难之作"（《泽螺居〈诗经〉新证》）。关小彬《〈邶风·北风〉主旨考》认为是待嫁女子催促同姓姊妹陪嫁之诗。

遗憾的是，我认为迄今为止还没有哪一种解释是真正到位的，其根本原因是把属于集体创作的男女之间戏谑性的调笑文字，理解成了个人性的叙事抒情之作。本诗应是一群无聊男子的集体创作，打趣女孩子们春情难耐，急于求嫁。

在《诗经》时代，风雨往往是男女性事的象征，而雨雪霏霏的初、仲冬季节又是结婚季的后期——古人婚礼一般定在秋收结束、河冰未合的仲冬以前，如《邶风·匏有苦叶》有"士如归妻，迨冰未泮"，《荀子·大略》有"霜降逆女，冰泮杀止"。因而本诗一开始就渲染了一副略带情色的、时不我待的急切氛围，一群无聊的男子相互添油加醋，煞有介事地虚构了一个女人自媒求嫁的滑稽场景：急于嫁人的女子没羞没臊，直接跳出来推销自己——"惠而好我，携手同行"。接着，过足了意淫之瘾的"男子汉"们表现出一副得了便宜还卖乖的嘴脸装起了老成厚道，劝诫女孩子们：悠着点悠着点啊，别太着急了啊！干吗这么心急火燎啊！按"其虚其邪"是一个祈使句，而不是像大部分人理解的那样是一个反问句或设问句，因为"其"作为一个语气助词本身就带有期望、禁止的情感色彩，结构上的重复又强化了这种色彩，因而把这句理解为问句是不合语法规则的，并且在内容上与后面的"既亟只且"也方枘圆凿。

第三章的起兴句"莫赤匪狐，莫黑匪乌"是当时社会大众耳熟能详的套语，意为男大当婚、女大当嫁，不想结婚的男人不是真男人，不想结婚的女人不是真女人，这为女性的急于求嫁提供了最坚实的理由。调笑者的郑重其事加重了诗歌表达的滑稽效果。

总之，本诗每章的前四句是男子们假托女人的立场渲染其希婚求嫁的急迫心情，后面两句则反过来笑话她们过于急不可耐。这种两性之间特别是男性对女性的逗趣调笑具有浓厚的生活情味和民俗色彩，这才是这首诗的真正魅力所在。虽然属群体的游戏之作，但作者"带节奏"的功夫却十分了得，无论是情态的模拟，还是气氛的渲染，全都生动逼真，使人读来如身临其境，禁不住跟着舞之蹈之。

草虫（召南）

喓喓草虫[1]，趯趯阜螽[2]。未见君子，忧心忡忡[3]；亦既见止[4]，亦既觏止，我心则降[5]。

陟[6]彼南山，言采其蕨[7]。未见君子，忧心惙惙[8]；亦既见止，亦既觏止，我心则说[9]。

陟彼南山，言采其薇[10]。未见君子，我心伤悲；亦既见止，亦既觏止，我心则夷[11]。

◎ 注释

1. 喓喓（yāo）：虫鸣声；草虫，蚱蜢类昆虫。
2. 趯趯（tì）：虫跳跃貌；螽（zhōng），蚱蜢，亦称螽斯。
3. 忡忡：心神不宁貌。
4. 亦：发语词；止，语尾助词，同"矣"。
5. 觏：通"媾"，谓行男女之事。降：指心火消除，情绪平静下来。
6. 陟（zhì）：攀登。
7. 言：结构助词。蕨，一种野菜，嫩茎可食。
8. 惙惙（chuò）：忧虑不安貌。

9. 说：通"悦"，心情释然貌（力比多能量
　　得到释放后的轻松愉悦貌）。

10. 薇：一种野菜，俗称野豌豆，嫩茎可食。

11. 夷：平静。

蕨菜

◎译文

蚱蜢在草丛中跳来跳去，
唧唧啾啾雄雌和鸣。
没有见到思念的帅哥，
忧心忡忡坐立不宁，
思念的帅哥终于到来，
云行雨施春风一度，
焦躁的心情归于平静。

我要登上高高的南山，
去把鲜嫩的蕨菜采来。
没有见到思念的帅哥，
忧虑不安啊无精打采；
思念的帅哥终于来到，
云行雨施春风一度，
我心释然欢乐开怀。

我要登上那高高南山，
前去采摘鲜嫩的野薇。
没有见到思念的帅哥，
我的心中充满伤悲；
思念的帅哥终于来到，
云行雨施春风一度，
我心释然平静如水。

螽斯

◎赏析

　　这首诗亦是男人的戏谑之词。即便在性观念相对宽松的上古时代，女人们也不会说得如此赤裸裸——"亦既觏止，我心则说"——一群男人闲极无聊，打趣女孩子们好色轻狂，有了帅哥如同进入

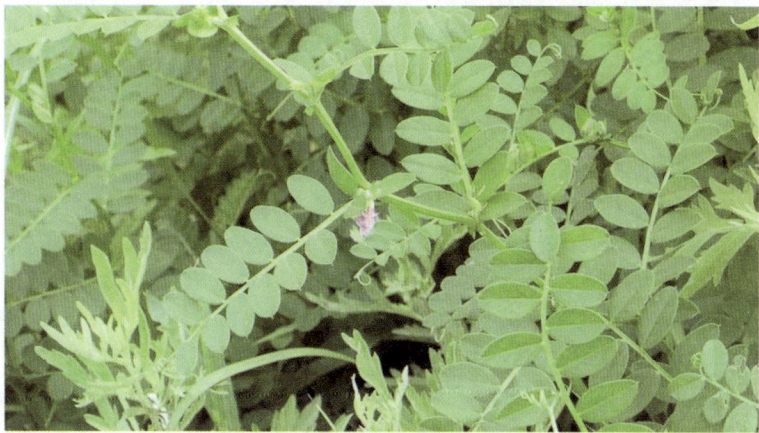

薇（野豌豆）

天堂，没有帅哥仿佛落入地狱。这实际上是他们一厢情愿的白日幻想——男人总是把自己想象成拯救者，期待着女人主动投怀送抱。诗中出现了两个值得关注的民俗文化母题：一是螽斯类昆虫，因为生子众多，成为兴起生育能力之联想的象征物；二是植物采摘，自古以来就是性实现的隐语。《西厢记》里红娘骂张生："你本是个折桂客，做了偷花汉。"唐代杜秋娘《金缕曲》："花开堪折直须折，莫待无花空折枝。"采花折柳，现在仍是人们常用的词汇。

汝坟（周南）

遵彼汝坟[1]，伐其条枚[2]。未见君子，惄如调饥[3]。

遵彼汝坟，伐其条肄[4]。既见君子，不我遐弃[5]。

鲂鱼赪尾[6]，王室如毁。虽则如毁[7]，父母孔迩[8]。

◎ 注释

1. 遵：沿着。汝：汝水。坟：通"濆"，水滨，这里指河流的堤岸。《说文》："濆，水厓也。"濆与滨一声之转。

2. 条枚：长长伸出的枝条。条：本义为前进、延伸。按"條"字篆文从木从攸，攸本义为水流貌，引申为前进、向前，再引申为远。《汉郊祀歌》有"声气远条"，《王风·中谷有蓷》有"条其啸矣"。远远伸出的树枝也叫"条"。枚：树枝。《说文》："条，小枝也。"《广雅·释木》："枚，条也。"

3. 惄（nì）如调饥：无精打采，如同前天晚上没吃饭、早上醒来饥饿难忍。李巡《尔雅注》："惄，宿不食之饥也。"惄：郁闷、烦闷。《方言》："自关而西，秦晋之间，凡志而不得，欲而不获，高而有坠，得而中亡，谓之湿，或谓之惄。"调（zhōu）：通"朝"。根据闻一多先生研究，"调"与"豚""周""朝""烛""州""丑"音近相通，指人的生殖器（详见闻一多《诗经通义·乙》），朝饥是性欲之饥的隐喻。

4. 条肄（yì）：砍伐后新生的枝条。《毛传》："肄，余也。斩而复生曰肄。"

5. 不我遐弃：倒装句，即"不遐弃我"，不再远远抛开我。遐：远，疏远。

6. 赪（chēng）尾：红尾巴。鲂鱼发情时尾部会变红。《诗经》中常以鱼水隐指男女情事。

7. 王室：指王室的公子。召南为召公采邑，故统治者称王室；燬（huǐ）：着火、燃烧，形容情欲难以忍耐。

8. 孔：很。迩：近。

◎ 译文

沿着汝水宽广的河堤，
一路砍伐高挑的桑枝。
心中的帅哥啊迟迟未来，
阿妹无精打采饥渴难耐。

沿着汝河宽广的堤岸，
一路砍伐新生的桑枝。

见到思慕的帅哥苦苦哀求：
"求你啊不要把我抛弃。"

"屁股红红的是发情的鲂鱼，
欲火中烧的是王室的公子。
欲火中烧也没有办法，
父母在旁边谁敢造次！"

◎ 赏析

这也是男女之间打趣嬉闹之作。男子以女子的口吻，诉说"未见君子"之前那种焦躁不安的情态。女方马上予以回应，说："你们这些公子哥们，就像红了尾巴的鲂鱼一样。虽然如此，你们也得忍耐着，因为父母就在身边。""伐其条枚"同"伐柯""析薪"一样，是性征服的隐语，是男子对女孩子们的挑逗；"鲂鱼赪尾"则是女孩子们嬉笑俏骂的回击——"鱼"因为其多子多产，也是男女之情和婚姻生育的象征。我们现在还有个词叫"鱼水之欢"。在民歌中提到鱼总是与情爱有关。《古乐府·江南》有："江南可采莲，莲叶何田田。鱼戏莲叶间，鱼戏莲叶东，鱼戏莲叶西，鱼戏莲叶南，鱼戏莲叶北。"鱼戏莲（谐"怜"）、鱼戏水，是一个意思。本诗浑朴昌茂，一派天机。试想，在一个万类竞自由的明媚春日，惠风和畅，大河奔流。宽广的河岸上，三五成群的红男绿女一边劳作，一边在欢声笑语中打情骂俏，此情此景，何其令人神往。

鲂鱼

◎ 相关链接

男女调戏语

轻拈斑管书心事。细折银笺写恨词，可怜不惯害相思。则被个肯字儿，迤逗我许多时。　从来好事天生俭，自古瓜儿苦后甜。奶娘催逼紧拘钳，甚是严，越间阻越情忺。　笑将红袖遮银烛，不放才郎夜看书，相偎相抱取欢娱。止不过迭应举，及第待何如？

——〔元〕白朴《阳春曲·题情》之一

候人（曹风）

彼候人[1]兮，何戈与祋[2]。彼其之子，三百赤芾[3]。

维鹈在梁[4]，不濡[5]其翼。彼其之子，不称其服[6]。

维鹈在梁，不濡其咮[7]。彼其之子，不遂其媾[8]。

荟兮蔚[9]兮，南山朝隮[10]。婉兮娈[11]兮，季女斯饥[12]。

◎ 注释

1. 候人：《周礼·夏官》："候人，上士六人，下士十有二人，史六人，徒百有二十人。"《注》："候人，候迎宾客之来者。"除候迎宾客，候人的职责还有"各掌其方之道治，与其禁令"，则负责候迎宾客之官为候人，其徒属亦名候人。曹为小国，估计宫廷守卫之事亦由候人担任。

2. 何戈与祋：何，通"荷"，肩扛；祋（duì），同"殳"，一种兵器，用竹木做成，带有金属头，用于打击。

3. 三百赤芾：三、百，作动词，即"三倍于""百倍于"；芾，又作绂、韨，即蔽膝。赤芾，红色蔽膝，为大夫朝服的一部分，故可代指贵族。商周时代的服饰，主要是上身穿"衣"，衣领开向右边；下身穿"裳"，裳就是裙，在腰部束着一条宽边的腰带，肚围前再加一条像裙一样的"韨"，用来遮蔽膝盖，所以又叫作"蔽膝"。

4. 维鹈在梁：维，发语词；鹈，鹈鹕，水鸟，善于捕鱼；梁，拦水的堤坝。

5. 濡：沾湿。

6. 不称其服：做的贡献与得到的好处不成比例，即该得到的好处得不到。服：
　 职责，服务。

7. 咮（zhòu）：鸟喙。

8. 遂：满足、实现；媾：交媾。

9. 荟：云兴貌；蔚，霞展貌。

10. 朝隮（jī）：早上日出时的红色云气。隮：本义为上升的云气。郑众注《周
　　礼·眡祲》："隮者，升气也。"古人认为虹霓和云霞是阴气过盛的表征，
　　故亦为标志女子不守贞节的淫邪之象。

11. 婉：姿态标致貌。娈（luán）：容貌美好。《广雅》："娈，好也。"

12. 季女：小小儿，指贵族家的小姐。饥：对爱情与异性的渴望。

◎译文

咱们候人啊，
肩扛戈与殳。
威武又雄壮，
远胜彼贵族。

鹈鹕站河坝，
徒羡水中鱼。
咱们帅哥们，
整日白辛苦。

鹈鹕站河梁，
对鱼徒怅惘。
咱们帅哥们，
辜负裤中枪。

云雨一时过，
南山彩霞起。
美女饥又渴，
你我干着急。

鹈鹕

◎
赏
析

　　这是一群大兵（候人，负责维持道路通行、迎送往来客人）想入非非的宣泄之作。他们闲极无聊，被眼前美貌的贵族小姐引逗得骚兴大发，你一句我一句地过起了嘴瘾：首先夸耀自己如何了不起——高大英武，一身功夫，远非贵族子弟所可比，然后抱怨自己得不到爱的机会——不称其服，即没有相应的社会地位，与身边的小姐门不当户不对，整日辛苦却得不到应有的回报，就像站在水边的鹈鹕一样，眼看着坝下的鱼儿诱惑地游来游去，却没有权力和机会伸嘴去逮，只能望梅止渴、望洋兴叹。"彼候人兮"是候人们的自我反指，以一种貌似客观的立场烘托出一种喜剧效果，活现了无所事事的男人之间那种油滑醋酸的诨闹场景。到这里还不算，有趣的是，他们还要替小姐担忧，说小姐像南山彩霞一样，徒然展示着她的美丽，同样在忍受着情爱饥渴的煎熬，渴望着他们前往救急。云霞，是情事的象征。宋玉《神女赋》说巫山神女自称"朝为行云，暮为行雨，朝朝暮暮，阳台之下"，后世多用"巫山云雨"指代男女欢会之事。

◎
相
关
链
接

多情却被无情恼

　　花褪残红青杏小，燕子飞时，绿水人家绕。枝上柳绵吹又少，天涯何处无芳草！　　墙里秋千墙外道，墙外行人，墙里佳人笑。笑渐不闻声渐悄，多情却被无情恼。

——〔北宋〕苏轼《蝶恋花·春景》

第二讲
情诗之二——企慕

表达企慕之情的诗有以下诸篇：《汉广》（周南）、《关雎》（周南）、《有女同车》（郑风）、《出其东门》（郑风）、《野有蔓草》（郑风）、《宛丘》（陈风）、《东门之枌》（陈风）、《东门之池》（陈风）、《泽陂》（陈风）、《羔裘》（桧风）、《蒹葭》（秦风）。它们有一个共同点：表达的都是那种企慕而不得的惆怅与伤感。

汉广（周南）

南有乔木[1]，不可休思[2]。汉有游女[3]，不可求[4]思。汉之广[5]矣，不可泳思；江之永[6]矣，不可方[7]思！

翘翘错薪[8]，言刈其楚[9]。之子于归[10]，言秣[11]其马。汉之广矣，不可泳思；江之永矣，不可方思！

翘翘错薪，言刈其蒌[12]。之子于归，言秣其驹。汉之广矣，不可泳思；江之永矣，不可方思！

◎注释

1. 乔木：高大的树木，喻男子。乔木之荫不可休，汉水不可泳，喻男女无缘。
2. 思：句末语助词。
3. 汉：指汉水。游女：出游的女子。
4. 求：追求。
5. 广：宽阔。

6. 永：长。

7. 方：通"筏"，此处作动词，指以小筏浮江。

8. 翘翘：高扬、突出。错薪：杂乱的灌木丛，灌木是最常用的薪柴。

9. 言：语助词。刈：割。楚：一种灌木，亦名"牡荆"。

10. 之子：这位女子。于：结构助词。归：出嫁。

11. 秣（mò）：以草料喂马。指女子出嫁起程之前喂马。

12. 蒌（lóu）：蒌蒿，多年生草本植物，多生水滨，嫩叶可食用。

◎译文

南方有乔木，
路远难栖依。
河畔有美女，
可望不可即。

汉水何辽阔，
泳渡不可济。
江水何渺远，
筏小徒叹息。

薪木争繁荣，
我爱唯牡荆。
伊人今出嫁，
秣马将远行。

汉水何辽阔，
欲渡不可泳。
江水何渺远，
筏小殊难凭。

薪木争繁茂，
我爱唯蒌蒿。
伊人今远嫁，
马儿已喂饱。

汉水何辽阔，
泳渡亦徒劳。
江水何渺远，
筏小碍波涛！

楚（牡荆）

蒌蒿

◎
赏
析

这是首情诗，表达的是企慕而不得的惆怅和忧伤。"翘翘错薪，言刈其楚"，意为众薪错杂，而刈其翘出者。隐含的意思是：游女虽多，我只钟情于那位最美者。游女，是特指亦是虚指。特指，针对的是一群游女中某个特别者；虚指，则是将渴求的对象进一步理想化，使之成为心灵所膜拜的梦中情人。乔木不在眼前，而在远方；美人不在尘下，而在芳草鲜美的彼岸。这种诗意的忧伤已使人销魂，现实又在诗人敏感的心上插了一刀——那日思夜想的曾经的河畔神女，就要成为别人的新娘：马儿已喂饱，婚车的銮铃就要振响，这是多么沉重的打击！本是郎才女貌，却无缘相会，一场万紫千红的恋慕，都作花落水流的余响，其痛何如！"汉之广矣，不可泳思；江之永矣，不可方思！"此诗三章迭出，一唱三叹，将那种可望而不可即的怅惘之情表达得淋漓尽致，从而使得发乎情性的男女之间的悦慕之情升华为人类精神的永恒之痒——真正的美永远是可望而不可求的。在后世诗人们的笔下，我们可以发现很多同样的惆怅和忧伤。

◎
相
关
链
接

企慕之怅惘

与女沐兮咸池，晞女发兮阳之阿。望美人兮未来，临风怳兮浩歌。

——〔战国〕屈原《九歌·少司命》

桂棹兮兰桨，击空明兮溯流光。渺渺兮予怀，望美人天一方。

——〔北宋〕苏轼《赤壁赋》

关雎（周南）

关关雎鸠[1]，在河之洲。窈窕淑[2]女，君子好逑[3]。

参差荇菜[4]，左右流[5]之。窈窕淑女，寤寐[6]求之。

求之不得，寤寐思服[7]。悠哉悠哉[8]，辗转反侧。

参差荇菜，左右采之。窈窕淑女，琴瑟友[9]之。

参差荇菜，左右芼[10]之。窈窕淑女，钟鼓乐之。

◎注释

1. 关关：凫雁类水禽的鸣叫声，犹"呱呱"。雎鸠：自古以来有多种观点，有人认为是鱼鹰，有人认为是鸤鸠，还有人认为是鹧鸪、白鹳乃至天鹅、大雁、野鸭等，至今聚讼不已。笔者以为，根据诗意，"雎鸠"应满足以下几个条件：第一，是水禽，生活在水上或岸边；第二，对"爱情"比较专一，经常成双结对一起生活；第三，嘴巴不像鸭雁类那么宽大，其形状接近于鸠类（否则不会被称为雎鸠）；第四，其声音不是尖锐的啸声，而与野鸭类接近；第五，其"头型"有一定威仪感（否则不会称为"王雎"）。能够同时满足这些条件的，大概只有凤头䴙䴘，故笔者暂且将"雎鸠"定为凤头䴙䴘（pì tī）。

2. 窈窕：姿容妖冶、婀娜多姿貌。淑：善。施山《姜露庵杂记》卷六："盖'窈窕'虑其佻，而以'淑'字镇之；'淑'字虑其腐也，而以'窈窕'扬之。"

3. 好逑（qiú）：适合作配偶。好：适合。逑："仇"之假借，匹配。

4. 参差：大小不一貌。荇菜：一种水草，又称荇菜、金莲子，可食用，作药物能消渴、利小便。

5. 流：通"摎"（liú），捋取。闻一多先生认为通"敫"（liáo），义为择取、采摘，可参考。按："流""求"古音相近可转。

6. 寤寐：醒来为寤，入睡为寐。

7. 思服：思念。思、服为同义词，皆为"念"。按"服"通"复"，反复之思即为"念"。《小雅·蓼莪》有"顾我复我"，《桑柔》有"是顾是复"，"复"具作思念解。

8. 悠哉：忧思貌。《说文》："悠，忧也。"一说"悠悠"为思念深长貌，可参考。

9. 友：读作"怡"，与乐同义。《尔雅·释诂》："怡，乐也。"

10. 芼（mào）：通"覒"（mào），择取。《说文》："覒，择也，读若苗。"

◎译文

雎鸠关关动情地高唱，
在春风骀荡的河中沙洲。
窈窕娴静的美好少女啊，
我天造地设的绝配佳偶。

鲜嫩的荇菜小大参差，
我左右采择满怀欣喜。
娴静窈窕的美好少女啊，
我求之不得日想夜思。

求之不得望洋兴叹，
日夜思念只是徒劳。

心中的烦忧绵绵不尽，
辗转反侧难度春宵。

鲜嫩的荇菜小大不均，
我左右择取满怀欢欣。
窈窕娴静的美好少女啊，
多想弹起琴瑟怡悦你心！

鲜嫩的荇菜有大有小，
我左右采择神魂颠倒。
娴静窈窕的美好少女啊，
多想敲起钟鼓博你一笑！

◎赏析

　　《关雎》是《诗经》中最著名的篇章，是《诗经》开篇第一首，是寒风料峭的早春的原野上绽放的第一朵迎春花，中国三千余年的诗史就此拉开了序幕。遗憾的是汉朝人把对它的理解带进了沟里，此后两千年陈陈相因，几乎无人得其确解。如《毛诗序》认为："后妃之德也，风之始也，所以风天下而正夫妇也。哀窈窕思贤才而无伤善之心焉，是关雎之义也。"这种解释简直是牛头不对马嘴，差之千里。

　　本诗第一章开篇"关关雎鸠，在河之洲"，寥寥八个字的起兴，烘托出了一个天清地旷、万类自由的寥廓世界，一个生机勃勃的宇宙性场景：天人和谐，万物共鸣。毫无疑问，这是一首诉说单相思的企慕之作，只是这种相思、这种企慕与后世才子佳人们的煎心熬肺、梦断神劳相比，格局大得多，也爽朗得多。可以说，这里表达的不是后世人理解的爱情，而是生命本能的畅快淋漓的欲求。那响彻三千年的、沙洲之中的关关雎鸠的和鸣，诉说着一个民族对美好

雎鸠（凤头䴙䴘）

爱情的向往。

第二章以采摘荇菜起兴，展开了理想与现实的双重变奏。一方面是想象中的尽情畅快（对作为女人之象征物的荇菜随心所欲地"左右流之"），另一方面是现实中对窈窕淑女的可望不可即。理想与现实的这种反差加剧了"求之不得"的痛苦，这种痛苦又因为一唱三叹的反复渲染而不断强化。在这里，作者沉浸在爱情巫术制造的幻象里（爱情巫术是上古社会普遍存在的一种社会文化现象，我们将在下面的有关章节介绍），希望通过采摘行为对所向往的姑娘施加影响，最终一起走进婚姻的殿堂——琴瑟与钟鼓都是结婚典礼的标志物。不过，诗的格调仍然是明朗的，因为它所表达的情感发自内心，纯粹而天然。

《关雎》也许是中国文学史上争论最多的一首诗，因为它内涵非常丰富。诗中涉及了两个民俗文化的母题，都与婚姻和爱情有关涉。一是鱼。鱼没有在字面上出现，但关雎是一种以鱼为食的鸟（无论是雁还是鱼鹰都一样），地点是在水中沙洲上，自然包含了这方面的意思。二是采摘。植物采摘是异性征服的象征，荇菜可以疗饥，

荇菜

可以解渴，采摘荇菜是在想象中进行的对异性的占有。汉儒因为缺乏必要的文化学、民俗学知识背景，加上出于以经治国的现实需要，有意无意地把它曲解为宣扬王者教化的道德讲章，汉以后的历代学者因此误入歧途而因袭莫返。

◎相关链接

静夜思

　　情默默难解自无聊，病恹恹则怕娘知道。
　　窥之远天宽地窄，染之重梦断魂劳。

　　　　　　　　　——〔元〕郑光祖《倩女离魂》

　　彤霞久绝飞琼字，人在谁边？人在谁边，今夜玉清眠不眠。
　　香销被冷残灯灭，静数秋天。静数秋天，又误心期到下弦。

　　　　　　　　　——〔清〕纳兰性德《采桑子》

有女同车（郑风）

有女同车[1]，颜如舜华[2]。将翱将翔[3]，佩玉琼琚[4]。彼美孟姜[5]，洵美且都[6]。

有女同行，颜如舜英。将翱将翔，佩玉将将[7]。彼美孟姜，德音[8]不忘。

◎注释

1. 同车：《仪礼·士婚礼》有"女始乘车，婿御轮三周，御者代婿"，此同车者乃御者。
2. 舜华：木槿花。
3. 将：结构助词。翱翔：遨游、漫步。《释名》卷四《言语》："翱，敖也，言敖游也；翔，佯也，言仿佯也"，即"徜徉"。
4. 琼、琚：玉佩。
5. 孟姜：孟为排行，姜为姓氏。此美女当为齐国人，齐国太公之后，为姜姓。后来孟姜成为美女的泛称。
6. 洵：确实；都，美好、高雅。古代有身份的人住在都邑（国），贫贱者住在野中（鄙），故"都""鄙"有"高雅"与"鄙朴"之别。
7. 将将：即锵锵，玉佩和鸣声。
8. 德音：悦耳的声音、好听的话。《礼记·乐记》："弦歌诗颂，此之谓德音。德音之谓乐。"《邶风·日月》有"乃如之人兮，德音无良"，"德音无良"，即说好话，不办人事。按"德"亦写作"惠"，从直从心，直有相符、相合义。声音与人的感觉相符合，听起来舒服，是为德音。忘：通"亡"，结束，停止。

◎译文

有一位美人坐上我的车，
俏丽的面容像盛开的木槿。
当她下车来从容漫步，
那佩玉的和鸣撩动我心！
国色天香的绝代美人啊，
她美丽又典雅多么迷人！

有一位美人坐上我的车，
像盛开的木槿面容俊俏。
当她下车来从容漫步，
那佩玉的和鸣令我颠倒。
国色天香的绝代美人啊，
她莺声燕语余音缭绕！

◎
赏
析

　　这是一首迎送亲时御者赞美新娘的诗篇。新娘的姿容是那样美丽优雅，声音是那样悦耳动听，御者因为与美女同车而神魂颠倒，沉浸在了幸福的狂想里，以致在美人离去后的很长一段时间里，他的耳边仍然萦绕着那美妙迷人的玉佩和鸣声。将美女比作鲜花，这是最古老的一首。现在把美人比作花朵十分平常，但第一个拿鲜花来比喻美女时，需要怎样的想象力、怎样的激情呀！

◎
相
关
链
接

美人之慕

有美人兮，见之不忘。一日不见兮，思之如狂。
凤飞翱翔兮，四海求凰。无奈佳人兮，不在东墙。
将琴代语兮，聊写衷肠。何日见许兮，慰我彷徨。
愿言配德兮，携手相将。不得于飞兮，使我沦亡。

——〔西汉〕司马相如《凤求凰·琴歌》

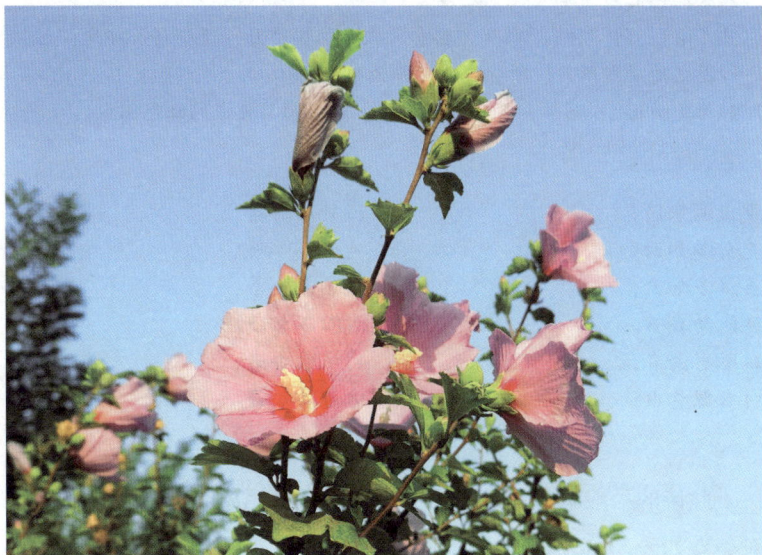

木槿花

出其东门（郑风）

出其东门，有女如云。虽则如云，匪我思存[1]。缟衣綦巾[2]，
聊乐我员[3]。

出其闉阇[4]，有女如荼[5]。虽则如荼，匪我思且[6]。缟衣茹藘[7]，
聊可与娱。

◎注释

1. 思存：思念。按："存"有"重复"义，反复考虑即思念。"思存"，《郑笺》
   释为"思之所存"，亦通。
2. 缟（gǎo）衣：白色上衣；綦（qí）巾：青绿色佩巾，未嫁女子腹前所佩，
   又称"帨巾"。《仪礼·士昏礼》："母施衿结帨。"汉郑玄注："帨，佩巾。"
3. 聊：姑且，方可。员：通"云"，句末语助词。
4. 闉阇（yīn dū）：城门。《毛传》："闉，城曲也。阇，城台也。"按闉为城
   曲，阇为城上之台，有台之处必有城门，故出其闉阇，即出其城门也。
5. 荼：白茅草，这里形容衣服颜色。诗中"如云""如荼"有两重意思：
   衣服颜色之白与美女数量之多。
6. 且（jū）：同"存"，亦有"思念"之义。按"且"通"居"亦通"住"，
   心思之所居即所存、所住，故可释为思念。
7. 茹藘（rú lú）：茜草，可作红色染料，此指茜草染成的红色佩巾。

◎译文

步出城东门，　　　　　城外冶游路，
美女多如云。　　　　　美女多如荼。
虽然多如云，　　　　　虽然多如荼，
鲜能动我心。　　　　　我心不相属。
我所思念者，　　　　　白衣红巾者，
白衣佩青巾。　　　　　方可共欢娱。

◎赏析

　　此诗的一般解释是已婚男子在面临外部诱惑时的自我警戒：面
对美女如云，不忘糟糠之妻。我认为这种理解是不确切的。东门之外，

 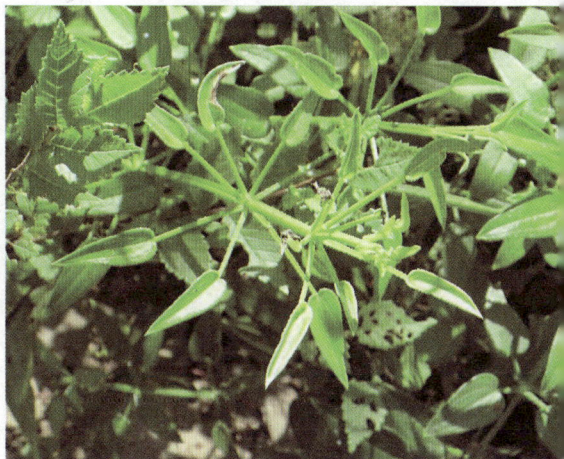

荼（白茅草）　　　茹藘（茜草）

是春月会男女之处（郑风中另有《东门之墠》，陈风中有《东门之枌》《东门之池》，皆言男女之事。陈、郑、卫乃殷商旧地，民众崇东而讳西，故以东郊为举行各种重要典礼之处）。此时此地，男女无拘，没有理由顾忌家室（不会产生道德上的压力）。另，"缟衣綦巾"乃赞美服饰之雅洁，非指结发之妻"衣着朴素"。所以，本诗的意思是：虽然美女如云，但真正使我动心的只有一个，就是那缟衣綦巾的绝世美人。当然，她不在眼前，不在这嘻嘻闹闹的一群当中——她在远处，在难以企及的高处。

在周朝，青、赤、黄、白、黑是五正色，象征身份的高贵。本诗开创了中国文学中女性描写的又一个传统：对清纯、素雅的"神仙气质"的倾慕。从缟衣綦巾到翠袖荷裙，再到羽衣霓裳，中国历代文人理想中的美女越来越不食人间烟火。

◎ 相关链接

爱的唯一

秋兰兮青青，绿叶兮紫茎。满堂兮美人，独与予兮目成。

——〔战国〕屈原《九歌·少司命》

曾经沧海难为水，除却巫山不是云。

取次花丛懒回顾，半缘修道半缘君。

——〔唐〕元稹《离思》（其四）

野有蔓草（郑风）

野有蔓草[1]，零露漙[2]兮。有美一人，清扬婉[3]兮。邂逅[4]相遇，适我愿兮。

野有蔓草，零露瀼瀼[5]。有美一人，婉如清扬。邂逅相遇，与子偕臧[6]。

◎ 注释

1. 蔓草：蔓生的草。
2. 漙（tuán）：浓、盛多。
3. 清扬：眉眼清秀。《方言》："好目谓之顺。燕、代、朝鲜、洌水之间曰盱，或谓之扬"，是好目为扬。目以清明为美，故扬有清明义。婉：通"睕"，大眼睛，眼大则有神采而美。《毛传》："婉，眉目之间宛然美也。"
4. 邂逅（xiè hòu）：不期而遇。
5. 瀼（ráng）：露浓貌。《小雅·蓼萧》有"零露泥泥"，浓、泥、瀼一声之转，故义可通。
6. 臧（zāng）：善、美，满意，各遂所欲。

露水沺沺打湿了世界，
蓬勃的荒草四处蔓延。
有一位美人彳亍于旷野，
楚楚动人啊仪态妖婉。
多么想一次美丽的邂逅，
梦想成真啊风月无边！

露水瀼瀼打湿了世界，
蓬勃的荒草在风中张扬。
有一位美人踟蹰于旷野，
楚楚动人啊美目清扬。
多么想一次美丽的邂逅，
相携手共赴云梦高唐！

　　蔓草是女性的象征，露水则是情事的隐语。蔓草而有露，正是仲春之月会男女之时。《周礼·地官·媒氏》："仲春之月，令会男女……之无夫家者。"在这种天风浪浪、春情骚动的氛围里，一位男子想入非非，渴望着一次艳遇，与他梦中的情人合而为一。

　　本诗言简境大，气势不凡："野有蔓草，零露沺兮"，落笔即渲染了一派生机昌茂、天人合一的图景；"有美一人，婉如清扬"，在天地万物的衬托下，眼前的美人显得格外楚楚可怜；"邂逅相遇，适我愿兮"，这是每一个男人都曾经有过的梦想，它在大地的深处、在每一个读者心中激起了回声。所以，不能把本篇理解为某个诗人一己的美丽叙事，它是大自然的咏叹，是青春男子之群体白日梦的表达。

邂逅

　　　　东风夜放花千树，更吹落、星如雨。宝马雕车香满路。凤箫声动，玉壶光转，一夜鱼龙舞。　　蛾儿雪柳黄金缕，笑语盈盈暗香去。众里寻他千百度。蓦然回首，那人却在，灯火阑珊处。

　　　　　　　　　　——〔南宋〕辛弃疾《青玉案·元夕》

宛丘（陈风）

子之汤[1]兮，宛丘[2]之上兮。洵[3]有情兮，而无望[4]兮！

坎其[5]击鼓，宛丘之下。无冬无夏，值其鹭羽[6]。

坎其击缶，宛丘之道。无冬无夏，值其鹭翿[7]。

◎注释

1. 汤：通"荡"，指歌舞酣畅淋漓，无拘无束。《吕氏春秋·音初》："感于心则荡乎音。"

2. 宛丘：中央隆高之丘。宛与圆音近义通。一说宛丘乃陈国地名。

3. 洵：信然，确实。

4. 无望：没有希望，没有可能。

5. 坎其：同"坎坎"，击鼓声。缶（fǒu），一种类似盆的陶器，古人亦用其作击打乐器。《说文》："缶，瓦器，所以盛酒浆，秦人鼓之以节歌。"

6. 值：通"戴"，戴在头上。《尔雅·释地》："北戴斗极为空桐。"《注》："戴：值。"值与戴音近相通。鹭羽：白鹭的羽毛。

7. 翿（dào）：鸟羽制作的扇形舞具，拿在手里或插在头上。

◎译文

奔放又酣畅，
你起舞宛丘上。
真的好爱你啊，
却只能遥相望。

起舞宛丘下，
击鼓咚咚响。
春夏复秋冬，
鹭羽舞飞扬。

起舞宛丘道，
击缶响铿锵。
秋冬又春夏，
鹭羽舞飞扬。

白鹭

白鹭

有人认为，这是一首描写巫术祭神舞会的诗（苏东天《诗经辨义》）。该诗中的舞者是否巫女，难以定论，但显然是一个公众人物，是男女聚会上的明星。上古时代于仲春之月会男女，会的由头和地点很多，如祭典、节庆、集市、路口等——当然，最后会转移到山间林中或水滨田头。会的内容有对歌、群舞等，如广西的"坡会"、贵州的"跳厂"、云南的"歌墟"、西藏的"锅庄"，其中当然少不了群星拱月的明星。美女激情四射的舞蹈引起了作者的无限倾慕之情，以至于意乱情迷，惘然若失。"洵有情兮，而无望兮"，这是清醒时的悲哀；"无冬无夏，值其鹭羽"，这是沉醉时的幻觉。诗意总在现实的高处，激情来源隐秘的梦想：怦然心动的一刻，灵魂出窍的瞬间，即是爱恋者的永恒。

舞女之慕

　　　　荆台呈妙舞，云雨半罗衣。袅袅腰疑折，褰褰袖欲飞。
　　　　雾轻红踯躅，风艳紫蔷薇。强许传新态，人间弟子稀。

　　　　　　　　　　　　　　　　　　——〔唐〕张祜《舞》

急管清弄频，舞衣才揽结。含情独摇手，双袖参差列。

骥袅柳牵丝，炫转风回雪。凝眸娇不移，往往度繁节。

——〔唐〕元稹《曹十九舞绿钿》

东门之枌（陈风）

东门之枌[1]，宛丘之栩[2]。子仲之子[3]，婆娑[4]其下。

穀旦于差[5]，南方之原。不绩[6]其麻，市[7]也婆娑。

穀旦于逝[8]，越以鬷迈[9]。视尔如荍[10]，贻我握椒[11]。

◎ 注释

1. 枌（fén）：白榆树。

2. 栩（xǔ）：柞树。

3. 子仲之子：子仲家的姑娘。子，此指女子。

4. 婆娑（pó suō）：跳舞时盘旋摇摆的样子。

5. 穀：善、好、吉利（民以食为天，故"穀"有"生养""养育"义，引申为善、好，因为有生机的就是好的）。旦：日子。于：结构助词。差：通"徂"，意为"去""往"。

6. 绩：同"缉"，把麻搓捻成线或绳。

7. 市：集市。

8. 逝：通"差"，"差"与"逝"一声之转，亦有往、离开之义。

9. 越：通"粤"，同"于"。于以合在一起为发语词。鬷（zōng），通"凑"，趋向、汇合，《毛诗》释为屡次，恐不确。迈：远行。闻一多先生认为万、舞一声之转，故"迈"通"万""舞"，可参考，详见《诗经通义·乙》。

10. 荍（qiáo）：锦葵，用以形容女子容貌之美。

11. 贻：赠送。握椒：一把花椒。花椒寓意多子，故"送我一捧花椒"意味着"跟我生一群孩子吧！"

◎译文

东门外的白榆挺拔高大，
宛丘上的柞树生机蓬勃。
子仲家的女儿风情万种，
在大树之下起舞婆娑。

阳光明媚的良辰吉日，
去往芳草鲜美的南郊平原。

把纺织的事儿都抛在脑后，
稠人广众里起舞翩跹。

让我们一起走向远方，
在这阳光明媚的美好日子。
你是盛开的锦葵芬芳四溢，
啊，为我生一群漂亮的孩子！

◎赏析

　　关于这首诗的主题，《毛诗序》谓："疾乱也。幽公淫荒，风化之所行，男女弃其旧业，亟会于道路、歌舞于市井尔"，完全是望文生义的想当然之论。朱熹在《诗集传》中认为，是"男女聚会歌舞，而赋其事以相乐"。方玉润《诗经原始》称该诗与《宛丘》《东门之池》诸篇："不过巫觋盛行，男女聚观，举国若狂耳。"其实，跟上一首一样，这也是男子们向

锦葵

柞树

女子示好求爱之词。第一、第二章带着无限崇拜描写舞者的婆娑舞姿、万种风情，一团热烈的恋慕情绪扑面而来；第三章首先表达的是与梦中情人脱离尘嚣、同赴远方伊甸乐园的渴望——这是热恋中的男女共同的梦想和企求，随即不由自主地发出了压抑已久的灵魂呐喊："视尔如荍，贻我握椒。"

白云飘飘的蓝天之下，芳草萋萋的大地之上，春光明媚的吉祥时日，恋爱中的男子向心中的女神唱出了最热烈的情歌——这就是本诗的主题。可以这样翻译：趁此良辰美景，让我们一同前往美好的远方。一同起舞，一同歌唱；你就像花椒树，洋溢着芬芳，让我们永结同好，儿女满堂。

◎ 相关链接

美人之舞

彩袖殷勤捧玉钟。当年拚却醉颜红。舞低杨柳楼心月，歌尽桃花扇底风。　从别后，忆相逢。几回魂梦与君同。今宵剩把银釭照，犹恐相逢是梦中。

——〔北宋〕晏几道《鹧鸪天》

东门之池（陈风）

东门之池，可以沤[1]麻。彼美淑姬[2]，可与晤歌[3]。

东门之池，可以沤纻[4]。彼美淑姬，可与晤语。

东门之池，可以沤菅[5]。彼美淑姬，可与晤言。

◎ 注释

1. 沤（òu）：长时间浸泡。
2. 淑：同"叔"。叔姬，意为"姬家的小女儿"，同"孟姜"一样，为美女的通称。
3. 晤：对面。晤歌即对歌。
4. 纻（zhù）：麻的一种，亦名"苎麻"。
5. 菅（jiān）：一种茅草，可用于搓绳。

◎ 译文

东门外的池塘，
可以用来沤麻。
姬家的小美女，
真想跟她对歌。

东门外的池塘，
可以用来沤苎。

枌（白榆树）

姬家的小美女，
真想跟她私语。

东门外的池塘，
可以用来沤菅。
姬家的小美女，
真想跟她聊天。

苎麻

菅
カヤ

菅

麻、纻、菅都是软性植物，因而都是女性的象征物。沤麻、沤纻、沤菅即与对方交好、处朋友的意思。晤歌、晤语、晤言标志着关系层层递进：晤歌为建立关系的第一步，今天仍有很多少数民族通过对歌找对象；晤语为搭讪说话；晤言为坐在一起交谈，互诉衷曲。《释名·释言语》："言，宣也，宣彼此之意也；语，叙也，叙己所欲说也。"

泽陂（陈风）

彼泽之陂 [1]，有蒲与荷 [2]。有美一人，伤如之何 [3]！寤寐无为 [4]，涕泗滂沱 [5]。

彼泽之陂，有蒲与蕑 [6]。有美一人，硕大且卷 [7]。寤寐无为，中心悁悁 [8]。

彼泽之陂，有蒲菡萏 [9]。有美一人，硕大且俨 [10]。寤寐无为，辗转伏枕。

◎注释

1. 泽：池塘；陂（bēi）：堤岸。
2. 蒲：蒲草，象征男性。荷：荷花，象征女性。
3. 伤如之何："伤"通"阳"，第一人称代词，相当于"俺"。《尔雅》曰："阳，予也。"
4. 寤寐无为：醒着伤心难过，睡又睡不着。寤：醒。寐：睡。为：成，指无法安睡或正常做事。《广雅·释诂三》："为，成也。"
5. 涕：眼泪。泗：鼻涕。滂沱：涕泗俱下貌。
6. 蕑（jiān）：通"莲"。《毛诗郑笺》："蕑当作莲。"
7. 卷：通"婘"（quán），美好。
8. 悁（yuān）：忧闷貌。《楚辞·九叹》："劳心悁悁，涕滂沱兮。"
9. 菡萏（hàn dàn）：即荷花。
10. 俨：通"嫬"（yǎn），重颐，即双下巴。古人以肥胖为美，故"嫬"有美义。

◎译文

在那池塘之岸坡，
生长蒲草与莲荷。
所谓伊人在远方，
使我失魂又落魄。
日思夜想不可接，
伤心只有泪滂沱！

在那池塘之岸边，
长有蒲草与荷莲。
所谓伊人在远方，
身体高大容娇妍。
日思夜想不可近，
使我心中郁悁悁。

蒲

在那池塘之岸沿，　　　　　身体高大态嫣然。
生有蒲草与菡萏。　　　　　日思夜想徒怅怅，
所谓伊人在远方，　　　　　伏枕辗转不成眠。

《毛诗序》："泽陂，刺时也。言灵公君臣淫于其国，男女相说，忧思感伤焉。"纯属冬烘先生的牵强附会。本诗毫无疑问是男悦女而不得的感伤之词。

蒲草是男性的象征，荷花则是女性的对应物。池塘中的荷花、蒲草终日待在一起，可"我"与心爱的女孩只能遥遥相望。诗人睹物兴感，于是将无尽的忧伤熔铸为诗歌。荷花与莲子，以其纯洁、柔美、信实（莲子）与谐音（"荷"谐"和"，"莲"谐"怜"）成为民间文学中永恒的、普遍性的主题（《子夜歌》中有"莲子何能实"，

《杨叛儿》中有"眠卧抱莲子"）。本诗开创了一个先例，即以出淤泥而不染的荷花来比拟美人。美人如荷花般开放着，可远观而不可近渎，我们的诗人为此骚动不安，为难耐的热情所煎熬，一唱三叹，令人动容。但诗的基调还是激越的、爽朗的，没有感染后世文人那种凄凄惨惨的情调。可对比李璟的《摊破浣溪沙》："菡萏香销翠叶残，西风愁起绿波间。还与韶光共憔悴，不堪看。　细雨梦回鸡塞远，小楼吹彻玉笙寒。多少泪珠何限恨，倚阑干。"

◎相关链接

莲花与爱情

　　　　若耶溪傍采莲女，笑隔荷花共人语。

　　　　日照新妆水底明，风飘香袂空中举。

　　　　岸上谁家游冶郎，三三五五映垂杨。

　　　　紫骝嘶入落花去，见此踟蹰空断肠。

　　　　　　　　　——〔唐〕李白《相和歌辞·采莲曲》

羔裘（桧风）

　　羔裘逍遥[1]，狐裘以朝。岂不尔思？劳心忉忉[2]。

　　羔裘翱翔，狐裘在堂。岂不尔思？我心忧伤。

　　羔裘如膏[3]，日出有曜[4]。岂不尔思？中心是悼[5]。

◎注释

1. 羔裘：羊羔皮做的皮衣。《毛传》："羔裘以游宴，狐裘以适朝。"逍遥：自由自在地走动、游玩，亦可指自由自在地日常游宴。
2. 劳心：忧愁顾念之心。忉忉：忧思貌。

3. 羔裘如膏：皮衣光鲜如同涂了一层油脂。膏：油脂。

4. 日出有曜：指羔裘鲜亮，在太阳下发光。曜：闪闪发光。

5. 悼：悲伤。

◎译文

穿着精致的羔裘从容漫步，
或华丽的狐裘出入朝堂。
怎能不对你日思夜念？
我心中郁烦啊如癫如狂。

穿着精致的羔裘驰驱在原野，
或华丽的狐裘忙碌在朝堂。

啊，怎能不为你日思夜念？
谁知我内心隐秘的悲伤！

光鲜的羔裘啊如油膏涂饰，
在太阳照耀下闪烁着银光。
怎能不为你日思夜念？
可叹我孤独无告心意苍茫。

◎赏析

　　《毛诗序》以为，本诗是桧国大夫忧君之作："《羔裘》，桧大夫以道去其君也。国小而迫，君不用道，好洁其衣服，逍遥游宴，而不能自强于政治，故作是诗也。"郑玄《诗笺》进一步发挥《毛诗序》观点："诸侯之朝服缁衣羔裘，大蜡而息民则有黄衣狐裘。今以朝服燕，祭服朝，是其好洁服也。"《毛诗》的解释时至今日还为多数人所接受，但我认为是站不住脚的。因为在当时，羔裘对大夫来说（更不用说对君主而言）不过是日常服饰，狐裘一般作礼服，但也不会像郑玄所认为的那样有严格的朝服、祭服之分（这种严格的分别是战国以后儒生自以为是的创制），仅仅因为身服狐裘"在朝""在堂"就"伤之""悼之"，实在有点过于大动干戈。况且，"岂不尔思"不能翻译为"为你思虑"，而"劳心忉忉""中心是悼"在《诗经》中是女性表达情伤的套语，则"忧君"之说实属牵强。

　　一个女孩爱上了高富帅的白马王子，却没有途径稍通款曲，只能远远地望着他光鲜靓丽地出入那个不属于她的世界，心中充满无奈和悲伤——这是一个我们每个人都熟悉的情感故事。

渴慕

　　洛阳城里春光好，洛阳才子他乡老。柳暗魏王堤，此时心转迷。　　桃花春水渌，水上鸳鸯浴。凝恨对残晖，忆君君不知。

——〔唐〕韦庄《菩萨蛮》

　　我住长江头，君住长江尾。日日思君不见君，共饮长江水。　　此水几时休，此恨何时已。只愿君心似我心，定不负相思意。

——〔北宋〕李之仪《卜算子》

蒹葭（秦风）

　　蒹葭[1]苍苍，白露为霜。所谓伊人[2]，在水一方[3]。溯洄从[4]之，道阻且长；溯游[5]从之，宛在水中央。

　　蒹葭凄凄，白露未晞[6]。所谓伊人，在水之湄[7]。溯洄从之，道阻且跻[8]；溯游从之，宛在水中坻[9]。

　　蒹葭采采，白露未已。所谓伊人，在水之涘[10]。溯洄从之，道阻且右[11]；溯游从之，宛在水中沚[12]。

1. 蒹葭（jiān jiā）："蒹"又称"荻"，长成后称"萑"，一种水草，似苇而小，茎为实心。葭：初生的芦苇。
2. 伊人：其人。"伊"通"其"，意为"此""这个"。
3. 一方：彼岸。方：通"旁"，涯岸。
4. 溯洄：逆洄流而上。溯：（在水中或沿岸边）逆流而上。洄：回旋曲流之水。从：追随。《广雅·释诂三》："从，就也。"

5. 溯游：逆直流而上。游：通"流"，直流之水。

6. 晞：晒干。

7. 湄：岸边。

8. 跻（jī）：升高，道路不断升高，意为险阻重重。

9. 坻（chí）：水中小高地。《毛传》："坻，水中小渚。"

10. 涘（sì）：水边。

11. 右：通"周"，意为弯曲。《唐诗·有杕之杜》有："生于道周。"《韩诗》："周，右也。"

12. 沚：水中小沙洲。

◎译文

芦荻花开一片苍茫，
浩渺白露凝结为霜。
心中的人儿你在哪里？
大河浩浩啊在水一方。
我要逆流而上把你追寻。
奈何道路艰难崎岖又漫长！
为把你追随我逆流而上，
你又宛然出现在河水中央。

芦荻花开一片清凄，
大河前横啊白露未晞。
心中的人儿你在何方？
在远远的彼岸云雾迷离。
我要逆流而上追随你足迹。
奈何道路艰险不可攀跻！
追随你足迹我逆流而上，
你却恍然出现在水中沙沚。

芦荻花开一片雪白，
大河苍茫露凝寒秋。
心中的人儿你在何处？
在辽阔的彼岸云低雾稠，
我要逆流而上把你寻找。

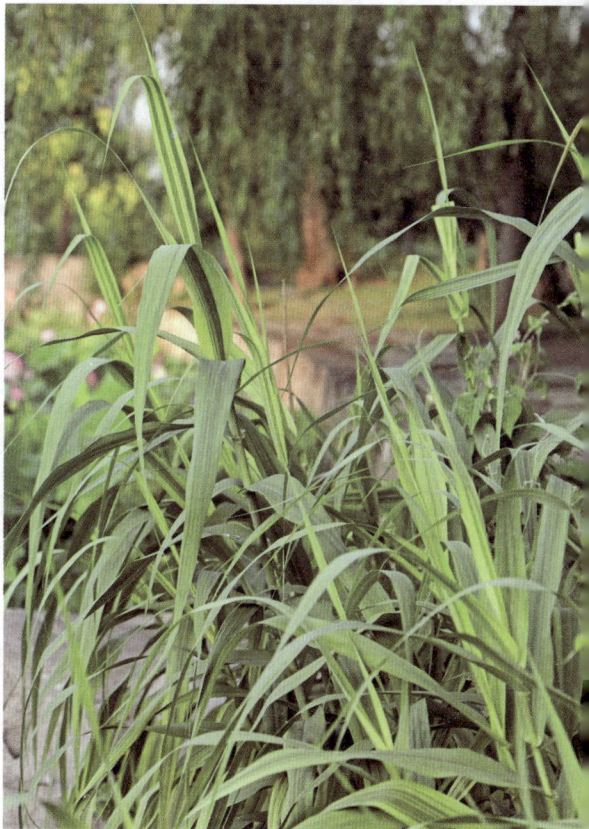

荻

奈何道路险阻没有尽头。
为追寻你踪迹我逆流而上，
你却忽然出现在水中沙洲。

◎赏析

　　"蒹葭苍苍，白露为霜"，在诗人不经意的点染之下，立即呈现出了一个清旷、凄美的非尘间的世界。试想，一条浩浩汤汤的大河，横亘在蓝天白云之下的大地上，白露凝霜，芦花飞扬，是一种多么令人感动的景象啊！明代诗人戴君恩评《蒹葭》："宛转数言，烟波万里。"在这个清旷的世界里，人是渺小的、孤独的，但越是孤独、渺小，人们对美好、对永恒之物的追求就越迫切、强烈。"所谓伊人，在水一方"，诗人意乱情迷，一唱三叹，如鸣环佩，凄婉而悠扬。

　　人是泥土之物，流动的、深邃的河流构成了对人类的绝对限定。因此，阴阳两界是由一条河隔开的，这就是被称为"忘川"的"冥河"。佛家称"正觉"之境、解脱之地为"彼岸"；古希腊的神秘主义者以"此处"与"彼处"的对立喻示物质与精神、神圣与凡俗的区别。在中国的传说里，一条银河隔开了牛郎织女。牛郎作为一个凡夫俗子，竟然娶了才貌双绝的仙女，当然是不能够长久保有的。他们必须被分开，分开从而成为人间的神话，成为人们企慕、叹惋的对象。为了那一条银河，从古到今，人们为牛郎织女挥洒了多少才思和泪水啊。《古诗十九首》有："迢迢牵牛星，皎皎河汉女……河汉清且浅，相去复几许，盈盈一水间，脉脉不得语。"真正美好的东西永远在彼岸，永远可望而不可即，这种情感在《诗经》时代就已经被表达出来了。我们可以认为，《汉广》《蒹葭》两诗就是牛郎织女神话的最初萌芽。

可望而不可即的爱情

河边织女星，河畔牵牛郎，未得渡清浅，相对遥相望。

——〔唐〕孟郊《古意》

绿杨芳草长亭路，年少抛人容易去。

楼头残梦五更钟，花底离情三月雨。

无情不似多情苦，一寸还成千万缕。

天涯地角有穷时，只有相思无尽处。

——〔北宋〕晏殊《玉楼春·春恨》

芦苇

第 三 讲
情诗之三——赞美

　　《诗经》的情诗中有一些篇章表达的是对异性的赞美之情，包括赞美对方的美貌、生育能力、男性气质等，代表性的篇章有《汾沮洳》（魏风）、《硕人》（卫风）、《淇奥》（卫风）、《简兮》（邶风）、《椒聊》（唐风）、《叔于田》（郑风）、《大叔于田》（郑风）、《羔裘》（郑风）、《绸缪》（唐风）。

汾沮洳（魏风）

　　彼汾沮洳[1]，言采其莫[2]。彼其之子，美无度[3]。美无度，殊异乎公路[4]。

　　彼汾一方[5]，言采其桑[6]。彼其之子，美如英[7]。美如英，殊异乎公行。

　　彼汾一曲[8]，言采其藚[9]。彼其之子，美如玉。美如玉，殊异乎公族。

◎注释

1. 汾：汾水。沮洳（jù rù）：水边洼湿地。沮：通"渐"。《毛传》："沮洳，其渐洳者。"意即河与岸之间的过渡地带，土渐少而水渐多。
2. 言：语助词。莫（mù）：一种野菜，又名须、芜、酸模、山大黄、山羊蹄、酸母等，嫩叶可作蔬菜，根和叶可供药用。
3. 无度：不可衡量，无法言说。

4. 殊异：远远超出。陈奂《传疏》："殊亦异也。乎，犹于也。"公路：掌公之路车，以卿大夫之庶子为之，此处泛指贵族子弟。以下公行（主兵车）、公族同。

5. 一方：一边，彼岸。方：通"旁"。

6. 桑：通"荡"（tāng），一种草本植物，即商陆、马尾，又称蓫（zhú）。《尔雅·释草》："蓫、荡，马尾。"按第一、第三章所采都为药草，第二章采桑不相伦类。桑、荡古音同。

7. 英：即"瑛"，玉石。

8. 曲：河流弯曲处。

9. 藚（xù）：即水舄，亦名泽泻。一种水草，似车前子而大，幼时可作蔬菜，块茎可治小便不利、水肿、呕吐、泻痢等病。

商陆

藚（水舄、泽泻）

莫（酸模、山羊蹄）

◎译文

汾水河滩中，
来采山羊蹄。
那位少年郎，
英俊无可拟。
英俊无可拟，
公子安能比！

汾水河湾里，
前来采马尾。
那位少年郎，

与玉竞华美。
与玉竞华美，
公子非其类。

汾水河湾处，
前来采泽泻。
那位少年郎，
华润如美玉。
华润如美玉，
公子非其族。

◎赏析

　　这是一首含义非常简单的小诗：在男女欢会的场所，女子对所爱恋的男子发出了由衷的赞美：他是石中的玉，是人中的精英，那些趾高气扬的公子哥儿根本不能与他相提并论（后世戏曲小说里多有男女于床第之间的相互赞美之词）。诗中"采莫""采桑""采藚"作为起兴词具有强烈的暗示色彩；不仅如此，汾之"沮洳"，汾之"一方""一曲"都是非常隐秘的所在，正是幽会之处。然而，正是这样一首如此简单的天籁之作，两千年来几乎无人得其正解。《毛诗序》称该诗的主旨是"刺俭也。其君俭以能勤，刺不得礼也"，完全不着边际；朱熹《诗集传》认为此诗"言若此人者，美则美矣，然其俭啬褊急之态，殊不似贵人也"，实在是强作解人；魏源《诗古微》认为此诗的主题是赞美汾水边上的闲人隐士，同样差之千里；今人陈子展《诗经直解》认为此诗"言采莫、采桑、采藚之类劳动人民具有美才，殊异于公路、公行、公族一类之贵族世禄子弟"，尤为怪论；南山《上古诗韵双葩》认为写的是"在汾水边采摘野菜的女子，爱上了一个男子，反复夸奖他美得无与伦比"，用现代的观念附会古人生活，似是而实非。

◎ 相关链接

情人的赞美

白石郎，临江居。前导江伯后从鱼。

积石如玉，列松如翠。郎艳独绝，世无其二。

——〔北宋〕郭茂倩编《乐府诗集》

硕人（卫风）

硕人其颀 [1]，衣锦褧衣 [2]。齐侯之子 [3]，卫侯 [4] 之妻，东宫之妹 [5]，邢侯之姨 [6]，谭公维私 [7]。

手如柔荑 [8]，肤如凝脂，领如蝤蛴 [9]，齿如瓠犀 [10]，螓首蛾眉 [11]。巧笑倩 [12] 兮，美目盼 [13] 兮。

硕人敖敖 [14]，说于农郊 [15]。四牡有骄 [16]，朱幩镳镳 [17]，翟茀 [18] 以朝。大夫夙 [19] 退，无使君劳。

河水洋洋 [20]，北流活活 [21]。施罛濊濊 [22]，鳣鲔发发 [23]。葭菼揭揭 [24]，庶姜孽孽 [25]，庶士有朅 [26]。

◎ 注释

1. 硕人：指卫庄公的夫人庄姜，母家为齐国。《左传》"隐公三年"："卫庄公娶于齐东宫得臣之妹，曰庄姜，美而无子，卫人所为赋《硕人》也。"硕：身材高大。颀：长。
2. 衣锦：穿着锦绸的衣服。褧（jiǒng）：通苘、䌹，一种纤维比较细致的麻。褧衣即麻织罩衣，罩在礼服之上，途中所服。
3. 齐侯之子：齐国国君的女儿。
4. 卫侯：即卫庄公。
5. 东宫之妹：指齐国太子之妹，东宫为太子之宫。
6. 邢侯之姨：邢国国君夫人的姐姐，妻之姐妹为姨。
7. 谭公维私：谭国国君是她的妹婿。维：是。私：女子称姊妹的丈夫。

8. 柔荑：《静女》"自牧归荑"传解：茅之初生也。此处当指茅草的嫩根。

9. 领：脖颈。蝤蛴（qiú qí）：天牛的幼虫，乳白色，肥嘟嘟。

10. 瓠犀（hù xī）：瓠，葫芦；犀，"犀"之误，通"栖""齐"，指整齐排列的葫芦籽。按：疑"瓠犀"本为"瓠齿"，因避重改。齿以齐为美，故齿亦有"齐"义，两者可通用。

11. 螓（qín）首：额头宽广方正。螓，虫名，似蝉而小，今之知了的一种，又名蜻蜻、欣欣，即蟪蛄。蛾眉：眉毛细长而曲，似蚕蛾之触须。蛾：蚕蛾，其触须细而弯曲。

12. 巧：美妙。按巧通"妖"，指女子那种自然而然的而非造作的美妙笑容。《说文·女部》有："姧，巧也。一曰女子笑貌"（姧为妖之异体字），可证巧、妖互通。倩（qiàn）：通"粲""瑳"，鲜明貌，指笑时露齿而灿然。《卫风·竹竿》有"巧笑之瑳"。《毛传》谓："倩，好口辅也"，似无来历。

13. 盼：眼珠黑白分明、眼波流转貌。"盼"从"分"得声，也从"分"会意。

14. 敖敖：身材高大貌。敖，通"颗"，高大。

15. 说：通"脱""税"，停车休息。农郊，即东郊，东为春，举行春耕之礼于东郊，故东郊亦称农郊。

16. 牡：公马。有骄，即骄骄，高大强壮貌。

17. 朱幩（fén）：朱熹《诗集传》："幩，镳饰也"，系在马衔两边的红绸巾。镳镳（biāo）：盛大貌。镳通"儦"，急行，此指朱幩因车马疾驰而有气势地随风舞动。

18. 翟：山鸡，这里指山鸡羽毛，用以装饰车蔽。茀（fú）：蒙车的竹席。

19. 夙：早。

20. 洋洋：水流盛大貌。

21. 活活（kuò）：水流激荡声。

22. 施：张设。罛（gū）：网。濊濊（huò）：渔网入水声。

23. 鳣（zhān）：鳇鱼，又名黄鱼、鲟鳇鱼等，体长可达2—5米，重达500千克以上。鲔（wěi）：白鲟，又名鮥、王鲔、象鼻鱼等，长可达2米以上，在周朝是天子春祭神祖的祭品，《夏小正》曰："春祭鲔。鲔者，鱼之先至者。"发发（bō）：鱼跳跃击水声。

24. 菼（tǎn）：初生之荻，似苇而小。揭：长而挺直貌。

25. 庶姜：陪嫁的众齐女。古代诸侯嫁女，同姓女或堂兄弟以庶女随嫁，称"媵"。孽：通"蘖"，植物分叉。孽孽，即植物葱茏貌，此处用以形容"庶姜"生机之旺盛。一说为繁容盛饰貌，恐非。

26. 庶士：众姜所生儿子。一说指护送出嫁的卫队，非。揭（qiè）：威武貌。

◎译文

美人雍容又修颀，
锦绣华服罩褧衣。
她是齐君女公子，
她是卫侯之娇妻，
她是东宫之胞妹，
她是邢侯之小姨，
谭国君妇是其姊。

十指白嫩如柔荑，
肌肤细腻似凝脂，
脖颈丰满如蝤蛴，
牙齿齐整似瓠子，
螓首蛾眉格调奇。
启齿一笑桃靥绽，
星眸含情起涟漪。

美人雍容又高挑，
停车暂息在东郊。
驾车驷马骄有力，
朱帻随风动飘飘，
香车华饰入君朝。
“各位大夫早点退，
毋使我君过辛劳。”

黄河之水浩洋洋，
一路北流涛声壮。
渔网破空声嚯喇，
鳣鲔跳波扑棱响。
芦荻高高多茂盛，
众姜勃勃生机强，
猛男成群国族昌！

◎赏析

《卫风·硕人》对女性之美的描写是中国文学传统中难以超越的经典，故而成为各种《诗经》选本必选的名篇。然而，自两汉以来，各家对其主题的阐释叠床架屋，陈陈相因，却几乎没有一人能得其

茅根

绒麻

蜻（知了）　　蟪蛴（天牛幼虫）　　天牛

正解。千古《硕人》无知音，实在令人为之扼腕！

关于此诗的主题，历来主要有四种观点：一是"怜悯"说，如《毛诗序》认为，《硕人》"闵庄姜也。庄公惑于嬖妾，使骄而上僭。

鳇鱼

庄姜贤而不答，终以无子，故国人闵而忧之"。后之解诗者绝大多数接受了《毛诗》的看法。二为"劝谕"说。据刘向《烈女传·齐女傅母》记载，庄姜初嫁，重衣貌而轻德行，其傅母加以规劝，为作此诗，使其"感而自修"。刘向之说本于《鲁诗》《韩诗》，汉代以后今文经学系统内诸家多采此说。三是"赞美"说，如清人方玉润《诗经原始》认为此诗"颂庄姜美而贤也"，并无"闵""谕"之意，持同类意见的还有姚际恒《诗经通论》、崔述《读风偶识》等，现代学者多采此说。四是"婚嫁说"，回避了"美""刺""闵"之类标签性判断，径直定性为一首"婚嫁诗"。

以上四种观点中，第一、第二两种是汉代儒生将《诗》经典化、教科书化的产物，千百年来陈陈相因，尽管时有曲解，总的看来与诗的本义愈去愈远；第三种"赞美说"只就皮相立论，实属外行人看热闹，虽言之津津却不得要领；第四种显然过于空泛、笼统，实如隔岸观火，得其光景而无由入其真境。

2005年河北教育出版社出版的唐文先生著《原来诗经可以这样读》一书将《硕人》的主题归结为"王家迎娶的礼赞"，这是迄今为止最为切近题旨的一种解释，遗憾的是唐先生一笔带过，没有通过对诗篇内在脉络的剖析进一步凸显主题，因而一直没有引起学界的重视。

我的观点是，《硕人》是卫国公室的婚礼颂诗，它颂美的重点不是庄姜本人的富贵与美丽，而是姬卫国族的兴盛和繁荣。

之所以把它归于"情诗·赞美"类，是因为当时的公室婚姻是政治性、公共性的，是国君整个家族的事情。作者肯定是公室成员。他满怀热情地赞美庄姜的美貌、随行仪仗队的豪华，想象着庄姜即将为王室带来的繁荣昌盛的前景。

诗之第一章夸示庄姜身份之显贵。作者从容淡定，一一道来，无一点轻浮显摆的鄙伧气，令读者感到一片富贵奢华扑面而来，禁不住想凑上去看个究竟。

第二章对美貌的描写展现了作者高超的技艺。"凝脂""瓠犀""蛾眉"成为后世描写美貌的套话（雪肤玉肌、桃颊樱唇之类，亦同一机杼），可谓影响深远。尽管只是形象描写，但诗人的笔触十分简洁，使人物形象具有了一种雕塑般的质感。与后世铺张、浮夸的细节形容相比，要高明得多。尤其是"巧笑倩兮，美目盼兮"之句，为美人千古传神，堪称空前绝后的神来之笔。相比之下，屈原《招魂》中的"蛾眉曼睩（lù），目腾光些。靡颜腻理，遗视绵些。娭（xī）光眇视，目曾波些"，显然过于媚态；陶渊明《闲情赋》的"瞬美目以流盼，含言笑而不分"，稍嫌做作；陆求可《月湄词》之《凤楼春·佳人摇扇》中的"回鬟遮面，秋波偷注，知音自解相挑"以及《雨中花慢·美人图》里"两点秋波注意，半弯罗袜生春"之类，难免妖冶;《西厢记·第一本》"临去秋波那一转",涉于暧昧。全不如《诗经》之清纯自然。

第三章前两句描写新娘入朝的礼仪与车马仪仗之煊赫,叙述华贵的婚礼车队经过城门外短暂休整"翟茀以朝"。本章最后一句"大夫凤退,无使君劳",意为"大家早散了吧,新郎晚上还有体力活要做呢,不要使我们的国君过于劳累了",属于具有浓郁民俗色彩的插科打诨,类似于现在闹洞房时的玩笑话,本之人情,谑而不虐。

第四章的"河水洋洋,北流活活。施罛濊濊,鱣鲔发发"是一组起兴句,引起性与生育的主题——流水活活,鱣鲔发发,象征着庄姜及其随从侍妾们旺盛的生育能力;下面的"葭菼揭揭,庶姜孽孽"以生机蓬勃的"葭菼"与风华正茂的"庶姜"相互映发,进一步渲染了这群陪嫁的姜姓姑娘不可抑制的青春活力。最后一句是全诗的归结点,将摇曳多姿的情感旋律推向高潮:"庶姜"的到来将为公室生下一群威武强壮的勇士,保证国族的绵延与强盛——这是因为新娘来归而生出的对宗族繁盛、国家富强的美好愿景的期待。全诗有铺陈,有承接,有高潮,一气流转,精彩纷呈,其主旋律在回环往复之际戛然而止,而将向未来敞开的想象的空间和袅袅不尽的余音留给了读者。

迄今为止,大多解诗者都简单地把活活流水、发发鱼群视为庄姜来归时路边的风景,把"庶士有朅"理解为"随从的武士强悍威武"。这不仅使诗中独有的民俗文化厚味寡然无存,而且使整首诗在结构脉络上变得扞格难通。前面已经"翟茀以朝",都入洞房了,再回过头来描写路上的风光景致和随从武士的高大威风?何其拖沓繁芜之甚!千古《硕人》无知音,完全是因为没有理解诗中"兴"的奥秘。

◎ 相关链接

美女描写

东家之子，增之一分则太长，减之一分则太短，著粉则太白，施朱则太赤。眉如翠羽，肌如白雪，腰如束素，齿如编贝。嫣然一笑，惑阳城，迷下蔡。然此女登墙窥臣三年，至今未许也。

——〔战国〕宋玉《登徒子好色赋》

美女妖且闲，采桑歧路间。柔条纷冉冉，叶落何翩翩。
攘袖见素手，皓腕约金环。头上金爵钗，腰佩翠琅玕。
明珠交玉体，珊瑚间木难。罗衣何飘飘，轻裾随风还。
顾盼遗光采，长啸气若兰。行徒用息驾，休者以忘餐。
借问女安居？乃在城南端。青楼临大路，高门结重关。
容华耀朝日，谁不希令颜。媒氏何所营，玉帛不时安。
佳人慕高义，求贤良独难。众人何嗷嗷，安知彼所观？
盛年处房室，中夜起长叹。

——〔三国·魏〕曹植《美女篇》

冰肌玉骨，自清凉无汗，水殿风来暗香满。绣帘开，一点明月窥人，人未寝，欹枕钗横鬓乱。　　起来携素手，庭户无声，时见疏星渡河汉。试问夜如何？夜已三更，金波淡、玉绳低转。但屈指西风几时来？又不道流年，暗中偷换。

——〔北宋〕苏轼《洞仙歌》

两弯似蹙非蹙笼烟眉，一双似喜非喜含情目，态生两靥之愁，娇袭一身之病。泪光点点，娇喘微微。闲静似娇花照水，行动如弱柳扶风。心较比干多一窍，病如西子胜三分。

——〔清〕曹雪芹《红楼梦》第三回

腰如弱柳，体似凝脂；十指露春笋纤长，一拃衬金莲稳小。

——《大宋宣和遗事》描写李师师

体若凝酥，腰如弱柳；指如春笋细长，脚似金莲稳小。

——〔元〕董解元《西厢记诸宫调》描写崔莺莺

翠柳眉间绿，桃花脸上红。薄罗衫子掩酥胸

——〔唐〕林楚翘《南歌子》

淇奥（卫风）

瞻彼淇奥[1]，绿竹猗猗[2]。有匪[3]君子，如切如磋[4]，如琢如磨。瑟兮僩[5]兮，赫兮咺[6]兮，有匪君子，终不可谖[7]兮。

瞻彼淇奥，绿竹青青。有匪君子，充耳琇莹[8]，会弁如星[9]。瑟兮僩兮，赫兮咺兮，有匪君子，终不可谖兮。

瞻彼淇奥，绿竹如箦[10]。有匪君子，如金如锡，如圭如璧。宽兮绰[11]兮，猗重较[12]兮。善戏谑兮，不为虐[13]兮。

◎注释

1. 淇：淇水。奥：通"澳"，水边弯曲处。有人认为应读 yù，义同。
2. 猗猗：美而盛貌，与"旖旎""婀娜"同义。
3. 匪：通"斐"，有文采、格致。
4. 磋：打磨。切、琢、磨同义。
5. 瑟：通"璱"，玉纹理鲜明貌，指有文采。《说文》："璱，玉英华相带如瑟弦也"。僩（xiàn）：通"烂"，有光彩（从闻一多说，详见《诗经通义·乙》）。
6. 赫：光明貌，《毛诗》谓"有明德赫赫然"，《小尔雅·广诂》："赫，明也。"咺（xuǎn）：同"煊"，光明显扬貌，《广雅·释诂四》："煊，明也。"
7. 谖（xuān）：忘。
8. 充耳：冠冕两边近耳处悬挂的玉饰。古人蓄长发，用笄绾住发髻，然后束之以冠。笄两端各垂下一绳，称"纮"（dān）。下挂两块玉石垂于耳畔，称"瑱"，又称"充耳"。琇（xiù）：莹，玉石。
9. 会弁如星：皮帽缝合处的玉饰闪闪如星。会（kuài）：缝合处。弁（biàn）：皮帽，由两块皮缝合而成，尊贵程度仅次于冕。

10. 箦（zé）：通"积"，丛集、茂盛貌。闻一多先生谓通"柞""笮"，义为房屋的"栈棚""顶棚"，形容竹子密不透风如顶棚，可参考。

11. 宽、绰：宽厚温良、从容不迫貌。

12. 猗：通"倚"。较（jué）：车厢两旁木板上面可倚靠的沿木。重较即在其外面附加一根沿木，有时配以弯曲成弧形的青铜部件作为装饰，称为"金较"，以显示主人身份的高贵。

13. 不为虐：指言语行为不鲁莽、过分。

◎译文

在淇水的曲澳我等你已久，
茂密的绿竹遮日蔽天。
文质彬彬的君子勇士啊，
你像切磨过的瑛璞纹理雅致，
你像雕琢后的宝玉意蕴内含。
你光彩照人举止有度，
你威仪棣棣品质粲然，
文质彬彬的君子勇士啊，
我终日里为你梦绕神牵！

茂盛的竹丛青青如盖，
我在淇水曲澳等你到来。
文质彬彬的君子勇士啊，
你珠玉的充耳晶莹纯粹，
皮弁上的宝石闪烁着星彩。

你举止高雅光芒四射，
你威仪棣棣气度超迈，
文质彬彬的君子勇士啊，
终日里让我不能忘怀！

青青竹丛茂密如席，
于淇水曲澳我在等你。
文质彬彬的君子勇士啊，
你气质温润如圭如璧。
你品性精纯如金如锡，
心胸广阔格局宏伟。
你气度从容重较斜倚。
你言语幽默善解人意，
你诙谐有度令人舒适。

◎赏析

这是一首赞美男性的诗。作者围绕对象内外合一、文质彬彬的人格之美措笔，以金锡比其精纯，以圭璧方其温润，写得细腻而温情。儒家的君子人格理想可以在这里找到社会性的渊源。水边弯曲处，竹林密丛中，是经常发生浪漫故事的地方，因此开篇"瞻彼淇奥，绿竹猗猗"的起兴句向我们透露出这仍然是一首情诗，只是情感的表达略微含蓄一些：女诗人以欣赏的甚至崇拜的眼光看待心中的偶像，沉浸在充斥着那美好男子的影像和气息的氛围里，如痴如

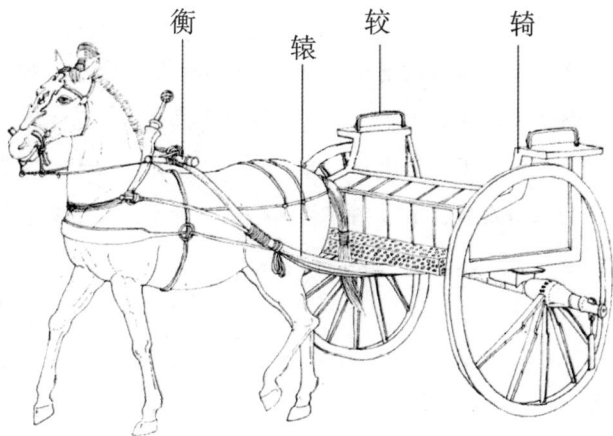

衡　　辕　　较　　轵

车较（刘义华：《中国古代车马舆具》，清华大学出版社2013年版，有修改）

醉，难以释怀。

　　本诗对男人的赞美可称知人之论：先以玉之纯粹比拟其人之品德与光彩，然后通过对其容饰的描写，烘托其不凡的气质与声势，接着通过"猗重较"这个特写镜头将企慕的眼光落在了其人的胸怀与气度上——镇定、从容，即"宽兮绰兮"，这是男人最优秀的品质，一种不经意间流露的雅人深致。扬之水在《诗经名物新证》中说："重较装饰了车，也装饰了人。但必要有诗中这实在却空灵的一'倚'，一切才都活起来。"诗的最后又提到了一个优秀男人必备的另一项素质：与人无害的幽默风趣。诗中女子对其"君子"的赞美，既是全方位的，又字字都落到实处。若非爱之深挚，不会有如此透彻的理解和感受，显然诗人完全被对方的气场所笼罩了。

◎ 相关链接

白马王子

东方千余骑，夫婿居上头。何用识夫婿，白马从骊驹。
青丝系马尾，黄金络马头。腰中鹿卢剑，可值千万余。
十五府小吏，二十朝大夫，三十侍中郎，四十专城居。
为人洁白皙，鬑鬑颇有须。盈盈公府步，冉冉府中趋。
坐中数千人，皆言夫婿殊。

——摘自《汉乐府·陌上桑》

简兮（邶风）

简[1]兮简兮，方将万舞[2]。日之方中，在前上处[3]。硕人
俣俣[4]，公庭万舞。

有力如虎，执辔如组[5]。左手执籥[6]，右手秉翟[7]。赫如渥赭[8]，
公言锡爵[9]。

山有榛，隰有苓[10]。云谁之思[11]？西方美人[12]。彼美人兮，
西方之人兮。

◎ 注释

1. 简：击鼓声，同"坎"。
2. 万舞：是一种统合文舞与武舞的大型舞蹈，文用籥、翟，武操干、戚，用于祭祀宗庙鬼神等的国家大典。
3. 在前上处：在前排上首，领舞位置。
4. 俣（yǔ）：身体魁梧貌。《毛传》："俣俣，容貌大也。"《韩诗》作"扈扈"，释云"美貌"。古人以大为美，大、美义通。
5. 执辔如组：古人一车驾四马，每马二辔，共八辔，中二辔系于车，余六辔御者手执，车技高明，则六辔有条不紊，有如丝组。按：这是当时人赞美男子驾车技术高超的套话。

苓

6. 籥（yuè）：古代乐器，编竹为之，类似今天的笙。

7. 翟（dí）：野鸡羽毛。

8. 赫如渥赭：面色通赤，如厚傅丹。渥（wò）：深厚。赭（zhě）：红褐色。

9. 锡爵：赐一爵酒。锡：通"赐"。爵：饮酒器。

10. 苓：茯苓与枫树苓皆简称苓，此处当指后者，亦名猪苓，一种多生于
    枫树下的植物，根部可入药，籽实可食用。

11. 云谁之思：思念的是谁啊？云：语气词。之：结构助词，是。

12. 西方美人：来自西方的美人，指舞者，应来于王畿，在卫国西面。

◎译文

皮鼓砳砳响，
万舞要开场。
太阳当头照，
美男气轩昂。

魁伟美男子，
领舞在公堂。

力大如猛虎，
握辔如丝组。
左手执竹篷，

右手秉雉羽。
面红如傅丹，
赐酒君兴足。

榛树在高山，
猪苓生泽隈。
谁人动我心，
西方美男子。
他从西方来，
魁伟美男子！

◎赏析

　　有人认为，本诗第三章与第一、二章不相类，当属错简所致。我认为，在没有证据的情况下，最好还是维持原状。其实我觉得两者是可以统合起来的。第一、二章赞美了舞者的威武、雄壮与高超技艺，"有力如虎，执辔如组"为帅男子传神，英气弥漫。第三章则抒发了对舞者的思慕之情："山有榛，隰有苓"，兴起了女对男的依恋、倾慕之意；"云谁之思？西方美人"，表达的则是具有咒祝性质的祈愿，意为，我心里想的是谁呢，是你呀，来自西方的美男子！

◎相关链接

女子的倾慕

　　春日游，杏花吹满头。陌上谁家年少，足风流。
妾拟将身嫁与，一生休。纵被无情弃，不能羞。

　　　　　　　　　　　　——〔唐〕韦庄《思帝乡》

　　鸣筝金粟柱，素手玉房前。欲得周郎顾，时时误拂弦。

　　　　　　　　　　　　——〔唐〕李端《听筝》

椒聊（唐风）

椒聊[1]之实，蕃衍盈升[2]。彼其之子，硕大无朋。椒聊且[3]！远条[4]且！

椒聊之实，蕃衍盈匊[5]。彼其之子，硕大且笃[6]。椒聊且！远条且！

◎ 注释

1. 椒：花椒。聊：通"楸""莍"（qiú），籽实众多成团状，相当于现代的"一簇""一嘟噜"。花椒多子，故用以赞美女人。古代皇后的住处称椒房，房即"蜂房"之房，指聚在一起的众多小房室，喻示皇后产子众多。
2. 蕃衍：繁多貌。盈升：满一升。
3. 椒聊且：成串成串的花椒子啊！且：语气词。
4. 远条：指香气远播。条：通"攸""悠"，远。
5. 匊（jū）：通"掬"，一捧。
6. 笃：厚重、肥大。

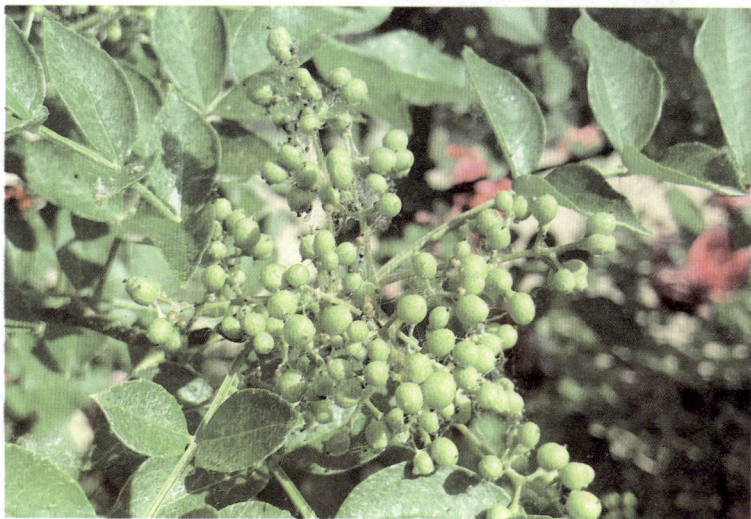

花椒

◎译文

花椒树啊多丰盛，　　　　　　　花椒树啊多丰盛，
捋下一串满一升。　　　　　　　撸下一串满一捧。
那位美女多迷人，　　　　　　　那位美女多迷人，
雍容华贵美无朋。　　　　　　　丰腴高大仪雍容。
就像那椒树籽串串，　　　　　　就像那椒树籽串串，
枝条高高芳香远！　　　　　　　枝条高高芳香远！

◎赏析

　　本诗赞美女子貌美体丰，定将多子多福，像花椒树一样籽实累累，芳香四溢。诗抓住花椒树丰产芬芳的特征大加渲染，烘托出了高大、丰腴、富丽而又富于生机的美女形象，连读者都被笼罩在了这位当季美人的丰盛和芬芳里。

叔于田（郑风）

　　叔于田[1]，巷无居人[2]。岂无居人？不如叔也，洵[3]美且仁。

　　叔于狩[4]，巷无饮酒。岂无饮酒？不如叔也，洵美且好。

　　叔适野，巷无服马[5]。岂无服马？不如叔也，洵美且武。

◎注释

1. 叔：对青年男子的泛称。田：打猎。
2. 巷无居人：村里没有可以称道的人了。巷：同"乡"，乡里、邑居。《礼记·曾子问》有"助葬于巷党"，"巷党"即《论语》之"乡党"。
3. 洵：确实。
4. 狩：冬猎曰狩。
5. 服马：驭马，这里指能驾驭烈马的人。

◎译文

村里一时空了，
当哥哥外出行狩。
不是村里没人，
只是都不如阿哥，
那样帅气仁厚。

哥哥外出行狩，
村里再没有人饮酒。
不是没有人饮酒，

只是都不如阿哥，
那样帅气优秀。

哥哥打猎在外，
村里再没有人能服马。
不是没有人服马，
只是都不如阿哥，
那样帅气英发。

◎赏析

　　这是热恋中的少女对自己心目中的男子汉的讴歌之词。常言道，情人眼里出西施，在这位神魂颠倒的女子看来，她的恋人是世界上最伟大、最美好的（打猎、饮酒、服马是男性阳刚美的体现），其他的男人都不值得一提。"巷无居人"一句警峭异常，可谓写尽了小女子的痴迷情态。老杜《丹青引赠曹将军霸》的"斯须九重真龙出，一洗万古凡马空"，韩愈《送温处士赴河阳军序》的"伯乐一过冀北之野而马群遂空"，与此诗出同一机杼。

◎相关链接

巷无居人

　　梳洗罢，独倚望江楼。过尽千帆皆不是，斜晖脉脉水悠悠，肠断白蘋洲。

——〔唐〕温庭筠《望江南》

大叔于田（郑风）

　　叔于田，乘乘马[1]。执辔如组，两骖[2]如舞。叔在薮[3]，火烈具举[4]，袒裼暴虎[5]，献于公所。将叔无狃，戒其伤女[6]。

　　叔于田，乘乘黄[7]。两服上襄，两骖雁行[8]。叔在薮，火烈具扬。叔善射忌[9]，又良御忌，抑磬控[10]忌，抑纵送[11]忌。

　　叔于田，乘乘鸨[12]。两服齐首，两骖如手。叔在薮，火烈具阜[13]。叔马慢忌，叔发罕[14]忌。抑释掤[15]忌，抑鬯[16]弓忌。

◎注释

1. 乘乘马：第一个"乘"读（chéng），乘坐、驾驭；第二个"乘"读（shèng），指四匹马。
2. 两骖（cān）：驾车四马中外边的两匹。
3. 薮（sǒu）：沼泽地。
4. 火烈具举：众人一齐举火，烧草林驱赶野兽。具：通"俱"。
5. 袒（tǎn）裼（xī）：脱掉上衣，赤膊。按袒与裼是同义词，开始都是指露出左肩或右肩，后来赤膊亦称"袒裼"。暴虎：赤手搏虎。暴：通"搏"。
6. 将（qiāng）叔无狃（niǔ），戒其伤女：希望您别再如此大意了，小心它伤着你。将：愿、希望。狃：习惯，这里指因习以为常而麻痹大意。戒：警惕、小心。
7. 乘黄：即黄乘，四匹黄色的马。
8. 两服上襄，两骖雁行：中间两马在前昂首疾驰，外边两马在后紧紧跟随。上：前。襄：通"骧"，奔驰。雁行：在旁而稍后，如雁行。
9. 忌：句末语气词。
10. 抑：语气词，通"噫"。磬：此处用作状语，义为像磬一样。控：止马。
11. 纵送：纵马驰骋。纵：放开。送：奔驰。
12. 鸨（bǎo）：通"駂"，杂色，这里指杂色马。
13. 阜：盛大。
14. 发：射箭。罕：少。
15. 释：解开。掤（bīng）：箭壶，亦称"蒲""葡""箙"。《广雅·释器》："掤，矢藏也。"亦写作"冰"，《左传》"昭公二十五年"："公徒释甲执冰而踞。"
16. 鬯（chàng）：通"韔"，弓袋。收弓于袋之动作亦谓"韔"。

◎译文

哥哥外出打猎，
驷马从容驾驭。
手中六辔如一，
两骖步调似舞。
驱车挺进围场，
一时火把齐举，
赤手搏击猛虎，
擒获献于君主。
万望阿哥小心，
谨防猛兽伤汝！

哥哥外出打猎，
驾驭骏马四黄。
两服龙骧虎步，
两骖紧随雁翔。
驱车驰骋围场，

烈火随风激扬。
哥哥善射难比，
又是良驭无双，
时而盘马似磬，
时而纵马轩昂。

哥哥外出打猎，
驾驭杂色驷马。
两服齐头并进，
两骖如手不差。
驱车纵横围场，
一时风高火大。
哥哥驰驱有度，
始终箭不轻发。
从容归箭进袋，
收弓奏凯还家！

◎赏析

　　当一个女孩子只是笼统地把你看作世界上最伟大的男人时，她的爱是热烈的、浪漫的，但往往是不可靠的，时过境迁会褪色变质；而当她以欣赏的眼光关注你的每一个细节时，她的爱才是发自内心的、能够持久的。本诗的作者就是这样一位为爱所浸润而又真正懂得爱的姑娘：她饱蘸深情地追摄了狩猎者的每一个举动，像一位电影剪辑的高手，把轰轰烈烈的大场面和富有张力的特写镜头组织得十分恰当，使人仿佛面临那火烈风高、人喊马叫、兔走鹰飞的狩猎场面，在烽火燎原的背景下凸显了她所景仰的矫捷、英武、气度非凡的男子汉形象。这种爱慕是发自深心的，所以她才在诗中情不自禁地加上了两句关切的话，"将叔无狃，戒其伤女"。

　　细节的描绘是本诗的特色，但作者并没有一味铺陈，而是虚实相生，疾徐相济，轻重有度。"执辔如组，两骖如舞"，洒脱轻灵，如书法中的飞白，于虚处见精神；"抑磬控忌，抑纵送忌"，则铁笔如钩,着力刻画了主人公内在的力量和气势之美（也许只有曹植《白马篇》"仰手接飞猱,俯身散马蹄"可比美）;"叔马慢忌,叔发罕忌"则更妙,随手一渲染便烘托出了他迥出众人的从容和自信:他不像别人那样咋咋呼呼、吆五喝六,他是整个场面的中心,所有的关注都集中在他身上,他只是在最关键的时刻才一锤定音。作者举重若轻,从容有度,是真正的大手笔。

◎ 相关链接

田猎与男性气质

青盖前头点皂旗,黄茅冈下出长围。

弄风骄马跑空立,趁兔苍鹰掠地飞。

回望白云生翠巘,归来红叶满征衣。

圣明若用西凉簿,白羽犹能效一挥。

——〔北宋〕苏轼《祭常山回小猎》

原头火烧静兀兀,野雉畏鹰出复没。

将军欲以巧伏人,盘马弯弓惜不发。

——〔唐〕韩愈《雉带箭》节选

羔裘（郑风）

羔裘如濡[1],洵直且侯[2]。彼其之子[3],舍命不渝[4]。

羔裘豹饰[5],孔武[6]有力。彼其之子,邦之司直[7]。

羔裘晏[8]兮,三英粲[9]兮。彼其之子,邦之彦[10]兮。

◎注释

1. 羔裘：羔羊皮袄，古大夫的朝服。如濡（rú）：像被油膏浸润过一样，形容羔裘柔软而有光泽。

2. 洵（xún）：通"询"，信，诚然，的确。《尔雅·释诂》："洵，信也。"直：顺直。侯：美。《韩诗》："侯，美也。"闻一多《诗经通义·乙》谓："古代训君者多有美义，侯为君，又为美，犹皇与烝为君，又为美。"

3. 彼其之子：当时带有谐趣色彩的习惯称法，指"那个人"。彼：那个。其：亦是代词，与"彼"有复指关系，起强调作用。

4. 舍命：施命、传布君主命令。舍：通"施"，施舍双声相转。《天问》："夫何三年不施。"注："施，舍也。"渝：改变。有人把舍命理解为舍弃性命，太过突兀，且与下文文义相去甚远，《诗经》中凡反复咏唱的章节，相同位置的词汇意思都是相同或相近的。

5. 豹饰：用豹皮装饰羔裘的袖口和边缘。

6. 孔武：特别勇武。孔：甚；很。

7. 司直：犹"表率"，指能以身作则匡正国人者。或以为"司直"为官名，负责劝诫君主过失。

8. 晏：本义为天晚，引申为清静、温和，这里指羔裘柔暖的样子。《尔雅》："晏晏，温也，柔也。"

9. 三英：装饰袖口的三道豹皮镶边。英：饰。粲（càn）：光耀。

10. 彦（yàn）：美士，俊杰。《毛诗》："彦，士之美称。"

◎译文

柔润的羔裘穿在身上，
多么熨帖又多么漂亮。
那位帅哥不同凡响，
执行君命稳妥不爽。

柔软的羔裘豹皮为饰，
魁伟强壮器宇轩昂。

那位帅哥谁人可比，
以身作则率正四方。

羊羔皮的朝服多么柔暖，
豹皮装饰的袖口多么光鲜。
谁人能比啊那位帅哥，
不愧是我们郑国的俊杰！

◎赏析

　　《毛诗序》以为："《羔裘》，刺朝也。言古之君子，以风其朝焉"，扯得有点远。朱熹《诗集传》认为本诗是郑人"美其大夫之辞"，似是而实非。因为"彼其之子"这种远距离的情感的高光投射，这种说话的角度与口吻，不适合下属对德高望重的大臣的美颂，也不适合朝中同僚之间的相互恭维，只适合用在春情骚动的男女之间。

所以，本诗应该是一位情窦初开的女子对心中暗恋的"钻石王老五"的企慕赞美之词。诗人的注意力集中在对方的服饰体格上，尤其是没有放过羔裘那柔软的质感、豹袖三道镶边的色彩这样的细节，这是真正的女性的视角和眼界，读来亲切自然。

绸缪（唐风）

绸缪束薪[1]，三星[2]在天。今夕何夕？见此良人[3]。子兮子[4]兮，如此良人何！

绸缪束刍[5]，三星在隅[6]。今夕何夕？见此邂逅[7]。子兮子兮，如此邂逅何！

绸缪束楚，三星在户[8]。今夕何夕？见此粲者[9]。子兮子兮，如此粲者何！

◎注释

1. 绸（chóu）缪（móu）：缠绕、束缚。束薪：一捆柴。《诗经》中以采摘和砍伐象征男性对女性的征服与占有，因此往往用"析薪""刈薪"等代指娶妻，用"束薪""束楚"等代指结婚。
2. 三星：相邻而成一直线的三颗亮星，经常被提到的有参宿三星、心宿三星（《七月》之"七月流火"）、河鼓三星（亦称"天鼓"，俗称"牛郎星"）。此处为参宿三星，初冬时黄昏现于东方，午夜至正南方。
3. 良人：本义为"良善之人"，先秦时期夫妇之间往往互称"良人"。《毛传》："良人，美室也。"
4. 子：男子自谓之词。或以"子"为贺客称呼新郎，恐非。
5. 刍（chú）：草料。
6. 隅：房屋东南角。
7. 见此邂逅：意为未曾料到能得此美人。邂逅：因缘而会之佳偶。

8. 户：屋门。
9. 粲（càn）者：指美女。粲：精白米。

◎
译
文

把薪柴捆起来，
当参宿三星出现在天空。
今晚是什么日子啊？
终于与梦中的人儿牵手成功！
你啊你是谁，哪来的福分，
与此绝世的美人相携相拥？

把柴薪捆起来，
当参宿三星升起在东隅。
今晚是什么日子啊？
千载一遇的姻缘宣告成熟！
你啊你是谁，哪来的造化，
可消受如此幸运和艳福？

把柴草捆起来，
当参宿三星升起在中天。
今夜是什么日子啊？
如此天人出现在我面前！
你啊你是谁，哪来的艳福，
竟与如此女神共赴巫山？

◎
赏
析

　　本诗被誉为新婚诗之绝唱，表达的是新郎面对美貌的新娘（也许是经过苦苦追求终于如愿以偿，也许是乍见天人喜出望外）而恍然无所措手足的那种因幸福而癫狂的迷醉情态。像童话中的小老鼠突然碰到一块大蛋糕，他激动地转来转去却忘了如何下嘴。如花美眷，似水流年；神鬼无语，星河灿烂。爱的激情使他超脱了现实的局限，直接面对了人类存在的广大和永恒，沉浸在了神明的祝福里。

"今夕何夕？见此粲者。子兮子兮，如此粲者何！"此灵魂出窍般的痴癫呢喃，可谓妙绝千古。也许只有《楚辞》的《越人歌》可与之比美："今夕何夕兮，搴洲中流。今日何日兮，得与王子同舟。蒙羞被好兮，不訾诟耻。心几烦而不绝兮，得知王子。山有木兮木有枝，心悦君兮君不知。"

"三星在天"意味着浩瀚星空成为人类情感的见证。杜牧、苏轼、张孝祥、周邦彦等众多一流诗人从这里汲取过灵感。

◎ 相关链接

爱的永恒

　　　　银烛秋光冷画屏，轻罗小扇扑流萤。天阶夜色凉如水，坐看织女牵牛星。

——〔唐〕杜牧《秋夕》

　　　　风销绛蜡，露浥红莲，灯市光相射。桂华流瓦，纤云散、耿耿素娥欲下。衣裳淡雅，看楚女纤腰一把。箫鼓喧，人影参差，满路飘香麝。　　因念都城放夜，望千门如画，嬉笑游冶。钿车罗帕，相逢处、自有暗尘随马。　　年光是也，唯只见旧情衰谢。清漏移，飞盖归来，从舞休歌罢。

——〔北宋〕周邦彦《解语花·上元》

第四讲
情诗之四——欢会

　　《国风》中涉及男女欢会的篇章有《东门之杨》（陈风）、《静女》（邶风）、《野有死麕》（召南）、《风雨》（郑风）、《桑中》（鄘风）、《九罭》（豳风）、《木瓜》（卫风）、《君子阳阳》（王风）、《箨兮》（郑风）、《溱洧》（郑风）。其中又分两种情况：其一是一男一女间的幽期密约或邂逅成欢，其二是一群男女间的悠游嬉戏，邀舞对歌。

东门之杨（陈风）

　　东门之杨，其叶牂牂 [1]。昏以为期，明星煌煌 [2]。

　　东门之杨，其叶肺肺 [3]。昏以为期，明星哲哲 [4]。

◎注释

1. 牂牂（zāng）：通"将"，风吹树叶声。《易林·革之大有》："南山之杨，其叶将将。"《郑风·有女同车》："佩玉将将。"牂牂、肺肺，《毛传》皆释"茂盛貌"，则诗意全无。
2. 明星：五大行星中的金星，在晨曰启明，在夕曰长庚，又称太白金星。煌煌：明亮貌。
3. 肺肺（pèi）：同"发"（bō），风吹树叶声。《卫风·硕人》："鳣鲔发发。"
4. 哲哲（zhé）：明亮貌。

◎ 译文

城东门的白杨树啊，　　　　　　　城东门的白杨树啊，
叶子哗啦啦响。　　　　　　　　　把满腹的情愫倾吐。
约好了黄昏见面，　　　　　　　　约好了黄昏见面，
可你究竟在何方？　　　　　　　　到现在音信全无！
只有天边的长庚星，　　　　　　　只有天边的长庚星，
孤独而又明亮。　　　　　　　　　明亮而又孤独。

◎ 赏析

这是一首写恋人约会的诗，地点是在"东门"外的杨树下，时间是黄昏之后。明亮而孤独的长庚星、风吹树叶的哗啦啦声响，烘托出了约会者在期待中那种幸福、兴奋而又激动不安的心理。这样的情境，也许自古以来恋爱中的男女都曾经历过。千载之下，读者似乎仍能听到心神不定的小伙子那怦怦心跳的声音。宇宙茫茫，岁月如风，那升起又降落的永恒星月见证了多少爱恋与悲伤的故事！这首诗很容易使人联想到《西厢记》莺莺约会张生的"待月西厢下"，以及朱淑真的《生查子·元夜》，还有李商隐的"昨夜星辰昨夜风"。

◎ 相关链接

幽期密约

待月西厢下，迎风户半开。隔墙花影动，疑是玉人来。

——〔唐〕元稹《莺莺传》

去年元夜时，花市灯如昼。月上柳梢头，人约黄昏后。
今年元夜时，月与灯依旧。不见去年人，泪湿春衫袖。

——〔南宋〕朱淑真《生查子·元夜》

昨夜星辰昨夜风，画楼西畔桂堂东。
身无彩凤双飞翼，心有灵犀一点通。
隔座送钩春酒暖，分曹射覆蜡灯红。
嗟余听鼓应官去，走马兰台类转蓬。

——〔唐〕李商隐《无题二首》其一

静女（邶风）

静女其姝[1]，俟我于城隅[2]。爱[3]而不见，搔首踟蹰[4]。

静女其娈[5]，贻我彤管[6]。彤管有炜[7]，说怿女[8]美。

自牧归荑[9]，洵美且异。匪女之为美，美人之贻[10]。

1. 静女："文静而温柔的女子。"另据闻一多先生，"静女"即"季女""小女"（从"青"字得声的许多字，都与"小"有关，如《广雅·释诂》的"精，小也"，《说文》的"婧，一曰细貌"，《山海经·大荒东经》的"有小人国曰靖人"。参见闻一多《诗经讲义》，可备一说。）姝：美丽。

2. 城隅：城墙角，此处指建于城隅的角楼。城：城墙。隅：角落。

3. 爱：通"薆"（ài），隐蔽、隐藏。

4. 踟（chí）蹰（chú）：犹豫徘徊貌。

5. 娈（luán）：美好。

6. 贻（yí）：赠送。彤管，即红色茅根。《风俗通》谓"管"之义为"物贯地而牙"，则根、管可通。按："根"是战国时期出现的字，此前"根"可能称"管"。

7. 有炜（wěi）：即"炜炜"，有光彩，指颜色红亮。

8. 说：通"悦"。怿（yì）：喜欢。女：通"汝"，指"彤管"，下章之"女"同。

9. 牧：野外。归：馈，赠送。荑（tí）：茅根。历来释为"初生的茅草"，恐非。详见《硕人》注。

10. 美人之贻：它是美人所送。

◎译文

有一位美女娴静温柔，
与我定约相会在城楼。
可她却藏起来不肯露面，
任我无奈何搔首又挠头。

她赠我一把红色茅根，
那娴静温柔的美丽姑娘。
红色的茅根那么鲜亮，

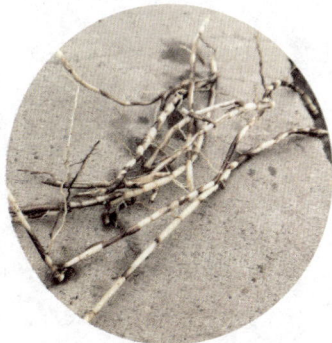

茅根

那么好看让我癫狂。　　　　　　这礼物确实漂亮非凡。

　　　　　　　　　　　　　　　　其实不是茅根多么好看，

收工回来赠送我茅根，　　　　　是美女所送才不一般。

◎赏析

　　本诗展示了一幕轻松有趣的男女幽会的情景剧，地点是城头，时间是收工后的傍晚。约好在"城之隅"见面，男的来了，女的没有出现，显然在跟他玩捉迷藏。憨厚笨拙的小伙子"搔首踟蹰"，不知如何是好。傻小子的憨厚衬托了姑娘的伶俐聪明。不一会儿，姑娘出现了，把从地里挖来的茅根（汁甜，可嚼吃）送给小伙子。幸福的小伙子珍惜地收下礼物，因为那是心上人送的，礼轻情意重。"匪女之为美，美人之贻"，道出了古今痴心男子共同的感受和心情。

◎相关链接

爱屋及乌

　　春山烟欲收，天淡星稀小。残月脸边明，别泪临清晓。

　　语已多，情未了，回首犹重道：记得绿罗裙，处处怜芳草。

　　　　　　　　　　　　　　——〔五代·前蜀〕牛希济《生查子》

　　莺啼残月，绣阁香灯灭。门外马嘶郎欲别，正是落花时节。

　　妆成不画蛾眉，含愁独倚金扉。去路香尘莫扫，扫即郎去归迟。

　　　　　　　　　　　　　　　　　——〔唐〕韦庄《清平乐》

　　昔日戏言身后事，今朝都到眼前来。

　　衣裳已施行看尽，针线犹存未忍开。

　　尚想旧情怜婢仆，也曾因梦送钱财。

　　诚知此恨人人有，贫贱夫妻百事哀。

　　　　　　　　　　　　　　——〔唐〕元稹《遣悲怀三首》选两首

野有死麕（召南）

野有死麕[1]，白茅包之。有女怀春[2]，吉士[3]诱之。

林有朴樕[4]，野有死鹿。白茅纯束[5]，有女如玉。

舒而脱脱[6]兮，无感我帨[7]兮，无使尨[8]也吠。

◎
注
释

1. 麕（jūn）：同"麇"，獐子。
2. 怀春：伤春。怀：有所思之感伤。《卷耳》有"维以不永怀"。
3. 吉士：犹"善士"，此处指好的、优秀的男子。
4. 林：野外。《鲁颂·駉》有"在駉之野"，《毛传》："邑外曰郊，郊外曰野，
   野外曰林，林外曰駉。"朴樕（sù）：矮小的树丛。
5. 纯（tún）束：捆扎。纯、束同义词。
6. 舒而：舒然，徐缓地；而：通"如""然"。脱脱：舒缓貌。《毛传》："脱
   脱，舒迟也。"《淮南子·精神训》："则脱然而喜矣"，旁注："脱，舒也"。
   一说"脱"通"娧"（tuì），义同。其实"脱"本来即有舒缓义。
7. 感：通"撼"，掀动。帨（shuì）：妇女系在腹前部的佩巾，亦称缡（lí）、
   袆（huī）。《豳风·东山》："亲结其缡。"
8. 尨（máng）：长毛狗。一曰杂色狗。

◎
译
文

野地里有一只猎获的小鹿，
用洁白的茅草包裹捆绑。
帅气的小伙巧言引诱，
美丽的女孩春心荡漾。

旷野里的树丛多么隐秘，
死去的小鹿摆布由人。
小鹿死去用白茅包裹，
美丽的姑娘玉体横陈。

玉体横陈欲迎还拒：

白茅

"慢点儿轻点儿啊别动我悦巾，
小声点儿啊别惊动我的狗狗，
怕它的叫声引来闲人。"

◎赏析

　　这首诗当是男人们的杰作，写得生动而放肆。"野有死麕，白茅包之"一句大有深意。我们知道，人类在诞生以后的漫长岁月里，一直处在女性家长的管理之下，进入阶级社会后，男人依靠自己日益增强的经济权力，才颠覆了女性的统治，确立了男性的主导地位，把女性打入了卑下和耻辱的深渊。从此，女性成了男性发泄欲望和传宗接代的工具，女人在精神上的彻底服从、肉体上的主动奉献成为男人潜意识深处的白日梦（参见李宪堂：《民间文学中男性潜意识深处的女性意象解析》，《江淮论坛》2002年4月）。在心理学上，死是一种绝对驯顺的、任人摆布的状态——死去的鹿，不正象征了处于自愿贡献状态的女人吗？这种状态正是男人所期待于女性的，这就是为什么本诗以此句起兴。另外，白茅是大地的毛发（最像头发的草类），在上古被视作神圣之物，用于祭祀等重要的礼典。如《左传》"僖公四年"："尔贡包茅不入，王祭不共，无以缩酒。""白茅包之"的鹿不正是作为牺牲——男人向自己的欲望献祭的牺牲——的女人吗？以前，人们都把"死麕""死鹿"解释为猎人以此为礼向姑娘求婚，完全是不懂诗意的胶柱鼓瑟之论。
　　第三章如一个表演小品一样富有戏剧性。可以这样翻译：慢点儿轻点了，别动我的佩巾，别惹狗叫，以免引来闲人。"舒而脱脱兮，无感我帨兮"，欲迎还拒，言不由衷，写得风情摇曳，生动而鲜活；"无使尨也吠"，左顾而言他，以狗为说辞，亦令人莞尔。本诗向来被卫道士们贬为"淫诗"，实则发乎性情，天真烂漫；野而有趣，艳而不渎。

麕（獐子）

◎ 相关链接

（一）鹿与女性

　　你的聪明像一只鹿，

　　你的别的许多德性又像一匹羊，

　　我愿意来同羊温存，

　　又耽心鹿因此受了虚惊，

　　故在你面前只得学成如此沉默；

（几乎近于抑郁了的沉默！）

你怎么能知？

我贫乏到一切：

我不有美丽的毛羽，

并那用言语来装饰他热情的本能亦无！

脸上不会像别人能挂上点殷勤，

嘴角也不会怎样来常深着微笑，

眼睛又是那样笨——

追不上你意思所在。

别人对我无意中念到你的名字，

我心就抖战，

身就沁汗！

并不当到别人，

只在那有星子的夜里，

我才敢低低的喊叫你底名字。

——沈从文《我喜欢你》（原载《晨报副刊》1926 年 3
月，署名小兵）

（二）神女自荐

昔者先王尝游高唐，怠而昼寝，梦见一妇人曰："妾，巫
山之女也。为高唐之客。闻君游高唐，愿荐枕席。"王因幸之。
去而辞曰："妾在巫山之阳，高丘之阻，旦为朝云，暮为行雨。

朝朝暮暮，阳台之下。"

——〔战国〕宋玉《高唐赋》

　　于是摇佩饰，鸣玉鸾；奁衣服，敛容颜；顾女师，命太傅。欢情未接，将辞而去；迁延引身，不可亲附。似逝未行，中若相首；目略微眄，精采相授。

——〔战国〕宋玉《神女赋》

　　萼绿华者，自云是南山人，不知是何山也。女子年可二十上下，青衣，颜色绝整，以升平三年十一月十日夜降羊权。

——〔南朝·齐〕陶弘景《真诰·运象篇第一》

风雨（郑风）

风雨凄凄，鸡鸣喈喈[1]。既见君子，云胡不夷[2]。

风雨潇潇，鸡鸣胶胶[3]。既见君子，云胡不瘳[4]。

风雨如晦[5]，鸡鸣不已[6]。既见君子，云胡不喜。

◎注释

1. 喈喈（jiē）：鸡叫声。
2. 云：句首结构助词。胡：疑问词，怎么会。夷：平，指心里平静、舒坦。
3. 胶胶（jiāo）：同"喈喈"。
4. 瘳（chōu）：病痊愈。闻一多先生以为"瘳"通"疗"，义为"治愈"，可参考。
5. 晦：黑暗。
6. 已：停止。

◎译文

风紧雨凄凄，
高唱有雄鸡。
会过帅阿哥，
心绪方平夷。

风大雨潇潇，
雄鸡咯咯叫。

会过帅阿哥，
心病怎不好？

风高雨如晦，
雄鸡鸣不止。
会过帅阿哥，
怎能不欢喜？

◎赏析

　　关于这首诗的主题，传统的说法是赞美君子之间的友谊：诗人病了，朋友冒雨登门探望。这样的理解无疑远离了古人生活的实际状况——友谊从来不是民歌的主题，在个人性情感尚不发达的《诗经》时代尤其如此。究其实，这仍然是一首男女欢会之作，是"郑风淫"之一典型例证：女诗人为相思所苦，辗转成病，心情如风雨交加的天气一样晦暗。这时候她思念的情人来了，诗人的心情立即呈现一片光风丽日。将欲望的煎熬视为一种病症，这是民歌惯用的手法。在《诗经》中，风雨几乎总是与男女情事相关，"风雨凄凄，鸡鸣喈喈"，既是写景，也是起兴：鸡是阳鸟（很自然地会使人联想到男性生殖器），太阳曾被想象为金鸡，是宇宙雄性力的象征。情绪与环境相激发，隐喻与现实相映射，使得一种不可抑制的色情的张力充溢全篇。总之《风雨》一诗是道学家们所称的"淫诗"，它直陈肺腑，真挚饱满，堪称表达欢会之喜的千秋绝调。

◎相关链接

幽会

　　花明月暗笼轻雾，今宵好向郎边去。刬袜步香阶，手提金缕鞋。　画堂南畔见，一晌偎人颤。奴为出来难，教君恣意怜。

　　　　　　　　——〔五代·南唐〕李煜《菩萨蛮》

桑中（鄘风）

爱采唐矣[1]，沫之乡[2]矣。云谁之思[3]？美孟姜[4]矣。期我乎桑中[5]，要我乎上宫[6]，送我乎淇之上矣。

爱采麦[7]矣，沫之北矣。云谁之思？美孟弋矣。期我乎桑中，要我乎上宫，送我乎淇之上矣。

爱采葑[8]矣，沫之东矣。云谁之思？美孟庸矣。期我乎桑中，要我乎上宫，送我乎淇之上矣。

◎注释

1. 爱："于焉"之合音，在哪里。唐：野菜名，即蒙菜，又名"菟丝子"。矣：同"乎"。
2. 沫（mèi）：地名。乡：通"向"，南面。按："向背"并称，背为北，则向即南。
3. 云谁之思：思念的是谁？云：句首助词。之：结构助词，同"是"。
4. 孟姜：美女的泛称，下面的"孟弋""孟庸"同。
5. 期：约会。桑中：桑树林中，此处乃卫国祭祀社稷与高禖之处，也是男女欢会的场所。
6. 要：通"邀"。上宫：闻一多先生以为，上宫即城墙上的门楼（宫的本意为"围墙"），为公共场所，平常人迹罕至。我认为应是祭祀高禖神的庙（古代各民族皆有司生育的高禖神，为其始祖先妣。夏人所祀之禖神为涂山氏；殷商人所祀禖神为简狄；周人所祀禖神为姜嫄）。
7. 麦：通"菜"（麦亦名"菜牟"），即藜，今称"灰灰菜"，李时珍谓藜乃灰菜之红心者。
8. 葑（fēng）：蔓菁（jīng），亦称"芜菁"。

唐（菟丝子）

◎译文

哪里采蒙菜？
沫邑之南乡。
问我谁思念？
美女有孟姜。
约我会桑中，
邀我上城墙，
送我淇水上。

哪里采蓁菜？
沫邑之北方。
问我谁思念？
弋家美娇娘。

约我会桑中，
邀我上城墙，
送我淇水上。

哪里采芜菁？
沫邑之城东。
问我谁思念？
美女号孟庸。
约我会桑中，
邀我上城墙，
送我淇水上。

唐（菟丝子）

葑（芜菁）

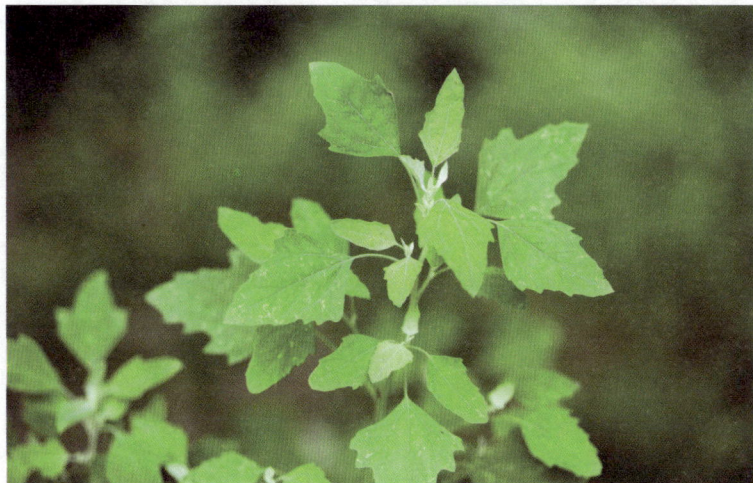

莱藜（灰菜）

◎
赏
析

这是一首集体合唱的曲辞，每章的前两句为领唱，次两句为除领唱者之外的齐唱，后三句为合唱。尽管国风的大部分歌谣都是在劳动或聚会中传唱而成的，但它的曲调与初始歌词往往出于某个特定的作者之手。

我们前面讲过，为了保障种族的繁衍，古人有在特定的日子里"会男女"的制度安排。时间在春秋婚配季节（古人嫁娶在春秋播种之月，以求感应庄稼生长），特别是在万物萌生的春天（《周礼·地官·媒氏》有："仲春之月，令会男女。于是时也，奔者不禁。若无故而不用令者，罚之。司男女之无夫家者而会之"），且往往与祭祀生育女神高禖（一般是某个民族的女性始祖）和祭祀社神的活动结合在一起（《墨子·明鬼下》："燕之有祖，当齐之有社稷，宋之有桑林，楚之有云梦也。此男女之所属而观也"）。

本诗反映的就是春情勃发的狂欢节日里男女之间的挑逗嬉戏：芳草萋萋的原野间，在古老神明的关注下，成群结队的红男绿女情歌互答，上演了一年一度的青春活剧，天真烂漫，风月无边。"期我乎桑中，要我乎上宫，送我乎淇之上矣"，与其将此看作某个幸运者事后的津津乐道，不如理解为男女之间永恒的相期、相诱与相招。

◎
相
关
链
接

（一）高禖祭

禖即神媒，掌司和合男女，往往由各个国族最早的女性始祖担任（如夏人祭涂山氏，商人祭简狄，周人祭姜嫄），故称高禖。人们祭祀高禖的目的是求子，主要方式为触摸作为女性生殖器象征的灵石——求子石（后来演变成象征男性生殖器的灵石，其状即"祖"之本字"且"）以及在水中洗浴。

下雨被视为上天授孕的形式，是宇宙生命力的体现（后世仍有饮雨水致孕的信仰：《本草纲目》卷五"雨水"条引陈藏器称立春雨水："夫妻各饮一杯还房，当应时有子，神效"）。祭高禖之日于水中洗浴的求子仪式成为后世上巳日或三月三祓禊风俗的渊源，洗浴也逐渐演变成泼水溅衣（《玉烛宝典》卷一："元日至于月晦，民并为醡食渡水，士女悉湔裳"；《荆楚岁时记》杜注："今世人惟晦日临河解除，妇人或湔裙"）、饮泉水或灢酒。这种男女野合的场所有水边、林中，尤其是经常被提到的桑林。

（二）社祭

社的本义为"土"，为对土地神的祭祀。《左传》"昭公二十九年"有"后土为社"；《礼记·郊特牲》有"社祭土而主阴气也"。因为"土地广博，不可遍敬"，故"封土立社，示有土也"（《白虎通义·社稷》）。又因为树木是大地生育力的象征，故立社处往往有树木或树丛（《周礼·地官司徒》称大司徒执掌有"设其社稷之壝而树之田主，各以其野之所宜木，遂以名其社与其野"），与人们生活息息相关的桑树成为最重要的社稷树，桑林因此成为社祭日（社祭为求、报丰收之祭，故男女野合为祭礼的重要内容，旨在以人事感应天地，促进丰产）男女欢会的场所。《史记·孔子世家》称叔梁纥与颜氏女野合而生孔子，《索隐》引干宝《三日纪》称"徵在生孔子空桑之地"，屈原《天问》载大禹与涂氏女通于台桑，都是这种渊源久远的民俗的反映。

九罭（豳风）

九罭[1]之鱼，鳟鲂[2]。我觏之子[3]，衮衣绣裳[4]。

鸿飞遵渚[5]，公归无所，于女信处[6]。

鸿飞遵陆，公归不复，于女信宿[7]。

是以有[8]衮衣兮，无以[9]我公归兮，无使我心悲兮。

◎注释

1. 九罭（yù）：九：言其多。罭：网目。目多则网细，可以捕到小鱼。
2. 鳟鲂（zūn fáng）：鳟鱼和鲂鱼，体大味美。
3. 觏（gòu）：遇见。之子：这个人。
4. 衮衣绣裳：贵族穿的礼服，上有黑白相间的花纹，即《秦风·终南》之"黻衣绣裳"。《尔雅·释言》："衮，黼也。"《毛传》："黑与青谓之黼。"衮与玄音近义通。《毛传》以"衮衣"为卷龙之衣，恐非。
5. 鸿：大雁。遵：沿着。渚：水中沙洲。
6. 于女信处：与你在此多住一晚。再宿为"信"。按：信、申相通，申有"重""再"义。
7. 信宿：同"信处"。
8. 有：保有，藏起来。
9. 无以：无使。以，同"使"。《战国策·秦策》："向欲以齐事王。"注曰："以犹使也。"

◎译文

哪来的大鱼儿，
进了我的小网？
你如何到我这里来？
啊，我的眼睛亮瞎了，
你那华贵的衣装！

飞翔的大雁啊，
不远离水中的沙滩。
别告诉我，你目标在遥远。

留下来吧，我只想，
与你再一次长夜缠绵。

大雁飞翔啊，
总是沿着河边。
可你，去了将不再回还。
别急着走啊，我只想，
再留你共度一个夜晚。

我不想让你走啊，　　　　　不要让我失望啊，
因此收起了你的衣裳。　　　不要让我悲伤！

◎赏析

因为有"衮衣绣裳"一句，历来将此诗释为赞美周公之词：周公为三叔（管叔、蔡叔、霍叔）所诬，避嫌在外，周大夫讽刺朝廷有圣人而不能用。如此则于理殊不可通。一者，周公德高望重，万人景仰，何言"我觏之子"？再者，以周公之尊，而藏其"衮衣"，"于女信处"，实难免有轻慢冒渎之嫌。三者，以"鱼"、"鸿"（吃鱼的水禽）起兴，必与婚姻情事有关，系之周公则不伦不类。

本诗的基调与《绸缪》相似：女诗人偶然遇见了高贵的情人（"九罭之鱼，鳟鲂"，意为用小网逮住了一条大鱼），喜出望外，又担心幸福像来时那样轻易离去，因而患得患失，假痴不癫地耍起小聪明：先是以"公归无所"为借口——完全是替古人担忧，以"鸿飞遵渚"（意为聪明的鸿雁不远离自己的住处）相劝告，要求情人再多住一晚，然后又把对方的衣服藏了起来，以防对方偷偷离开——情到深处，不择手段，但都是无伤大雅的小聪明，女子的痴情与憨态活现。整首诗因此显得摇曳多姿，生动有趣。

◎相关链接

留宿

并刀如水，吴盐胜雪，纤指破新橙。锦幄初温，兽香不断，相对坐吹笙。　　低声问，向谁行宿？城上已三更，马滑霜浓。不如休去，直是少人行。

——〔北宋〕周邦彦《少年游》

大雁

鱒

マス

鳟鱼

木瓜（卫风）

投我以木瓜 [1]，报之以琼琚 [2]。匪报 [3] 也，永以为好 [4] 也。

投我以木桃，报之以琼瑶 [5]。匪报也，永以为好也。

投我以木李，报之以琼玖 [6]。匪报也，永以为好也。

◎注释

1. 投：抛赠。木瓜：蔷薇科小乔木，果实如小瓜，可赏玩、食用，与当今作为大众化水果的番木瓜不同类。下面木桃、木李为同一物而异名。
2. 琼：美玉之通称。琚（jū）：玉佩。
3. 匪：通"非"。报：回赠、报答。
4. 好：交好，匹配。
5. 瑶：美玉。
6. 玖（jiǔ）：似黑玉的美石。

◎译文

你投我以木瓜，
我报你以琼琚。
不是为了回报，
只为永结相好。

你投我以木桃，
我报你以琼瑶。
不是为了回报，
只为永结相好。

你投我以木李，
我报你以琼玖。
不是为了回报，
只为永结相好。

木瓜

◎ 赏析

　　这是一首男女间相互赠答的情诗。在咏歌起舞的集会上，女子向倾慕的男子抛出果子，男子则以佩玉相回报。语言通俗易懂，格调明畅欢快。需要强调的是，本诗在看似简单的形式之下，以双关语和俏皮话建构起了一种具有深远民俗文化内涵的深层结构：甜蜜、多汁而带籽的果实，经常被用作女子、子宫、多产和怀孕的隐喻，作为欲望的投射体，指向女性的"内在的身体"——果实召唤着子宫迷恋；同时果实诱发的食欲又是性欲的转义表达，通过联想反应而创造出一种新的"饥饿感"，而宝石作为男性睾丸的象征物，与果实形成了一种暧昧的对应关系。于是，看似天真无忌的男女之间的歌舞赠答，因为充满了暗示和挑逗而形成一种浓厚的情色氛围。

　　然而，诗人表达的不是这种表面上的本能的欲望。果实和宝石作为象征性交换的客体，意味着爱情的物化。诗人在通过信物表达情意的同时力图克服信物的物质局限性，而直接拥抱爱的整体，故而通过旋律的不断重复再三强化那难以由信物表达的内在之爱："永以为好也。"琚（居住）、瑶（逍遥、遥远）、玖（长久）作为谐音字从侧面表达了作者与所爱之人永结同心的美好愿望。

◎ 相关链接

木瓜用典

　　肃肃仆夫征，锵锵扬和铃。清晨当引迈，束带待鸡鸣。

　　顾看空室中，仿佛想姿形。一别怀万恨，起坐为不宁。

　　何用叙我心，遗思致款诚。宝钗可耀首，明镜可鉴形。

　　芳香去垢秽，素琴有清声。诗人感木瓜，乃欲答瑶琼。

　　愧彼赠我厚，惭此往物轻。虽知未足报，贵用叙我情。

　　　　　　　　　　　——〔东汉〕秦嘉《留郡赠妇诗》其三

君子阳阳（王风）

君子阳阳¹，左执簧²，右招我由房³，其乐只且⁴！

君子陶陶⁵，左执翿⁶，右招我由敖⁷，其乐只且！

◎
注
释

1. 阳阳：犹"扬扬"，快乐、得意貌。
2. 簧：本来是笙类乐器中发声的薄片，这里代指笙。闻一多认为簧乃"翌"
（huáng）之误，为五彩羽毛做的舞具，可参考。
3. 右招我由房：右手随着房乐的节奏向我打招呼，以下"由敖"义同。由：
以、用。房：乐舞曲名，即"房中乐"，人君燕息时所奏之乐，古有"房
露""膺喻"之乐，盖即此。
4. 只且（jū）：语气词，同"也哉"。
5. 陶陶：快乐貌。
6. 翿（dào）：用五彩野鸡毛做的扇形舞具。
7. 敖：即"鹜夏"，乐舞曲名。

◎
译
文

他得意扬扬，　　　　　他快乐陶陶，
踏着由房的舞步，　　　右手向我招呼，
左手拿着笙簧，　　　　左手持着羽翿，
右手招呼我入场。　　　踏着舞步由敖。
我太开心了耶！　　　　我太开心了耶！

◎
赏
析

　　这首诗写的是一位情窦初开的少女被素所敬慕的男子所吸引，
被"君子"多才多艺的魅力所裹挟，而陶醉在了爱的憧憬和想象里。
腾跃的节奏、喧闹的氛围，让女诗人如痴如醉，意乱情迷。显然，
这种爱尽管热烈却没有实质性内容，因为它的基础仍然是表面的声
色繁华。

◎ 相关链接

歌舞传情

> 彩袖殷勤捧玉钟，当年拚却醉颜红。舞低杨柳楼心月，歌尽桃花扇底风。　　从别后，忆相逢。几回魂梦与君同。今宵剩把银釭照，犹恐相逢是梦中。
>
> ——〔北宋〕晏几道《鹧鸪天》

萚兮（郑风）

萚[1]兮萚兮，风其吹女[2]。叔兮伯兮[3]，倡予和女[4]。

萚兮萚兮，风其漂[5]女。叔兮伯兮，倡予要[6]女。

◎ 注释

1. 萚（tuò）：落叶。
2. 女：即"汝"，指落叶。
3. 叔兮伯兮：犹言"弟弟""哥哥"。
4. 倡予："予倡"之倒装，我先唱。和女：女（汝）来和。倡：通"唱"。
5. 漂：通"飘"。
6. 要：通"邀"，会合、相遇。《礼记·乐记》："要其节奏。"以声相会，即"和"。

◎ 译文

落叶啊落叶，　　　　　　　　落叶啊落叶，
在风中飞扬。　　　　　　　　在风中激荡。
阿哥呀阿弟，　　　　　　　　阿弟呀阿哥，
随我一起唱！　　　　　　　　来跟我对唱！

◎ 赏析

　　这是一首男女对歌之作：女先唱，邀请男子相和，热烈奔放，爽朗率直。她兴高采烈，自比风中落叶，身不由己。青春男女歌舞欢会的热闹场面由此可以想见。那"咚咚"鼓声中的欢歌笑语，似

乎可以穿越两千年的云烟扑面而来。需要注意的是，以落叶指代女性，本诗是一个先例，从此"风飘落花"成为中国传统女性命运的象征——"风"是宇宙创生之气以及男性阳刚之力的体现。

◎ 相关链接

风里落花

手卷真珠上玉钩，依前春恨锁重楼。风里落花谁是主？思悠悠。　青鸟不传云外信，丁香空结雨中愁。回首绿波三楚暮，接天流。

——〔五代·南唐〕李璟《摊破浣溪沙》

杨柳回塘，鸳鸯别浦。绿萍涨断莲舟路。断无蜂蝶慕幽香，红衣脱尽芳心苦。　返照迎潮，行云带雨。依依似与骚人语。当年不肯嫁春风，无端却被秋风误。

——〔北宋〕贺铸《踏莎行》

溱洧（郑风）

溱与洧[1]，方涣涣[2]兮。士与女，方秉蕑[3]兮。女曰观乎？士曰既且[4]。且[5]往观乎？洧之外，洵訏且乐[6]。维士与女，伊其相谑[7]，赠之以勺药[8]。

溱与洧，浏[9]其清矣。士与女，殷其盈[10]矣。女曰观乎？士曰既且。且往观乎？洧之外，洵訏且乐。维士与女，伊其将谑[11]，赠之以勺药。

◎注释

1. 溱（zhēn）与洧（wěi）：溱水与洧水。郑国当时有上巳日采兰水边祓除不祥的风俗，青年男女借此游冶欢会。

2. 方：正。涣涣：水流盛大貌。涣：通"洹"。

3. 蕳（jiān）：兰草，今称佩兰，古人用以沐浴或佩戴，亦为男女互送之情物。《毛诗笺》："男女……感春气并出，托采芳香而为淫佚之行。"

4. 既且：已经去过。且：通"徂"（cú）。

5. 且：复，再。

6. 洵：通"恂"，确实。訏（xū）：广大。杨雄《方言》："訏，大也。"这里指场面盛大。乐：好玩。

7. 伊：发语词。谑：调笑。

8. 勺药：花名，分木本和草本，这里当是草勺药。先秦时勺与药同声，情人以此表达邀约。有约会就有别离，故草勺药又名"将离""江离""别离草"。

9. 浏：水清貌。

10. 殷：众多。盈：人群拥挤。

11. 将谑：即"相谑"。

◎译文

溱水涨，洧水满。　　　　溱水清，洧水涟。
男男与女女，　　　　　　男男与女女，
相与佩香兰。　　　　　　熙攘共盘桓。
女问："去过了？"　　　　女问："去过了？"
男答："正回还。"　　　　男答："正回还。"
"何不再一游？　　　　　"何不再一游？
那边洧河岸，　　　　　　那边洧河岸，
热闹不一般。"　　　　　　热闹不一般。"
红男与绿女，　　　　　　红男与绿女，
开心互打闹，　　　　　　开心互打闹，
相赠以芍药。　　　　　　相赠以芍药。

◎赏析

　　氛围的渲染，特写镜头和对话的采用，使《溱洧》一诗具有了戏剧小品的性质，生动地展现了良辰美景的仲春节日里男女欢会的热闹场面。学者们倾向于认为，本诗描写的就是上巳日水边祓除时男女狂欢的情形。《后汉书》薛君注："郑国之俗，三月上巳，桃花

佩兰（右）

芍药

下水之时，于溱洧两水之上招魂续魄，秉兰草，被除不祥。"兰草与芍药是药草，可用于沐浴去疾（《大戴礼记·夏小正》：五月"蓄兰，为沐浴也"；屈原《九歌·云中君》："浴兰汤兮沐芳"），也是一种灵药，可以感应于所爱。沐以兰芬，赠以芍药，男女相招相诱，活现了文明早春时节天人合一的烂漫图景。

◎相关链接

仲春欢会

　　青梅煮酒斗时新，天气欲残春。东城南陌花下，逢着意中人。　　回绣袂，展香茵，叙情亲。此时拼作，千尺游丝，惹住朝云。

——〔北宋〕晏殊《诉衷情》

第 五 讲
情诗之五——思恋

怀恋与相思是爱情中最主要的感受。风诗中表达思恋之情的主要有以下几篇：《子衿》（郑风）、《东门之墠》（郑风）、《考槃》（卫风）、《竹竿》（卫风）、《采葛》（王风）、《丘中有麻》（王风）、《十亩之间》（魏风）、《河广》（卫风）、《月出》（陈风）、《隰有苌楚》（桧风）。

子衿（郑风）

青青子衿¹，悠悠²我心。纵我不往，子宁不嗣音³？

青青子佩⁴，悠悠我思。纵我不往，子宁不来？

挑兮达⁵兮，在城阙⁶兮。一日不见，如三月兮。

◎注释

1. 衿（jīn）：佩玉的带子，即"绶"，亦称"褑"（yuàn）、"綖"（yán）。闻一多《诗经通义·乙》："佩衿谓之褑，一谓之绞，一谓之裎（或作綎），又谓之绶。"佩与绶颜色应该一致。《毛传》："佩，佩玉也。士佩瑞珉而青组绶。"瑞珉即琳珉，青色玉，故绶亦青色。古代男女交好，则女赠香草，男赠以玉佩。后世亦多有解佩相送以为信物的传统。旧说衿即衣领。《毛传》："青衿，青领也。学子之所服。"《郑笺》："礼，父母在，衣纯以青。"故后世以"子衿"为学子代称。
2. 悠悠：思念之情绵绵不绝貌。
3. 宁不：难道就不能。嗣（yì）：通"遗""贻"，义为"寄""给"。音：音信，

105

包括信物。

4. 佩：佩玉。佩玉是身份的标志。

5. 挑达：往来疾行，因心神不安而来回走动的样子。

6. 城阙：城门两边的门楼。《春秋公羊传》"昭公二十五年"何休注："礼，天子诸侯台门，天子外阙两观，诸侯内阙一观。"台上设楼，台为观，楼为阙。

城阙示意图（陈书砚绘）

◎译文

你佩玉的丝带颜色青青，
我思念的心儿不得安宁。
就算我没有前去找你，
你捎来个音信难道不行？

你佩玉的丝带颜色青青，
我连绵的思念萦塞在心怀。

就算我故意不去你那边，
你就不能主动到我这里来？

来来回回心烦意乱，
我孤独地徘徊在空旷的城楼。
刚刚一天没有见面啊，
就像经过了三个月那么长久！

◎赏析

　　一个少女，因情人有一段时间没有理会她——或者因为吵架斗嘴，或者因为对方另有要事——而陷入无法自拔的思念里，一个人在曾经幽会的地方流连不去，想象着情人的身影，逐渐由爱生嗔，由思生怨：为什么不理我？难道不知道有人为你寝食不安？就算我不去找你，惹你不高兴，难道你就不能捎个话来？此诗写得天机爽朗，生动刻画了热恋中的少女乍阴乍晴、一喜一嗔的复杂情态，一副"薄责己而厚望于人"、任性撒娇，却掏心掏肺、无遮无掩的"野蛮女友"形象活现在读者面前。"一日不见，如三月兮"，称得上是描写相思之苦的千古名句。

（一）相思

记得画屏初会遇。好梦惊回，望断高唐路。燕子双飞来又去。纱窗几度春光暮。　　那日绣帘相见处。低眼佯行，笑整香云缕。敛尽春山羞不语。人前深意难轻诉。

——〔北宋〕苏轼《蝶恋花》

（二）青青子衿

对酒当歌，人生几何？譬如朝露，去日苦多。

慨当以慷，忧思难忘。何以解忧？唯有杜康。

青青子衿，悠悠我心。但为君故，沉吟至今。

呦呦鹿鸣，食野之苹。我有嘉宾，鼓瑟吹笙。

明明如月，何时可掇。忧从中来，不可断绝。

越陌度阡，枉用相存。契阔谈宴，心念旧恩。

月明星稀，乌鹊南飞。绕树三匝，何枝可依。

山不厌高，海不厌深。周公吐哺，天下归心。

——〔三国·魏〕曹操《短歌行》

东门之墠（郑风）

东门之墠[1]，茹藘在阪[2]。其室则迩，其人甚远[3]。

东门之栗[4]，有践家室[5]。岂不尔思，子不我即[6]。

1. 墠（shàn）：除去草的平地。《礼记》郑注："封土曰坛，除地曰墠。"
2. 阪（bǎn）：山坡。
3. 其人甚远：意即相望不相接，咫尺天涯。

4. 栗：栗子树。闻一多先生认为通"堞"，土堤，可参考。

5. 有践：即"践践"，排列整齐貌。"有践家室"指家里收拾得井然有序，这是女子持家能力的体现。

6. 我即：到我这里来。

◎译文

此刻我站在东门外的广场，
看那碧绿的茹草在山崖上攀缘。
你住的房屋就在眼下，
可你的人啊为什么那么遥远？

城门外的栗子树硕果累累，
我的家里啊井井有条。
难道我心里没有想你？
你既然不主动又何必烦恼！

◎赏析

　　全诗由"东门之堞""东门之栗"引起，把人们的注意力引向一个特定的地点：东门之外——情人们经常幽会的地方（郑国的东门不是普通的城门，而是现实与浪漫、世俗与神圣两个领域的连接处），而栗子向来是结婚生子的象征物。正是在这样一个富有意味的场景，一男一女展开了心灵对话：

　　第一章男子先出场，他站在作为人工产物的"堞"上远远遥望作为自然之物的"阪"，立即体会到一种无奈的孤独和无助：她的家室就在跟前，她的人却像远方山坡上的茹藘草，可望不可即。理想与现实的对立，拉开了情感的空间，强化了"人远天涯近"的惆怅和忧伤。

　　第二章完全是女子的口吻。她站在自然的立场上（果实累累的栗树是女人的象征）面对现实的生活世界（有践家室），将彷徨在梦想边缘的男子拉到了日常人生的希望面前：长在枝头的栗子是等待着奉献的女子的自我比况，"有践家室"则是主妇勤劳品德的体现。果实成熟了为什么不来采摘？像我这样优秀的女孩子难道不值得你努力追求？难道不知道我在想你，在等待着你来求婚吗？女子对爱的表达直接而真挚，因而具有强烈的感染力。

　　咫尺天涯的相思之苦，是古往今来痴男怨女们共同的感受。

栗子

◎ 相关链接

天涯咫尺

冷清清四壁苔痕，静惨惨，镇掩门。庭花落尽愁无尽，空目断，楚天云。想隔墙人远天涯近，斗帐香销杜宇魂。

——〔明〕孟称舜《娇红记》第十八出"密约"

落红成阵，风飘万点正愁人，池塘梦晓，阑槛辞春；蝶粉轻沾飞絮雪，燕泥香惹落花尘；系春心情短柳丝长，隔花阴人远天涯近。香消了六朝金粉，清减了三楚精神。

——〔元〕王实甫《西厢记》节选

109

考槃（卫风）

考槃在涧[1]，硕人之宽[2]。独寐寤言[3]，永矢弗谖[4]。

考槃在阿[5]，硕人之薖[6]。独寐寤歌，永矢弗过[7]。

考槃在陆，硕人之轴[8]。独寐寤宿[9]，永矢弗告[10]。

◎注释

1. 考：通"拷"，即"扣"。槃（pán）：通"盘"，一种似盆的盛水器，有陶、木、青铜等多种类型，可击打以节乐。涧：山谷。
2. 宽：指气度宽大，由外貌言，魁梧厚重之人给人气度宽大的感觉。《淇奥》有"宽以绰兮"，即此。
3. 独寐寤（mèi wù）言：独自睡觉，醒来自言自语。寤：睡醒。
4. 矢：同"誓"。谖（xuān）：遗忘。
5. 阿（ē）：山凹处。
6. 薖（kē）：同"侾"，美貌，古人认为男子之美在于魁梧厚重。
7. 过：过失，错过，错过就是过失。
8. 轴（zhú，今音 zhóu）：车轴，这里指人的仪态像车轴一样稳重。闻一多先生认为通"颛"（dí）、"迪"，意为美好，可参考。
9. 宿（xiù）：通"啸"（古音 xù），高歌。
10. 告：通"梏"（gù），分、散。《后汉书·马融传》有"散毛族，梏羽群"。闻一多认为告通"造"，义为遗忘，可参考。

◎译文

难忘怀你扣盘高歌在山涧，
那么魁伟宽宏让我情迷意烦。
今夜辗转难寐只能向壁自语，
愿今生永不忘哪怕梦绕神牵！

那么魁梧帅气让我一见难忘，
难忘你那日扣盘高歌在山阿。

今夜辗转难寐只能独自歌咏，
愿相会有期莫空使岁月蹉跎。

那一刻你扣盘高歌在山谷，
那么魁梧厚重啊让我难忘怀。
今夜辗转难寐只能对空长啸，
誓愿与你结同心永不再分开！

◎赏析

　　这也许是《国风》中最难索解的一首诗。一般人们都把它看作隐士高尚其志的咏怀之作，实则失之毫厘，谬以千里。实际上，这是一篇追忆前事的怀人之什，其作者当是女性。诗人回忆起在那幽寂的山谷里与情人歌舞欢会的情景，意中人那壮硕的身材、高超的演技、宽宏的气度使她意醉神迷。然而，这一切毕竟已经过去了，如今空房独眠，辗转难寐，时哭时歌，乃至愁思入梦恨茫茫。梦醒时分，女诗人向壁自语，发誓从今而后永远不相忘，永远不再犯过去的错误，相依相守永不分离。

◎相关链接

长夜晤对

　　　清风动帷帘，晨月照幽房。佳人处遐远，兰室无容光。
　　　襟怀拥虚景，轻衾覆空床。居欢惜夜促，在戚怨宵长。
　　　拊枕独啸叹，感慨心内伤。

　　　　　　　　　　　　　　——〔西晋〕张华《情诗》

　　　夜长不得眠，明月何灼灼。想闻欢唤声，虚应空中诺。

　　　　　　　　——〔北宋〕郭茂倩编《乐府诗集·子夜歌》

竹竿（卫风）

　籊籊竹竿[1]，以钓于淇。岂不尔思，远莫致之。

　泉源在左，淇水在右。女子有行[2]，远兄弟父母。

　淇水在右，泉源在左。巧笑之瑳[3]，佩玉之傩[4]。

　淇水滺滺[5]，桧楫[6]松舟。驾言[7]出游，以写[8]我忧。

◎注释

1. 籊籊（tì）：细长貌。竹竿：竹制钓竿。
2. 有行：出嫁。《仪礼·丧礼》："凡女行于大夫以上曰嫁，行于士庶人曰适人。"
3. 巧笑之瑳（cuō）：露齿而笑貌，即"粲然之笑"。瑳：鲜白色。
4. 傩（nuó）：通"娜"，婀娜，走路多姿的样子。
5. 滺滺（yōu）：河水荡漾貌。
6. 桧（guì）楫：桧木做的船桨。楫：驾船的桨、橹。
7. 言：语助词。
8. 写：通"泻"，宣泄、消解。

◎译文

籊籊竹竿长，　　　　　　　淇水右边去，
独钓淇水岸。　　　　　　　泉源流左边。
谁说不想你？　　　　　　　鸣佩声萦耳，
天涯云路远！　　　　　　　巧笑犹在前。

泉源左边去，　　　　　　　淇水浩悠悠，
淇水流右边。　　　　　　　桧楫伴松舟。
女大当婚嫁，　　　　　　　驾船且出游，
一去难回还。　　　　　　　暂解我心忧。

◎赏析

　　这是一首怀人之作：青梅竹马的情人远嫁异国他乡，留下的只有从前风景。浩浩汤汤的淇河水一如既往地流着，美人的笑颜依然呈现眼前。鸿飞无迹，天地茫然；物是人非，情何以堪？为了排遣相思的苦恼，诗人驾船出游，只想在天高地迥的孤独里遗忘自己。

　　该诗以垂钓（鱼水是男女情事的象征）兴起对意中人的思念，以舟楫相配（民歌中经常把舟楫作为夫妻关系的象征）反衬与意中人不能相守的遗憾，以河水的流逝衬托时光的变幻和情人的远行。"泉源在左，淇水在右"一句写得极为沉痛：两条同源的河水各奔前路，永不回头，就如同原本青梅竹马的男女各自奔赴注定的宿命，再难聚首。山不转水转，人欲留而命催迫，嫁出去的女子再难回故乡，这使人想起秦少游的《踏莎行》："郴江幸自绕郴山，为谁流下潇湘去。"作者以"女子有行"的人情事理自我安慰，无可奈何之感溢于言表，如同痴癫入迷的自言自语，说得实在，所以沉痛。

◎相关链接

永远的错过

　　去年今日此门中，人面桃花相映红。

　　人面不知何处去，桃花依旧笑春风。

——〔唐〕崔护《题都城南庄》

　　雾失楼台，月迷津渡，桃源望断无寻处。可堪孤馆闭春寒，杜鹃声里斜阳暮。　　驿寄梅花，鱼传尺素，砌成此恨无重数。郴江幸自绕郴山，为谁流下潇湘去？

——〔北宋〕秦观《踏莎行》

　　那已是遥远的往事，

　　为什么我竟然没有遗忘？

　　既然你不曾留给我些许欢愉，

　　也没有留下一丝悲伤，

　　只是像空宇中两颗流星，

　　交叉而过，偶然的相逢……

　　今天，在这遥远的边城，

　　我看见了棕榈树，

　　猛然想起这正是你的故乡。

　　哦，你的名字我再也想不起，

　　只知道，你是我一生中，

　　难得再见的北极光……

——孙静轩《北极光》

113

采葛（王风）

彼采葛[1]兮，一日不见，如三月兮。

彼采萧[2]兮，一日不见，如三秋[3]兮。

彼采艾[4]兮，一日不见，如三岁兮。

◎注释

1. 葛：通"藒"（qiè），一种香草，即揭车，俗名"珍珠菜"。按多数学者照字面认为是"葛藟"之"葛"，恐非。因为葛藤非香草，与萧、艾相提并论似乎不合《诗经》惯例。《周礼·郁人》疏引《王杜记》，祭祀"天子以鬯（chàng），诸侯以薰，大夫以兰芝（芷），士以萧，庶人以艾"。
2. 萧：荻蒿，又称牛尾蒿，可用于祭祀。
3. 三秋：三个秋季，也可理解为三年。按：三秋也指秋季三个月，如虞世南《秋赋》的"对三秋之爽节"；或专指秋季第三个月，即九月份，如柳永《望海潮》的"有三秋桂子，十里荷花"。
4. 艾：艾蒿，古代常用药草，可用于炙烤或治疗妇科疾病。

◎译文

那采葛的女子啊，
让我意乱神夺，
才一日不见啊，
就像过去了三月！

那采萧的女子，
让我思念悠悠，
才一日不见啊，
就如同过了三秋！

那采艾的女子啊，
让我梦绕神牵，
才一日不见啊，
就如同过了三年！

艾蒿

萧（左）

◎赏析　　这是一首火热的情歌。诗开篇即以"采葛""采萧""采艾"引起婚姻恋爱的主题，接着不假思索，直抒胸臆，那种煎心熬肺的思念令人动容。"一日不见如隔三秋"，这是热恋者特有的心理体验。本诗围绕着这一情感重心极力渲染，由三月、三秋而三年，词浅而情深，有一唱三叹之致。

◎ 相关链接

刻骨之思

　　飒飒东风细雨来，芙蓉塘外有轻雷。

　　金蟾啮锁烧香入，玉虎牵丝汲井回。

　　贾氏窥帘韩掾少，宓妃留枕魏王才。

　　春心莫共花争发，一寸相思一寸灰。

　　　　　　——〔唐〕李商隐《无题二首》其二

　　杨柳丝丝弄轻柔，烟缕织成愁。海棠未雨，梨花先雪，一半春休。　　而今往事难重省，归梦绕秦楼。相思只在，丁香枝上，豆蔻梢头。

　　　　　　——〔北宋〕王雱《眼儿媚》

丘中有麻（王风）

　　丘中有麻，彼留子嗟[1]。彼留子嗟，将其来施施[2]。

　　丘中有麦，彼留子国。彼留子国，将其来食[3]。

　　丘中有李，彼留之子[4]。彼留之子，贻我佩玖[5]。

◎ 注释

1. 留：通"刘"。子嗟：刘姓人之字。下章"子国"同。
2. 将其来施施：当作"将其来施"，后一个"施"为衍字。将（qiāng）：请，希望。施：施与，乃"天施地生"之施，男女交合的隐语。《韩诗外传》："十六精通而后能施化。"
3. 食：吃，此处亦为性事的隐语。
4. 彼刘之子：那刘家的公子。
5. 贻：赠送。佩玖：玖做的佩饰。玖：似玉的黑色石。此处用其谐音，取"永久"之意。

◎译文

山中的麻田多么幽深，　　　啊姓刘的帅哥我的亲亲，
来吧，姓刘的帅哥，我的爱人！　这里阿妹愿为你玉体横陈。
啊刘家的帅哥我的爱人，
快来施下我渴盼的甘霖。　　　山中的李树林多么隐蔽，
　　　　　　　　　　　　　　来吧，刘家的帅哥，我的心肝。
山中的麦田多么僻静，　　　啊姓刘的帅哥我的心肝，
来吧，刘家的帅哥，我的亲亲。　留下你的玉佩和你的誓言！

◎赏析

　　这是一首相当露骨的情诗，以请"彼刘之子"来食麻食麦映射身体的自我投献，写得直白而爽快。诗篇很短，但里面"针线"不少："丘中"是隐秘的暧昧场所，留姓之"留"谐音"留下来"，"贻我佩玖"则以谐音表达了对两情相好到永远的期望。

◎相关链接

自我投献

揽枕北窗卧，郎来就侬戏。小喜多唐突，相怜能几时？
　　　　　　　　　　　　　——南北朝民歌《子夜歌》之一
绿揽迳题锦，双裙今复开。已许腰中带，谁共解罗衣？
　　　　　　　　　　　　　——南北朝民歌《子夜歌》之二

十亩之间（魏风）

十亩之间[1]兮，桑者闲闲[2]兮，行与子还[3]兮。

十亩之外[4]兮，桑者泄泄[5]兮，行与子逝[6]兮。

◎ 注释

1. 十亩之间：指桑林之中。
2. 闲闲：即"娴娴"，从容娴熟貌。
3. 行：且，将要。还：回家。
4. 十亩之外：指采桑女离开桑田收工回家。
5. 泄泄（yì）：熙攘和乐貌。
6. 逝：远走高飞。闻一多认为与"折"通，亦回还义，可参考。

◎ 译文

小小桑林间欢声笑语，
采桑的女孩们轻盈地来回，
心爱的人儿啊请你相告，
何时能与我携手同归？

归来的采桑女叽叽喳喳，
桑林外的小路上春风荡漾，
心爱的人儿啊我们走吧，
让我们共赴梦中的远方！

李子树

◎ 赏析

　　这是一首孤独者的恋歌：明媚的春光里，采桑女那娇美的身影在桑树间闪现，她们的欢歌笑语使空气中洋溢着春情；太阳落山了，在花草芬芳的归路上，她们叽叽喳喳的嬉闹构成了黄昏最美丽的风景。然而，这一切都与我无关，因为我的心中只有她——我的意中人。此时此刻，多么想与她远离眼前的喧嚣和繁华，同归梦中的乐土啊！

◎ 相关链接

爱的乐土

　　　　在浪花冲打的海岸上，

　　　　有间孤寂的小茅屋，

　　　　一望辽阔无边无际，

　　　　没有一棵树，

只有那天空和大海，

只有那峭壁和悬崖，

但里面有着最大的幸福，

因为有爱人同在。

——［丹麦］安徒生《茅屋》

你可知道，那柠檬花开的地方？

黯绿的密叶中映着橘橙金黄，

骀荡的和风起自蔚蓝的天上，

还有那长春幽静和月桂轩昂——

你可知道吗？

那方啊，就是那方，

我心爱的人儿，我要与你同往！

你可知道，那圆柱高耸的大厦，

那殿宇的辉煌，和房栊的光华，

伫立的白石像向我脉脉凝视：

"可怜的人儿，你受了多少委屈？"——

你可知道吗？

那方啊，就是那方，

庇护我的恩人，我要与你同往！

你可知道，那高山和它的云径？

骡儿在浓雾里摸索它的旅程。

黝古的蛟龙在幽壑深处隐潜，

崖崩石转，瀑布在那上面飞溅——

你可知道吗？

那方啊，就是那方，

我们启程吧，父亲，让我们同往。

——［德］歌德《迷娘歌》（梁宗岱译）

119

河广（卫风）

谁谓河¹广？一苇杭²之。谁谓宋远？跂³予望之。

谁谓河广？曾不容刀⁴。谁谓宋远？曾不崇朝⁵。

◎
注
释

1. 河：特指黄河，卫在北，宋在南。
2. 杭：通"航"，渡过。
3. 跂予望之：倒装句，意为我踮起脚尖就能看见。跂（qǐ）：踮起脚跟远望。
4. 曾：乃，有"实际上却……"之义。刀：通"舠"（dāo），小船。
5. 曾不崇朝：实际上不用一个早晨就能到。崇：通"终"。古人以旦到食时为"终朝"。

◎
译
文

谁说黄河水宽？	谁说黄河水宽？
一苇可渡两岸。	不容一艘小船。
谁说宋国路远？	谁说宋国路远？
抬脚就能看见！	一朝即可往还！

◎
赏
析

　　旧说此诗为宋桓公夫人（卫文公之姐妹）被遣返回卫后思念儿子宋襄公之作，甚不可信。一则，宋襄公时卫已渡河而南，卫北宋南、炊烟相望的升平景象已成往事；二则，被出之妇义无再返，则"河广"之叹实属无谓。

　　细味此诗，为典型的女子口气，且略带怨望之意，当属男女之间无关痛痒的争风斗气。宋国男子久无音讯（当时国界不严格，更不构成对婚姻的限制，相邻村舍往往世代通婚，双方男女节日里相聚欢会，平常则以"抱布贸丝"等方式相往来），见面之后以河广路远为辞，该女子伶牙俐齿，无理争三分：谁说黄河宽，一根苇叶都可以飘过去；谁说宋国远，我踮起脚尖就能看得到。其蛮横娇嗔之状如童稚无赖，率然而真，无理而妙。

◎ 相关链接

河水清且浅

迢迢牵牛星，皎皎河汉女。纤纤擢素手，札札弄机杼。

终日不成章，泣涕零如雨。河汉清且浅，相去复几许？

盈盈一水间，脉脉不得语。

——《古诗十九首·迢迢牵牛星》

月出（陈风）

月出皎兮，佼人僚[1]兮。舒窈纠[2]兮，劳心悄[3]兮。

月出皓兮，佼人懰[4]兮。舒忧受[5]兮，劳心慅[6]兮。

月出照[7]兮，佼人燎[8]兮。舒夭绍兮，劳心惨[9]兮。

◎ 注释

1. 佼（jiǎo）：通"姣"，段玉裁《说文解字注》："佼，谓容体壮大之好也。"
   僚：通"嫽"，俏丽貌。
2. 舒：徐，从容。窈（yǎo）纠（jiǎo）：即"窈窕"，形容女子体态举止婀娜有韵味。
3. 劳心：忧心，苦苦思念之心。悄：忧，因相思而不安貌。
4. 懰（liǔ）：通"嬼"，妖媚貌。
5. 忧（yōu）受：同"窈窕""窈纠""夭绍"，皆为从容舒缓、婀娜多姿之貌。
6. 慅（cǎo）：通"懆"，内心焦虑不安貌。
7. 照：通"昭"，光明貌。
8. 燎：光彩照人貌。
9. 惨：据戴震《毛郑诗考证》，为"懆"之讹，即"躁"字，忧愁而烦躁不安貌。

◎ 译文

明月之下你向我走来，　　　　那么雍容那么窈窕，
那么高大那么俊俏。　　　　　我相思苦苦啊神魂颠倒。

明月之下你向我走来，　　　　明月之下你向我走来，
那么高大那么娇俏。　　　　　那么高大那么姣好。
那么雍容那么妖娆，　　　　　那么雍容那么美妙，
我相思苦苦啊心中烦躁。　　　我相思苦苦啊郁闷无聊。

◎赏析

　　这是一首月下思美人的情诗。也许是实有其事，诗人自道其爱慕之切，思念之苦；也许此乃男人的非非之想，只是虚结楼梦，杜撰情思。诗写得韵致风流：状月之色，曰"皎""皓""昭"；形容人之貌，曰"佼""僚""刘"；写人之态，曰"窈纠""忧受""夭绍"。整首诗如铺霞锦而鸣仙乐，令人目不暇接，心旌荡漾。一轮清辉之下，碧空如洗，窈窕美人仙袂轻扬，若隐若现，不可端倪：这种明月与神女相辉映的构思，朦胧月色中仙姿摇曳的意境，对后世文学影响深远。巫山之女，洛水之妃，当即脱胎于此。

　　鲁迅称："有至情之人，才能有至情之文。"《月出》可谓人间至情之诗。"劳心悄兮""劳心慅兮""劳心惨兮"，这低徊无限的叹惋，是情深而望绝者无可奈何的倾诉。"美人如花隔云端"，千古同此浩叹！

◎相关链接

明月美人

　　　群山万壑赴荆门，生长明妃尚有村。
　　　一去紫台连朔漠，独留青冢向黄昏。
　　　画图省识春风面，环佩空归夜月魂。
　　　千载琵琶作胡语，分明怨恨曲中论。

　　　　　　　　　　——〔唐〕杜甫《咏怀古迹五首》

　　　凌波仙子生尘梦，向瑶台月下相逢。酒晕浓，凡心动，
　　夜凉人静，飞下水晶宫。

　　　　　　　　　　——〔元〕无名氏散曲《美妓》

琼姿只合在瑶台，谁向江南处处栽。

雪满山中高士卧，月明林下美人来。

寒依疏影萧萧竹，春掩残香漠漠苔。

自去何郎无好咏，东风愁寂几回开。

——〔明〕高启《梅花》

隰有苌楚（桧风）

隰有苌楚[1]，猗傩[2]其枝。夭之沃沃[3]，乐子之无知[4]。

隰有苌楚，猗傩其华[5]。夭之沃沃，乐子之无家[6]。

隰有苌楚，猗傩其实[7]。夭之沃沃，乐子之无室[8]。

◎注释

1. 隰（xí）：河边低湿的地方。苌（cháng）楚：蔓生植物，即羊桃，又叫"猕猴桃"。
2. 猗（ē）傩（nuó）：同"婀娜"，柔美多姿的样子。
3. 夭（yāo）：鲜嫩美好。夭的本义是弯曲，《说文》："夭，屈也。"指像植物初生时柔曲而有活力。沃沃：形容枝叶润泽的样子。
4. 乐：喜，高兴。子：指苌楚所映射的美女。知：相知，这里指相好者、追求者。知有"匹配"义，郑《笺》："知，匹也。"
5. 华（huā）：同"花"。
6. 无家：没有结婚成家。《左传》"桓公十八年"："女有家，男有室。"
7. 实：果实。
8. 无室：没有家室。

◎译文

河岸边有一棵猕猴桃树，
枝叶欣欣何其婀娜，
美艳动人啊生机蓬勃，
知你没相好我多快活！

河岸边有一棵猕猴桃树，
婀娜多姿灼灼其华，
美艳动人啊生机勃发，
真高兴啊你尚未成家！

河岸边有一棵猕猴桃树，
果实累累婀娜多姿，
美艳动人啊生机洋溢，
真高兴啊你未有家室！

猕猴桃花

◎赏析

关于此诗的主题，《毛诗序》认为："疾恣也。国人疾其君之淫恣，而思无情欲者也。"朱熹《诗集传》谓："政烦赋重，人不堪其苦，叹其不如草木之无知而无忧也。"后人多赞同朱氏之说而有不同发挥，如清刘沅《诗经恒解》认为是"盖国家将危，世臣旧族……无权挽救，目睹衰孱，知难免偕亡，转不如微贱者可留可去，保室家而忧危也"；姚际恒《诗经通论》认为是"此篇为遭乱而贫窭，不能赡其妻子之诗"；方玉润《诗经原始》则以为"伤乱离也……此必桧破民逃……莫不扶老携幼，挈妻抱子，相与号泣路歧，故有家不如无家之好，有知不如无知之安也"。现代大部分学者认为这是一首有些悲观厌世色彩的伤世嗟生之作，至于其背后的原因是天灾人祸导致的家国离乱，还是个人遭受的挫折与失意，抑或是遭遇了家庭内部的矛盾与纠纷，每个学者又都有自己的理解。

闻一多认为这是一首情诗，其《风诗类钞》谓："隰有苌楚，幸女之未字人也。"笔者认为这是真正的解人之见。现代人把它理解为伤世嗟生之作，是因为由于对古人思维和表达方式的隔阂，想当然地把"无知"理解为"没有知觉"，导致在不自觉中趋入歧途。

在《诗经》中，"景物"从来不是主体抒情的对象，而是作为与人对等的映射物出现的。就本诗来说，作者不可能同时面对猕猴桃的花和果实，因而这里绝不是后世文学创作中的"因景生情"，只是以"隰有苌楚"引起与婚恋相关的情感主题。

猕猴桃

苌楚，即猕猴桃，是一种枝条柔软的藤本植物，果实累累，加上又长在低洼之处，自然是女性的象征（见《车邻》篇赏析）。诗中反复赞叹欣赏的是其形体之婀娜，花朵之绚烂，生机之饱满，结实之丰硕，这不正是当时社会大众对"最有价值的女人"的评判标准吗？这就是为什么作者神魂颠倒般再三念叨：乐子之无知、乐子之无家、乐子之无室。本诗应是男女之间嬉戏对歌时的即兴之作，没有多少实质性的情感内容，但基调健康而明快，洋溢着青春烂漫的大自然的气息。

第六讲
情诗之六——求嫁与咒誓

本讲要介绍的情诗涉及两个主题：求嫁与咒誓。前者主要有《摽有梅》（召南）、《旄丘》（邶风）、《匏有苦叶》（邶风）、《著》（齐风）、《丰》（郑风）、《匪风》（桧风）等篇；后者主要有《江有汜》（召南）、《大车》（王风）、《东方之日》（齐风）。

摽有梅（召南）

摽有梅[1]，其实七[2]兮。求我庶士[3]，迨其吉[4]兮。

摽有梅，其实三兮。求我庶士，迨其今[5]兮。

摽有梅，顷筐墍[6]之。求我庶士，迨其谓之[7]。

◎注释

1. 摽（biào）：抛，掷物于人。有：词头，无实义。梅：梅子。闻一多《风诗类钞》说："在某种节令的聚会里，女子用新熟的果子，掷向她所属意的男子，对方如果同意，并在一定期间送上礼物来，二人便可结为夫妇。"此诗所表达的当与这一风俗有关。
2. 实：果实，梅子。七：指剩十分之七。
3. 庶：众多。士：未婚男子。
4. 迨（dài）：及、趁着。吉：好日子，年轻时候。
5. 今：现在。朱熹曰："今，今日也，盖不待吉矣。"
6. 顷筐：斜口浅筐。墍（jì）：取。有予才有取，故"墍"又有"给予"义。闻一多认为"墍"通"气""乞"，义为给予，可参考。

126

7. 迨其谓之：趁着现在在一起。谓：通"会"，即《周礼·地官·媒氏》中"仲春之月，令会男女"之"会"。故《毛传》曰："谓之，不待备礼也。"按："谓""归""会"一音之转，意思近同。之：疑乃"兮"之误。

◎ 译文

摘下梅子抛给你，
树上还有十之七。
追求我的小伙子，
若要追我趁吉时！

摘下梅子抛给你，
树上还有十之三。
追求我的小伙子，
若要追我趁今天。

树上梅子摘下来，
连筐全部送给你。
追求我的小伙子，
若要追我趁此时。

梅子

◎ 赏析

　　我们前面讲到，上古时代男女定情时，有女方投以香草、瓜果，男方回赠玉佩的风俗。此风俗流衍颇久，《晋书·潘岳传》："潘少时尝挟弹出洛阳道，妇人遇之者，皆连手萦绕，投之以果，遂满车而归。"果实的繁殖性使它们成为女人当然的象征物。梅从每，每、母古时相通，故梅本身即带有为人母、为人妻的强烈暗示；另，每与无、巫音近相通，"巫"之职责在交通天人，故梅、媒、禖又有媒介的意思。以梅送人，即求婚之意。本诗表达的是女子企婚求嫁的迫切心情。梅子熟了，爱情也熟了。在男女欢会的撩人风情里，女诗人不断抛出信物却得不到回应，心情便焦躁起来，于是逐渐降低条件：先是要求对方选择良辰吉日，接着强调现在也可以，随即表示只要趁着现在在一起马上可以私奔，礼法风俗都可以置之一边（连筐子都送人。筐子是女性自身的象征物）。三章迭进，急切之情溢于言表，爽快之态跃然纸上。

当然，在现实中可能不会发生这种抛尽梅子急切求嫁的情况，这应当也是青春男女相互挑逗嬉戏时的集体创作。女孩子们反客为主，泼辣爽快，热情大方。她们沉浮在万物的节律里，淳朴未散，风情撩人，在适当的季节适当的时刻，发出了生命内在的呼声，使人如闻天籁，无限神往。

◎相关链接

自媒求嫁

> 驱羊入谷，白羊在前。老女不嫁，蹋地唤天。
>
> ——〔北宋〕郭茂倩编《乐府诗集·地驱乐歌辞》
>
> 门前一株枣，岁岁不知老。阿婆不嫁女，那得孙儿抱。
>
> ——北朝民歌《折杨柳枝歌》
>
> 劝君莫惜金缕衣，劝君惜取少年时。
>
> 花开堪折直须折，莫待无花空折枝。
>
> ——〔唐〕杜秋娘《金缕衣》

旄丘（邶风）

旄丘之葛[1]兮，何诞之节兮[2]。叔兮伯[3]兮，何多日[4]也？

何其处[5]也？必有与[6]也！何其久也？必有以[7]也！

狐裘蒙戎[8]，匪车不东[9]。叔兮伯兮，靡所与同[10]。

琐兮尾兮[11]，流离[12]之子。叔兮伯兮，褎如充耳[13]。

◎注释

1. 旄（máo）丘：卫国地名，在澶州临河东（今河南濮阳西南）。一说指前高后低的土山。葛，一种藤类植物，可做绳索，纤维可做衣服、鞋子，根块做粉可食用。

2. 何诞之节兮：怎么长得这么长了呀！何，多么，表惊讶。诞：通"延"，延展、长（zhǎng）大。之：其。节：长。根据闻一多先生考证，山之高曰峻，亦曰节，高、长同义，故"节"又有"长"义（参见闻一多《诗经新义》）。

3. 叔、伯：本指父亲的弟兄，也指兄弟间的排行，或泛指同龄男子，这里指女子对情人的称呼，相当于后世的"阿哥""情哥"。《郑风·萚兮》有"叔兮伯兮，倡予和女"，用法与此处相同。

4. 何：何其。多日：指拖延时日，做事磨蹭。

5. 处：止，留居，指安居不动。按："止"则待时长，故"处"亦有"久"义。

6. 与：干系、相关之事，亦有"原因"之义。

7. 以：原因。

8. 狐裘：贵族服装。蒙戎：毛蓬松貌。

9. 匪：通"彼"。东：此处作动词，指向东。

10. 靡所与同：即"所与靡同"，没有什么能想到一块。靡：没有。与：喜好，偏好。同：相同。

11. 琐兮尾兮：娇小又漂亮啊。琐：细小。尾：通"娓""媚"，美好。《毛传》："琐尾，少好之貌。"闻一多谓"琐、尾"是黄鹂鸣叫声，可备一说。

12. 流离：离，鸟名，即黄鹂、黄莺，也叫仓庚。《说文·隹部》："离：离黄，仓庚也。从隹，离声。"因歌声婉转、行踪飘忽，故称"流离""流莺"。陆玑疏谓："流离，枭也。自关而西谓枭为流离。"恐非诗之本意。《小雅·出车》有"春日迟迟，卉木萋萋，仓庚喈喈，采蘩祁祁"，《豳风·七月》有"春日载阳，有鸣仓庚"。

13. 襃（xiù）如：盛服貌。充耳：古代挂在冠冕两旁的玉饰，系以丝带下垂到耳旁。充耳是一种礼饰，只在非常重要的典礼上才佩戴，春秋时期在讥讽某人道貌岸然或仪态拘谨时，往往从充耳着笔。闻一多认为襃乃褎之讹，褎通"聊"，义为"耳不聪"，可参考。

◎译文

旄丘上的葛蔓啊，　　　　　　　　为什么不见动静？
为什么长得这么着急？　　　　　　肯定是牵扯太多。
我的阿哥呀，　　　　　　　　　　让我等待得太久，
为什么这么久没有音信？　　　　　他定有缘由可说。

眼看着秋去冬至，   楚楚可怜啊，
你的婚车犹未到来！   寂寞的黄莺儿。
阿哥呀阿哥，   内心没肺的你啊，
是你我心事两乖？   就是个稻草人儿！

◎赏析

    关于《邶风·旄丘》一诗的主题，历来基本认同《毛诗》的观点，以为是黎臣责卫之作。《毛序》云："《旄丘》，责卫伯也。狄人追逐黎侯，黎侯寓于卫，卫不能修方伯连率之职，黎之臣子以责于卫也。"现代有些学者在此基础上认为是一些流亡到卫国的人，请求卫国的统治者救助而未能如愿，因此表达怨望之情。方玉润《诗经原始》认为此篇与《邶风·式微》均是黎臣劝君归国之作。也有少数人认定为"闺怨"诗，但相信者寥寥。

    《毛诗》的观点显然是站不住脚的。首先，黎与卫非同姓，不可以"叔伯"相称（春秋时期家国一体，据《仪礼·觐礼》"同姓大国，则曰伯父；其异姓大国，则曰伯舅。同姓小邦，则曰叔父；其异姓小邦，则曰叔舅"可知）；其次，作为亡国流民，能被收留即应感恩戴德，有什么资格抱怨主人不能同心同德？有什么道理不思自救却眼巴巴指望别人的帮助？

    我认为，本诗虽算不上"闺怨"，但确实跟婚姻相关，是待字少女求嫁之作：婚姻关系早就确定了，但男方迟迟没有前来请期（春秋时期贵族婚礼包括纳彩、问名、纳吉、纳征、请期、亲迎六个步骤），女孩日盼夜想，从春夏等到秋冬，不禁生疑生怨，想入非非。诗第一章以葛之长节起兴，引起家族婚姻话题，同时表明女孩对时间之流逝的敏感和焦虑。葛蔓随处爬生但不离根本，因此《诗经》中常用来起兴出嫁女子的家国父母之思，故而此处已暗示了诗的主题与婚姻相涉，葛蔓长势之快映衬出女孩求嫁的急切。第二章设身处地，自问自答，为对方开脱，同时自我宽慰，体现了多情少女之情思的

细致深婉。第三章随着季节的更替因怨生嗔：冬天到了（古代结婚多在秋后或早春农闲之时），他怎么还不来呀？有厚暖的狐裘在身，应该不是怕冷吧（这是典型的女子视角）？他的心思真是和我一点都对不上啊！第四章顾影自怜，由嗔转恚。自古以来，黄莺就是多情少女的象征——仓庚于飞之日，正是少女思春之时，故歌喉婉转、楚楚动人的"流离之子"是诗人自我的写照，这种情感上的被动无助令女孩心生恼怒：谁能珍重我的感情，谁能理解我的心思？那个家伙是不是只会装腔作势、徒有其表？

◎ 相关链接

守约企嫁

> 冉冉孤生竹，结根泰山阿。与君为新婚，菟丝附女萝。
> 菟丝生有时，夫妇会有宜。千里远结婚，悠悠隔山陂。
> 思君令人老，轩车来何迟！伤彼蕙兰花，含英扬光辉。
>
> ——《古诗十九首·冉冉孤生竹》

匏有苦叶（邶风）

匏有苦[1]叶，济有深涉[2]。深则厉[3]，浅则揭[4]。

有弥济盈[5]，有鷕[6]雉鸣。济盈不濡轨[7]，雉鸣求其牡[8]。

雝雝[9]鸣雁，旭日始旦[10]。士如归妻[11]，迨冰未泮[12]。

招招[13]舟子，人涉卬[14]否。人涉卬否，卬须[15]我友。

◎注释

1. 匏（páo）：葫芦。苦：通"枯"。叶子一枯，意味着葫芦成熟。葫芦在上古时期是女性怀孕生子的象征，故此处以葫芦的叶枯象征女性成熟待嫁。《易·姤》有"以杞包瓜，含章，有陨自天"，即以葫芦隐喻女性怀孕。

2. 济：济水，济亦写作"泲"。涉：这里指涉水的渡口。

3. 厉：通"沥""砅"（lì），指穿着衣服走着渡水。《毛传》："以衣涉水为厉。"

4. 揭（qì）：提起、撩起，这里指提起下衣渡河。《毛传》："揭，褰裳也。"

5. 有弥（mí）：即"弥弥"，水盛大貌。盈：指河水涨满。

6. 有鷕（wěi）：即"鷕鷕"，野雉鸣叫声。

7. 濡：浸湿。轨：车轴。

8. 牡：这里指雄雉。

9. 雝雝（yōng）：雁和鸣声。

10. 旦：天亮。

11. 归妻：使妻来归，娶妻。

12. 迨：趁。泮（pàn）：有两个相反的意思，"分"与"合"。雉雊雁鸣，皆深秋物候，故此处之"泮"是"合"，即结冰的意思。

13. 招招：犹"招摇"，驾舟者摇动身桴随身俯仰之状。

14. 卬（áng）：第一人称代词，我。

15. 须：等待。

◎译文

葫芦已熟女待嫁，
谁说济水深难渡？
水深不妨和衣过，
水浅褰裳蹚过去。

浩浩汤汤济水盈，
鷕鷕咕咕野鸡鸣。
济水虽盈不碍车，
野鸡鸣叫唤其雄。

旭日初升雁群忙，
雌雄相和竞欢唱。
阿哥若要娶媳妇，
须趁河冰未封上。

雉（野鸡）

大雁

小舟摇摇行渐远，
人皆渡河我独留。
人皆渡河我独留，
望穿双眼苦守候。

◎
赏
析

　　这是一首女子待嫁企婚之诗。旭日初升的朦胧晨雾里，河流汤
汤无际，野雉求偶，鸿雁和鸣，呈现出一派天机活泼的宇宙性生命
场景，使人感动，使人惶然。女诗人站在渡口，遥望对岸，想到一
切都已经水到渠成，再也没有什么可以阻碍与意中人的结合（河水
浅，可以提衣而过；河水深，不妨和衣而渡），心中充满了对幸福
的渴盼：为什么还不来向我家人求婚呢？一日之计在于晨，你要娶
老婆，就该趁早行动啊！汛期已过，坚冰未结，大车可以从水中通
过，正是嫁娶的时候，再不来求婚，今年的佳期可就耽误过去了，
心爱的人啊，来吧，快来吧！这时，摆渡的小船渐渐远去，天地间
只有舟子摇楫俯仰的身影。诗人从沉思遐想中回到现实：别人都渡
河而去了，因为他们都有自己的事情要做；我没有其他的事，我来

这里只是为等待前来求婚的男友。"人涉卬否"像电影的长镜头一样，拉开了"我"与扰攘尘世的距离，使我的"等待"成为立体的形象融入周围风景，使人联想到滔滔大江边万古伫立的望夫石。

这首诗与《国风》中占主导地位的歌谣体不同，在形式上具备了唐以后诗体的某些特性，先讲道理然后渲染情境最后才点出主题，有形象、有意境也有情节，在看似漫不经意的叙述中显出错落跌宕之致，表现出纯粹个人性的感情，细致而曲折，有姜白石之韵味。

◎ 相关链接

爱的期待

> 风乍起，吹皱一池春水。闲引鸳鸯香径里，手挼红杏蕊。
>
> 斗鸭阑干独倚，碧玉搔头斜坠。终日望君君不至，举头闻鹊喜。
>
> ——〔五代·南唐〕冯延巳《谒金门》

著（齐风）

俟我于著乎而[1]，充耳以素[2]乎而，尚之以琼华[3]乎而！

俟我于庭[4]乎而，充耳以青乎而，尚之以琼莹乎而！

俟我于堂[5]乎而，充耳以黄乎而，尚之以琼英乎而！

◎ 注释

1. 俟：等待。著：通"宁"（zhù），大门内到照墙之间的地方。乎而：语助词。
2. 充耳：古代男子冠饰，挂于冠之两边，垂于耳畔。其所用之丝绳称纮（dǎn），有白、青、黄三色；纮上系一绒球，称纩（kuàng）；纩下所系之玉称瑱（tiàn）。素：指系玉的素丝绳。

3. 尚：系于其上。琼：美玉。华：美玉发出的光彩。下"莹""英"同。
4. 庭：庭院中。
5. 堂：正屋。

◎ 译文

他在照墙前等我呀，　　　　　　　　上面的玉坠那么晶莹！
充耳的丝绳颜色洁白，
上面的玉坠闪烁着光彩！　　　　　　他在堂屋里边等我呀，
　　　　　　　　　　　　　　　　　充耳的丝绳颜色金黄，
他在庭院内等我呀，　　　　　　　　上面的玉坠闪闪发光！
充耳的丝绳颜色青青，

◎ 赏析

　　此诗写的是女子在迎亲礼时的作为和感受（或是想象，或是事后追述），格调质朴而爽快。毛脚新女婿进门迎娶时窘态毕露——人生地不熟，打扮得人模人样却手足无措，只能像呆头鹅一样被窥测、被品评甚至被刁难。看到未来的夫君在此卑恭无助的狼狈相，女孩开心又得意，然而心中又禁不住涌起对自己男人的关切、爱护之意。其实女孩子自己也因为过度兴奋而神魂错乱，对方充耳上的丝绳是白的、青的还是黄的，终究没有搞清楚。整首诗只是简单地罗列形象，没有任何场面的渲染与情感的强调，却把那种好奇、兴奋而又深情的少女心思表现得淋漓尽致。

◎ 相关链接

亲迎之礼

　　新郎乘车至新娘家，先候于巷，次入大门内，次入院中，以示催请之意。启程时，新娘子从正房内寝出来，岳父把新娘之手递给新郎，二人携手出大门而上新娘自备之车，新郎亲御三圈，交给御者，然后上自己之车，先行至家门候迎。

丰（郑风）

子之丰¹兮，俟我乎巷兮，悔予不送兮。

子之昌²兮，俟我乎堂³兮，悔予不将⁴兮。

衣锦褧衣⁵，裳锦褧裳。叔兮伯⁶兮，驾予与行⁷。

裳锦褧裳，衣锦褧衣。叔兮伯兮，驾予与归。

◎注释

1. 丰：体形高大丰满。《释文》："丰，方言作妦。"《玉篇》："妦，容好貌。"古人认为男人之容好即高大壮硕。
2. 昌：身材健壮。
3. 堂：此处指巷门侧之室。胡承珙《毛诗后笺》："一里之巷，巷外有门，门侧有堂。"《闻一多全集·诗经编下》："巷即巷头门，所谓闾者也。堂在门侧，俟乎巷与俟乎堂，仍是一地，诗特错综言之以韵句耳。"
4. 将：送，从行。
5. 褧（jiǒng）衣：麻织罩衣。褧衣穿好，意为可以马上出发。
6. 叔、伯：夫之兄弟称伯、叔，犹言"哥哥""弟弟"。
7. 驾予与行：驾车来接着我，一起走。

◎译文

他是那样魁伟俊秀呀，
在里巷的门口等了我好久，
真后悔没有前去送他啊，
让他失望而去巷外频回头。

他是那样高大壮硕呀，
在里巷的门口有意等我，
真后悔没有出门相送啊，
也许他有话要跟我说？

何时我穿上锦绣的礼服，
外面披上洁白的罩衣？
啊快快来吧我的帅哥，
驾车来接我回你府邸。

何时我穿上锦绣的礼服，
外面披上洁白的罩纱？
啊快快来吧我的夫君，
驾车来接我与你回家。

◎赏析

　　此篇也是待字闺中的思妇情歌。未婚夫前次登门时（周代士婚礼分纳彩、问名、纳吉、纳征、请期、亲迎六个步骤，除亲迎外，其中有些步骤如纳彩、纳征时女婿可能与媒人同行），由于礼法约束未能谋面，只能远远地偷窥几眼，他那高大英俊的体魄使她心旌摇荡；走的时候也没能到村外送别，为此一直心中忐忑，后悔不已。因此，她盼着婚期早日到来，盼望着他驾着大车来把自己接走——嫁妆已经准备好，随时可以披上罩衣出发，快来吧，我的爱人！

　　诗中的女子像一株坦然盛开的桃花，带着一身青春的芬芳向我们诉说她风光旖旎的心事和愿求：因为错过了与心上人道别的机会，她纠结不已，急切地期待着那彩车骏马赋于归的幸福时刻。

◎相关链接

等待

> 开门郎不至，出门采红莲。采莲南塘秋，莲花过人头。
> 低头弄莲子，莲子清如水。置莲怀袖中，莲心彻底红。
>
> ——〔南北朝〕无名氏《西洲曲》

> 烟柳疏疏人悄悄，画楼风外吹笙。倚栏闻唤小红声。熏香临欲睡，玉漏已三更。　　坐待不来来又去，一方明月中庭。粉墙东畔小桥横。起来花影下，扇子扑飞萤。
>
> ——〔南宋〕李石《临江仙·佳人》

匪风（桧风）

匪风发¹兮，匪车偈²兮。顾瞻周道³，中心怛⁴兮。

匪风飘兮，匪车嘌⁵兮。顾瞻周道，中心吊⁶兮。

谁能亨⁷鱼，溉之釜鬵⁸。谁将西归，怀之好音⁹。

◎注释

1. 匪：通"彼"。匪，非也，反面为"是"；"彼"之反面为"此"，"此"亦"是"。"此""是"通用，"彼""匪"亦通用。发（bō）：发发，风声。
2. 偈（jié）：疾驰貌。按偈古音与"快"近，义可通。
3. 顾瞻：回头看。周道：大道。
4. 怛（dá）：悲伤貌。
5. 飘：回风。嘌（piāo）：快速。《说文》："嘌，疾也。"
6. 吊：通"悼"，悲伤。
7. 亨：通"烹"。
8. 溉：由"既"得声，读如"乞"，给予。釜（fú）鬵（xín）：青铜锅。
9. 怀：馈，赠送。怀之好音：送给他美好的歌声。

◎译文

大风声凄厉，
官车往来急。
放眼望国道，
我心何悲戚。

大风自飞扬，
官车来又往。

放眼望国道，
我心独悲伤。

有谁要做鱼？
锅子我伺候。

谁从东方回？
为他展歌喉！

◎赏析

  这是一首少女伤时而思嫁的哀歌。男子们行役去了远方，久久不归，村子里只剩下女人和老弱病残，空寂而荒凉。随着时序渐晚，女孩的心情变得越发忧烦难耐（古代男子从役，十月以后才能回家）。她来到村头，向东遥望那通向天尽头的宽阔驿路，渴望看到行役者归来的身影。然而，过尽千帆皆不是，为使命所驱使的一辆辆官车从眼前飞驰而过，企盼中的身影终究没有出现，只有大风呼啸，激荡着衰草连天、黄叶遍地。一种宇宙寥廓、人生艰难的苍凉感涌向心头，我们的女诗人深感到孤独，渴望着有所凭依，不禁脱口而出：谁要烹鱼啊，我送给他洗好的锅子。锅是女性身体的象征，以锅烹鱼是男女性事的隐喻，因此第四章意为：谁要我啊，我毫不犹豫以身相许；谁会此时归来啊，我献给他最美丽的歌声。

时代的一粒灰尘，落到个体头上都是重如丘山的重负。这首诗与其说表达的是思嫁少女的孤独和伤悲，还不如说是对战事连绵、民不聊生的黑暗现实的控诉与抗议。"谁能亨鱼，溉之釜鬵"，在这种近似自暴自弃的表达背后，有着怎样的哀痛和悲凉啊！

◎相关链接

等待

　　　　相思树，流年渡，无端又被西风误。兰舟少住。　　怕载酒重来，红衣半落，狼藉卧风雨。

　　　　　　　　　　　　——〔金〕元好问《摸鱼儿》

　　　　伤高怀远几时穷。无物似情浓。离愁正引千丝乱，更东陌、飞絮濛濛。嘶骑渐遥，征尘不断，何处认郎踪。　　双鸳池沼水溶溶。南北小桡通。梯横画阁黄昏后，又还是、斜月帘栊。沉恨细思，不如桃杏，犹解嫁东风。

　　　　　　　　　　　　——〔北宋〕张先《一丛花令》

下面我们要欣赏的是几篇涉及爱情咒誓的诗歌。赌咒发誓，这是我们都熟悉的、几乎是不教而能的一种人类行为，很可能大家都做过这样的事情。在原始巫术思维大量遗存的《诗经》时代，咒誓仍然是一种重要的思想与情感表达方式。下面我们重点分析《江有汜》《大车》《东方之日》等篇。

江有汜（召南）

江有汜[1]，之子归，不我以[2]。不我以，其后也悔[3]。

江有渚[4]，之子归，不我与。不我与，其后也处[5]。

江有沱[6]，之子归，不我过[7]。不我过，其啸也歌[8]。

◎注释

1. 汜（sì）：从主流分出又汇入主流的水道，《毛传》："决复入为汜。"这里以江水分叉隐喻男友移情别恋。
2. 以：与。不我以：不和我好了。《邶风·谷风》有"不我屑以"。
3. 其后也悔：将来一定后悔。
4. 渚：水中小洲为渚，因渚为水流歧出形成，故又有"支流"义，与汜、沱同。
5. 处：通"癙"（shǔ）（据闻一多《风诗类钞》），忧愁。《小雅·正月》："癙忧以痒。"《雨无正》："鼠思泣血。"
6. 沱（tuó）：江水支流。《说文》："沱，江别流也。"
7. 不我过：不来看我。过：探访、看望。
8. 其啸也歌：因心情郁闷而大声呼喊，即"长歌当哭"。《小雅·白华》："啸歌伤怀。"啸：长歌。《说文》："歗（啸），吟也。"啸因忧愁而发，故亦有忧愁义。

◎译文

江水分出叉，　　　　不再来我家，
你从外边回，　　　　后悔也晚啦！
不再来我家。

江水分岔道，　　　　　　江水分出沱，
你从外边回，　　　　　　你从外边回，
不再跟我好。　　　　　　不再来看我。
不再跟我好，　　　　　　不再来看我，
报应会来到！　　　　　　有你好结果！

◎赏析

此篇为女子指斥男子喜新厌旧之词。男子有了新欢，把旧爱遗落在了一边，我们的女诗人悲愤之极，指天咒地，宣称负心汉将来一定会后悔，不会有好日子过。见异思迁是花心男子最寻常的故事，而赌咒发狠则是小女子最常见的伎俩。该诗以江水之分叉喻男子移情别恋，同时又用江汜分而复汇暗中寄托与情人和好的企望，于急切直露中别有韵味，富有人间情味。

◎相关链接

（一）"江有汜"

送郎看见一条河，河边有个回水沱。江水亦有回头意，情哥切勿丢了那（奴）。

——东川民歌《送郎看见一条河》

江水大里（了）河岸奔，阿妹走里何处跟。妹子走里无处跟，早看日头夜看星。

——梅县民歌

（二）诅咒与发誓

有一种观点认为，诗歌起源于祝咒，因为那是人类愿望表达的最朴素的方式。

如卑格米妇女求子祷告："赐我以孕，噢，巴里！赐我以

孕，我能生子。"（［英］C.M.鲍勒：《原始歌谣》，威登菲尔德与尼柯尔森出版公司 1962 年版，第 30—31 页）

美国民歌："快成熟，大麦燕麦、大豆豌豆。"（［美］富兰克林·福尔索姆：《语言的故事》，山东大学出版社 1985 年版，第 27 页）

上古天人未分，人们普遍认为万物处在一种相应相感的有机联系中，相信通过语言、符号能够将魔力施加于对象，以实现自己的愿望。《诗经》时代，人类刚从野蛮状态下蜕变而出，保留了很多的原始巫术文化的残余，祝咒仍然在人们的生活中发挥着很大的作用。在《诗经》中，不仅"颂"在很大程度上是"史巫尸祝之辞"（陈子展《诗经直解》），"风""雅"中也有很多咒祝之作（上古"诅""祝""咒"无区别，《周礼·春官》"祝""诅"连用，后来"祝"表达卑恭的祈愿，"咒"表达强力的役使），无论是关于田猎、爱情还是一般人际关系。

在上古先民的生活中，爱情巫术的存在是一个十分普遍的现象，这已经由人类学家在对现代一些原始人类的考察中得到证实。一般说来，爱情巫术有以下三种：一是采集某些具有致幻作用或某种疗效的植物，佩带在身上或用来擦洗身体，以增加自己的魅力；第二种是通过赠送食物或物品把魔力施与对方；第三种是采取一些象征性的仪式（模仿或"触染"）以"交感"的形式向对方施加影响，如画对方的形象对之施咒，或让对方踩自己的足迹等。

如果我们分析巫术赖以建立的思想原则，便会发现它们可以归结为两个方面：第一是"同类相生"或果必同因；第二是物体一经相互接触，在中断实体接触后，还会继续远距离地相互作用。前者可称为"相似律"，后者可称为"接触律"或"触染律"。巫师根据第一原则，即"相似律"引申出，他能够仅仅通过模仿就实现任何他想做的事；从第二个原则出发，他断定，他能通过一个物体来对另一个人施加影响，只要该物体曾被那个人接触过，不论该物体是否为对方身体之一部分（［英］弗雷泽:《金枝》，中国民间文艺出版社1987年版）。

根据叶舒宪《诗经的文化解释》一书，祝咒类修辞可分为三种情况：

一、列举法：在祝祷时列举神名、供奉的物品等。列举法可以给人一种宏大无边的庄严感。

二、反复法：反复运用同一词语，或用不同词语表达相同意义。反复是强化法术力量和获致神力的过程。

《黄鸟》:"黄鸟！黄鸟！无集于谷，无啄我粟。"

《伯兮》:"其雨！其雨！杲杲日出。"

三、对句法：加强语意，引起注意。

《葛生》:"冬之日，夏之夜。"

《蓼莪》:"南山烈烈，飘风发发。"

我们现在看来是一些纯粹的情诗的东西，往往出自巫术操作中的祝祷和诅咒，如古印度《阿达婆吠陀》中的《相思咒》：

像藤萝环抱大树，
把大树抱得紧紧；
要你照样紧抱我，
要你爱我，永不离分。

像老鹰向天上飞起，

两翅膀对大地扑腾；
我照样扑住你的心，
要你爱我，永不离分。

像太阳环着天和地，
迅速绕着走不停；
我也环绕你的心，
要你爱我，永不离分。

大车（王风）

大车槛槛[1]，毳衣如菼[2]。岂不尔思？畏[3]子不敢。

大车啍啍[4]，毳衣如璊[5]。岂不尔思？畏子不奔。

谷[6]则异室，死则同穴。谓予不信，有如皦日[7]！

◎注释

1. 大车：运货车，用牛拉。槛槛（kǎn）：车艰难行进的声音。
2. 毳（cuì）：鸟兽的细毛。衣：这里指蒙车用的兽毛织的毡子。菼（tǎn）：初生芦荻，色发红。
3. 畏：怕的是。
4. 啍啍（tūn）：同"槛槛"，沉闷的声音。
5. 璊（mén）：赤玉。
6. 谷：生，活着。谷乃维生之物，无谷则不生。
7. 有如皦（jiǎo）日：有此青天白日作证。如：通"汝"，据闻一多先生，古代"我""汝""尔"有"是"的意思（"不过尔尔"即"不过如此"），"彼""他"有"非"的含义（"彼"与"匪"通），故"如"在这里训"此"，"这个"。《论语·宪问》有"如其仁，如其仁"，即谓"此其仁"。皦：明亮。

◎译文

牛拉的大车吱吱咯咯，　　　　　难道你认为我不想你，
蒙车的毛毡颜色闷红。　　　　　我怕的是你不敢共赴前程！
难道你认为我不想你？
我担心的是你畏葸磨蹭。

牛拉的大车砭砭噜噜，　　　　　活着和你生活在一起，
蒙车的毛毡颜色暗红。　　　　　死后安葬同一个墓室。
　　　　　　　　　　　　　　　也许你依然怀疑不信？
　　　　　　　　　　　　　　　我愿指青天白日发誓！

◎赏析

　　这是女子向情人赌咒发誓之词。可以肯定，那男子已经有所承诺，但由于种种原因，一直没有付诸行动，反而对女方的态度表示怀疑，担心自己孤注一掷却得不到响应。女诗人急了，抱怨情人像装饰华丽却慢腾腾的牛拉大车，好看不中用，同时发下狠誓：活着愿跟你住在一个屋檐下，死后和你埋在同一个坟墓里，如果你还不相信我，就让这皎皎白日做我誓言的见证。此诗可谓千古情誓之祖，其"生不相偶死成双"的爱情信念开启了中国民间文学中一个重要的传统，诸如《孔雀东南飞》、《梁山伯与祝英台》、唐明皇与杨贵妃的传说等，即是其流衍。本诗以牛拉大车形容男子的迟钝和磨蹭，无论声音还是颜色都给人一种沉闷的感觉，而女子的爽快和决绝则像透过雾气的阳光一样令人眼前一亮。于是读者被感动了，禁不住为那深情而刚烈的女子喝上一声彩，同时恨不得在那惯于老牛拉破车的男子屁股上狠狠地踢上一脚——这就是诗的力量。

◎相关链接

爱之誓

　　枕前发尽千般愿，要休且待青山烂，水面上秤锤浮，直待黄河彻底枯。　　白日参辰现，北斗回南面，休即未能休，且待三更见日头。

　　　　　　　　　　　　　　　　　　——敦煌曲子词《菩萨蛮》

145

我欲与君相知，长命无绝衰。山无陵，江水为竭，冬雷震震，夏雨雪，天地合，乃敢与君绝！

——汉乐府《上邪》

尔侬我侬，忒煞情多，情多处，热如火。把一块泥，捻一个尔，塑一个我，将咱两个一齐打破，用水调和，再捻一个尔，塑一个我。我泥中有尔，尔泥中有我。与尔生同一个衾，死同一个椁。

——〔元〕管道升《我侬词》

东方之日（齐风）

东方之日兮，彼姝者子[1]，在我室兮。在我室兮，履我即[2]兮。

东方之月兮，彼姝者子，在我闼[3]兮。在我闼兮，履我发[4]兮。

◎ 注释

1. 姝：美丽、俊秀。子：男子。
2. 履：踩。即：通"迹"，脚印。
3. 闼（tà）：门、屏之间。王勃《滕王阁序》："披绣闼，俯雕甍。"
4. 发：头发。

◎ 译文

像太阳一样耀眼啊，
那帅气的美男子，
他来到了我的卧室。
来到我卧室啊，
赶紧踩上我足迹！

像月亮一样炫目啊，
那帅气的美男子，
他走进了我的秀闼。
走进我的秀闼啊，
快快踩上我的落发！

◎赏析

　　本诗是一篇"爱情咒"，作者是一个女子。在《诗经》中，日、月往往是男子的象征，呼日唤月，即呼唤能给予自己光明和温暖的男主人。该女子为情所困，没有办法称心如愿，只能乞灵于巫术，希望神秘的力量为自己带来好运，使梦中情人走进自己家里，踩在自己的脚印上，踩在自己的头发上，从而爱上自己。

◎相关链接

爱之咒

　　　　　　（把香草放入一个带椰子油的容器中，念符咒）：
　　　　　　展开，卷起。
　　　　　　展开，卷起。
　　　　　　我割掉，我割，我割。
　　　　　　为鸟儿准备大诱饵，为小鹩准备。
　　　　　　……
　　　　　　我的"凯洛伊瓦"爱之魔力溢出。
　　　　　　压下来，压在您的床铺上；
　　　　　　抚摩，抚摩你的枕垫；
　　　　　　进我的房子，踏我的地板。
　　　　　　　　　　——南太平洋特罗布里恩群岛上居民的"爱情咒"

第七讲
情诗之七——怨诉、爱怜与伤悼

在有爱情的地方，就有哀伤、愁怨，就有顾影自怜的倾诉和怨天尤人的悲悼。国风中表达怨诉之意的情诗主要有：《柏舟》（鄘风）、《日月》（邶风）、《终风》（邶风）、《遵大路》（郑风）、《甫田》（齐风）、《采苓》（唐风）、《防有鹊巢》（陈风）、《晨风》（秦风）、《素冠》（桧风）。

柏舟（鄘风）

泛彼柏舟[1]，在彼中河。髧彼两髦[2]，实维我仪[3]。之死矢靡它[4]！母也天只[5]，不谅人[6]只！

泛彼柏舟，在彼河侧[7]。髧彼两髦，实维我特[8]。之死矢靡慝[9]！母也天只，不谅[10]人只！

◎注释

1. 泛：漂浮貌。舟楫喻夫妻关系，漂浮在河中的小舟象征孤独无助的失恋者。
2. 髧（dàn）：头发下垂貌。《玉篇》："髧，发垂貌。"两髦：未婚男子头发式样，剪短齐眉，中分束向两边。髦通髳，《说文》："髳，发至眉也。"
3. 仪：匹配。《尔雅·释诂》："仪，匹也。"据闻一多，"仪"字此义借为"儷"，儷者，瓢也。一瓠开两瓢，故儷有匹配义。
4. 之：至。矢：誓。靡它：没有二心。它（他）有"二"义。
5. 只：句末语气词，同"也"。"母"和"天"在这里是并列的，都是倾诉对象。
6. 谅：理解、信任。此"不谅人"者指的是"髧彼两髦"，而非父母。

148

7. 河侧：河两边近岸处。

8. 特：同"仪"，匹配。《尔雅·释诂》："敌，匹也。"特、敌一声之转，故可通。

9. 慝（tè）：通"忒"，本义为差错，这里是"二心""心系他人"之义。按："二"意味着不一、更变，容易犯错，故有"差失"义。

10. 谅：信任。

◎译文

柏木做的小船啊， 独自在河中飘摇。 那头发两边分束的小伙啊， 是我心仪的相好。 宁愿去死，我不会把他忘掉， 可是娘啊！天啊！ 他全不理会我的忧伤和烦恼！	柏木做的小船啊， 独自在河边漂流。 那头发两面分束的小伙啊， 才是我心仪的佳偶。 宁愿去死，我都不愿意回头， 可是娘啊，天啊！ 他全不理会我的苦闷和烦忧！

◎赏析

《毛诗序》："柏舟，共姜自誓也。卫世子共伯蚤死，其妻守义，父母欲夺而嫁之，誓而弗许，故作是诗以绝之。"古人多有赞同此论者，至于"柏舟"成为寡妇守节的代名词，如唐陈子昂《唐故袁州参军李府君妻清河张氏墓志铭》："青松摧折，哀断女萝之心；丹桂孤高，终守柏舟之誓。"元赵孟頫《王氏节妇》："年少寡居今白发，为君重赋柏舟篇。"遗憾的是这样的阐释完全不切实际。

当代注家都认为此诗写的是女子欲嫁所爱，遭父母拒绝，因而呼天抢地，怨天尤人，体现了"坚决反抗封建礼教的精神"（程俊英、蒋见元《诗经注析》）。这不符合《诗经》时代的社会情形，因为当时父母对子女婚姻的管制并不像后世那样严格。实则是写诗的女子爱上了一位小伙子，却没有得到回应。彼泛于河，无心而随意；我立于岸，有情而无缘。望着朝思暮想却形同陌路的意中人，女诗人禁不住呼天喊娘（《史记·屈原列传》："夫天者，人之始也；父母者，人之本也。人穷则反本，故劳苦倦极，未尝不呼天也；疾痛惨怛，未尝不呼父母也"），痛哭流涕："娘啊！天啊！那该死的怎么就是不理解我的心思啊！"诗中情感的表达激烈如撒泼，正是那个"奔者不禁"的时代的本色。

◎ 相关链接

"柏舟"用典

　　青松摧折，哀断女萝之心；丹桂孤高，终守柏舟之誓。

　　　　——〔唐〕陈子昂《唐故袁州参军李府君妻清河张氏墓志铭》

　　年少寡居今白发，为君重赋柏舟篇。

　　　　　　　　——〔元〕赵孟頫《王氏节妇》

日月（邶风）

　　日居月诸[1]，照临下土。乃如之人[2]兮，逝不古处[3]！胡能有定[4]？宁不我顾[5]！

　　日居月诸，下土是冒[6]。乃如之人兮，逝不相好！胡能有定？宁不我报[7]！

　　日居月诸，出自东方。乃如之人兮，德音无良[8]！胡能有定？俾也可忘[9]！

　　日居月诸，东方自出。父兮母兮[10]，畜我不卒[11]！胡能有定？报我不述[12]！

◎ 注释

1. 居、诸：语助词。日月：指丈夫，以夫比天，以地自喻。
2. 乃如之人：竟然有像你这样的人啊。乃：可是，竟然。之：其、这个。
3. 逝：通"曷"，意为"何不""为什么"。一说为语助词，亦通。古：通"故"。处：相处。

4. 胡能有定：什么能始终如一值得信赖呢？

5. 宁：难道。顾：眷顾，理会。

6. 冒：覆盖，普照。

7. 不报：不见答。

8. 德音无良：说得好听，做得糟糕。

9. 俾：使。也：同"之"，这里指"我"。忘，通"望"，依赖。古"忘""望"相通，如《蓼莪》："蓼弗敢望公伯休。"

10. 父兮母兮：感叹词，意为"爹啊娘啊！"，控诉的对象不是父母，而是负心汉。

11. 畜：通"慉"，爱护，对……好。《广雅·释诂一》："慉，好也。"卒：终。

12. 述：循，指据情理行事。报我不述，即报我不以其道。《毛传》："述，循也。"

◎译文

太阳啊月亮啊，
光辉仍然照耀着大地。
竟然有你这样的人啊，
为什么变得如此彻底？
还有什么始终如一值得依恃？
竟毫不念顾我对你的情义！

太阳啊月亮啊，
光辉依然照耀着四野。
竟然有你这样的人啊，
为什么把我的恩爱弃绝？
还有什么始终如一值得依恃？
竟全不顾当初对我的誓约！

太阳啊月亮啊，
依然升起在东方的天空。
竟然有你这样的人啊，
巧言如簧行不由衷。
还有什么始终如一值得依恃？
连山盟海誓都不能遵从！

太阳啊月亮啊，
依然从东方的天际升起。
妈呀，爹呀，天地良心啊，
他当初对我的恩爱去了哪里？
还有什么始终如一值得依恃？
如此对待我全没有情理！

◎赏析

　　这是失恋的女子对负心汉的诛伐之词。日月为男子之象征，《国风》凡妇人之诗而言日月者，皆喻其夫。以日月普照下土兴起自己失去爱护的凄惨和悲伤，日月有恒而人心无定，抚今追昔，怨天尤人：日月的光辉依旧普照大地，我的世界却沦入黑暗之中。负心人啊，怎么会有你这种无情无义的东西，竟然如此绝情地离我而去，全然忘却从前恩爱相处的时光。啊，哪里去了，那柔情蜜意的温存，那指天誓地的承诺？如果这些都可以忘却，那这个世界上还有什么能永久不变，还有什么能值得信赖？难道再不理会我一片真情？难道我的挚爱注定得不到回报？爹啊娘啊！为什么他对我的关爱有始无终？也许一开始就是虚情假意？诗中的女子呼天抢地，痛哭流涕，句句发自肺腑，声情并茂；逻辑上层层递进，先怨以"不我顾"，次责以"不我报"，再遣以"德音无良"，最后斥之以"报我不述"，剑戟森列，义正词严。

◎ 相关链接

诛罚负心人

> 莫攀我，攀我太心偏。我是曲江临池柳，这人折了那人攀。恩爱一时间！
>
> 天上月，遥望似一团银。夜久更阑风渐紧，为奴吹散月边云。照见负心人。
>
> ——敦煌曲子词《望江南》两首

终风（邶风）

终风且暴[1]，顾我则[2]笑。谑浪笑敖[3]，中心是悼[4]。

终风且霾[5]，惠然肯来[6]。莫往莫来[7]，悠悠我思。

终风且曀[8]，不日[9]有曀。寤言不寐[10]，愿言则嚏[11]。

曀曀其阴，虺虺[12]其雷。寤言不寐，愿言则怀[13]。

◎
注释

1. 终风且暴：既刮风又下雨。终：既"终"训"尽"，"既"亦训"尽"，
　故可通用。暴：通"瀑"，《说文》："瀑，疾雨也。"
2. 顾：反观，回过头来看（我），可理解成"但是"。则：却，反而。
3. 谑浪笑敖：故意地玩笑、嬉闹。谑：开玩笑。浪：指放荡不拘。敖：调笑，
　《尔雅·释诂》："敖，谑也。"
4. 中心是悼：内心实际上充满忧伤。是：实。悼：悲伤。
5. 霾：天气阴沉并有沙尘。
6. 惠然肯来：很高兴他肯赏光前来。
7. 莫往莫来：偏义词组，特指莫来。
8. 曀（yì）：阴天。《释名·释天》："曀，翳也。谓日光掩翳也。"
9. 不日：不定期，不知什么时候。
10. 寤言不寐：耿耿不眠，如有所对。寤：醒着。言：助词。
11. 愿：沉思貌。言：通"然"。愿然，指心有所盼而心情沉重的样子。则：
　而。嚏：通"懥"，郁塞，忧烦郁闷。
12. 虺虺（huǐ）：闷雷声。
13. 怀：忧伤。《毛传》："怀，伤也。"

◎
译文

你既刮风来又下雨，
我在一边赔着笑。
嬉皮笑脸讨你开心，
内心的悲苦有谁知道！

一会儿暴躁一会儿阴郁，
我还是感谢你肯前来。
但凡你生气不来找我，
我的思念啊排解不开！

一会儿刮风一会儿多云，
不知啥时候脸色就转阴。
我向壁叹息长夜难寐，
无精打采啊忧思殷殷。

厚厚的阴云连日不散，
隆隆的隐雷使我惊慌。
我长夜独坐耿耿难寐，
满怀心事隐忍着悲伤。

◎
赏析

　　风云雷霆是男性阳刚之气的象征，在那男尊女卑的时代里，对
软弱的女人来说，它是强大暴力的、笼罩性的，带有毁灭性的力量，
是一个令人战栗又眩晕的深渊，充满了诱惑也充满了危险。本诗深
刻地揭示了面对危险的爱情时无助的女性那复杂的心态。女诗人深
爱着一位男子，可是他脾气暴躁，对她的态度也时好时坏，不知什

153

么时候就会阴霾遮天，雷霆大作。跟他在一起时，她总是小心翼翼地赔笑脸，有时故意放肆地嬉闹、调笑，内心隐忍着烦闷和悲伤。可是，一旦他不在身边，她却又牵肠挂肚地想着他，念着他，常常双眼耿耿对暗壁，盼着他来到自己身边（惠然肯来）。

◎相关链接

妇怨

一别之后，二地相思。虽说是三四月，谁又知五六年。七弦琴无心弹，八行书无可传，九连环从中折断，十里长亭望眼欲穿。百系想，千思念，万般无奈把郎怨。万语千言道不完，百无聊赖十凭栏。九月重阳看孤雁，八月仲秋月圆人不圆。七月半，秉烛烧香问苍天，六月伏天人人摇扇我心寒。五月榴花如火，偏遇冷雨浇花端。四月枇杷未黄，我欲对镜心意乱。忽匆匆，三月桃花随水转。飘零零，二月风筝线儿断。噫，郎呀郎，巴不得下一世，你为女来我做男。

——无名氏《怨郎诗》

遵大路（郑风）

遵大路¹兮，掺执子之祛²兮。无我恶兮³，不寁故⁴也？
遵大路兮，掺执子之手兮。无我魏兮⁵，不寁好⁶也？

◎注释
1. 遵大路：沿着大路走。
2. 掺（shǎn）："操"字之误，握持。祛（qū）：袖口。
3. 无我恶（wù）兮：不要讨厌我呀。我恶：倒装，恶我。

4. 寁（jié）：接，继续，寁、接声同义通。旧注音 zǎn，义为"速"，恐非。

　　故：通"姑"（hù），恋惜。

5. 无我魗兮：不要因为我长得不好而离开我呀。

6. 好：交好、相好。

◎ 译文

沿着大路一直走啊，　　　　沿着大路一直走啊，
死死抓住你的衣袖。　　　　紧紧抓住你的手。
不要嫌我长得难看啊，　　　不要嫌我长得不好啊，
从前的感情不要丢！　　　　从前的恩爱不要丢！

◎ 赏析

　　这是一首失恋者的哀歌。男子要离去，女诗人抓着他的袖口跟着在大路上走了很远，哀求对方留下来。诗意可以这样翻译：我不让你走，不要厌弃我，不要因为我长得不好就选择离开啊！难道就这样恩断义绝？难道我们那些相亲相爱的日子可以一笔勾销？

◎ 相关链接

绝望之爱

　　梦觉云屏依旧空，杜鹃声咽隔帘栊。玉郎薄幸去无踪。一日日，恨重重。泪界莲腮两线红。

　　　　　　　　　　　　——〔唐〕韦庄《天仙子》

甫田（齐风）

　　无田甫田[1]，维莠骄骄[2]。无思远人[3]，劳心忉忉[4]。

　　无田甫田，维莠桀桀[5]。无思远人，劳心怛怛[6]。

　　婉兮娈[7]兮，总角丱[8]兮。未几[9]见兮，突而弁[10]兮。

◎注释

1. 无田甫田：不要耕种过于大块的土地。第一个"田"为动词，耕种。甫：大。
2. 维：发语词。莠（yǒu）：一种野草，俗称"狗尾巴草"。骄骄：茂盛貌。
3. 远人：出门在外的人。
4. 劳：忧。忉忉（dāo）：忧愁貌。
5. 桀桀：同"骄骄"。
6. 怛怛（dá）：同"忉忉"。
7. 婉（wǎn）娈（luán）：儿童清秀俊美的样子。婉：通"睕"，大眼睛。娈：与"婉"同，也是眉目清秀的意思。
8. 总角：儿童把头发向两边束起，状如两角。丱（guàn）：肖形字，像两角之状。
9. 未几：没隔几天。
10. 突：突然。弁（biàn）：皮帽，成人所戴。古人男子年满二十举行冠礼，标志成人。

◎译文

不要去耕种过大的田地，
那样田里会长满了野草。
不要挂念远方的行人啊，
到头来只是自寻烦恼。

不要去耕种过大的田地，
那样田里必定野草疯长。
不要挂念远方的行人啊，
到头来难免多情一场！

当年你忽闪着一双大眼多么可爱，
扎着两个小辫像羊角分开，
恍惚才几天没有见面啊，
你带上大人的帽子就不再把我理睬？

莠（狗尾巴草）

◎赏析

　　"我本将心托明月，谁知明月照沟渠"，可以看作本诗的题意。与前几篇相比，它的基调要轻松得多，因为其所表达的伤感之情没有多少实质性的内容，只是"多情却被无情恼"的怨艾，是小儿女之间的闲怄斗气。写诗的是一位情窦初开的少女。原来青梅竹马的玩伴去了远方，好久没能见面，她心里一直挂念着他，为他担心，为他忧虑，谁知他回来以后却变得形同路人，好像根本不知道有人在这里思念着他，为他担惊受怕。因此，女孩愤愤不平，抱怨童年的伙伴没心没肺，忘恩负义：几天没见，你突然长大了，带上了大人的皮帽子，有出息了，不再是原来那扎着小辫、流着鼻涕、有着一双滴溜溜傻乎乎大眼睛的小孩子了，因此就跟我生分了起来，不理我了？都怪我自作多情！唉，不该去耕种力所不能及的大块田地（不要管得太多），否则只会使地里长满野草；不该为不在身边的人瞎操心，瞎操心没有人知你的情、念你的好。本诗写得富有生活情味，青春期男孩子的木讷迟钝与同龄少女的敏感多情形成了鲜明对照。

◎相关链接

觉悟

　　珠泪纷纷湿绮罗，少年公子负恩多。当初姊姊分明道，莫把真心过与他。子细思量着，淡薄知闻解好么？

——敦煌曲子词《抛球乐》

采苓（唐风）

　　采苓采苓[1]，首阳[2]之颠。人之为言[3]，苟亦无信[4]。舍旃舍旃[5]，苟亦无然[6]。人之为言，胡得[7]焉？

　　采苦采苦[8]，首阳之下。人之为言，苟亦无与[9]。舍旃舍旃，苟亦无然。人之为言，胡得焉？

采葑采葑[10]，首阳之东。人之为言，苟亦无从[11]。舍旃舍旃，苟亦无然。人之为言，胡得焉？

◎注释

1. 苓（líng）：有苍耳、甘草、大苦（黄药子）等各种说法，未知谁是，且从《毛传》："苓，大苦也。"沈括《梦溪笔谈》："此乃黄药也。其味极苦，谓之大苦。"俞樾《群经评议》："诗人盖托物以见意，苓之言怜也，苦之言苦也。"旧注或谓此苓为甘草。

2. 首阳：山名，在今山西永济市南，即雷首山。

3. 为（wěi）言：即"伪言"，谎话，花言巧语。为，通"伪"，有"刻意而为"的意思，指造作的甜言蜜语，而非彻头彻尾的假话。

4. 苟亦无信：还是不要轻信吧。苟，本义为姑且、暂且，诗中表示有保留的肯定，有"还是"的意思。亦，语助词。无，通"毋"，不要。

5. 舍旃（zhān）：放弃它吧。舍，放弃。旃，"之焉"的合声。

6. 无然：不要信。然，亦"信"。《楚辞·九歌·山鬼》："君思我兮然疑作。"洪兴祖注："然，不疑也；疑，未然也。"闻一多《诗经通义·乙》："然犹信也"。

7. 胡：何，什么。得：取。《说文》："䙷（得），取也。"

8. 苦：即苦菜，可食。

9. 无与：不要理会。与，赞同，赞许。

10. 葑（fēng）：即芜菁，又叫蔓菁，大头菜之类的蔬菜。

11. 从：听从。

◎译文

采苓去何处？
首阳山之巅。
世上漂亮话，
谁信谁可怜。
一切随他去，
信之亦惘然。
花言和巧语，
使人空喜欢。

首阳山之下，
到处可采苦。

世上漂亮话，
谁信谁糊涂。
一切随他去，
信之亦惘然。
花言和巧语，
使人空喜欢。

何处可采葑？
首阳山之东。
世上漂亮话，
切记莫信从。

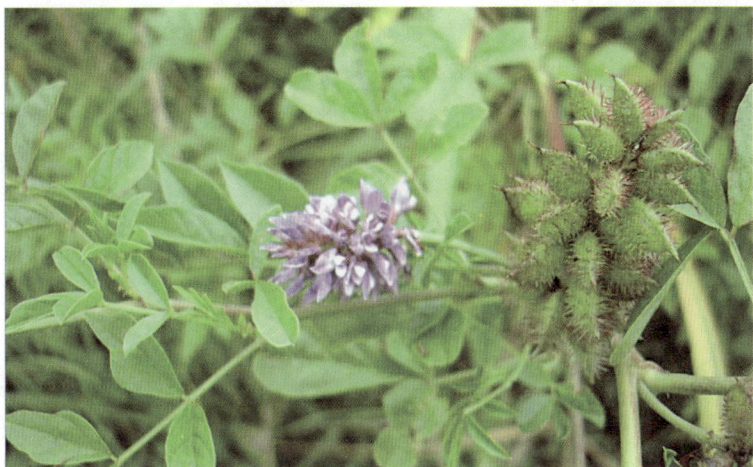

甘草

一切随他去，
信从亦惘然。
花言和巧语，
使人空喜欢。

◎赏析

一般人都认为这是一首劝诫世人不要听信谗言的诗歌，可谓失之毫厘，谬以千里。诗中"苟亦无信""苟亦无从"等句子所流露出来的那种犹豫、迟疑，根本不是声讨"谗言"所应持有的立场。

《诗经》中凡以"采摘"内容为起兴句的，几乎都与婚姻爱情有关，《采苓》并不例外。本诗应当是恋爱中遭受欺骗或受到冷落的女子对男方的抱怨和牢骚之词。

苦菜

第一章以"采苓"于"首阳之颠"兴起。这里有两重意思："苓"

和"怜"音近相谐，"采苓"即有"企求爱怜"之意；采苓要爬上高高的首阳山，可见其过程充满艰难辛苦。可以说，一开篇，作者满腹凄苦怨愤之情就喷薄欲出了，因此下面自然而然接上甜言蜜语不可信赖的怨尤与悲慨。

第二章以采摘苦菜引起。苦菜味道是苦的，说明诗人对爱的追求过程充满了辛苦，其结果也是苦涩的；苦菜随处都有，说明我们的主人公有太多太多的烦恼和伤心事，实在值得同情——作者大倒苦水，把自己都感动了。

第三章以"采葑"领起。葑即芜菁，是一种叶子和根块都可食用的蔬菜，不过根块是主要的，但根块埋在地里看不见，因此总有些贪图小利、浅薄无知之徒采叶而遗根，正如好色无行的男人只关注女人的美貌而不在乎其内在品质。所以这一章主人公在表达对"那人"的不满和抱怨的同时，顺便自我安慰了一番。

显然作者对给她造成困扰的那位男子还是喜欢的，所以词句之间没有刀锋剑气，也没有责骂讥嘲，有的只是听天由命的无奈和隐忍。

防有鹊巢（陈风）

> 防有鹊巢[1]，邛有旨苕[2]。谁侜予美[3]？心焉忉忉[4]。
>
> 中唐有甓[5]，邛有旨鹝[6]。谁侜予美？心焉惕惕[7]。

1. 防：水坝。鹊：喜鹊，因其"居有常匹，飞则相随"经常被视为夫妻和睦的象征，鹊巢则是新婚小家庭的象征。《召南·鹊巢》："维鹊有巢，维鸠居之。"按："防有鹊巢"不必理解为鹊巢建在河坝上，可以理解为建在河坝的树上，因为河坝都是用土或土石结合建成的，坝上长树很正常。闻一多先生认为,"防"指的是大门前的屏风、"萧墙",在诗中指的是起萧墙作用的"门前树",虽有道理,但过于迂曲。

2. 邛(qióng):土丘,山丘。旨:味美的,鲜嫩的。苕(tiáo):苕菜,亦名紫云英、翘摇,可做蔬菜或畜禽饲料,生长在低湿的地上。

3. 侜(zhōu):谎言欺骗,挑拨。予美:我的爱人。美,美人儿,心上人。

4. 忉(dāo)忉:忧愁不安的样子。

5. 唐:唐通"塘",中唐,即塘中。《毛传》以为是古代堂前或门内的甬道,泛指庭院中的主要道路,虽采信者众多,恐不合本诗之义。鹝(pì):通"鷿(pì)",即鷿鹈,一种野鸭子,雄雌双栖双宿,经常被古人作为爱情专一的象征。《毛传》以为是砖瓦,亦不合诗义。

6. 鹝(yì):借为"蓠(lì)",山蒜。在蔬菜稀少的上古时代,山蒜是难得的下食美味。《毛诗》以为是绶草,从者众多,恐非,因为绶草不能食用。

7. 惕(tì)惕:提心吊胆、恐惧不安的样子。

◎译文

河坝的树上有一个鹊巢,
旁边的山坡上长着甜苕。
是谁在欺骗我的爱人?
什么能排解我忧虑和烦恼?

恩爱的鷿鹈在水塘嬉戏,
鲜美的野蒜长在山坡。
是谁欺骗了我的爱人?
我内心的忧烦向谁诉说?

苕(紫云英)

◎赏析

在对这首诗的解释上,可谓多数人都掉到沟里去了。他们把"防有鹊巢、邛有旨苕"理解为"不可能发生的事情"(姜亮夫等《先秦诗鉴赏辞典》)、"无稽之谈"(陈子展《诗经直解》)、"反常的怪事、不应有的事"(唐莫尧《诗经新注全译》)等,认为作者是利用这种不应有的怪现象痛斥小人颠倒黑白,挑拨离间。如此种种全是违背生活常识的胶柱之见。且不说把"防有鹊巢"理解为喜鹊把巢建在水坝上过于机械,认为紫云英和绶草只能生活在低湿之地就毫

161

山蒜

鹊巢

䴙䴘

无根据。以此为前提来解诗何异于郢书燕说？《诗经》时代，人们
处在万物之中，触类而兴情，完全自然而然，他们不懂或不善于通
过编造一种不存在的事物来说明、映衬某种道理或境况。因此，所
谓"连续用四种不存在的事物作为比兴，来揭露第三者的骗术"（金
启华等《诗经鉴赏辞典》）完全是对古人思维和情感表达方式隔阂
不通的现代人自以为是的论断。

本诗第一章以"防有鹊巢、邛有旨苕"引起。"居有常匹，飞则相随"的喜鹊经常被视为夫妻和睦的象征，鹊巢则是新婚小家庭的指代物；鹊巢建在河坝上从人的眼光看安全系数较低，因为河坝上的树一般不会太高大，并且倘若树的位置处在河坝的底部，则人站在坝的高处很容易对鸟巢采取行动。作者以此来表达对自己的爱情正在或可能受到的威胁的忧虑是十分自然的。同时，紫云英是一种野菜，人人可以采来食用，这正如自己对心上人的"所有权"还没有受到婚姻的保护，随时都有可能被他者横刀夺爱。这就是为什么作者寝食不安，"心焉忉忉"。

第二章用池塘里相亲相爱的鹝鹝和新鲜美味的山蒜起兴，情感的强度更进了一层：他渴望和自己的心上人早成眷属，双宿双飞，可她实在太美、太迷人了，那么多强有力的竞争对手都在盯着，虎视眈眈，就像山坡上的野蒜很容易被人采走，因此作者整日提心吊胆——"心焉惕惕"，担心会鸡飞蛋打一场空。

美色作为一种高度竞争性的稀缺资源，对男人既是诱惑也是压力。本诗呈现的就是一个小男人在这种压力面前几近崩溃的精神状态，那种患得患失的紧张不安令人同情又不禁莞尔。正如吴闿生《诗义会通》所言："未必真有俟之者，写柔肠曲尽。"《诗经》里的篇章总是那么质朴又贴近人情，因此具有历久弥新的永恒魅力。

晨风（秦风）

鴥彼晨风[1]，郁[2]彼北林。未见君子，忧心钦钦[3]。如何如何[4]，忘我实多[5]！

山有苞栎[6]，隰有六驳[7]。未见君子，忧心靡乐[8]。如何如何，忘我实多！

山有苞棣[9]，隰有树檖[10]。未见君子，忧心如醉。如何如何，忘我实多。

◎注释

1. 鴥（yù）：鸟疾飞的样子。闻一多谓"鴥"通"鷸"，指羽毛赤色，可参考。晨风：旧多释为鹯鸟，即"燕隼"，闻一多释为雉。笔者以为闻一多为是。风者，凤也，山鸡近似之。《逸周书》有"文翰若翚雉，一名鹇风，周成王时蜀人献之"，《易林·小畜之革》有"晨风文翰，大举就温"，足证晨风为雉鸡无疑。另，雉鸡之性，雄飞雌从，家自成群，故被作为夫妻和睦的象征。《邶风》中有《雄雉》篇，乃妇人见雄雉而思行人，《晨风》当出于同一机杼，而燕隼则善于单飞独行，于此无所取义矣。

2. 郁：茂盛。

3. 钦钦：忧心忡忡的样子。

4. 如何如何：怎么办呢怎么办？

5. 多：甚。

6. 苞：丛生貌。栎：栎树。

7. 六：通"蓼"（lù），长大貌。驳（bó）：梓榆。三国吴陆玑疏："驳马，梓榆。其树皮青白驳荦，遥视似驳马，故谓之驳马。"宋沈括《梦溪笔谈补·辩证》："梓榆，南人谓之朴，齐鲁间人谓之驳马。驳马，即梓榆也。"

8. 靡乐：无法纾解。乐：通"疗"。

9. 棣：棠棣。

10. 树檖（suì）：挺直的山梨树。树：通"竖"，直立貌。檖：又名杨檖、赤罗。

◎译文

野鸡飞又落，
北林郁蓬勃。
未见我阿哥，
忧思难诉说。
要我怎么办，
忘我已太多。

山上有栎树，
山下有梓榆。
未见我阿哥，

忧思难解除。
要我怎么办，
忘我已太多。

山上有棠棣，
河边有山梨。
未见我阿哥，
忧思如沉迷。
要我怎么办，
忘我已太多！

雉鸡

棠棣

驳（梓榆）

山梨树

◎赏析

　　本诗以树林中野雉的双宿双飞为契机，兴起了对恋人的无限相思，加以"山有苞栎，隰有六驳"的双双对举，进一步衬托出自己形单影只的缺憾和凄凉，一边倾诉自己愁肠百结无以排解，一边抱怨心上人不念旧情早已把自己遗忘，"忘我实多"一句，包含无限酸心事。

　　一般来说，《诗经》中凡男女对举，一般都是以"山有××，隰有××"起兴，前者为高大的乔木，后者为花草或丛生的灌木。这里山上山下都是乔木，或许是同性爱恋之作？

素冠（桧风）

　　庶见素冠[1]兮？棘人栾栾[2]兮，劳心慱慱[3]兮。

　　庶见素衣兮？我心伤悲兮，聊[4]与子同归兮。

　　庶见素韠[5]兮？我心蕴结[6]兮，聊与子如一[7]兮。

◎注释

1. 庶：有幸。素冠：与下边的"素衣""素韠"都是指未经染色和装饰的服饰，并非专指丧服，尽管丧服也必须是素净的。此处以"素冠""素衣"表节俭或穷困。

2. 棘：通"瘠"，瘦。高诱注《吕览·任地》："瘠，赢瘦也。"栾：通"脔"，瘦瘠貌。

3. 劳心：忧虑之心。慱（tuán）：结聚，同下文"蕴结"，忧虑烦闷貌。《毛传》："慱慱，忧劳也。"

4. 聊：愿，但愿。

5. 韠（bì）：即韍、韨、市，又称"蔽膝"，古代官服装饰，革制，用在腹下膝上。

6. 蕴结：郁结，忧思郁结不解。

7. 如一：如同一人。

167

◎译文

何幸又见你素冠穆然？
憔悴如许瘦骨棘棘，
心事重重啊忧思万端。

何幸又见你素衣怆然？
我心伤悲啊痛彻心肝，

唯愿与你啊同归家园。

何幸又见你素韠黯然？
我心郁结啊肺肠如煎，
唯愿与你啊相偎同眠。

◎赏析

　　有情人未能成眷属，再相逢时已是沧海桑田人憔悴，多情女子一边庆幸机缘难得，一边发誓再不错过——这就是本诗背后的故事和所表达的情感主题吧。全诗虽然只有寥寥数句，但字字出自胸臆，一咏三叹，真挚动人：经过漫长的相思之苦终于见面了，女诗人无限心疼地打量着对方消瘦的身体、心事重重的表情，又把关爱的目光落在对方简陋的衣、冠和蔽膝上，恨不得承担起对方的所有困苦与悲伤。只有真爱的人才会如此关注对方的细节，才会不计得失地倾心投入，这种超越时代的人性之美，使本诗具有了历久弥新的魅力。

　　关于此诗的主题，《毛诗》及朱熹《诗集传》都认为是对能履行"三年之丧"礼制者的赞美，古今附和者众多，这不过是冬烘老儒的臆想之论，因为字里行间看不到两者之间的任何联系。也有不少人认为这是吊丧者的哀歌，甚至是妇人抚尸恸哭之作（程俊英、蒋见元《诗经注析》），难以令人信服。首先，"素衣""素冠"并非当时的丧服；其次，"劳心愽愽"的主体应该是栾栾之"棘人"，"我"的情感基调是"悲伤""郁结"，而不是"忧虑、思虑"（心劳）。彼之"愽愽"正是"我"之"伤悲"的原因之一，若只是形之"栾栾"一个方面，恐怕难以激发下面那种情感强度。还有人认为是痛惜贤臣遭受迫害之作，逻辑上似乎可以圆通，但因为心慕的贤人遭受不公就爆发如此强烈的主观情绪，实在不合人情事理。况且，对贤人可以说"同归"，要"如一"就过分了。还有，若情感的对象是贤人，则"素冠""素衣""素耕"的分举除了表明其人俭朴外，没有任何另外的深意，如此则整首诗的情感表达就显得矫揉造作了。

◎ 相关链接

痴情沧桑

　　阅尽天涯离别苦，不道归来，零落花如许。花底相看无一语，绿窗春与天俱莫。　　待把相思灯下诉，一缕新欢，旧恨千千缕。最是人间留不住，朱颜辞镜花辞树。

　　　　　　　　　　　　　　　　　——王国维《蝶恋花》

　　肥水东流无尽期。当初不合种相思。梦中未比丹青见，暗里忽惊山鸟啼。　　春未绿，鬓先丝。人间别久不成悲。谁教岁岁红莲夜，两处沉吟各自知。

　　　　　　　　　　　　　　——〔南宋〕姜夔《鹧鸪天》

讽君与刺上

儒家，特别是汉朝的儒生，把一种非常狭隘的政治和伦理教化功能强加给了《诗经》。在他们看来，一首诗如果不是要赞美什么，那就肯定是在讽刺什么（据统计，有82篇风诗、49篇雅诗被《毛诗序》贴上"刺"的标签）。实际上，诗三百篇，真正以"美""刺"为旨归的并不多。在风诗中，以怨政与刺上为内容的主要有如下几篇：《羔羊》（召南）、《狼跋》（豳风）、《新台》（邶风）、《墙有茨》（鄘风）、《鹑之奔奔》（鄘风）、《君子偕老》（鄘风）、《敝笱》（齐风）、《南山》（齐风）、《载驱》（齐风）、《株林》（陈风）、《墓门有棘》（陈风）、《黄鸟》（秦风）、《清人》（郑风）。

羔羊（召南）

羔羊之皮[1]，素丝五紽[2]。退食自公[3]，委蛇委蛇[4]。

羔羊之革[5]，素丝五緎[6]。委蛇委蛇，自公退食。

羔羊之缝[7]，素丝五总[8]。委蛇委蛇，退食自公。

◎注释

1. 羔羊之皮：即用作赠礼的羊羔皮。
2. 素丝五紽紽：五紽纯白的丝。紽（tuó）：根据闻一多研究，紽、佗皆有"交午"之义，而凡交午之物，皆两两相对（如阴阳），故两字皆有"两"义，则"五纯"即"五两"。古人以帛一丈八尺为一单位，称"两端"，又称"一两"。素丝五两即可织造五两（十端）帛之白丝（详见闻一多《诗经通义·乙》）。

3. 退食自公：从公室吃饱了出来。

4. 委蛇（wēi yí）：得意而有韵致的行走貌。

5. 革：同"皮"。《毛传》："革犹皮也。"

6. 五緎（yù）：同"五纯"，亦即"五两"。緎从"或"，义为疆域，疆域界分敌我，故亦有"两"义。

7. 缝：通"鞛"，本特指已治之皮，这里与"革"同，代指一般的皮。

8. 五总：亦同"五两"。"总"有收束两边之义，故亦可释为"两"。

◎译文

华润羔羊皮，
五纯纯素丝。
公室饮宴回，
一路步逶迤。

一路逶迤来，
饱食自公室。

华润羔羊皮，
五緎纯素丝。

华润羔羊皮，
五束纯素丝。

逶迤一路来，
公室方饱食。

◎赏析

　　此诗描述的是参加完"公食大夫礼"后，外国使节离开朝堂的情景。据《仪礼》，外国大夫作为使节来行聘问之礼，国君要依礼设宴招待，是为"主国君以礼食小聘大夫之礼"（诸侯之间三年一大聘，卿大夫为使；一年一小聘，一般大夫为使）。在礼毕使节辞出时，国君要赠予兽皮束丝（或束帛）为礼。本诗只是截取了相关两个镜头：作为礼物的丝皮和使节的姿容步态，但含义还是十分丰富的，以至于千百年来"美诗说""刺诗说"各有拥趸，却几乎没有人能说清楚。《毛诗》认为此诗是赞美"召南之国化文王之政，在位皆节俭正直，德如羔羊也"；崔述《读风偶识》认为本诗讽刺了"承平日久、诸事皆废弛之象"。

　　笔者以为，尽管在《诗经》中"委蛇委蛇"经常被用来从正面摹画富贵人从容自信的气派，但当它与"退食自公"一起出现时，难免产生一种滑稽的讽刺性效果。口腹乃一己私欲，公食之礼本不以吃喝为目的，作者于此琐屑处一作渲染，对象的空虚无聊猥琐之态便灵活呈现了。姚际恒、方玉润称赞此诗能"摹神"，指作者通过对人物行为举止的描摹，将其神态生动地表现出来。诗中没有一句主观情绪的议论，只是在极淡定极客观的细节描述中活现了人物的内在，使讽刺对象在作者宽厚的俯视下显得更加渺小，真正体现了于平淡中见高明的大雅本色。

◎相关链接

讽刺

> 轻薄儿，面如玉，紫陌春风缠马足。双镫悬金缕鹊飞，
> 长衫刺雪生犀束。绿槐夹道荫初成，珊瑚几节敌流星。
> 红肌拂拂酒光狞，当街背拉金吾行。朝游冬冬鼓声发，
> 暮游冬冬鼓声绝。入门不肯自升堂，美人扶踏金阶月。
>
> ——〔唐〕顾况《公子行》

狼跋（豳风）

> 狼跋其胡[1]，载疐[2]其尾。公孙硕肤[3]，赤舄几几[4]。
>
> 狼疐其尾，载跋其胡。公孙硕肤，德音不瑕[5]。

◎注释

1. 跋：踩踏。胡：颈下垂肉。
2. 载：再，又。疐（zhì）：通"踬"，因踩踏而阻碍、跌倒。
3. 公孙：泛指贵族。硕肤：大肚皮。肤：通"腹"。
4. 赤舄：亦称金舄，以金为饰的红色鞋子，贵族配衮衣礼服穿。几几：鞋尖弯曲自持状，在此形容走路庄重安稳的样子。

5. 德音：好名声。瑕：瑕疵，毛病。

◎译文

老狼前行踩颈肉，
后退又踩大尾巴。
公孙挺着大肚子，
行步龙钟慢似爬。

老狼前行踩颈肉，
后退又踩大尾巴。
公孙挺着大肚子，
名声在外无疵瑕。

◎赏析

　　本诗的主旨，《毛诗序》认为是"美周公"，即赞美周公在内外交困的情势下能举止安详，进退有据。根据常理，要让老百姓以歌谣的形式颂美统治者，对方必须是有大功德于民的非凡之人，因此从《毛诗序》作者开始的好多解诗者都把诗中赞美的对象具体落实到周公身上。在他们看来，只有周公可以当此盛誉。这种观点显然没有道理。首先，周公不可能称"公孙"（要用这种方式称呼，只能称"王孙"）；其次，用狼这种没有什么威仪的动物来形容德高望重的周公，实在有失敬意；再有，豳地偏处西陲，远离政治中心，周室上层之间的矛盾很难成为当地民众歌咏的主题（要赞美周公，肯定只涉及他所做的好事，不会涉及他在官场上左右为难的情形）。《毛诗序》之所以认定此诗的基调是"美"，是因为其中有"德音不瑕"一句，其实这句话是正话反说，这在民歌中是常见的。本诗的主题同样是讽刺王公贵族的昏庸无能，可与上一首对照着读：如果上首是热讽，本篇则属"冷嘲"：作者首先以简明扼要的笔触刻画了讽刺的对象那龙钟笨拙却又故作姿态的颠顶形象，接着宽厚又认真地赞美他"名声在外确实不假"，前后对照自然形成一种冷幽默色彩的讽刺效果。

　　本诗诗意可以这样理解：那个大腹便便又道貌岸然的家伙，就像一只笨拙的老狼，向前一步就踩着脖子，往后一退就踏着尾巴。听说他能力超群美名传扬，现在看来确实不假啊！

新台（邶风）

新台有泚[1]，河水弥弥。燕婉[2]之求，籧篨[3]不鲜。

新台有洒[4]，河水浼浼[5]。燕婉之求，籧篨不殄[6]。

鱼网之设，鸿[7]则离之。燕婉之求，得此戚施[8]。

◎注释

1. 卫宣公在黄河边上建造的一座台阁。泚（cǐ）：通"玼"，新玉之亮色；有泚，即"泚泚"。
2. 燕婉：夫妇感情融洽、非常般配的样子，此指如意郎君。
3. 籧篨（qú chú）：蛤蟆，蟾蜍。《易林·渐之睽》："设罟捕鱼，反得詹诸。"鲜：美。
4. 洒（cuǐ）：通"漼"，鲜明。闻一多谓通"洗"，亦为"鲜明貌"，可参考。
5. 浼浼（měi）：水满而平。
6. 殄（tiǎn）：通"腆"，善。一说通"珍"，义同。
7. 鸿：蛤蟆的别名（从闻一多说），蛤蟆一名苦蚩，连读即为"鸿"。离：通"罹"，遭逢、进入。
8. 戚施：蛤蟆。

◎译文

新建的台阁多么光亮，
台下的黄河水浩浩汤汤。
风流倜傥的如意郎君，
变成癞蛤蟆令人悲伤。

新建的台阁多么光亮，
台下的黄河水淼淼茫茫。
英俊潇洒的如意郎君，
变成癞蛤蟆何其不祥。

设下渔网要捉鱼儿，
网住癞蛤蟆令人沮丧。

蟾蜍

明明追求的是白马王子，
网一只癞蛤蟆多么荒唐！

　　这是《诗经》中少数有本事可查的篇章之一。《毛诗序》："新台，刺卫宣公也。纳伋之妻，作新台于河上而要之，国人恶之，而作是诗也。"据《左传》"桓公十六年"："卫宣公烝于夷姜，生急子，为之取于齐而美，公取之。"卫宣公为自己的儿子伋聘取齐国女子为妻（即后来的宣姜），听说对方长得漂亮，就在新娘来归的路上建造了新台，拦娶齐女据为己有。故国人不忿，作诗以刺之（卫宣公以荒淫著称，先是与庶母夷姜私通，后又霸占儿妻）。本诗以河水之浩大而清澈、新台之崇高又鲜亮，反衬卫宣公人格的渺小和卑劣；以美好的愿望与丑陋的现实相对照，烘托齐女"鲜花插在牛粪上"的不幸和无奈，在痛骂中寓讥刺，于同情中见悲悯，使人顿生现实丑恶、人间不平之慨叹，因而具有强烈的艺术感染力。

墙有茨（鄘风）

　　墙有茨[1]，不可扫也。中冓之言[2]，不可道也。所可道也[3]，言之丑也。

　　墙有茨，不可襄[4]也。中冓之言，不可详也。所可详也，言之长也[5]。

　　墙有茨，不可束[6]也。中冓之言，不可读[7]也。所可读也，言之辱也。

◎注释

1. 墙：有遮蔽的垣。《说文》："墙，垣蔽也。"古之墙多以土筑成，上面覆以楛楚、荻蒿、蒺藜之类，起保护墙体及防盗作用。墙上之蒺藜起防护作用，故"不可扫也"，扫去意味着禁防不设。茨（cí）：通"刺"，指蒺藜，又名爬墙草。《毛传》："茨，蒺藜也。"

2. 中冓（gòu）：内室。冓：通"构"，与"墙"同义。"中冓之言"即墙内之言。

3. 所可道也：如果要说，也可以说。所：若，如果。

4. 襄：通"攘"（rǎng），排除。

5. 言之长也：说来话长。闻一多谓"长"读若"爽"，亦有"丑恶"义，可参考。

6. 束：总而集之，这里指聚集而去之，除尽、肃清。

7. 读：诵言，宣露，公开说出来。《广雅·释言》："读，说也。"

◎译文

墙上有蒺藜，　　　　　　不可说端详。
实在不可扫。　　　　　　若要说端详，
内室悄悄话，　　　　　　说来话太长！
不可向人道。
若要向人道，　　　　　　墙上有蒺藜，
丑秽遭人笑。　　　　　　不可一扫去。
　　　　　　　　　　　　内室悄悄话，
墙上有蒺藜，　　　　　　谁言可公布？
无法一扫光。　　　　　　若要公布时，
内室悄悄话，　　　　　　言者得其辱。

蒺藜

◎
赏
析

　　关于这首诗的主旨，《毛诗序》是这样说的："卫人刺其上也。
公子顽通乎君母，国人疾之，而不可道也。"当时卫国的公廷是以
淫乱著称的。先是卫宣公乱伦，与他的庶母夷姜私通，生了个儿子，
名急子（伋），在为急子娶妻时，发现女方长得很漂亮，便强行据
为己有（这是上一首诗所针对的事件），这便是"宣姜"。宣公与宣
姜生了两个儿子，一个叫"寿"，一个叫"朔"。"朔"就是后来的
卫惠公。宣公死后，他的一个庶子叫"顽"的，又与宣姜私通，生
了五个子女，即齐子、戴公、文公、宋桓夫人、许穆夫人（《鄘风》
中有《载驰》一篇，作者就是许穆夫人）。本诗就是讽刺公子顽与
宣姜之间那些乌七糟八的行事。

　　"墙有茨，不可扫也。"作为草本植物，蒺藜无疑是女性的象征。
只是它刚硬、尖锐而容易伤人，为不祥之物。《易·困》："困于石，
据于蒺藜。入于其宫，不见其妻，凶。"《系辞下》对这句话的解释
是"非所困而困焉，名必辱；非所据而据焉，身必危。既辱且危，
死期将至，妻其可得见耶"。可见，诗人一上来就暗示了对宣姜的
厌恶、对公室的忧虑。诗的大意是：墙上的蒺藜不好除掉，除掉就
会禁防全无；公廷密室里的言谈是没法向外说道的，因为那涉及的
都是见不得人的、令人感到羞耻的勾当，说出来会有损公室的脸面。
此诗的妙处在于虚实相映，欲言又止，在闪烁其词之间唤起人们对
背后故事的联想。

鹑之奔奔（鄘风）

　　鹑之奔奔[1]，鹊之彊彊。人之无良[2]，我以为兄。

　　鹊之彊彊，鹑之奔奔。人之无良，我以为君[3]。

◎ 注释

1. 鹑：鹌鹑。奔奔：雄禽交配时对雌禽穷追不舍的样子。下文"彊彊"同。
2. 无良：品德不好。之：同"而"。
3. 为君：宗法制下，传位于嫡长，故为君、为兄多一致。

◎ 译文

如鹑蹦跳跳，　　　　　　跳跳鹑发情，
似鹊奔跄跄。　　　　　　跄跄鹊宣淫。
荒淫如禽兽，　　　　　　荒唐如禽兽，
我却称兄长。　　　　　　缘何为我君！

鹑　ウヅラ

鹌鹑

◎赏析

　　本诗已不是刺，而是骂，而且骂得非常狠：本来应当做道德表率的君长只会追逐女色，其秽行丑态昭然于天下，不堪入目，形同禽兽。鹌鹑和喜鹊被认为是喜淫之禽，作者选取了两者发情时雄雌相逐这个特写镜头来映

喜鹊

衬君主的淫行丑态，不措一字而所欲言尽在其中，可谓尖刻毒辣之极。

君子偕老（鄘风）

　　君子偕老，副笄六珈[1]。委委佗佗，如山如河[2]。象服[3]是宜。子之不淑[4]，云如之何？

　　玼兮玼[5]兮，其之翟[6]也。鬒[7]发如云，不屑髢[8]也。玉之瑱[9]也，象之揥[10]也，扬且之皙[11]也。胡然而天也[12]！胡然而帝也！

　　瑳兮瑳[13]兮，其之展[14]也。蒙彼绉𫄨[15]，是绁袢[16]也。子之清扬[17]，扬且之颜[18]也！展如之人[19]兮，邦之媛[20]也！

◎注释

1. 副："髴"（fù）的本字，编假发为髻，贵妇人发式。《广雅》："假髻谓之髴。"笄（jī）：插在发髻上的簪子，因为横贯于"副"中而系持之，故称"副笄"。珈（jiā）：悬在簪子头上的珠形玉饰，一般有六个，故称"六珈"。头上戴笄后走路时摇动，汉时称步摇。

2. 委委佗佗（tuó），如山如河：步态从容而摇曳，庄重如山，飘逸如河。委佗：本意是弯曲、摆动。

3. 象服：绣有花纹的礼服。象：形象，花纹。

4. 不淑：犹言"不幸"，古人吊唁慰问遭遇不幸者之套语，此处表示对宣姜之命运的叹悯。淑：同"吊"。

5. 玼（cǐ）：玉色鲜亮貌。

6. 其之：她的。翟：绘有野鸡文饰的女服，一般用于祭祀等场所。翟：野鸡。

7. 鬒（zhěn）：同"袗"，浓密的美发。《说文》："袗（zhěn），发稠也。"

8. 不屑：不用，无须。髢（dí）：假发制的髻。三家诗作"鬄"（dí），《说文》："鬄，髢（dí）也，益发也。"《左传》"哀公十七年"："卫庄公见己氏之发美，使人髡（kūn）之以为吕姜髢。"古人礼饰以假发做髻，如《汉宫春色·汉孝惠张皇后外传》："理妆之时，循例当用假髢，傅姆以后鬒发如云，请于鲁元公主而去之。"

9. 瑱（tiàn）：耳饰，即充耳之玉坠。

10. 象：指象牙，古人以象骨为搔（tì）搔首及绾发，因以为饰，后世称为"搔首"或"搔头"。

11. 扬：眉上广曰"扬"，额角丰满貌，犹《硕人》之"蝼首"。且（jū），句中语气词，常用于表赞叹，相当于"哉"。之：其，她的。晳（xī）：白净的（面孔）。按：美发如云，额角方圆，历代被视为女子吉象。

12. 胡：何，为什么。然：如此，这样。而：如。陈奂《毛诗传疏》："古而、如通用。"二句言其美无比，使人恍然感到如天神降临。

13. 瑳（cuō）：同"玼"，鲜亮。

14. 展：即禮（zhàn），贵族妇女的夏礼服，以单色纱或绢制成，不加纹饰。

15. 蒙：覆盖。绉（zhòu）绤（chī）：夏细布，绉纱，这里指用绉纱做的内衣，即下文之绁袢。绉：绤之细者。绤：细葛布。

16. 绁（xiè）袢（pàn）：内衣。上为亵，取近身之意；下为袢，取防闲之意。绁：通"亵"。

17. 清扬：眼睛清澈有神采。清：视清明。

18. 颜：美貌。闻一多认为，颜从彦，而彦为美士，故颜亦有"美"义。

19. 展：诚然，确实。《齐风·猗嗟》有"展我甥兮"。如之人：像这样的人。

20. 邦：国。媛：美女。《说文》："媛，美女也，人所援也。从女，从爰。爰，引也。"按："媛"亦有"援"义，谓以宣姜的国母身份，本来应该是卫国结交大国（其娘家齐国）的依仗。

◎译文

"与君偕老"的誓愿早已烟消，
只剩下满头珠饰在寂寞中招摇，
任凭你庄重如山婀娜如水，
任凭你气象庄严雍容华贵。
美人啊，谁不同情你际遇坎坷，
可面对命运你都做了些什么？

多么富丽多么耀眼，
你华服绘彩五色斑斓。
美发如云使鬌髻汗颜，

你佩玉瑱饰象掭仪态万方，
更兼面皙如雪额角清朗，
使人恍然如睹仙姝临凡。

你的襢衣艳丽而轻盈，
你的内衣透明而鲜亮。
你眼波流转神采飞扬，
你面皙如雪额角清朗——
你可真是绝世的美人啊，
绝世美人啊母仪我邦！

◎赏析

　　关于这首诗的主旨，《毛诗序》的观点是："刺卫夫人也。夫人淫乱，失事君子之道，故陈人君之德，服饰之盛，宜与君子偕老也。"这是《国风》中《毛诗》理解正确的为数不多的诗篇之一。后人有不同的看法，如闻一多认为该诗是赞美卫夫人的美貌，魏源认为是哀悼夷姜的遭逢（夷姜为急子之母。宣公强娶儿妻后，生二子，夷姜不得志，自缢死）。这都是强作解人，未得诗人心法。倘若是赞美，则开头之"君子偕老"成为无着落之笔墨，因为后面大肆渲染的姿态容饰之美与"偕老"与否全不相干。民歌中有一个惯例，即以闺妇停止修饰面容来描写对远方丈夫——死去的更不用说——的思念和对爱情的忠贞，如《卫风·伯兮》："自伯之东，首如飞蓬。岂无膏沐，谁适为容。"古人认为只有潘金莲之流才会在丈夫离开后把自己装扮得花枝招展。倘若像魏源那样认为该诗主旨是哀挽夷姜，则不该有"是绁袢也"之类近乎亵渎之描写（描写服装由外衣而中衣而内衣，层层剥开。以夷姜国母之身份，倘对其稍存敬意，决不可如此轻渎）。实则，此诗之旨在于讽刺宣姜徒有其表，艳而不美，入溷厕则同臭，出污泥而共浊，表面上光鲜亮丽，实则是不知人、不知天、不知命却自我感觉良好的"无知"之人：有"白头到老"

的誓言在，却置诸脑后旁若无人；遭世不淑而际遇多艰，却溺于浮华自甘沦落。"君子偕老"一句上无缘起，下无接应，如巨石兀立，形成了对浮薄之人的灵魂拷问，衬托出美色浮华的空洞和无聊；"子之不淑，云如之何"，乃是哀其不幸，刺其无心（不淑，犹言不幸，时人常用以表吊唁或叹悯。如《礼记·杂记》中写吊丧时称"如何不淑"；《逸周书》："王乃升汾之阜，以望商邑，曰：呜呼！不淑！"王照圆《诗说》认为"子之不淑"是直斥其人不善，则过于直露，不仅失其蕴藉之致，而且后面的赞美也无法接续）；"胡然而天也，胡然而帝也"，反话正说，捧之高而贬之重（《毛传》释为"尊之如天，审谛如帝"，《郑笺》云："胡，何也。帝，五帝也。何由然女见尊敬如天帝乎？非由衣服之盛、颜色之庄与？反为淫昏之行？"则成腐儒论道，扞格难通），"展如之人兮，邦之媛也"，以小归大（仅仅因为穿着漂亮、姿容姣好即颂之为"邦之媛"，可见其不相称），戛然而止，自有袅空余音在。且诗中多动态描写，如"委委佗佗""如山如河""子之清扬"，再三渲染其一步三摇、秋波频飞而又故为庄重之做派，使原本一本正经的美色描绘因为"过动"而扭曲，具有了漫画的滑稽意味（比照辛延年《羽林郎》及汉乐府《焦仲卿妻》），于是乎主人公水性柳态毕现。此诗笔法极深婉，通篇无一字讥讽，甚至还略表同情，但处处流露出贬刺之意，后世或许只有老杜《丽人行》得其神髓。

美产生于距离，如"天寒翠袖薄，日暮倚修竹"，绝世美人，可远观而不可近渎，楚楚令人生爱恋意。而《丽人行》则取消了一切距离，使一堆嫩皮鲜肉、一团声色繁华晃人眼目，刺人耳膜，乱人心志。"态浓意远"假借风光，自是做作；"淑且真"乃凭空宣布，诚然无据。"肌理细腻骨肉匀"使人直视肌理，不吹毛而见疵（比较苏东坡"冰肌玉骨，自清凉无汗"，乃别去天壤；至于白乐天"雪颜花肤"，已有春秋微意在）。其他鸾刀纷纶、宾从杂沓之类，不过鼓风扬尘，显其靡荡空虚而已，急管繁弦中已有哀音透出。《丽人行》上接《君子偕老》，以艳羡之笔写厌恶之意，于浓墨重彩见恶俗之态，不经意间入木三分，诚诗圣大手笔。

女性之美

　　胡姬年十五，春日独当垆。长裾连理带，广袖合欢襦。头上蓝田玉，耳后大秦珠。两鬟何窈窕，一世良所无。

——〔东汉〕辛延年《羽林郎》

　　著我绣夹裙，事事四五通。足下蹑丝履，头上玳瑁光。腰若流纨素，耳着明月珰。指如削葱根，口如含朱丹。纤纤作细步，精妙世无双。

——汉乐府《孔雀东南飞》

三月三日天气新，长安水边多丽人。

态浓意远淑且真，肌理细腻骨肉匀。

绣罗衣裳照暮春，蹙金孔雀银麒麟。

头上何所有？翠微匎叶垂鬓唇。

背后何所见？珠压腰衱稳称身。

就中云幕椒房亲，赐名大国虢与秦。

紫驼之峰出翠釜，水精之盘行素鳞。

犀箸厌饫久未下，鸾刀缕切空纷纶。

黄门飞鞚不动尘，御厨络绎送八珍。

箫鼓哀吟感鬼神，宾从杂遝实要津。后来鞍马何逡巡？

当轩下马入锦茵，杨花雪落覆白蘋，青鸟飞去衔红巾。

炙手可热势绝伦，慎莫近前丞相嗔。

——〔唐〕杜甫《丽人行》

敝笱（齐风）

敝笱在梁[1]，其鱼鲂鳏[2]。齐子归止[3]，其从[4]如云。

敝笱在梁，其鱼鲂鱮[5]。齐子归止，其从如雨。

敝笱在梁，其鱼唯唯[6]。齐子归止，其从如水。

◎注释

1. 敝笱：破鱼篓，此用其象征意，犹后世称不守妇道的女人为"破鞋"。《诗经》里经常用鱼篓象征女性的身体，如《谷风》有"毋逝我梁，毋发我笱"。梁：河中为逮鱼临时筑起的石坝，中间留缺口放置鱼篓，鱼进入后无法原路逃脱。
2. 鲂：鱼名，似鳊而小。鳏：鳏（gǎn）鱼，体大，性喜独行。
3. 归：此处指回娘家。文姜多次越境与齐襄公在边境相会。止：句末语气词。
4. 从：随从。
5. 鱮（xù）：大头鲢鱼。
6. 唯唯：通"遁遁"，尾随、顺从。《毛诗笺》："唯唯，行相顺遁貌。"

◎译文

破鱼篓子设河坝，
鲂鱼鳏鱼任悠游。
齐君之女回娘家，
随从如云势难侔。

破鱼篓子设河坝，
出入鲂鱼和鲢鱼。

齐君之女回娘家，
随从势张如云雨。

破鱼篓子设河坝，
鱼儿自由随出入。
齐君之女回娘家，
随从如水人侧目。

◎赏析

本诗与下边的《南山》《载驱》为一组，都是讽刺鲁桓公夫人文姜与其庶兄齐襄公乱伦秽行的。《史记·齐太公世家》："四年，鲁桓公与夫人如齐。齐襄公故尝私通鲁夫人。鲁夫人者，襄公女弟也，自釐公时嫁为鲁桓公妇，及桓公来而襄公复通焉。鲁桓公知之，怒夫人，夫人以告齐襄公。齐襄公与鲁君饮，醉之，使力士彭生抱上

鳡鱼

鲁君车，因拉（勒）杀鲁桓公，桓公下车则死矣。鲁人以为让。而齐襄公杀彭生以谢鲁。"鱼笱为女性（生殖器）的象征。有人认为以敝笱无用，喻刺桓公无能，不能防闲文姜，恐非，因为那样的话后面的"其鱼鲂鳏""其鱼唯唯"就失去了着落。开篇"敝笱在梁"一句，贬刺之意直入骨髓，使文姜之丑无所遁逃。"其鱼鲂鳏""其鱼唯唯"，可从两个方向理解：一是讥鲁桓公颟顸无能，虽敝笱亦安之若素，依违顺从（鲂、鳏、鲟都是大而喜静之鱼，犹人中之"傻大头""大傻帽"）；二是刺齐襄公无耻之甚，公然秽行，大摇大摆，视天下若无物。其从"如云""如雨""如水"一方面暗示了文姜之放荡（云、雨、水皆性事之象征），另一方面以排场的盛大彰显文姜的张狂（大张旗鼓，不避旁观者眼目）和桓公的暗昧，以叹羡之笔写"是可忍，孰不可忍"之愤疾，言已尽而意缭绕。

鲢鱼

南山（齐风）

南山崔崔¹，雄狐绥绥²。鲁道有荡³，齐子由归⁴。既曰归止，曷又怀⁵止？

葛屦五两⁶，冠緌⁷双止。鲁道有荡，齐子庸止⁸。既曰庸止，曷又从⁹止？

艺麻如之何？衡从¹⁰其亩。取妻如之何？必告父母¹¹。既曰告止，曷又鞠¹²止？

析薪¹³如之何？匪斧不克。取妻如之何？匪媒不得。既曰得止，曷又极¹⁴止？

◎注释

1. 崔崔：高峻貌。
2. 狐：淫媚之兽。雄狐映射齐襄公。绥绥（suí）：探视而行的样子。
3. 有荡：同"荡荡"，宽阔平坦。
4. 齐子：指文姜。归：出嫁。
5. 怀：通"来"，使之来。
6. 五：通"午"，本意为"交叉"，此指鞋子左右匹配成双。两：通"緉"（liǎng），一双鞋为緉。
7. 緌（ruí）：冠上饰。
8. 庸：同"用"，指齐子从此路上出嫁至鲁。
9. 从：追赶。
10. 衡从：即"纵横"。
11. 告父母：告请于父母。
12. 鞠：大、盈。《尔雅·释诂》："鞠，凶，溢：盈也。"此处引申为放纵。又可以释为"幼"——幼童乃放纵本能不守礼法者。《尔雅·释言》："幼、鞠：稚也。"
13. 析薪：砍柴，求婚娶妻的象征。
14. 极：放任。

◎ 译文

高高南山岗，
一只雄狐在游荡。
鲁国大道宽又直，
齐姜来嫁尽风光。
既已循礼嫁与人，
何又召回生短长？

丝鞋两双交叉放，
枕边冠绥亦成双。
鲁国大道坦荡荡，
齐姜由此嫁鲁邦。
既已循礼归鲁国，
如何追随不止演荒唐？

种植苎麻怎么办？
一纵一横有规矩。
如要结婚该如何？
正正当当告父母。
既已上告父母成婚礼，
如何放纵礼法无拘束？

砍柴靠什么？
没有斧头绝不可。
娶妻何所凭？
没有媒人不可得。
既然明媒正娶已成婚，
如何纵情肆欲无准则？

◎ 赏析

　　本诗前两章讽刺文姜兄妹舍大道而不由。首句以淫媚的狐狸逡巡于南山起兴，贬斥襄公为君不尊，于万人瞻仰之地公然做淫僻之行；次句以"鲁道有荡"明申大路朝天，正邪在人；继而责问：既然妹子已嫁作他人妇，为什么还召唤她回家？为什么仍然追随不舍？指斥中不失温厚，绵软中有一种浑厚的道义力量在（倘释"怀"为思念，则表达难免苍白），使被责问者无言以对。

　　后两章讥刺鲁桓公驭妇无方：种麻有规矩，做人有礼则。既然文姜是经过父母之命与媒妁之言、按照礼仪规范娶进家门的夫人，就应当责之以家法妇道，不能一味放纵，任其胡作非为。

载驱（齐风）

载驱薄薄[1]，簟茀朱鞹[2]。鲁道有荡，齐子发夕[3]。

四骊济济[4]，垂辔沵沵[5]。鲁道有荡，齐子岂弟[6]。

汶水汤汤[7]，行人彭彭[8]。鲁道有荡，齐子翱翔[9]。

汶水滔滔，行人儦儦[10]。鲁道有荡，齐子游敖[11]。

◎注释

1. 薄薄：车疾驰声。
2. 簟（diàn）：竹席。茀（fú）：遮在车前后门的帘子。朱鞹（kuò）：染红的兽皮，用以蒙车。
3. 齐子，这里应指齐襄公。据历史记载，襄公与文姜相会大都是在鲁境内，是襄公往就文姜。称"齐子"而非"齐公"，是强调襄公兄妹乱伦，遗羞于父母宗族。发夕：傍晚出发。《毛传》："发，行也。"
4. 骊（lí）：黑色的马。济济：多而整齐貌。
5. 沵（ní）：柔软飘荡貌。按：此字作"水满"义解时读"mǐ"。
6. 岂弟：通"恺（kǎi）悌（tì）"，快乐、高兴。朱熹《诗集传》："岂弟，乐易也，无忌惮羞耻之意也。"下文"翱翔""游敖"，都有"快乐"的意思，因为人心情好了才会"翱翔""游敖"。
7. 汤汤：静水流深貌。
8. 彭彭：通"滂滂"（páng），众人涉水声。
9. 翱翔：逍遥自在地游荡。《毛传》："翱翔，犹彷徉也。"
10. 儦儦（biāo）：通"漂漂"（piāo），众人水中疾行的声音。
11. 游敖：同"翱翔"，游荡、漫步。

◎译文

硁硁砰砰辂车在疾驶，
蒙着鲜红的兽皮翠绿的竹帘。
鲁国的大道坦坦荡荡，
齐国的君主出发在傍晚。

四匹黑色的大马多么强壮，
下垂的辔头何其整齐。
鲁国的大道坦坦又荡荡，
齐君兴高采烈一路任驱驰。

浩浩悠悠汶水北流去，　　　　　　浩浩汤汤汶水北流去，
随从争渡水激人喧嚷。　　　　　　随从竞渡水溅浪花高。
鲁国的大道坦坦又荡荡，　　　　　鲁国的大道坦坦且荡荡，
齐君高兴驰驱如翱翔。　　　　　　齐君任驰驱自在又逍遥。

◎赏析

　　《毛诗序》："载驱，齐人刺襄公也。无礼义，故盛其车服，疾驱于通道大都，与文姜淫，播其恶于万民焉。"《毛诗序》所言应该是可信的。

　　鲁桓公枉死齐国后，文姜因为无颜入鲁国都城，也许是为了与齐襄公相会方便，选择在齐鲁边境的禚地居住，齐侯亦在边境修筑行宫，因此两人仍然往来频繁。《春秋》载：庄公二年冬，"夫人姜氏会齐侯于禚"；四年春，"夫人姜氏享齐侯于祝丘"；五年夏，"夫人姜氏如齐师"；七年春，"夫人姜氏会齐侯于防"；同年冬，"夫人姜氏会齐侯于谷"。齐襄公与文姜驱驰于大道，播恶于天下，故时人作诗以刺之。"载驱薄薄，簟茀朱鞹""四骊济济，垂辔沵沵"，齐国的君主驰骋在鲁国的大道上，以富丽堂皇之仪仗、雍雍穆穆之威势，行苟且龌龊之丑事，益见其张狂不可恕。"齐子发夕""齐子岂弟"，在一个暧昧的时间外出，又如此兴高采烈，实在不能不使人产生无限联想。"汶水汤汤，行人彭彭""汶水滔滔，行人儦儦"，渲染了一片油烹火热、唯恐不及的氛围（飞溅的河水乃性事象征），烘托出乱伦男女寒蝉秋虫般的渺小与可怜。"鲁道有荡，齐子发夕""鲁道有荡，齐子翱翔"，则如聚焦后拉开的长镜头，使所诛伐之人无所遁形于天地之间。悠悠苍穹下，荡荡大路上，只有两个无耻之徒在往来逍遥，虽千载之下犹令人侧目。整首诗开合有度，提举从容，可谓史家大手笔。

株林（陈风）

胡为乎株林 [1]？从夏南 [2]。匪适株林，从夏南。

驾我乘马 [3]，说于株野 [4]。乘我乘驹，朝食 [5] 于株。

◎
注
释

1. 胡为乎株林：去株林做什么？株：夏氏邑。林：野。《尔雅》："邑外谓之郊，郊外谓之牧，牧外谓之野，野外谓之林。"
2. 从：追从。夏南：陈国大夫，夏姬之子。
3. 乘（shèng）马：四匹马拉的车。
4. 说（shuì）：通"脱"，停车。株野：即株地之野。
5. 食：男女之事的象征说法。

◎
译
文

前去株林做甚？　　　　　　　驾上四匹快马，
只为去见夏南。　　　　　　　来游株之郊原。
不是去游株林，　　　　　　　换了马驹四匹，
只为去见夏南。　　　　　　　株邑去吃早点。

◎
赏
析

　　此诗讽刺陈灵公之不君。当时陈国有一位风流寡妇名夏姬，为郑穆公之女，陈大夫御叔之妻，夏征舒（夏南）之母。《左传》"宣公九年"载："陈灵公与孔宁、仪行父通于夏姬，皆衷其衵服以戏于朝。"《左传》"宣公十年"又载："陈灵公与孔宁、仪行父饮酒于夏氏。公谓行父曰：'征舒似女。'对曰：'亦似君。'征舒病之。公出，自其厩射而杀之，二子奔楚。"灵公君臣宣淫于夏氏之家，国人作诗刺之。第一章设为问答之词，故意在幌子上做文章（夏南只是一个无足轻重的毛孩子而已，何劳君主从之？），用的是"此地无银三百两"之路数，煞有介事、明知故问，使读者的目光自然地聚焦于灵公君臣的无耻作为上。第二章故意以隐喻暗示众人皆知的灵公秽行，看似为对方遮掩，实则是直接将其置于光天化日之下，在貌

191

似厚道的表面下暗含着辛辣的讥刺。史载灵公初游夏姬之家，往往借口去株林游玩，到株林后乃变易车乘，潜往夏姬之家鬼混。本诗可谓含沙射影，空灵飘忽，行文简洁而机智。

墓门有棘（陈风）

墓门有棘[1]，斧以斯[2]之。夫[3]也不良，国人知之。知而不已[4]，谁昔然[5]矣。

墓门有梅[6]，有鸮萃止[7]。夫也不良，歌以讯[8]之。讯予不顾[9]，颠倒思予[10]。

◎注释

1. 墓门：陈国都城的一个偏门，应该是为方便去城外的公墓而设。《左传》"襄公二十五年"有"陈侯扶其太子偃师奔墓"，《左传》"襄公三十年"亦有"癸丑，晨，（伯有）自墓门之渎入"，可知《毛诗》《诗集传》释墓门为"墓道之门"不当。（《毛诗传》："墓门，墓道之门。"朱熹《诗集传》："墓门凶僻之地，多生荆棘。"）棘：酸枣树，一种多刺灌木。
2. 斯：析，劈开，砍掉。《尔雅·方言》："斯，离也。"
3. 夫：这个人，指陈陀。
4. 知而不已：尽管尽人皆知，却没有人出面制止。已：止。
5. 谁昔：往昔，很久以来。谁：通"畴西"之"畴"，谁、畴一声之转，《尔雅·释诂》："畴，谁也。"然：这样。
6. 梅："棘"字之讹。梅古文作"槑"，与棘形近致误。
7. 鸮（xiāo）：猫头鹰，古人认为是恶鸟。《毛传》："恶声之鸟也。"萃：集，栖息。止：同"之"。
8. 讯："谇"（suì）之讹。谇：责备、告诫。《说文》："谇，让也。"
9. 讯予：即"予讯"之倒文。闻一多先生释"予"为"而"，可参考。不顾：不在意，不当回事。
10. 颠倒思予：出了问题才会想起我的告诫。颠倒：跌倒，指败亡。

◎译文

城门墙上生荆棘，
赶紧砍去是正理。
那人品行实可憎，
国中谁人不明知？
举世皆知无人管，
任其逍遥到何时？

城门墙上生荆棘，
引来鸱鸮灾祸起。
那人品行实可憎，
权作告诫写此诗。
我的告诫若不顾，
身败名裂思我迟。

猫头鹰

野酸枣

聆听万物的歌唱：《诗经·国风》讲读

◎赏析

《毛诗序》认为："《墓门》，刺陈佗也。"陈佗为春秋早期陈文公之子，在其兄桓公病中杀太子免，桓公死后他又自立为君，导致陈国大乱。后来蔡国为陈平乱，诛杀陈佗。在没有确切证据证明其他观点的情况下，姑且信之。不过细玩诗意，若诗之本事与陈佗有关，则讽刺的对象当如方玉润等人所说，"乃刺桓公不能去佗耳"。因为诗人在痛斥"夫也不良"后，先是抱怨国人"知而不已"，然后宣称"讯予不顾，颠倒思予"，显然诉告的对象不是诗中之"夫"，而是能够对不良之"夫"采取措施的陈国当政者。

诗篇以城门生棘起兴，则讽刺的对象肯定是陈国公室统治者，而非一般民众。就行文的口气看，并没有流露出不可调和的阶级仇恨，不如说是一种来自本家同族的温柔敦厚的提醒和劝告：如果把我的劝诫当成耳旁风，将来后悔也来不及了。本诗最值得称道的是其比兴句的警峭：城门生荆棘，则事关国家兴衰；棘生聚鸮鸮，意味着一人足以乱一国；城门众多而单挑墓门为说，则不祥之暗示溢于言表。如此区区数句，意蕴无限；率意道来，足以惊心。

黄鸟（秦风）

交交黄鸟[1]，止[2]于棘。谁从穆公[3]？子车奄息[4]。维此奄息，百夫之特[5]。临其穴，惴惴其慄[6]。彼苍者天，歼我良人。如可赎[7]兮，人百其身[8]。

交交黄鸟，止于桑。谁从穆公？子车仲行。维此仲行，百夫之防[9]。临其穴，惴惴其慄。彼苍者天，歼我良人。如可赎兮，人百其身。

交交黄鸟，止于楚。谁从穆公？子车针[10]虎。维此针虎，

百夫之御¹¹。临其穴，惴惴其慄。彼苍者天，歼我良人。如
可赎兮，人百其身。

◎
注
释

1. 交交：鸟鸣声，犹"喈喈"。黄鸟：亦名金雀、黄雀。
2. 止：停。
3. 谁从穆公：谁为穆公殉葬？
4. 子车奄息：子车为氏，息为名，奄为字。《方言》："奄，息也"，古人字
　与名意思相同或相近。下文仲行、鍼虎同（"仲"亦有行列之义）。
5. 百夫之特：抵御百人的英雄。特：匹、敌。
6. 惴惴而慄：恐惧发抖。慄：战栗。
7. 赎：替代。
8. 人百其身：用一百个人替换他。
9. 百夫之防：能抵挡百夫之人。防：抵挡。
10. 鍼：即"针"，但此处通"猳"（gǎn），传说是虎与熊交配所生的一种猛兽，
　　与虎同类。子车虎字猳。
11. 百夫之御：能抵御百夫之人。御：抵御、相当。

◎
译
文

黄鸟唧唧叫，　　　　　　子车次兄长。
栖于荆棘丛。　　　　　　名仲字称行，
谁随穆公去？　　　　　　百人难抵挡。
子车氏长兄。　　　　　　近视墓穴宕，
奄息子车氏，　　　　　　惴惴心彷徨。
力敌百夫雄。　　　　　　杀我俊杰士，
面对彼墓穴，　　　　　　苍天何无良！
战栗心惊恐。　　　　　　如可代其殉，
杀我俊杰士，　　　　　　百人甘献身！
苍天何不公！
如可代其殉，　　　　　　黄鸟鸣凄厉，
百人甘献身！　　　　　　栖止于丛楚。
　　　　　　　　　　　　谁殉从穆公？
黄鸟凄厉鸣，　　　　　　子车氏鍼虎。
栖止于丛桑。　　　　　　就是此鍼虎，
谁殉穆公死？　　　　　　百夫难抵御。

黄鸟

临此墓穴深，　　　　　苍天何糊涂！
战栗心惊惧。　　　　　如可代其殉，
杀我俊杰士，　　　　　百人甘献身！

◎赏析　　《毛诗序》："黄鸟，哀三良也。国人刺穆公以人从死，而作是诗也。"据《史记·秦本纪》："三十九年，穆公卒，葬雍。从死者百七十七人，秦之良臣子舆氏三人，名曰奄息、仲行、鍼虎，亦在从死之中。秦人哀之，为作歌《黄鸟》之诗。"（另据百衲本《史记》注引应劭云："秦穆公与群臣饮酒酣，公曰：'生共此乐，死共此哀。'于是奄息、仲行、铖虎许诺。及公薨，皆从死。《黄鸟》诗所为作也。"）"交交黄鸟，止于棘""交交黄鸟，止于桑"。"交交黄鸟，止于楚"，每章开头的三组起兴句一上来就渲染了一种凄凉、愁惨的哀伤氛围（棘，谐音"急"；桑，谐音"丧"；楚，含"痛楚"意）。荆棘非黄鸟所应栖止，三良从死亦非得其所；"谁从穆公"，暗示三良从殉乃出自穆公意愿，统治者放纵私欲而轻渎国士的罪过于是昭然。"彼苍者天，歼我良人。如可赎兮，人百其身"：呼苍天以尤人，求身百以赎士，直而不剑，怨而有节，体现了秦风的质朴与强悍。

清人（郑风）

清人在彭[1]，驷介旁旁[2]。二矛重英[3]，河上乎翱翔[4]。

清人在消[5]，驷介麃麃[6]。二矛重乔[7]，河上乎逍遥。

清人在轴，驷介陶陶[8]。左旋右抽[9]，中军作好[10]。

◎注释

1. 清人：指高克及其统率的清邑的军队。清：郑国之邑。彭：郑国地名，在黄河边上。
2. 驷介：牵拉一辆战车的四匹带甲的马。介：披甲。旁旁：本指马蹄齐整而有力地踏地的声音，这里指马有力地行进的样子。
3. 二矛重英：车上插着两只矛，矛上的羽饰有两重。英：矛饰，以赤羽为之，羽尖朝上，粘缚在矛柄上。
4. 翱翔：指随意驰驱。
5. 消：郑地名，在黄河边。下文"轴"同。
6. 麃麃（biāo）：快速而有气势地前进貌。
7. 乔：通"鷮"（jiāo），一种野鸡，此处代指野鸡羽，作矛饰，重乔即重英。

8. 陶陶：同"駒（táo）"，马轻快行进貌。

9. 左旋右抽：这是车兵最基本的战术动作，即驭手（车左，当时轻装战车一般载两人）操控战车左转，右边的战士（车右）练习击刺。交战双方战车对冲相交时，左旋以让出攻击位置。

10. 中军：指主帅高克。作好：指仅仅做些演练的花样动作。好，好看的动作。这里讽刺高克不务正事，只是热衷于自我表现。

◎译文

清人驻防在彭地，　　　　　　　　双矛重乔映日色，
驷介旁旁声势壮。　　　　　　　　黄河岸上任逍遥。
双矛重英映日光，
黄河岸上任翱翔。　　　　　　　　清人驻防在轴邑，
　　　　　　　　　　　　　　　　驷介陶陶声威张。
清人驻防在消邑，　　　　　　　　左旋右抽派头足，
驷介麃麃气焰高。　　　　　　　　都夸中军身手强。

◎赏析

　　关于本诗的写作背景，《毛诗序》谓："清人，刺文公也。高克好利而不顾其君，文公恶而欲远之，不能。使高克将兵而御狄于境。陈其师旅，翱翔河上，久而不召，散而归，高克奔陈。公子素恶高克，进之以礼，文公退之不以道，危国亡师之本，故作是诗也。"

　　《毛序》的说法基本是可信的：郑国贵族高克贪鄙好利，郑文公不喜欢他，让他带兵于边境抵御狄人，时间长了也不召回。高克无心于国事，放任军队于黄河边胡闹，最后兵士溃散，自己逃亡到陈国。君昏臣怠，自毁长城，郑人愤慨，作此诗以刺。该诗以赞美之笔写贬斥之意，言外余音，惊人心脾。尤其"左旋右抽，中军作好"此一捷语丽词后，更有一番雾起尘飞之苍凉在：如绵里藏针，在嬉笑中寓怒骂，于敦厚处见严厉。军队之溃散诚然可叹，郑国君臣之荒唐、政事之不可为，亦难免先见之忧。诗人居高临远，斥一人而儆一国，从容而痛切，亮丽而深婉，可谓深得"正风"之真味。

第 九 讲
颂美与同情

　　尽管《毛诗》几乎把《国风》中的所有诗都加上"美"或"刺"的标签，真正的"美"诗——无论是颂美君上还是贵族间相互颂美，其实只有以下寥寥几篇，它们是：《兔罝》（周南）、《甘棠》（召南）、《何彼秾矣》（召南）、《猗嗟》（齐风）、《卢令》（齐风）、《还》（齐风）、《终南》（秦风）、《驷驖》（秦风）、《定之方中》（鄘风）。

兔罝（周南）

　　肃肃兔罝¹，椓之丁丁²。赳赳³武夫，公侯干城⁴。

　　肃肃兔罝，施于中逵⁵。赳赳武夫，公侯好仇⁶。

　　肃肃兔罝，施于中林⁷。赳赳武夫，公侯腹心⁸。

◎
注
释

1. 肃肃（suō）：网绳整饬严密的样子。肃：通"缩"。兔，通"麒"，即於菟，老虎。罝（jū）：捕兽的网。
2. 椓（zhuó）：打击。丁丁（dēng）：击打声。布网捕兽，必先在地上打桩。
3. 赳赳：高大威武的样子。
4. 公侯：周封列国之爵位，有公、侯、伯、子、男之别。此处指诸侯国的统治者。干：闬之假借，义为垣墙。参见闻一多，见《诗经新义》。《文选·西京赋》注引《仓颉篇》："闬，垣也。"城：城墙。干城，比喻捍卫者。
5. 逵（kuí）：通"陆"，高而平的土地。《说文》："陆，高平地。"中陆即指野外言。参见于省吾《泽螺居诗经新证》。

6. 好仇：即匹俦、助手。好同妃（上古"子"与"己"为同一个字，故好、妃可通），义为匹配。仇（qiú）：通"逑"，亦匹俦义。

7. 林：牧外谓之野，野外谓之林。中林，原野中。

8. 腹心：比喻最可信赖而不可缺少之人。

◎译文

谁在架设捕虎的密网？　　　　　　勇猛善战的赳赳武士啊，
打桩的声音咚咚嘭嘭。　　　　　　是我们国君的左右臂膀！
勇猛善战的赳赳武士啊，
是守卫君国的坚固长城。　　　　　　捕虎的大网坚实严密，
　　　　　　　　　　　　　　　　　架设在城外平安无虞。
设置在城外万无一失，　　　　　　　勇猛善战的赳赳武士啊，
密密实实的捕虎之网。　　　　　　　是我们国君的强大心腹！

◎赏析

　　诗中的"兔"是一般野兔还是"於菟"（老虎），是理解的关键。如果是前者，则是一首讽刺诗：政治失序，国君荒唐，赳赳武夫无事可干，只好去逮兔子。如果是后者，则是一首武士赞美诗。

　　谈到讽刺，不外乎如崔述所云："太平日久，上下恬熙，始不复以进贤为事，是以世胄常蹑高位而寒畯苦无进身之阶。"这是远离史实的想当然之论。"选贤与能"是自由士人阶层形成以后以儒家为主提出的主张，春秋前期宗法森严，权力世袭，不可能出现重用贤才的社会性的诉求和呼声。再者，当时家国一体，兵农合一，太平之日武士无所用，一旦戎事急迫又不得不用，人才荒废可惜之说从何谈起？

　　本诗是对"赳赳武夫"发自内心的赞美。作者笔力遒健，从"椓之丁丁"架设捕虎网这个具体的场景着手，一落笔便烘托出了武士的勇猛和矫健。接着由"干城""好仇"到"腹心"层层推进，凸显了武士对君国无可替代的重要性。文字不多，但写得豪迈自信，神采飞扬，是真正的盛世之音。

甘棠（召南）

蔽芾甘棠¹，勿翦勿伐²，召伯所茇³。

蔽芾甘棠，勿翦勿败⁴，召伯所憩⁵。

蔽芾甘棠，勿翦勿拜，召伯所说⁶。

◎
注
释

1. 蔽芾（fèi，上古读 pèi）：树木高大茂密的样子。蔽：同"芾"。闻一多《诗经通义·乙》："蔽从巿陪声，巿即巾之繁文，巾古巿字，是蔽、芾语根同，重言连语也。"则蔽芾即芾芾，谓枝叶茂盛可蔽风日也。《广雅》："芾芾，茂也。"甘棠：即棠梨。杜梨：落叶乔木，果实圆而小，霜后甘甜可食。

2. 翦：同"剪"，指剪断枝叶。伐，砍伐。

3. 召（shào）伯：即召公，姬姓，其后人封于燕。茇（bá）：通"废"，草舍，此处用为动词，止舍、憩息。

4. 败：砍伐、折断。《毛传》："败，犹伐也。"败与伐声同义通。下文"拜"亦同"败""伐"。

5. 憩：休息。

6. 说（shuì）：通"税"，休憩，止息。

◎
译
文

这甘棠蓬勃不是凡木，
不要砍伐它的干枝，
——召公曾在它下面憩息。

这甘棠繁茂非同寻常，
请勿损折它的枝叶，
——召伯曾在它下面停歇。

这甘棠茂盛定要珍惜，
不要伤害它一叶一枝，
——召公曾在它下面休息。

甘棠（棠梨）

甘棠

◎赏析

　　这是时人思念、感戴召公之诗。因为召公曾在树下停留，那棵原本寻常的甘棠树成了神物，成了崇拜的对象，可见召公地位之崇高，人们对召公爱戴之真诚。把对召公的敬意倾注到一棵甘棠树上，这是一种朴素、稚拙的情感表达，一旦付诸文字，便成了文学史上破天荒的神来之笔。

何彼襛矣（召南）

　　何彼襛[1]矣，唐棣[2]之华。曷不肃雍[3]？王姬[4]之车。

　　何彼襛矣，华如桃李。平王之孙[5]，齐侯之子[6]。

　　其钓维何[7]？维丝伊缗[8]。齐侯之子，平王之孙。

◎ 注释

1. 襛（nóng）：花木繁盛貌。

2. 唐棣（dì）：木名，又作棠棣、常棣，蔷薇科落叶小乔木，花朵繁盛，果实簇生，常用来比喻兄弟亲情。

3. 曷（hé）：何，多么。不，通"匪""彼"，是古人"我是彼非"二元对立意识在语言中的反映，故《桧风》之《匪风》即《彼风》。"曷不肃雍"即"何彼肃雍"，避重改字。肃：庄严肃静。雍（yōng）：雍容安详。

4. 王姬：周王的女儿，姬姓，故称王姬。

5. 平王之孙：周平王的外孙女

6. 齐侯之子：齐国国君的女儿。

7. 其钓维何：钓绳是用什么做的？钓，这里指用于钓鱼的丝绳。维，通"惟"，《玉篇》："惟，为也。""为何"即"何为"，意为"用什么做的？"按：此句以垂钓之物兴起婚姻主题。

8. 维丝伊缗：是婚姻恋爱的隐语。蚕丝做成的钓线是最好的，因此这里指男女双方门当户对、婚姻美满吉祥。维、伊：助词。缗（mín）：合股生丝。

◎ 译文

多么鲜艳多么绚烂啊，
盛开的棠棣之花！
啊，王家女儿的婚车，
多么庄丽豪华！

艳丽夺目啊，
是李花女神，还是碧桃仙妹？
啊，平王外孙女，齐侯掌上珠！

纯洁的丝线，
结成钓绳永固。
啊，平王外孙女，齐侯掌上珠！

棠棣之花

◎ 赏析

　　关于本诗的主旨，《毛诗序》以为是"美王姬"之作："虽则王姬，亦下嫁于诸侯，车服不系其夫，下王后一等，犹执妇道以成肃雍之德也。"朱熹《诗集传》亦认同此说："王姬下嫁于诸侯，车服之盛如此，而不敢挟贵以骄其夫家，故见其车者，知其能敬且和以执妇道，于是作诗美之。"也有学者认为是讥刺王姬出嫁车服奢侈，如方玉润谓："《何彼襛矣》，刺王姬车服渐侈也……何彼襛矣，是美其色之盛极也；曷不肃雍，是疑其德之有未称者。"

　　本诗是王姬婚礼的颂美之作。一开始，诗人以棠棣之花起兴，美人与鲜花相映衬，令人惊艳；接着特写镜头落在雍雍穆穆的"王姬之车"上，虽未照面而富贵之气逼人；随之诗人反复赞叹主人公"平王之孙、齐侯之子"的尊贵身世，仰慕之情溢于言表；最后平稳落实于以钓绳象征的婚姻大事上，使前面一切声色繁华的渲染都归依于族类繁衍的神圣和永恒。无论棠棣还是桃李，都有一个共同的特点：花繁而果盛，这些兴象共同强化了盛大而热烈的婚庆氛围。

猗嗟（齐风）

　　猗嗟昌[1]兮，颀[2]而长兮。抑若扬[3]兮，美目扬[4]兮。巧趋跄[5]兮，射则臧[6]兮。

　　猗嗟名[7]兮，美目清[8]兮，仪[9]既成兮。终日射侯[10]，不出正[11]兮，展我甥[12]兮。

　　猗嗟娈[13]兮，清扬[14]婉兮。舞则选[15]兮，射则贯[16]兮。四矢反[17]兮，以御乱[18]兮。

◎注释

1. 猗嗟：叹美声。昌：壮盛貌。

2. 颀（qí）：身体修长貌。

3. 抑：同"昂"，指射者志气高朗，器宇轩昂。据闻一多《诗经通义》，抑为印、仰之误，义为"昂首""高举"，此处形容人的风姿气度。一说"抑"通"懿"，美好，马瑞辰《诗经通释》："按懿、抑古通用。"可参考。若：同"而""然"。

扬:《韩诗》作"阳",曰:"眉上曰阳。"引申为高举、高明。

4. 扬:张目而有精神貌。

5. 趋跄:快步从容而又合节拍之动作举止。趋,疾行貌;跄(qiāng),趋步机巧貌,《毛传》:"跄,巧趋貌。"

6. 则:规范、准则,指射箭完全合乎规范,技艺高超。臧:好,善。

7. 名:马瑞辰《毛诗传笺通释》:"名、明古通用,名当读明,明亦昌盛之意。"指射者身体魁梧俊朗。

8. 清:指眼睛黑白分明有神采。

9. 仪:射仪,射手在开始射箭之前表演的仪式。

10. 侯:箭靶。用兽皮做的叫"皮侯",用布做的叫"布侯"。

11. 正(zhēng):侯的中心贴上的圆形或方形的白色布块,也叫作"的"或"鹄"。

12. 展:诚然、确实是。甥:外甥。齐鲁两国世代通婚,故可称鲁之晚辈为甥。

13. 姕:姿态美好貌。下句"婉"字义同。

14. 清扬:眉清目秀。

15. 选(xuàn):《韩诗》作"纂",整齐貌,指跳舞的步伐合乎音乐的节奏。古时射箭前必舞,谓之兴舞。

16. 贯:中而穿革。

17. 反:重复,指箭箭射中一处。《郑笺》:"反,复也。射礼三而止,每射四矢,皆得其故处,此之谓复。"

18. 御:抵抗,抵御。乱:战乱。

◎译文

啊,多么魁伟强壮,
啊,多么英挺修长。
你器宇轩昂啊,
你神采飞扬。
从容又机敏啊,
你射艺无双!

多么英武俊朗啊,
你眼光清澈而安定。
举止优雅又端庄,

不愧是我们外甥啊。
终日对靶而射,
箭箭百步穿杨。

多么机敏英俊啊,
你舞姿中规合律。
目光清澈安详,
箭箭洞穿靶心。
从未失手射偏,
真堪定国安邦!

◎赏析

　　这首诗的背景，关联着一个堪称奇异的故事：鲁桓公的妻子文姜在出嫁之前即与其同父异母哥哥齐襄公有私。周庄王三年（前694）春正月，齐襄公求婚于周王室，天子同意王姬下嫁于齐，并命鲁桓公代表王室主持婚礼大事。于是，鲁桓公偕夫人文姜一同前往。文姜归齐之后，与其兄旧情萌发又干出乱伦之事，且被鲁桓公侦悉。为了掩盖其丑行，齐襄公命人乘桓公酒醉将其杀死，伪称暴疾而亡。鲁人知道桓公死得冤枉却无可奈何。桓公死后，其子同继位，是为鲁庄公。庄公四年冬，齐、鲁两国君主以狩猎的名义在禚地相会，齐人赋《猗嗟》之诗以赞美庄公。《毛诗序》认为诗中隐含讽刺之意："《猗嗟》，刺鲁庄公也。齐人伤鲁庄公有威仪技艺，然而不能以礼防闲其母，失子之道，人以为齐侯之子。""讽刺说"影响较大，历代多有人信持，其依据当是诗中"展我甥兮"和"以御乱兮"两句，以为前者是以"欲盖弥彰"的手法暗示庄公乃齐侯之子，后句则正话反说讽刺庄公徒有其表。笔者认为"讽刺说"难以成立。首先，如果意在讽刺，则对庄公的赞美不可能如此热情洋溢又体贴入微；其次，齐、鲁两君第一次相会，就齐国而言，有借机与鲁国修复关系的意图，作为大国之君也是长辈，齐襄公不会允许手下在外交场所如此下作；再次，文姜除了"作风问题"外，其他方面还是颇可圈点的，尤其是表现出了一定的治国能力，要求庄公以武力抵御其母后，显然全无道理，不合人情。

　　因此本诗是对鲁庄公诚心诚意的赞美。全诗围绕庄公的射艺展示其力量和优雅之美，章节安排错综入妙，举止描写生动传神，写得激情奋发，神采飞扬。

卢令（齐风）

卢令令¹。其人美且仁²。

卢重环³。其人美且鬈⁴。

卢重鋂⁵。其人美且偲⁶。

◎
注
释

1. 卢：一种黑色的猎犬，一作"獹"。《战国策》："韩国卢，天下之骏犬也。"
   令令，象声词，即"铃铃"，狗项下套圈发出的声音。
2. 仁：有男子汉气质。
3. 重环：大环中套小环。
4. 鬈（quán）：通"拳""权"，勇壮。
5. 鋂（méi）：大环。《说文》："鋂，大环也。"鋂与环双声相转。
6. 偲（cāi）：有力。《说文》："偲，强力也。"

◎
译
文

身旁猛犬，
颈上双环吟叮响。
那人帅气又善良！

身旁猛犬，
颈上双环响吟叮。

那人帅气又壮勇！

身旁猛犬，
颈上双环响叮当。

那人帅气又强壮！

◎
赏
析

　　这是对猎人武士的赞美之词，也许是热恋中的少女对梦中情人的热情讴歌。全诗没有多余的枝节描写，只是推出了一个充满张力的特写镜头：一个威武强壮的武士身旁有一只势欲扑人的猛犬。狗借人势，人壮狗威，一股强大的视觉冲击力扑面而来。

还（齐风）

子之还[1]兮，遭我乎峱[2]之间兮。并驱从两肩[3]兮，揖我谓我儇[4]兮。

子之茂[5]兮，遭我乎峱之道兮。并驱从两牡[6]兮，揖我谓我好[7]兮。

子之昌[8]兮，遭我乎峱之阳[9]兮。并驱从两狼兮，揖我谓我臧[10]兮。

◎ 注释

1. 还：通"嫙"（xuán），《韩诗》云："好貌。"男子之"好貌"在于其勇壮气质，故《毛诗》释为"便捷貌"，亦可曲通。
2. 遭：相遇。乎：于。峱（náo）：齐国山名，在今淄博市临淄区南。
3. 并驱：并驾齐驱，驱指驱车。从：追逐。肩：通"豣"（jiān），四岁兽。
4. 儇（xuān）：敏捷。
5. 茂：本义为草木茂盛，这里指猎人英姿勃发，富有男子气概。
6. 牡：雄兽。田猎以获成年雄兽为贵。
7. 好：技术好。
8. 昌：高大英武貌。
9. 阳：山之南为阳。
10. 臧：好，这里指技术娴熟。

◎ 译文

佩服啊，你敏捷而勇敢，
与我相遇峱山之间。
一同追逐两头猛兽，
施礼赞我技艺非凡。

佩服啊，你帅气而矫健，
与我相遇峱山小道。

一起追逐两头雄兽，
施礼赞我身手特好。

佩服啊，你英武又阳刚，
与我相遇于峱山之阳。
一起追逐两头雄狼，
施礼赞我射技超强。

◎赏析

　　两个猎人（他们是贵族，田猎只是日常功课或爱好，并非后世以狩猎为生者）在追逐野兽的过程中相遇，互相为对方的技艺和气质所折服，惺惺相惜，于是有了这首诗。文字虽然朴素简白，但有场景，有形象，有动作，有模态，写得开合有致，生动畅快。方玉润《诗经原始》引章潢评曰："子之还兮，已誉人也；谓我儇兮，人誉己也。并驱，则人、己皆与有能也。寥寥数语，自具分合变化之妙。猎固便捷，诗亦轻快，神乎技矣！"可谓解人之论。

◎相关链接

猎人赞

圣代司空比玉清，雄藩观猎见皇情。

云禽已觉高无益，霜兔应知狡不成。

飞鞚拥尘寒草尽，弯弓开月朔风生。

今朝始贺将军贵，紫禁诗人看旆旌。

——〔唐〕杨巨源《和裴舍人观田尚书出猎》

终南（秦风）

　　终南[1]何有？有条有梅[2]。君子至止，锦衣狐裘[3]。颜如渥丹[4]，其君也哉！

　　终南何有？有纪有堂[5]。君子至止，黻衣绣裳[6]。佩玉将将[7]，寿考不忘[8]！

◎注释

1. 终南：终南山，在今陕西西安市郊外。
2. 条：通"梄"（tāo），树名，即楸树，是一种制作家具的良材，有"北方红木"

之称。梅：楠木。《毛传》："梅，枏也。""枏"为"楠"的异体字。

3. 锦衣狐裘：当时诸侯的礼服。《礼记·玉藻》："君衣狐白裘，锦衣以裼之。"

4. 渥（wò）：厚、浓。丹：一种红色矿物颜料，今名朱砂。"颜如渥丹"形容人的脸色红润有光泽。

5. 纪：通"杞"，枸杞。一说为杞柳，非是，杞柳喜湿，生长在河边或沼泽地带。堂：通"棠"，即棠梨。

6. 黻（fú）衣：黑色青色花纹相间的上衣。绣裳：五彩绣成的下衣。都是当时贵族礼服。《毛传》："黑与青谓之黻，五色备谓之绣。"

7. 将将：同"锵锵"，象声词。

8. 考：老。忘：通"亡"，引申为"停止"、结束。寿考不忘，与万寿无疆同义。

◎译文

终南山上何所有？
金楠与山楸。
今日君子莅临，
锦衣配狐裘。
红光满面神气壮，
若非我君谁比俦？

终南山上何所有？
枸杞与甘棠。
今日君子莅临，
黻衣共绣裳。
锵锵鸣佩玉，
福禄寿无疆！

楸树

◎赏析

很多研究者认为本诗是周朝遗民劝诫秦襄公之作。如《毛诗序》认为："《终南》，戒襄公也。"方玉润附会曰："此必周之耆旧，初见秦君抚有西土，皆膺天子命以治其民而无如何，于是作此。"（《诗经原始》）笔者认为这种观点没什么根据。当秦人初封之时，国瘠民穷，强敌环伺，应战不暇，何来如此富贵雍和气象？倒是朱熹说得直截了当："此秦人美其君之词。"可以说，此诗乃历代颂扬君主的奉承诗之祖，不过，与后世那些猥琐、苍白的献媚之作完全不同，这里的奉承话说得大气磅礴又情真意切。

终南山可以说是秦国的镇山，是国家富裕安定的象征和保障，对君主的颂扬由此落笔，可谓气势非凡。楠木和楸木是制造战车和宫室的良材，是国家富裕强盛的基础；枸杞和甘棠都是果实

甘棠

繁多之木，是国家人丁兴旺的象征。"有条有梅""有纪有堂"，寥寥八个字，就把秦国的富强与繁盛烘托了出来——奉承如此，是何等的功力！下面转入了对君主之仪容气象的赞美，"锦衣狐裘，颜

枸杞

211

如渥丹"，"黻衣绣裳，佩玉将将"，华丽的服饰仪表，超凡脱俗的体魄气质，真可谓"美盛德之形容"，会使君主在不自觉中飘飘欲仙——献媚欲此，需何等的才情！最妙的是"其君也哉"一句，确实的肯定而以疑问出之，意为"仅仅从外表和气质就知道他就是我们君主，不会有第二个人有如此姿容气象"——拍马如此，是何等的手腕！

驷驖（秦风）

驷驖孔阜[1]，六辔在手。公之媚子[2]，从公于狩[3]。

奉时辰牡[4]，辰牡孔硕[5]。公曰左之[6]，舍拔则获[7]。

游于北园，四马既闲[8]。辎车鸾镳[9]，载猃歇骄[10]。

◎注释

1. 驷：驾一车的四马。驖（tiě）：赤黑色马，即毛黑色，毛尖略带红色。《说文》："驖，马赤黑色"；《月令》有"孟冬驾铁骊"。孔：很。阜：肥大。
2. 媚子：犹"近臣"。或以为是宦寺，恐非。《卷阿》七章有"维君之使，媚于天子"，则"媚子"未必定为宦者。
3. 于：结构助词。狩：冬猎曰"狩"。
4. 奉：趋奉，指虞人为秦公追赶野兽。时：那些。辰：通"慎"，泛指大兽。兽一岁为豵，二岁为豝，三岁为特，四岁为肩，五岁为慎。牡：雄兽。
5. 孔硕：很大。
6. 公曰左之：国君说向左转车。
7. 舍拔则获：指野兽应弦而倒。舍：放开。拔：箭尾部扣弦之处。获：射中。
8. 闲：熟练。
9. 辎（yóu）车：轻车。鸾：车铃。镳（biāo）：马嚼子。设鸾于镳，故称鸾镳。
10. 猃（xiǎn）：长嘴狗。歇：歇息。骄：通"猇"（xiāo），短嘴狗。旧注以"歇骄"为短吻犬之名，恐非。

◎译文

赤黑色的驷骥何其高大，
六辔在手从容安详。
威武的侍从护卫左右，
我们的君主奔赴猎场。

虞人追逐把雄兽围赶，
强壮的雄兽闻风奔逃。

君主大喊车转向左，
一箭发出应弦而倒。

猎罢归来悠游北园，
驷马齐进步态闲闲。
凶悍的猎犬歇在舆内，
轻车奏凯一路鸣鸾！

◎赏析

《毛诗序》谓："驷骥，美襄公也。"秦原来是周的附庸。周宣王时，大夫秦仲奉命讨伐西戎，兵败身死。平王东迁时，秦仲之孙襄公护送有功，平王封襄公为诸侯。立国之后，襄公励精图治，却西戎，拓疆土，兴礼乐，于是有诗人之颂焉。本诗三章全用赋体，首章写狩猎之开始，有场景有人物，简明扼要；次章写狩猎之过程，以一个典型性的动作"公曰左之，舍拔则获"一笔带过，节奏轻快，气势夺人，为读者打开了想象的空间；第三章渲染猎后的快意与从容，"载猃歇骄"这个带有生活情味的特写镜头令人过目不忘。总之，虽然文字质朴，但诗写得灵动传神，可称大手笔。

◎相关链接

观猎

风劲角弓鸣，将军猎渭城。草枯鹰眼疾，雪尽马蹄轻。
忽过新丰市，还归细柳营。回看射雕处，千里暮云平。

——〔唐〕王维《观猎》

角鹰初下秋草稀，铁骢抛鞚去如飞。
少年猎得平原兔，马后横捎意气归。

——〔唐〕王昌龄《观猎》

定之方中（鄘风）

定之方中[1]，作于楚宫[2]。揆之以日[3]，作于楚室[4]。树之榛栗[5]，椅桐梓漆[6]，爰伐琴瑟[7]。

升彼虚[8]矣，以望楚矣。望楚与堂[9]，景山与京[10]。降观于桑[11]，卜云其吉[12]，终焉允臧[13]。

灵雨既零[14]，命彼倌[15]人。星言夙[16]驾，说于桑田[17]。匪直也人[18]，秉心塞渊[19]。𬴂牝三千[20]。

◎注释

1. 定：定星，又叫营室星。春秋时期，大约在农历每年十月十五日至十一月初，定星在黄昏时出现在正南天空，意味着可以兴建宫室了。方中：正当中。
2. 于：古声与"为"通，作为之意。楚：楚丘，地名，在今河南滑县东、濮阳西。宫：此处指宗庙。古人建国先立庙。《毛诗笺》："楚宫，谓宗庙也。"
3. 揆（kuí）：测度。日：日影。古人以日影定方向。
4. 室：居室。
5. 树：种植。榛、栗都是重要的干果，可供祭祀，灾荒之年可替代主粮。
6. 椅、桐、梓、漆：皆木名，都是制琴瑟的木材。椅，又名"山桐子"。
7. 爰伐琴瑟：指将来可从栽下的树木中砍伐制作琴瑟的材料。爰：相当于"于焉""于以"，从中、在这里。
8. 虚（xū）：同"墟"，丘陵。《说文》："墟，大丘也。"
9. 堂：地名，即堂邑，楚丘旁邑。
10. 景山：楚丘附近山名。《水经注·济水》："济水北经楚丘城西。"又云："黄沟支流北经景山东。"京：齐、相等。《左传》"庄公二十二年"："莫之与京。""望楚与堂，景山与京"意为：观察楚丘与堂邑（堂邑估计亦依山而建），与景山相颉颃，成掎角之势，是建国立邦的好地方。
11. 降：从高处下来。桑：宜桑之田。《毛传》："地势宜桑，可以居民。"
12. 卜云其吉：卜辞说，在此建国，非常吉祥。
13. 终焉允臧：过后看来确实很好。"终"同"既""尽"；焉：同"然"。终然终究是，最后结果是。允：信，确实；臧：好、善。

14. 灵雨：好雨。《毛传》："灵，善也。"零：通"霝"。《说文》："霝，雨落也。"

15. 倌：驾车小臣。

16. 星：通"暒"，故晴字，指天晴。言：语助词。夙：清晨。

17. 说（shuì），通"税"，歇息。《史记·李斯传》："吾未知所税驾。"《索隐》："税驾，犹解驾，言休息也。"桑田：地名。

18. 匪直也人：不仅在民生问题上用心良苦。匪：犹"非"。直：通"特"，匪直即非特、非但。《荀子》："直无由进之耳。"《注》："直，但也。"也，句中助词。人：指与民生相关的事情。

19. 秉心：用心。塞渊：踏实深远，指为家国事深谋远虑。

20. 骒（lái）：七尺以上的马。牝（pín）：母马。三千：约数，表示众多。

◎ 译文

黄昏营室上天中，
楚丘开始建庙宫。
测度日影定方向，
朝殿居室同开工。
栽上榛树和栗树，
还有梓漆与椅桐。
以便将来制琴瑟，
乐舞弦歌庆升平。

登上高丘望四野，
新城形势细端详。
楚丘堂邑与景山，
势成掎角相颉颃。
下观沃野宜田桑，
灼龟卜问曰吉祥。
天命转移否复泰，
从此卫国步康庄。

好雨过后农时紧，
连夜传令命倌人。
明日天晴早起程，
去往桑田视农功。

梓树

非但民生系心上，
文公深虑图远景。
富国强兵与时进，
骏马三千待驰骋！

◎赏析

《定之方中》可谓卫国的史诗，它叙述的是文公在社稷倾覆后重建卫国的事迹，对卫文公在存绝继往中表现出来的勤勉和智谋进行了热情讴歌。《毛诗序》谓："《定之方中》，美卫文公也。卫为狄所灭，东徙渡河，野处曹邑，齐桓公攘戎狄而封之。文公徙居楚丘，始建城市而营宫室，得其时制，百姓悦之，国家殷富焉。"据《春秋》记载，鲁闵公二年（前660）冬，狄人侵犯卫国，卫懿公与狄人战于荥泽而败，宋桓公迎卫之遗民渡过黄河，把他们安置在漕邑，并立戴公。戴公立一年后即病逝。鲁僖公二年（前658），齐桓公派兵修建楚丘而封卫，立文公，卫国再度建国。诗的创作年代，就"骙牝三千"的诗句看，应在文公稳定局势并有所发展后。

诗分三章。第一章描写卫国君臣重建家园的情景，除了建造祖庙宫室外，特别提到栽种榛栗以及椅桐梓漆等树木，表明他们思虑长远，对未来充满信心，并没有苟且偷安的想法。这六种树木有个

椅树

共同特点，就是果实累累。这表达了作者对国家人丁兴旺、繁荣昌盛的美好期望。本章最后一句"爰伐琴瑟"，表达了作者对未来美好愿景——仓廪实而兴文教，如奇峰陡起，令人精神为之一振。

第二章追叙文公卜居楚丘的过程。通过"升""降""望""观"等系列动作的特写，以点带面，将文公创建新都的全局性谋划呈现在读者面前，展现了文公作风的勤谨、胸怀的阔达和谋略的深远，可谓大笔如椽，举重若轻，有条不紊。

第三章于细微处见精神。从文公观察天气安排行程到督促农功、发展军力的种种筹划，进一步展示了文公的勤勉敬业和深谋远虑。最后一句"騋牝三千"以事实说话，凸显了文公再造卫国的丰功伟绩。

本诗繁简有度，疏密得当，写得灵动飞扬。

◎ 相关链接

邦国创建

宏光建国，是金莲玉树，后来狂客。草木山川何限痛，只解征歌选色。燕子衔笺，春灯说谜，夜短嫌天窄。海云分付，五更拦住红日。　更兼马阮当朝，高刘作镇，犬豕包巾帻。卖尽江山犹恨少，只得东南半壁。国事兴亡，人家成败，运数谁逃得？太平隆万，此曹久已生出。

——〔清〕郑燮《念奴娇·宏光》

梧桐

217

第 十 讲
忧时与怨政

　　"温柔敦厚，诗教也"，《诗经》时代的人们总是以一种近乎逆来顺受的态度表达对时事的忧虑和对荒政的抱怨，这类诗主要有《式微》（邶风）、《下泉》（曹风）、《东方未明》（齐风）、《鸨羽》（唐风）、《扬之水》（唐风）。当然偶尔也有像《伐檀》（魏风）、《硕鼠》（魏风）这样情感激烈的讽刺诗。

式微（邶风）

　　　式微式微¹，胡不归？微君之故²，胡为乎中露³？

　　　式微式微，胡不归？微君之躬⁴，胡为乎泥中？

◎ 注释

1. 式微：天就要黑了。式："将""将要"。微：通"昧"，暮，天变黑。两个"式"连用，有"更""越来越"的含义。
2. 微：通"无""非"，要不是。故：缘故。
3. 中露：即露中、夜露之中。
4. 躬：通"今"，今、躬一声之转。《谷风》有"我躬不阅，遑恤我后"，《礼记·表记》引作"我今不阅"。今、故义相反而互通（犹治、乱皆可训为治理），故"躬"亦可释为"故"。

◎ 译文

天黑了天黑了，　　　　　　　　　如果不是为君主，
为啥还不快回家？　　　　　　　　谁会露下受辛苦？

天黑了天黑了，　　　　　　如果不是为君主，
为啥还不快收工？　　　　　　谁会辗转在泥中？

◎赏析

　　据《毛诗序》，本诗的主旨是："黎侯寓于卫，其臣劝以归也。"《郑笺》进一步解释："黎侯为狄人所逐，弃其国而寄于卫，卫处之以二邑，因安之。可以归而不归，故其臣劝之。"这种说法似乎没什么道理：既然为狄人所逐而为卫所收留，故国肯定是回不去了，岂可归咎于国君不归？那种寄人篱下的痛苦还有谁比君主的感受更为深切？

　　这是一首役夫怨辞：他们冒霜露、践污泥，不分日夜地为君主劳作（修筑或戍守等），怨而作歌。不过，这里没有深刻的阶级矛盾所导致的仇恨，有的只是温柔敦厚的抱怨和牢骚，因为统治者和被统治者还生活在一个以血缘为基础的共同体中。

　　有人认为这是一首风格上类似于《静女》的情歌，女子伶俐俏皮明知故问，憨厚的男子则如实回答，饶有情趣，但这种理解似乎也不能成立，因为当时男女之间还不能把"君"作为敬辞使用。

下泉（曹风）

冽彼下泉[1]，浸彼苞稂[2]。忾[3]我寤叹，念彼周京[4]。

冽彼下泉，浸彼苞萧[5]。忾我寤叹，念彼京周。

冽彼下泉，浸彼苞蓍[6]。忾我寤叹，念彼京师[7]。

芃芃[8]黍苗，阴雨膏[9]之。四国[10]有王，郇伯劳之[11]。

◎注释

1. 冽：同"洌"，寒冷。下泉：出自地下的泉水。
2. 苞（bāo）：丛生貌。稂：亦名"童粱""狼尾草"，一种野草。

219

3. 忾（xì）：叹息。《说文》："忾，太息也。"

4. 周京：周王朝都城。

5. 萧：一种药草，即牛尾蒿。

6. 蓍：蓍草。

7. 京师：即京城。

8. 芃芃（péng）：植物茂盛貌。

9. 膏：滋润。

10. 四国：四方。

11. 郇（xún）：周代诸侯国名。第一代郇伯为文王之子。

◎译文

无望地浸泡于冰冷的泉水，
丛生的狼尾草一天天枯黄。
想起昔日王廷的繁华和兴盛，
长叹息而难寐啊心意怏怏。

无望地浸泡于冰冷的泉水，
丛生的获蒿一天天萎靡。
长叹息而难寐啊心生惆怅，
回想起镐京繁华的往昔！

蓍草

无望地浸泡于冰冷的泉水，
丛生的蓍草一天天枯萎。
想念起镐京只能慨然而叹，
那逝去的荣光再难以追回！

当日我大周像新生的黍苗，
在雨露的润泽下生机蓬勃。
那时有郇伯操劳奔走，
四方来朝啊文明照万国。

◎赏析

　　鲁僖公二十三年（前637），晋文公流亡途中经过曹国时，曹共公行为非礼，为满足好奇心而"观其裸浴"。晋文公怀恨在心，

220

于即位后的僖公二十八年，鲁国不顾同姓之义出兵伐曹，"分曹卫之田以畀宋人"，导致以周王室为中心的宗法秩序遭受严重冲击。这便是本诗的写作背景。

　　稂、萧、蓍都是耐旱而怕涝的野草。寒泉蓄积成沼，此等植物在浸润之下就会泛黄、枯萎。诗人观此景而兴悲，伤悼于邦国身家的遭际和困境，愤而作此诗，怨文公同室相煎（都为姬姓，本是一家），

狼尾草

恨曹国君臣昏聩无礼，因星星小隙而构此祸害；叹惜周室衰微，不能庇佑小国使之免受霸主侵犯；追念当年郇伯调和诸侯服事王室的功德，反衬晋文公以大欺小的不义。本诗典型地体现了"温柔敦厚"的《诗经》风格：陈古讽今，怨而不怒；取类自况，凄婉动人。

◎ 相关链接

今古之叹

西上莲花山，迢迢见明星。素手把芙蓉，虚步蹑太清。
霓裳曳广带，飘拂升天行。邀我登云台，高揖卫叔卿。
恍恍与之去，驾鸿凌紫冥。俯视洛阳川，茫茫走胡兵。
流血涂野草，豺狼尽冠缨。

——〔唐〕李白《古风·西上莲花山》

东方未明（齐风）

东方未明，颠倒衣裳[1]。颠之倒之，自公[2]召之。

东方未晞[3]，颠倒裳衣。倒之颠之，自公令之。

折柳樊圃[4]，狂夫瞿瞿[5]。不能辰夜[6]，不夙则莫[7]。

◎ 注释

1. 颠倒衣裳：因慌乱而将上下服饰穿错。上为衣，下为裳。
2. 公：公家，官府。
3. 晞：天色微明。《毛传》："晞，明之始升。"
4. 樊：通"藩"，篱笆，这里作动词。圃：菜园。
5. 瞿（jù）瞿：因紧张而瞪目惊视貌。
6. 不能辰夜：没日没夜，不分黑白。辰：通"晨"，指白天。
7. 夙（sù）：早。莫：通"暮"，夜晚。

◎译文

东方天未亮，　　　　　　　倒来又颠去，
颠倒衣裳起床忙。　　　　　　公室相召心着急。
颠来又倒去，
公事急招心慌张。　　　　　　砍来柳枝护园圃，
　　　　　　　　　　　　　　园丁抓狂亦徒劳。
东方天未晞，　　　　　　　　不分白天与黑夜，
颠来倒去乱穿衣。　　　　　　起早贪黑忙颠倒。

◎赏析

　　本诗写的是一个小官吏为公事所驱而疲于应付的抱怨之辞。以"颠倒衣裳"这个典型细节形容公事的紧迫与繁重，通俗而精辟，一个小官吏疲于奔命的困苦之状栩栩然现于读者眼前。尽管没日没夜地奔忙，但由于当政者无能，他做的大都是无用功，徒然劳民伤财。下级执行者的无奈之情溢于言表。以"折柳樊圃，狂夫瞿瞿"比喻在上者政策措施的无效致使执行者备受其累，生动而警峭。此句为诗眼所在，向来达诂者不多，如《毛序》释为"谓折柳不足以为藩，亦犹狂夫为挈壶，无守而不任职"，认为诗中所抱怨的是政府政令颁布的时刻不正确，导致政事无节度。王安石释为"折柳樊圃，则其于限禁也不足赖矣；狂夫瞿瞿，则其于守视也不足任矣"，把"狂夫"作为抱怨的对象。苏辙释为"为藩以御狂夫，岂不知柳之不可用哉？无其备而不得已也，此无节之过也"，则把"狂夫"理解为防范的对象。程颢则释为"折柳以藩圃，狂夫瞿瞿然而惊。昼夜之限非不明也，乃不能知而不早则晏，言无节如此"，则"狂夫"成了少见多怪的傻子。近世有人理解为"服役者为王公贵族扎篱笆"，"一个监工瞪圆双眼"在旁督察，尤为可笑。柳枝是柔软之物，以此做篱笆围园几乎毫无用处，故而守园者（诗人自况）左支右绌、如癫如狂仍于事无补，只能"不夙则莫"地堵缺补漏而已。至此，诗人满腹怨艾之情鼓涌欲出，使人于千载之下戚戚然有同感焉。

223

柳树

底层官吏的悲催

我本渔樵孟诸野，一生自是悠悠者。

乍可狂歌草泽中，宁堪作吏风尘下？

只言小邑无所为，公门百事皆有期。

拜迎长官心欲碎，鞭挞黎庶令人悲。

悲来向家问妻子，举家尽笑今如此。

生事应须南亩田，世情尽付东流水。

梦想旧山安在哉，为衔君命且迟回。

乃知梅福徒为尔，转忆陶潜归去来。

——〔唐〕高适《封丘作》

224

鸨羽（唐风）

肃肃鸨[1]羽，集于苞栩[2]。王事靡盬[3]，不能艺稷黍[4]。父母何怙[5]？悠悠苍天，曷其有所[6]！

肃肃鸨翼，集于苞棘。王事靡盬，不能艺黍稷。父母何食？悠悠苍天，曷其有极！

肃肃鸨行[7]，集于苞桑。王事靡盬，不能艺稻粱。父母何尝？悠悠苍天，曷其有常！

◎ 注释

1. 肃肃：通"缩缩"，指鸨因寒冷饥饿等原因收缩翅膀。《毛诗》谓"肃肃"为鸟翅扇动的声音，可参考。鸨：鸟名，似雁而大，生活于草地沼泽间。
2. 苞栩（xǔ）：栎树丛。栩：栎树。
3. 王事：王室之劳役。（《日知录》卷三："凡交于大国、朝聘、会盟、征伐之事谓之王事，其国之事谓之政事。"）盬（gǔ）：止息、尽头。
4. 艺：种植。稷黍：古代黏者为"黍"，不黏者为"稷"。稷因早熟而颗粒松爽，古人用作祭品。
5. 怙（hù）：依仗。
6. 所：处所，此指终止处。《广雅》："处，止也。"下文"有极""有常"皆"有所止"之意。
7. 行：通"颃"（háng），鸟颈。指鸨缩其颈集树上凄苦之状。

◎ 译文

疲惫的鸨儿收敛着翅膀，
聚集在栎树丛何其惊慌。
王室的事务没有穷尽，
没有空种植黍稷稻谷。
靠什么供养父母食粮？
悠悠苍天缄默不语，
这日子为什么如此漫长？

鸨

黍子（稷）

谷子（粟）

226

疲惫的鸨儿低垂着羽翼，　　　　疲惫的鸨儿瑟缩着脖颈，
沮丧地聚集于丛生的荆棘。　　　聚集在桑树丛何其凄凉。
王室的事务无穷无尽，　　　　　王室的事务无穷无尽，
没有空种植黍稷五谷。　　　　　没有空种植黍稷稻粱。
拿什么供给父母饮食？　　　　　拿什么食物供养爹娘？
悠悠苍天缄默不语，　　　　　　悠悠苍天缄默不语，
何时能结束这样的日子？　　　　这日子何时回到正常？

◎ 赏析

　　"肃肃鸨羽，集于苞栩"，既是起兴，又是比喻。鸨适合生活于水洲沼泽地带，丛林非其所宜栖息之处，因为鸨体大而无后趾，止于树上须经常扇动翅膀以维持平衡，由栩而棘而桑（分别谐音"苦""急""丧"，纵有木可择，其难以栖息则无二致，狼狈之状日更窘迫。诗人以此拟像其疲于王事而不得安生的苦况，可谓笔力千钧，惊人心魄。年迈的父母尚且不能奉养，人伦无法维持，不想继续这样的日子却无处可去，公平哪里能有？天理到底何在？于是乎一腔怨愤之气喷薄而出，直问苍天：这种非人的生活，什么时候才能结束？

◎ 相关链接

劳役之诉

　　云阳上征去，两岸饶商贾。吴牛喘月时，拖船一何苦。
水浊不可饮，壶浆半成土。一唱都护歌，心摧泪如雨。
万人凿盘石，无由达江浒。君看石芒砀，掩泪悲千古。
　　　　　　　　　　　　——〔唐〕李白《相和歌辞·丁督护歌》

扬之水（唐风）

扬之水¹，白石凿凿²。素衣朱襮³，从子于沃⁴。既见君子，云何⁵不乐？

扬之水，白石皓皓⁶。素衣朱绣⁷，从子于鹄⁸。既见君子，云何其⁹忧？

扬之水，白石粼粼¹⁰。我闻有命¹¹，不敢以告人¹²。

◎ 注释

1. 扬之水：时人习惯用法，指激荡的流水，这里用以映射险恶的政治环境。按《诗经》中有三篇以"扬之水"为名，另两篇分别在《王风》《郑风》中。

2. 凿凿：显明貌。凿通"䃄"（zuò），本义为"精米"，《说文》："栃米一斛春为九斗曰䃄。"白石凿凿，谓水中石子历历在目。

3. 素衣朱襮（bó）：白色的内衣，红色的衣领。陈奂《诗经传疏》："诸侯冕服，其中衣之衣领，缘以丹朱，画以绣黼"，"礼唯诸侯中衣则然，大夫用之则为僭"。襮：衣领。按西周与春秋时期诸侯之礼服为"玄衣朱襮"，则"素衣朱襮"为大夫之服用诸侯之饰，属于不合规矩的"偏衣"。《左传》"闵公二年"载晋献公命公子申生率师伐皋落之戎，"公衣之偏衣，佩之金玦"。

4. 从：随从、追随。子：指申生。于：往，到。沃：申生封地。

5. 云何：为什么。云：语助词。

6. 皓：洁白。按"皓"本字为"暤"，日出光明貌，引申为"洁白"，故加"白"作"皓"。

7. 朱绣：红色的袖口。绣通"襃"，即"袖"，按《唐风·羔裘》有"羔裘豹襃"。古者领、袖同饰，故两者并举。

8. 鹄（hú）：地名，齐诗作"皋"，或即"皋落"。

9. 其：结构助词。

10. 粼粼：清洁白净貌。闻一多《诗经通义·乙》："凡物小而白者曰舜：鳞，鱼甲也；瞵，目睛也；燐，鬼火也；麟，鹿之有小白斑纹者也；骦，连钱骢也；璘，玉光色杂也。然则磷者，石之小而白者也。"

11. 命：命令、密令。

12. 不敢以告人：不敢把这事告诉大家。

◎译文

湍急的河水啊哗哗流逝，
河底的白石子多么清晰。
素衣朱襮的彬彬君子啊，
我追随你来到曲沃古邑。
终于来到了你的身边，
为什么我心中隐含着悲戚？

湍急的河水啊哗哗流淌，
洁净的白石子被冲刷激荡。

素衣朱襮的彬彬君子啊，
追随你我来到鹄邑他乡。
终于来到了你的身旁，
为什么我心中隐秘着忧伤？

湍急的河水啊哗哗奔流，
水底的白石子晶莹剔透。
我知道有密令却不敢说出，
只把忧惧和伤感掩抑在心头。

◎赏析

《毛诗序》："扬之水，刺晋昭公也。昭公分国以封沃，沃盛强，昭公微弱，国人将叛而归沃焉。"自汉朝以来，《毛诗》的观点基本为历代学者所接受，都认为此诗的写作背景是曲沃伯的谋逆之事：昭侯元年（前745），晋昭侯迫于其叔父成师之威势，封之于曲沃，号曲沃伯。晋人归之者甚众，遂成尾大不掉之势。昭侯七年，晋大臣潘父弑昭侯，欲迎立桓叔，结果国人击退桓叔，杀死潘父。此诗或为宣示曲沃伯的不臣之心，或为揭露潘父与曲沃伯的勾结之谋。

然而如此一来，无论怎样为之转接弥缝，都难免诗意扦格不通。首先，曲沃伯与晋公室分庭抗礼，甚至怀有图谋，在当时是公开的秘密，哪有"不敢以告人"的道理？其次，从文意看，作者是事件的参与者而非局外旁观者，若"从子于沃"的"子"指的是曲沃伯桓叔，则"既见君子"一句说明作者在道义和情感上是倾向于桓叔的，在这种情况下再向昭侯告密实在不符合情理。再次，考诸历史实际，曲沃伯的分立是一个众人都接受的事实，曲沃与公室间不存在水火不容的矛盾，桓叔在有人主动迎立的情况下知难而退，说明即便事先潘父与桓叔之间有所串通合谋，也不存在不可告人的秘密。因为当时宗法关系还很坚固，能否继任君位并不简单取决于武力的强弱。

吴洋《〈诗经·唐风·扬之水〉新论》认为本诗乃时人为献公

太子申生所作，与诗意洽合，今从之。《左传》"庄公二十八年"载，晋献公听信骊姬谗言驱逐群公子，"使大子居曲沃，重耳居蒲城，夷吾居屈，群公子皆鄙"。闵公二年（前660），献公命申生率师伐皋落之戎，或许此即诗中"从子于沃""从子于鹄"之由来。献公欲废太子而心存踌躇，明眼人一看便知但不忍说破，故诗人作此诗以表达对申生的怜悯和同情。

诗以"扬之水，白石凿凿"起兴。激扬的河水渲染了政治环境的危险，水中历历可数的白石则衬托出了当事人的单纯和无辜，两者的对比使人对即将出场的主人公的遭际顿生同情之心。接着像电影中的特写镜头一样，诗作将主人公即"素衣朱襮"的君子推到读者面前——"素衣朱襮"既是身份的标志，也是美好人格的象征。接着用一个充满张力的疑问把读者的注意力吸引过来，使人关注的目光直入问题的核心：既然来到了景仰已久的君子身边，为什么我反而充满忧惧和悲伤？这是因为我预知了他无可挽回的可悲命运。

第三章或许有漏简——按照《诗经》写作惯例，三章结构和字数应该是相等的。但这不影响诗意表达的整体性。"我闻有命，不敢以告人"以含糊其词的方式说明诗人作为旁观者的无奈："君子"的命运已定，无可转圜，别人只能眼睁睁看着他走向悲剧的结局。一声悲天悯人的沉重叹息，将读者拉进了无边无际的伤感里。

伐檀（魏风）

坎坎伐檀[1]兮，寘之河之干[2]兮，河水清且涟猗[3]。不稼不穑，胡取禾三百廛[4]兮？不狩不猎，胡瞻尔庭有县貆[5]兮？彼君子兮，不素餐[6]兮！

坎坎伐辐[7]兮，寘之河之侧[8]兮，河水清且直[9]猗。不稼不穑，胡取禾三百亿[10]兮？不狩不猎，胡瞻尔庭有县特[11]兮？彼君子兮，不素食兮！

坎坎伐轮[12]兮，寘之河之漘[13]兮，河水清且沦[14]猗。不稼不穑，胡取禾三百囷[15]兮？不狩不猎，胡瞻尔庭有县鹑兮？彼君子兮，不素飧[16]兮！

◎注释

1. 坎坎：伐木声。檀：黄檀树，可做车轴、车轮。
2. 寘（zhì）：通“置”。河干：河岸。
3. 涟：指河水泛波纹。猗：语气词。
4. 取：通“冣”（jù，聚的异体字）。《说文》：“冣，积也。”或释为收取，亦可。三百：泛指很多。廛（chán）：通“缠”，束、捆。
5. 县：通“悬”。貆（huán）：即貉（hé），一种犬科野兽，形如小狐，毛黄褐色。
6. 素餐：白吃饭，意同“尸位素餐”。
7. 辐：车轮衡木。
8. 河之侧：河边。
9. 直：平。
10. 亿：通“繶”，捆、束。
11. 特：三岁兽。
12. 轮：车轮。
13. 漘（chún）：河边。
14. 沦：泛波纹。
15. 囷（qūn）：通“稛”，捆。
16. 飧（sūn）：餐。

◎译文

砰砰砍砍伐檀树，
砍来放置河岸边。
河水清澈波纹卷。
谁人不耕也不种，
却取禾稼三百缠？
冬不狩来秋不猎，
为何檐下有悬貆？
那些君子大人啊，
难道不是白吃饭！

黄檀

砑砑伐檀做车辐，
砍下置于河岸侧。
河水清澈又平和。
谁人不耕也不种，
却积禾稼满场圃？
秋不猎来冬不狩，
为何野兽挂檐底？
那些君子大人啊，
难道不是吃白食！

咚咚伐檀做车轮，
砍来置于河之滨。
河水清澈起波纹，
谁人不耕也不种。
却取禾稼三百稇？
冬不狩来秋不猎，
为何鹌鹑悬屋檐？
那些君子大人啊，
难道不是吃白餐！

貆（貉）

◎赏析　　本诗是一首伐木者之歌，讽刺统治者不劳而获，暗昧贪鄙。诗中以河水的清波微涟衬托心底的不平与激愤，以岸上风光的优美宁静衬托世间生活的困苦和艰难，有拟声有绘景，有直陈有反诘，一咏三叹，刺骨见髓，呈现了一幅栩栩如生的世象生态图。伐木者辛苦劳作之景、悲愤号呼之声，使读者于千载之下犹感同身受。

硕鼠（魏风）

硕鼠硕鼠[1]，无[2]食我黍。三岁贯女[3]，莫我肯顾。逝[4]将去女，适彼乐土。乐土乐土，爰得我所[5]。

硕鼠硕鼠，无食我麦。三岁贯女，莫我肯德[6]。逝将去女，适彼乐国[7]。乐国乐国，爰得我直[8]。

　　硕鼠硕鼠，无食我苗。三岁贯女，莫我肯劳 ⁹。逝将去女，
适彼乐郊。乐郊乐郊，谁之永号 ¹⁰。

◎
注
释

1. 硕鼠：大老鼠。
2. 无：通"毋"，不要。
3. 三岁：多年，三为虚数，言时间之久。贯：通"宦"，本义为"做臣隶"，
   引申为"供养""侍奉"。女：通"汝"。
4. 逝：通"誓"。
5. 爰：乃，才。我所：适宜于我的处所。
6. 德：感谢，报答。
7. 国：通"或（域）"，地方。
8. 直：通"职"。王引之："直读为职，职亦所也。"《管子·明法解》："孤
   寡老弱，不失其职。"
9. 劳：慰问。
10. 谁之永号：谁还会像现在这样长啸不已呢！永：长；号：呼叫。按"永号"
    相当于"啸"，古人常用"啸"表达郁闷愤慨情绪。之：同"其"，将会。

◎
译
文

大老鼠啊大老鼠，
不要再吃我的黍。
这么多年养活你，
对我从来不照顾。
发誓从今离你去，
去那梦中之乐土。
看那梦中之乐土，
才是我的好去处。

大老鼠啊大老鼠，
莫再偷吃我的麦。
这么多年养活你，
从未得到你优待。

发誓从今离开你，
去那快乐新世界。
看那快乐新世界，
是我幸福之所在。

大老鼠啊大老鼠，
莫再啃食我的苗。
这么多年养活你，
全不顾念我辛劳。
发誓从今离你去，
去那自由之野郊。
看那自由之野郊，
从今不再长悲号！

◎
赏
析

《毛诗序》："硕鼠，刺重敛也。国人刺其君重敛蚕食于民，不修其政，贪而畏人，若大鼠也。"以大老鼠比喻胆小猥琐又贪得无厌的统治者，可谓民间智慧的神来之笔；而对乐土的向往和追求，则历来是劳苦大众心底最温煦、最坚韧的情结。这使得本诗体现了强烈的人民性和战斗性。它三章迭进，论之以理据，厉之以声情，不卑不亢而义正词严，表现出了使剥削者无法抵拒的道义力量。

有人认为老鼠不可能食苗，因而此处之"硕鼠"应指蝼蛄（蝼蛄亦有"硕鼠""石鼠"之俗名），恐有拘泥之嫌。一者，诗人取类赋义，本非纪实，况食麦食苗，错综其韵而已，诚不必胶柱自限；二者，蝼蛄不具备老鼠所拥有的拟人性（不劳而获、贪得无厌等），作为政治控诉的象征物无法兴起群体性的共鸣，因此不可能成为大众讽咏的对象；三者，蝼蛄于人，只是造成危害而非过度"剥夺"，与诗的主旨即对阶级剥削的控诉相去较远，而《鲁诗》《齐诗》俱言《硕鼠》乃针对"履亩税"而作。《鲁诗》："履亩税而《硕鼠》作。"《齐诗》："周之末途，德惠塞而耆欲众，君奢侈而上求多，是以有履亩之税，《硕鼠》之诗是也。"若系之于蝼蛄这种单纯的"坏人"，显然不够妥帖。

◎
相
关
链
接

狐鼠之贪

狐鼠擅一窟，虎蛇行九逵。

不论天有眼，但管地无皮。

吏鸷肥如瓠，民鱼烂欲糜。

交征谁敢问，空想素丝诗。

——〔南宋〕洪咨夔《狐鼠》

官仓老鼠大如斗，见人开仓亦不走。

健儿无粮百姓饥，谁遣朝朝入君口。

——〔晚唐〕曹邺《官仓鼠》

第十一讲
运命叹惋与身世之悲

孔子称："诗,可以兴,可以观,可以群,可以怨。""怨"是《诗经》情感表达的基调之一,其特征是自我排解,不走极端,即所谓"怨而不怒":心怀不平之气,怨天尤人,最终却无奈地接受现实,通过对运命的叹惋和自我身世的悲悼来求得心灵的解脱。本讲分两部分,一是各种男性失意者的悲歌,如《兔爰》(王风)、《黍离》(王风)、《鸱鸮》(豳风)、《破斧》(豳风))、《权舆》(秦风)、《园有桃》(魏风)、《北门》(邶风)、《小星》(召南);二是被伤害、被抛弃的妇人的叹惋,即所谓"弃妇辞",有《柏舟》(邶风)、《中谷有蓷》(王风)、《谷风》(邶风)、《氓》(卫风)。

兔爰(王风)

有兔爰爰[1],雉离于罗[2]。我生之初,尚无为[3],我生之后,逢此百罹[4]。尚寐无吪[5]!

有兔爰爰,雉离于罦[6]。我生之初,尚无造[7],我生之后,逢此百忧[8]。尚寐无觉!

有兔爰爰,雉离于罿[9]。我生之初,尚无庸[10],我生之后,逢此百凶。尚寐无聪!

236

◎ 注释

1. 爰爰：通"缓缓"，悠闲自在的样子。

2. 离：通"罹"（lí），遭遇。屈原《离骚》："进不入以离尤兮，退将复修吾初服。"
   罗：捕鸟网。

3. 无为：指天下太平，少有劳役祸患之事。为：作，劳役。《尔雅·释言》：
   "作，为也。"《尔雅·释诂三》："役，为也。"

4. 罹（lí）：灾、凶、祸患。

5. 尚：最好、还是。吪（é）：通"讹"，觉。《小雅·无羊》："或寝或讹。"

6. 罦（fú）：一种装设机关的捕鸟网。

7. 造：造作，亦指劳役等事。《尔雅·释言》："造，为也。"

8. 忧：忧患。

9. 罿（chōng）：捕鸟网。

10. 庸：劳役。《毛传》："庸，用也。"《尔雅·释诂》："庸，劳也。"

◎ 译文

兔子们悠游自在，
山鸡啊身遭网罟。
可叹我，错过了美好时日，
际遇此艰难困苦。
唉，真想两眼一闭，
再不关心尘世沉浮。

兔子们悠游自在，
山鸡啊命系罗网。
可叹我，错过了美好年代，
遭受此祸患无央。
唉，真想两眼一闭，
再不关心浮世炎凉。

兔子们悠游自在，
山鸡啊命陷网罗。
可叹我，错过了美好岁月，
独经受祸患消磨。
唉，真想两眼一闭，
从此后无知无觉。

野兔

237

◎赏析

　　这是一首感时伤世之作。生逢多事之秋，徭役横作，网罗遍地。狡诈之徒钻穴投隙，故能悠然自得；耿介之士坚守正道，则难免羁縻之祸。作者慨叹时运不济，动辄有碍，希望回到无知无觉的状态，远离祸患与烦忧。显然，这不过是小人物想入非非的自怨自艾，因为通篇充斥着自私而猥琐的悲观情绪，看不到真正才俊之士的磊落和洒脱。

◎相关链接

行路难

　　我生之初尚无为，我生之后汉祚衰。

　　天不仁兮降乱离，地不仁兮使我逢此时。

　　干戈日寻兮道路危，民卒流亡兮共哀悲。

　　烟尘蔽野兮胡虏盛，志意乖兮节义亏。

　　对殊俗兮非我宜，遭忍辱兮当告谁？

　　笳一会兮琴一拍，心愤怨兮无人知。

——〔东汉〕蔡琰《胡笳十八拍》

　　手中虽有丈八矛，试之井底难回旋。

　　虽有轻舆驾良驷，途穷日暮安能前。

　　丈夫虽有磊落才，生不逢时终蒿莱。

——〔明〕王廷陈《行路难》

黍离（王风）

　　彼黍离离[1]，彼稷之苗[2]。行迈靡靡，中心摇摇[3]。知我者谓我心忧，不知我者谓我何求。悠悠苍天，此何人哉？

彼黍离离，彼稷之穗。行迈靡靡，中心如醉。知我者谓我心忧，不知我者谓我何求。悠悠苍天，此何人哉？

彼黍离离，彼稷之实。行迈靡靡，中心如噎⁴。知我者谓我心忧，不知我者谓我何求。悠悠苍天，此何人哉？

◎ 注释

1. 黍：黄米。离离：通"穲穲"（lí）、"历历"，密集而行列整齐的样子。
2. 稷：黍之一种，黏者为黍，不黏者为稷，又称穄、糜子。《本草纲目》："稷与黍一类二种也。黏者为黍，不黏者为稷，稷可作饭，黍可酿酒，犹稻之有粳与糯也。黍稷之苗，似粟而低，小有毛，结子成枝而殊散，其粒如粟而光滑，三月下种，五六月可收，亦有七八月收者，其色有赤、白、黄、黑数种，黑者禾稍高。今俗通呼为黍子，不复呼稷矣。"诗中以黍起兴，以稷承接，本非写实，诗人避复改字而已。此处黍、稷可视为一物，一为全景，一为特写；全景兴情，特写动心，黍苗稷穗之纷披下垂，犹如人之垂头丧气，则天地之间，无往而非伤情之物矣。
3. 行迈靡靡，中心摇摇：走起路来无精打采，心里恍惚而忧愁。迈：行。靡靡：迟缓貌。中心：心中。摇摇：心神恍惚的样子。一说通"慅"，忧愁貌。
4. 噎（yē）：忧深而气不畅，如饭噎。《毛传》："噎，忧不能息也。"

◎ 译文

密密的黍子遍布在原野，
风中摇曳的是离离黍苗。
踯躅在荒野举步沉重，
神思恍惚啊我心意摇摇。
理解的知我隐怀着烦忧，
不理解的却问我何所寻求。
悠悠苍天啊请你告诉我，
为什么没人理会我一再的诉说？

密密的黍子遍布在原野，
风中摇曳的是垂垂黍穗。
踯躅在荒野脚步沉重，
心意苍茫啊我心中如醉。

理解的知我隐怀着烦忧，
不理解的却问我何所寻求。
悠悠苍天啊请你告诉我，
为什么没人理会我一再的诉说？

密密的黍子遍布在原野，
风中摇曳的是累累黍实。
踯躅在荒野脚步沉重，
愁思闷闷啊我心结气逆。
理解的知我隐怀着烦忧，
不理解的却问我何所寻求。
悠悠苍天啊请你告诉我，
为什么没人理会我一再的诉说？

◎赏析

《文心雕龙·时序第四十五》："幽厉昏而《板荡》怒,平王微而《黍离》哀。"关于此诗的主题,多数人接受《毛诗序》的观点:"黍离,闵宗周也。周大夫行役,至于宗周,过故宗庙宫室,尽为禾黍,闵周室之颠覆,彷徨不忍去,而作是诗也。"因之此诗被称为吊古诗之祖,方玉润《诗经原始》称其为凭吊之"绝唱"。其实,同《园有桃》一样,这也是一首感时伤世的牢骚之作,而不是凭吊故国的哀歌,因为"彼黍离离"只是起兴的引子,而不是歌咏的对象（像后世的吊古之作）,诗中"苗""穗""实"并非实景描写。作者在诗中再三致意的,是对"举世莫我知"的愤懑和抱怨（情感的重心在于"此何人哉"的质问）。此诗兴、喻相生:黍之"离离"与人之"靡靡"相映衬,人似黍之无生,黍似人之有情,人隐进了黍稷离离的世界之中,茫茫天地之间只剩一种伤感的情绪在。诗的旋律回环往复,一唱三叹,无限低回。这是孤芳自赏的寂寞哀歌,一往而情深,千载之后读来仍令人戚戚然,似乎那悲愤的质问仍萦回在头顶上的云层里,那离离黍苗就摇曳在眼前的微风中。

由于以讹传讹,陈陈相因,"黍离"在传统中成了游子遗臣故国之思的代名词。曹子建《情诗》即有"游子叹黍离,处者歌式微"。后人在吊怀古迹或思古伤今时往往引用"黍离"之典故,如唐许浑《金陵怀古》《登洛阳古城》,刘沧《经炀帝行宫》等。

◎相关链接

故国悲悼

临故国,认残碑,伤心六朝如逝水。物换星移,城是人非,今古一枰棋。南柯梦一觉初回,北邙坟三尺荒堆。四围山护绕,几处树高低。谁,曾赋黍离离。

——〔元〕查德卿《柳营曲·金陵故址》

濒死孤臣雪满颠,冰毡齿尽偶生全。衣冠万里风尘老,名节千年日月悬。清唳秋荒辽海鹤，古魂春冷蜀山鹃。归来亲旧惊相问，禾黍离离夕照边。

——〔南宋〕林景熙《送家铉翁》

一勺西湖水，渡江来、百年歌舞，百年酕醉。回首洛阳花石尽，烟渺黍离之地。更不复、新亭堕泪。簌乐红妆摇画舫，问中流击楫何人是？千古恨，几时洗。 余生自负澄清志，更有谁、磻溪未遇，傅岩未起。国事如今谁倚仗？衣带一江而已。便都道，江神堪恃。借问孤山林处士，但掉头、笑指梅花蕊。天下事，可知矣。

——〔南宋〕文及翁《贺新凉·游西湖有感》

鸱鸮（豳风）

鸱鸮鸱鸮[1]，既取我子，无毁我室！恩斯勤斯[2]，鬻子之闵[3]斯！

迨[4]天之未阴雨，彻彼桑土[5]，绸缪牖户[6]。今女下民，或敢侮予[7]！

予手拮据[8]，予所捋荼[9]，予所蓄租[10]，予口卒瘏[11]，曰[12]予未有室家！

予羽谯谯[13]，予尾翛翛[14]；予室翘翘[15]，风雨所[16]漂摇。予维音哓哓[17]！

1. 鸱鸮（chīxiāo）：即"鸱枭"，猫头鹰。
2. 恩斯勤斯：即殷勤，义为"辛苦"。斯为结构助词，无意义；恩、殷音近义通。
3. 鬻（yù）：通"育"，养育。闵：怜悯、同情。

4. 迨：及，趁着。

5. 彻：剥取。土：通"杜"，树根。《广雅·释草》："杜，根也。"桑土即桑树根。

6. 绸缪（chóu móu）：缠绕。牖（yǒu）户：窗和门。

7. 今女下民，或敢侮予：你们树下的人，也许还会欺侮我。女：汝。敢：也许，可能。

8. 拮（jié）据：因劳累过度而拘挛、麻木。

9. 所：尚、仍然。捋（luō）：用手拔取。荼：茅草。

10. 蓄：积聚。租：通"菹"（zū），葴（jí）草，即鱼腥草。或以为通"苴"，泛指草类，亦通。

11. 卒：通"瘁"（cuì），因劳累而病。瘏（tú）：破裂。

12. 曰：句首语气词。

13. 谯谯（qiáo）：羽毛焦枯貌。

14. 翛翛（xiāo）：尾翎断秃貌。

15. 翘翘：高而危貌。

16. 所：尚。

17. 维：但，只能。哓哓（xiāo）：同"嗷嗷"，恐惧哀鸣声。

◎译文

猫头鹰啊猫头鹰，
是什么使你如此残忍？
已经吃掉了我的孩子，
还要毁掉我家你才能称心？
难道你竟然没一点同情和怜悯，
体谅父母养育子女的苦辛？

趁着老天还没有下雨，
我剥取桑根加固门户。
树下的人啊，
我知道你们虎视眈眈，
说不定哪天又来把我欺侮。

我用双手拔取白茅，
用嘴巴收集鱼腥草。
我的嘴角已经破裂，
我的手掌拘挛起泡。

鸱鸮

可我的家啊还没有建好。　　　　我的家啊危如累卵，
　　　　　　　　　　　　　　　我的家啊在风雨中飘摇。
我的翅羽已经破损，　　　　　　啊，对这个世界，
我的尾翎也几乎秃掉。　　　　　我的话语只剩下了哀号！

◎赏析

　　这是中国第一首寓言诗，以一只鸟的口吻诉说自己饱受欺凌、困苦万状的遭际，象征性地表达了劳苦大众为了生存、为了延续后代苦苦支撑的痛苦和艰难。鸟和人时而相互映衬，时而合二为一，一团苦云愁雾使人不忍面对。其中有动作，有情节，有摹状，有情态，生动形象；有质问，有哭诉，有哀求，有抗争，凄婉动人。

◎相关链接

动物诗

　　　　飞来双白鹄，乃从西北来。十十将五五，罗列行不齐。
　　　　忽然卒疲病，不能飞相随。五里一反顾，六里一徘徊。
　　　　君欲衔汝去，口噤不能开；吾欲负汝去，羽毛日摧颓。
　　　　乐哉新相知，忧来生别离，踯躅顾群侣，泪落纵横垂。
　　　　今日乐相乐，延年万岁期。

　　　　　　　　　　　　　　　　　　　——《玉台新咏·双白鹄》

破斧（豳风）

　　既破我斧[1]，又缺我斨[2]。周公东征，四国是皇[3]。哀我人斯[4]，亦孔之将[5]。

　　既破我斧，又缺我锜[6]。周公东征，四国是吪[7]。哀我人斯，亦孔之嘉。

既破我斧，又缺我锹[8]。周公东征，四国是遒[9]。哀我人斯，亦孔之休。

◎ 注释

1. 斧：斧头。圆孔曰斧。
2. 斨（qiāng）：斧的一种。方孔曰斨。
3. 四国：四为虚数，指很多邦国。此指周公东征的对象东方殷商遗民及淮夷、徐夷各部。皇：同"匡""正"。《毛传》："皇，匡也。"《尔雅·释言》："匡，正也。"
4. 哀：可怜。我人：我们这些人。斯：语气词，相当于"啊"。
5. 孔：很、甚、极，程度副词。将：美、吉祥。下面嘉、休义同。
6. 锜（qí）：凿子。《毛传》："凿属曰锜。"
7. 吪（é）：惊动。《说文》："吪，动也。"《毛传》释吪为"化"，恐不合诗意。
8. 锹（qiú）：独头斧。
9. 遒（qiú）：安定、稳固。《毛传》："固也。"一说为臣服。

◎ 译文

圆孔的斧头破了，
方孔的斧头也残缺。
我们随周公征战，
平定无数乱国。
可叹我们这样子啊，
也算是幸运的结果。

砍树的斧头残了，
斫孔的凿子摧折。
我们随周公征战，

戡平无数叛国。
可叹我们这些废人啊，
该庆幸还能苟活。

有孔的斧头崩损，
没孔的斧头卷曲。
我们随周公征战，
荡平敌国无数。
可叹我们这些残废啊，
还该感激命运照拂。

◎ 赏析

关于此诗的主题，《毛诗》以为是"美周公之作"，毫无理据。闻一多、程俊英就认为是东征士卒庆幸得以生还之诗，近似得之。"周公东征"当是此诗的写作背景。周武王去世后，周公摄政，管、蔡、霍三叔疑忌周公篡权，伙同纣子武庚叛乱，东方殷商原附属国及徐夷、淮夷纷纷响应，一时天下大乱。周公率兵东征，经三年苦战，才稳定了局面。本诗当是伤残士兵归来后有感而发。

斧头、凿子在《诗经》时代经常作为男性生殖器的象征物。对男人来说，生殖器的损伤是最惨痛的，所以"破斧者"的哀痛和悲伤与一般伤残者相比更令人同情，更具有震撼力。然而，诗人毕竟处在整个周族开疆拓土、积极进取的上升时期，诗中没有对战争的控诉，也没有对社会之不平的怨尤，有的只是直面命运的镇定和淡然。"哀我人斯，亦孔之将"，哀而不伤，这是真正的《诗经》精神。这泪水中绽开的微笑，这自嘲性的相互宽慰，虽千载之下，犹动人心魄。

权舆（秦风）

於¹，我乎，夏屋渠渠²，今也每食无余。于嗟乎³，不承权舆⁴！

於，我乎，每食四簋⁵，今也每食不饱。于嗟乎，不承权舆！

◎ 注释

1. 於（wū）：叹词。
2. 夏：大。《方言》："自关而西，秦晋之间，凡物之壮大者而爱伟之，谓之夏。"屋：通"握"，盛放食物的器具。《考工记·匠人》："屋，具也。"《尔雅》："握，具也。"渠渠：高耸貌，食物高耸即言其丰盛。《广雅》："渠渠，盛也。"
3. 于嗟乎：悲叹声。
4. 承：继承、继续。权舆：初始。《释诂》："权舆，始也。"闻一多《诗经通义·乙》："按权及权舆，皆本黄色之名。《释草》：'权，黄华'；《释木》：'权，黄英'……是凡色黄者，谓之权，长言之则为权舆矣……今验之草木之萌芽，无不黄黑者，故蒹葭之萌谓之萌菼，引申之则谓凡草木之始……又引申为凡物之始。"
5. 簋：盛饭的器具，圆形，用竹木或青铜制成。

◎译文

唉，我呀，
当年美食如山，
如今食无余餐。
可叹啊，
一切不再是从前！

唉，我呀，
当年每顿四簋，
如今食不果腹。
可叹啊，
一切不再是当初！

◎赏析

　　《毛诗序》云："《权舆》，刺康公也。忘先君之旧臣，与贤者有始而无终也。"恐为无据之论。康公时代游士未兴，先君之旧臣皆出自世家，当各有其室家田产，而不必仰食于君主。显然，此诗乃破落贵族抚今追昔的感慨之作。作者从食物的今昔对比兴发感慨，虽然没什么境界，但切身切肤，实实在在，亦可感人。吴闿生谓此诗两章结构相同，在反复咏叹中见"低徊无限"（《诗义会通》），可谓知音者。

园有桃（魏风）

　　园有桃，其实之殽[1]。心之忧矣，我歌且谣[2]。不知我者，谓我士也骄[3]。彼人是哉[4]？子曰何其[5]？心之忧矣，其谁知之？其谁知之？盖亦勿思[6]！

　　园有棘，其实之食。心之忧矣，聊以行国[7]。不我知者，谓我士也罔极[8]。彼人是哉？子曰何其？心之忧矣，其谁知之？其谁知之？盖亦勿思！

◎注释

1. 实：果实。之：结构助词，相当于"唯命是从"的"是"。殽：即"肴"，吃。《说文》："肴，啖也。"
2. 谣：通"遥"，行歌，边走边歌。《国语》卷十二《晋语六》注："行歌曰谣。"
3. 骄：狂傲。

4. 彼人是哉：那些人说得对吗？

5. 子曰何其：你以为怎样？子：诗人虚拟设问之人；何其，犹"何如"，"其"为语助词。

6. 盖：通"盍"，何不。亦：语助词。勿思：不再想。

7. 聊以行国：姑且在城中溜达（以消愁）。行国：在都城中游走、踏歌。国：都城。

8. 罔极：没有定准，行为过分。极：标准。

◎译文

园中有树桃，
饥来可充饱。
心中忧难解，
高歌且逍遥。
众人不知我，
谓我太傲娇。
他们是对错？
你说如何好？
我心忧之殷，
谁人能知晓？
无人能知我，
忧思徒烦恼！

园中有酸枣，
其果可充饥。
我心忧难解，
城中且游息。
众人不知我，
谓我无根柢。
他们是对错？
你说谁曲直？
我心忧之殷，
谁人能知悉？
无人能知我，
何如本无思？

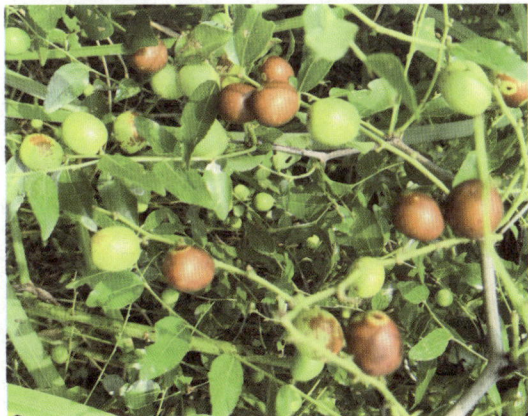

酸枣

◎ 赏析

关于此诗的主题，《毛诗序》的观点是："刺时也。大夫忧其君国小而迫，而俭以啬，不能用其民而无德教，日以侵削，故作是诗也。"程颢则认为："观此诗可见其忧深思远矣。桃，果之贱者，园有桃亦用其实以为殽，兴国有民，虽寡，能用则治。今不能用其民。故心忧之至歌且谣，重言人不知者不思耳。"朱熹的意见是，君子看到魏国有人奉行"园有桃则食，桃非其园之所有则不食矣"的许行之道，而举世不以为非，故为之忧惧而歌谣。（见《诗集传》）这些都是离题万里的肆意发挥。

韩愈云"物不平则鸣"，其实这是一篇不容于世者的牢骚不平之词。其大意可以这样概括：桃子不是食物，但饥饿时可以充腹。高歌长号或远离尘嚣不能根除内心的忧虑，却可以暂时获得心灵的解脱。然而，众人理解不了我为什么这么做，只是一味指责我骄傲自负。人们为什么会这样？这有什么道理？看来，只有闭视塞听、与世沉浮，才是最自在、最安全的处世之道。唉，世道如此，有什么办法？只有眼不见才能心不烦，那就什么也不想，一切由它去吧！

可以说，这是一首具体而微的"离骚"。作者独怀先见之忧，大声疾呼，而举世莫我知，欲长歌自解而人见怪，思高蹈独善则势不能，徒然依违于去留之际，激鸣于歌哭之间，既诉己之难舍，又望人之有悟，反复致其意，情之所至，如痴如癫，悱恻而动人。

◎ 相关链接

觉醒者的悲哀

> 已矣哉，国无人莫我知兮，又何怀乎故都？既莫足与为美政兮，吾将从彭咸之所居。
>
> ——〔战国〕屈原《离骚》节选

流莺漂荡复参差，度陌临流不自持。

巧啭岂能无本意？良辰未必有佳期。

风朝露夜阴晴里，万户千门开闭时。

曾苦伤春不忍听，凤城何处有花枝。

——〔唐〕李商隐《流莺》

北门（邶风）

出自北门，忧心殷殷。终窭且贫[1]，莫知我艰。已焉哉[2]！天实为之，谓之何哉[3]？

王事适[4]我，政事一埤益我[5]。我入自外，室人交遍谪[6]我。已焉哉！天实为之，谓之何哉？

王事敦[7]我，政事一埤遗我。我入自外，室人交遍摧[8]我。已焉哉！天实为之，谓之何哉？

◎ 注释

1. 终窭且贫：既寒酸又贫穷。终：既。窭（jù）：本义为房屋窄陋，此指举止寒酸。《释文》："窭，谓贫无以为礼。"

2. 已焉哉：相当于"算了吧"。已：既，了结。焉哉，语气词。

3. 谓之何哉：拿这种情况有什么办法呢？谓：奈。

4. 适：通"擿"，扔给。

5. 埤（pí）：增益、附加。按：埤通俾，《说文》："俾，益也。"益：增加，堆积。遗（wèi）：给予、加给。政事一埤益（遗）我，指不断加码，把政务一股脑地推给我。王室征发之事为"王事"，邦国赋税之事为"政事"。

6. 交：轮流。谪：指责。

7. 敦：促迫。

8. 摧：通"谯"（cuī），指责、讽刺。

◎译文

北门之外踽踽独行，
心意苍凉忧思万端。
既贫且贱苦苦撑持，
谁能理解我谋生的艰难？
唉，算了吧，算了吧！
天命如此我又能何言？

王事自然推给我，
政事全都堆给我。
身心疲惫回到家里，

还要忍受亲人的指责。
唉，算了吧，算了吧！
天命如此我又能如何？

王事自然压给我，
政事全都扔给我。
身心疲惫回到家里，
还要忍受亲人的挖苦。
唉，算了吧，算了吧！
天命如此可向谁倾吐？

◎赏析

　　这也是一篇下层小吏的忧生抱怨之辞：上司把大事小事一股脑地推给他，使他疲于应付，无法承担对家庭的义务，招致家人的指责和嘲笑，内忧外困，狼狈不堪，四顾茫然而求诉无门，只能呼天告地，自我安慰。诗写得朴实而真切，鸡毛蒜皮娓娓道来，口吻毕肖，情态活现，使人油然而生恻隐同情之心。

◎相关链接

官场之忧

　　习习笼中鸟，举翮触四隅。落落穷巷士，抱影守空庐。
出门无通路，枳棘塞中涂。计策弃不收，块若枯池鱼。
外望无寸禄，内顾无斗储。亲戚还相蔑，朋友日夜疏。
苏秦北游说，李斯西上书。俛仰生荣华，咄嗟复凋枯。
饮河期满腹，贵足不愿余。巢林栖一枝，可为达士模。

　　　　　　　　　　　　　　　——〔西晋〕左思《咏史》

小星（召南）

嘒[1]彼小星，三五在东[2]。肃肃宵征[3]，夙夜在公。寔命[4]不同！

嘒彼小星，维参与昴[5]。肃肃宵征，抱衾与裯[6]。寔命不犹[7]！

◎ 注释

1. 嘒（huì）：通"暳"，本义为小星、微小的光亮，这里作形容词，光芒微弱貌。"嘒彼"等于"嘒嘒"。
2. 三五在东：指参三星与昴（mǎo）五星。参、昴属于西方白虎七宿。王引之《经义述闻》："三五，举其数也；参昴，著其名也。"
3. 肃肃：通"缩缩"，即"肃肃鸨羽"之肃肃。有学者认为通"速"，疾行貌，可参考。宵征：一大早出发赶路。
4. 寔（shí）：通"是"，指示代词，相当于"此""这"。命：指上天的恩命、安排。
5. 参、昴：都是星宿名。
6. 抱：通"抛"（从闻一多说），指为了公事不得不抛开热被窝，即唐人"辜负香衾事早朝"之意。衾：被子。裯（chóu）：通"帱"，床帐。
7. 犹：如，同。寔命不犹，指"不如别人命好"。

◎ 译文

寒夜里的小星星眨着眼睛，
参与昴闪烁在东方的天空。
没白没黑公事相促迫，
抖抖擞擞我一大早启程。
命也夫，命也夫？
为什么我的命和别人不同？

寒夜里的小星星眨着眼睛，
参与昴闪烁在东方的天空。
抛开热乎乎的被窝应公之令，
哆哆嗦嗦我一大早启程。
命也夫，命也夫？
为什么我的命和别人不同？

因为诗中有"抱衾与裯"一句，《毛诗序》就称其主旨是："惠及下也。夫人无妒忌之行，惠及贱妾，进御于君，知其命有贵贱，能尽其心矣。"真是天大的笑话。然而偏偏有人深信不疑，以至于以"小星"代"小妾"成为人人熟知的典故。

其实这不过是一篇下层小吏的忧苦叹劳之作：因为没日没夜地奔波于公务，劳苦倦极却又无可奈何，只好抱怨自己命不如人。"嘒彼小星，三五在东"一句，从孤独早起这一典型情境落笔，极精彩有力：宇宙空旷，人生苍凉，日常烦愁更兼身世之悲，此情何堪！千载之下读来，也会从中体味到一种无限悲凉的人生况味。

需要强调的是，诗中的"命"不能理解为命运，因为当时作为一种客观必然性的"命运"的概念还没有出现。闻一多先生据此认为应当理解为"君命"，从而将"寔命不同"解释为"舍命不渝"。这恐怕不能成立，因为显然诗中洋溢着一种怨艾情绪。诗中的"命"应该理解为上帝或上天的恩命、安排——诗人认为自己的际遇遭逢是上天安排的结果。

宵征之苦

晨起动征铎，客行悲故乡。鸡声茅店月，人迹板桥霜。
槲叶落山路，枳花明驿墙。因思杜陵梦，凫雁满回塘。

——〔唐〕温庭筠《商山早行》

催客村鸡早，连朝辙未停。酒无千里力，寒极半程醒。
老马冲残月，孤鸿唳小星。山中招隐地，辜负日高扃。

——〔明〕谢遴《富庄晓发》

为有云屏无限娇，凤城寒尽怕春宵。
无端嫁得金龟婿，辜负香衾事早朝。

——〔唐〕李商隐《为有》

柏舟（邶风）

泛¹彼柏舟，亦泛其流。耿耿不寐，如有隐忧²。微³我无酒，以敖以游⁴。

我心匪鉴⁵，不可以茹⁶。亦有兄弟，不可以据⁷。薄言往愬⁸，逢彼之怒。

我心匪石，不可转也。我心匪席，不可卷也。威仪棣棣⁹，不可选¹⁰也。

忧心悄悄¹¹，愠¹²于群小。觏闵¹³既多，受侮不少。静言思之¹⁴，寤辟有摽¹⁵。

日居月诸¹⁶，胡迭而微¹⁷？心之忧矣，如匪浣衣¹⁸。静言思之，不能奋飞。

◎注释

1. 泛：亦作"氾"，随波逐流的样子。
2. 耿耿不寐，如有隐忧：一点睡意都没有，心中满怀忧愁。耿耿：本义是"明"，此处指精神凝聚、耳聪目明。如：而，连词。隐忧：深忧。
3. 微：非，不是。
4. 以：助词。敖：通"遨"。遨游，即随心所欲地游荡。"微我无酒，以敖以游"两句是说：不是我没有酒消愁，也不是我不能漫游解闷，只是我的愁闷太重了，没有办法可以消解。
5. 鉴：镜子。
6. 茹：容纳。指像镜子那样不分美丑接受一切。
7. 据：依靠。
8. 薄：语气词。愬：通"诉"。
9. 威仪：严正的仪容。棣棣（dài，作为树名时读 dì）：本义为众多，这里指礼仪具备无所偏差，举手投足尽合规矩。按：棣与"逮"通，"逮"与"遝"（tà）同，《玉篇》："遝，行相及也。"由行人络绎相接引申出"多"的意思。
10. 选：通"巽"（xùn），怯懦屈从。

11. 悄悄：忧愁貌。

12. 愠（yùn）：怨恨。

13. 覯：通"遘"，遭遇。闵：通"愍"（mǐn），忧患，不幸。

14. 静言思之：想起这事来。静：通"靖"，本义为思，《方言一》："靖，思也。"靖言，指的是"沉思的样子"。言：通"焉"。

15. 寤辟：双手交错拍打。寤：通"捂"：交叉、交错。辟：通"擗"（pì），以手拍胸。有摽（biào），即摽摽，通"嘌嘌"，连续拍打胸膛的声音。

16. 居、诸：语助词。

17. 胡：为什么。迭：更相。微：暗昧不明。此处以日月无光喻丈夫昏暗不明。

18. 如匪浣衣：(心怀忧愁）就好像洗衣服揉搓不止。匪：通"彼"。浣，一作"澣"（huàn），洗。

◎译文

柏木的小船在河中漂荡，
在河中漂荡随波逐流。
我向壁而叹耿耿难寐，
按捺不下心中隐秘的烦忧。
纵有美酒亦难消心中块垒，
悠游啸遨排不去无边苦愁。

我的心不是冷漠的铜镜，
什么东西都能收纳包容。
也不是没有娘家兄弟，
别指望他们的庇护和赞同。
有一次想诉诉心中的苦闷，
赶上他们生气只好深掩起心胸。

我的心不是一块圆滑的石头，
不能够随势转动八面玲珑。
我的心不是一张柔软的芦席，

不能够卷起来忍气吞声。
我将严守做人的准则和规范，
决不会因为苟且而屈从！

隐忍着忧烦无可诉告，
徒惹小人们怨恨和讥嘲。
际遇的不幸已经太多太多，
受到的屈辱实在不少不少。
想起这艰难的遭逢悲从中来，
双手拍胸膛向天长哀号。

太阳啊月亮啊高高在上，
为什么都变得黯淡无光？
我心中的烦恼与悲伤交缠，
像在洗的衣服越揉越脏。
低下头细思量无计可施，
真希望插双翅弃世远翔！

◎赏析

《毛诗序》认为此诗的主旨是"言仁而不遇也"，似是而非。这是一篇不得于夫且"愠于群小"的女子的伤心之作。

　　开篇"泛彼柏舟"既是兴又是比，以船的随波逐流喻家庭婚姻关系的荒唐破败和自己的孤独无助（舟楫是夫妻关系的象征），无限忧虑悲伤扑面而来。接着直抒胸臆，把自己坐立不安的忧烦之状渲染得淋漓尽致；第二章以反笔接入，写无可告助的窘况和无奈中的人格坚守，哀婉动人；第三章自明其志，决绝而有力度；第四章写遭受谗毁的无奈与绝望，呼天抢地，激昂而痛切；第五章接回，再以沉郁的降调倾诉无法排遣的忧愁烦闷，深婉低回。以日月无光喻丈夫暗昧，生动而恰切；以洗脏衣服喻心之忧思，尤其警绝。总之，全诗节奏紧凑，旋律激荡，如高手弹琴，时而大弦铮铮，时而小弦切切，时而信手轻拨，时而凝神重按，将那种自叹自诉的忧伤、那种不能奋飞又不甘屈从的彷徨心态表现得凄恻动人，使听众随之俯仰而不能自持。

　　刘向《烈女传》认为，此诗为卫庄姜明志之作：卫庄公死后，庄姜家人逼其改嫁，庄姜不从，作此诗以明志。这完全是以汉朝人的陈腐观念附会前人。此诗绝对没有什么守节自誓的意思，然千百年来人们讹谬相承，竟以"柏舟"为妇人守节自励的代称。

"柏舟"用典

握手无存没，遗孤自始终。此生唯泣鹄，不死为丸熊。
玉貌先年毁，冰心后日融。天留素机月，人诵柏舟风。
太史诗垂采，仙郎籍已通。事归彤管上，名在紫泥中。
隽箸时堪进，潘舆乐未穷。请看臣向传，能复几人同。
　　　　　　　——〔明〕王世贞《傅司理母守节》
烛烛空中月，没且含光辉。猗猗谷中兰，芬馨死不移。
温温魏氏女，皎皎琼树姿。既娴内则训，亦诵柏舟诗。
　　　　　　　——〔明〕佘翔《魏贞女诗》

255

中谷有蓷（王风）

中谷有蓷¹，暵其²干矣。有女仳离³，慨⁴其叹矣。慨其叹矣，遇人⁵之艰难矣！

中谷有蓷，暵其脩⁶矣。有女仳离，条其啸⁷矣。条其啸矣，遇人之不淑⁸矣！

中谷有蓷，暵其湿⁹矣。有女仳离，啜¹⁰其泣矣。啜其泣矣，何嗟及矣¹¹！

◎注释

1. 中谷：山谷中。蓷（tuī）：益母草，一种中药材，具有活血调经、利尿消肿、清热解毒之功效，一般生于山野、河滩草丛中及溪边湿润处。

2. 暵（hàn）：因缺水而发蔫的样子。其：结构助词。

3. 仳（pǐ）离：分别、孤独。《毛传》："仳，别也。"

4. 慨：仰首叹息貌。

5. 遇人：嫁人。

6. 脩：本为干肉，《论语·述而》："自行束脩以上，吾未尝无诲焉。"引申为"干枯""枯萎"。

7. 条：通"恫"，古音近相通。陆机《叹逝赋》："心恫焉而自伤。"悲痛的样子。或释条为"长"，亦可。啸：长叹。

8. 不淑：不善。

9. 湿：通"㬠"（qī），因曝晒而干枯。《广雅·释诂二》："㬠，曝也。"

10. 啜（chuò）：涕泣连连的样子。

11. 何嗟及矣：应为"嗟何及矣"，叹息也没有用。

◎译文

山谷里有一棵益母草，
风吹日晒眼看就枯干。
有一位女儿孤苦伶仃，
四顾苍茫慨然长叹。
慨然长叹暗自伤神，
为什么好男人相遇艰难！

山谷里有一棵益母草，
风吹日晒眼看就枯萎。
有一位女儿孤苦伶仃，
愁思如结黯然长喟。
黯然长喟强忍着泪水，

遇人不淑啊其心难回。

山谷里有一棵益母草，
风吹日晒眼看就枯死。

有一位女儿孤苦伶仃，
热泪滚滚凄然饮泣。
凄然饮泣暗自伤悼，
命已如此悔亦何及！

◎赏析

　　关于本诗主旨，《毛诗序》是这样解说的："中谷有蓷，闵周也。夫妇日以衰薄，凶年饥馑，室家相弃尔。"不能说不对，但拐的弯太多了。还是朱熹说得简明干脆："妇人揽物起兴，而自述其悲叹之辞也。"

益母草

　　这是一首弃妇诗。一位遭丈夫遗弃的女子看到山谷中枯萎了的益母草，孤苦伶仃的身世之悲泛上心头（益母草喜潮湿之地，生在山谷已属不幸，遭遇旱灾尤为可悲），禁不住慨然长叹。第一章叹的是理：世上男人千千万，好男人一个难求。第二章叹的是命：最糟糕的男人被自己遇上了，一场相逢一场梦，到头来一无所有孤苦伶仃。第三章则是叹罢而泣：他生未卜此生休，还能有什么办法呢！诗写得实在，叹得自然，哭得忘情，一字一句出自肺腑，仿佛世界上一切都不再存在，只有"我"的悲伤实实在在地充斥于天地之间，使人禁不住为之慨叹为之唏嘘，全不像后世文人写的"弃妇辞"，总是把主人公描写为一味思过企幸而无怨无悔的贤妻良母，往往使人为之气结而不能卒读。

　　本诗开了一个先例：弃妇睹枯草而兴怀，览残花而自悼。如孟

257

郊有"青山有蘼芜，泪叶长不干。空令后代人，采掇幽思攒"；李白有"昔日芙蓉花，今成断根草。以色事他人，能得几时好"；杜审言有"啼鸟惊残梦，飞花搅独愁。自怜春色罢，团扇复迎秋"（皆摘自各人所作《妾薄命》同题诗）。

弃妇自悼

物华恶衰贱，新宠方妍好。

掩泪出故房，伤心剧秋草。

——〔唐〕顾况《去妇辞》

上堂拜姑姑不语，门外上车别邻里。

命轻不敢怨他人，回头却顾房中女。

女子勿啼汝父贤，必不嫁汝狂少边。

丈夫有心只如一，荡子情多无十年。

风吹柳花春日暮，邻姬送上来时路。

父母俱亡门户衰，未到先愁兄嫂怒。

归家明镜半无光，绣带双红空断肠。

今夜无人看夫婿，雨打梨花孤梦长。

——〔元〕万石《弃妇吟》

谷风（邶风）

习习谷风[1]，以阴以雨。黾勉[2]同心，不宜有怒。采葑采菲[3]，无以下体[4]。德音莫违[5]，及尔同死。

行道迟迟，中心有违[6]。不远伊迩，薄送我畿[7]。谁谓荼苦？其甘如荠[8]。宴尔新昏，如兄如弟。

泾以渭浊，湜湜其沚[9]。宴尔新昏，不我屑以[10]。毋逝我梁，毋发我笱[11]。我躬不阅，遑恤我后[12]。

就[13]其深矣，方之舟[14]之。就其浅矣，泳之游之。何有何亡[15]，黾勉求之[16]。凡民有丧，匍匐救之[17]。

不我能慉[18]，反以我为雠。既阻我德，贾用不售[19]。昔育恐育鞠[20]，及尔颠覆[21]。既生既育，比予于毒[22]。

我有旨蓄[23]，亦以御冬[24]。宴尔新昏，以我御穷。有洸有溃[25]，既诒我肄[26]。不念昔者，伊余来墍[27]。

◎注释

1. 习习：犹"飒飒"，大风声。谷：山谷。古人认为山谷乃风生聚之处（空穴来风）。严粲《诗缉》："来自山谷之风，大风也，盛怒之风也。"

2. 黾（mǐn）勉：互相劝勉。

3. 葑（fēng）：芜菁。菲：萝卜。

4. 无以下体：取叶而不用根块。以：用。《毛传》："下体，根茎也。"菲、葑的根和茎叶皆可食，但根部是主要的。这里以根喻德，以茎叶喻色，指责丈夫娶妻但取其色，色衰即弃。

5. 德音莫违：不要忘记了你说过的话，不要违背你当初的誓言。德音：指好听的话。

6. 中心有违：足欲前而心不忍，如相背然。一说"违"通"怫"，恨、怨，可参考。

7. 不远伊迩，薄送我畿：不远送也该多少送一下吧，可是你只把我送到了大门口。伊：是。薄：勉强、刚刚。《方言》："薄，勉也。秦晋曰薄，南楚之外曰勉努。"籤：门槛、门内。《毛传》："籤，门内也。"按：根据古礼，丈夫应以送客之礼送休出之妇，《白虎通·嫁娶》："出妇之义必送之，接以宾客之礼。"

8. 谁谓荼（tú）苦？其甘如荠：意为"与我心里的苦相比，苦菜也是甜的"。荼：苦菜。荠：荠菜。

9. 湜（shí）湜：水清见底貌。沚：水中小块陆地，这里指由水中岛隔出的河汊。此句意为：泾水因为渭水而变浊，可它的支汊依旧清清；跟你混在一起我什么都一塌糊涂，但我的本质从来没有改变。

10. 不我屑以：即不屑与我。不屑：认为不值得做。《正字通》："凡遇事物，轻视不加意曰不屑。"以：与、相好。

11. 毋逝我梁，毋发我笱（gǒu）：不要到我的河坝上来，不要打开我的鱼篓子。此为比喻，意为"离我远一点""别动我"，隐含的意思是我不想再跟你行夫妻之事。梁：河坝。笱：鱼篓，这里是女性身体的象征。

12. 我躬不阅，遑恤我后：连我你都容不下，以后哪会照顾我的孩子。躬：自身。或以躬通"今"，亦通。阅：通"穴"，容纳。《庄子》："空阅来风。"遑：通"况"，何况。恤：顾及。

13. 就：遇到。

14. 方、舟：小船，此处作动词，渡过。

15. 何有何亡：不论有无，指有求其多，无求其有。

16. 黾勉：尽力、努力。求之：争取。

17. 民有急丧，匍匐救之：亲戚朋友有急难，不顾一切去救济。丧：急难。匍匐：爬行，指不顾一切、力所能及地去做。

18. 能：通"乃"；慉（xù）：关怀、爱护。不我能慉，即"乃不慉我"。

19. 既阻我德，贾用不售：你拒绝了我的好意，我也没有办法，就像有好货卖不出去。阻：拒绝。德：好意、美行。贾：买卖。用：因此。售：同"酬"，成交。

20. 育恐育鞠：当为"有恐有鞠"（闻一多说）。鞠：穷困。

21. 及尔颠覆：与你同甘共苦。及：与。颠：祸患。覆：福庇。

22. 比予于毒：把我看成祸害。

23. 旨：甘美。蓄：秋季制作的干菜，用于备粮荒。古代穷人在秋天往往制作各种干菜，以替代、节省主粮，或来春青黄不接时救急。

24. 御冬：艰难度过冬天的困难日子。按：冬天穷人因为粮食不足，不能多吃，经常处在饥饿状态，加以干菜则可填饱肚子。御：抵挡、防备。

25. 有洸（guāng）有溃：即"洸洸溃溃"，水大貌，喻脾气大。《毛传》："洸洸，武也；溃溃，怒也。"
26. 既：尽、全部。诒：通"遗"，给予。肄：通"勚"（yì），劳苦。
27. 伊余来塈（jì）：把我赶走。伊：发语词。来：相当于"是"。塈：给予，放弃。

◎译文

山谷里大风呼啸，
天地间一片阴雨凄迷。
本该相互劝勉同心同德，
如此粗暴待我是何道理？
采葑采菲却只采其茎叶，
本该珍重的却随意弃置。
难道说过的誓言都已忘却，
是谁曾邀我同生共死？

归路遥遥却迈不开脚步，
心中愤懑可向谁倾吐？
不远不近送我到门口，
你的冷漠和绝情刺痛我肺腑。
比起我心中无尽的苦楚，
苦菜吃起来也甘美如荠！
你对我横摘竖挑视同寇仇，
待新婚的娇妻却亲如兄弟。

渭水流入泾水变浑浊，
可旁边的支流清澈依旧。
对新人的温存一如从前，
那从前的人已被你蔑弃脑后。
别上我的堤坝别打开我鱼篓，
让我独守寂寞深锁起春秋。
茫茫世界已无我容身之地，

生下孩子难道你能好心收留？

想从前我相夫持家独自奔走，
左支右绌犹如操舟中流。
勤苦生聚全家无恙，
应急救难邻里称扬。

得不到你应有的关怀和感念，
却视我如仇敌不共戴天。
我所有的好处你都弃若敝屣，
只能学失意的商客把珍宝藏起。
当年我们担惊受怕潦倒困穷，
却能够相携相持甘苦与共。
如今家门昌盛应有尽有，
你却把我视作祸患的根由。

秋天里我未雨绸缪用心安排，
储备好干菜为家人越冬；
当你新婚之际麻烦不断，
我遮挡在前面解困济穷。
可是你喝来斥去把我使唤，
所有的辛劳让我一人承担。
不念昔日恩情赶我出家门，
像扔掉一件破烂的衣衫。

261

◎赏析

　　本诗可称为弃妇诗之祖。原本同甘共苦的结发妻子在丈夫娶了小妾后成了被无视、被压榨的尴尬存在，被逼离家出走，然而她心有不甘，即便已踏上归途，仍然行步迟迟，希望丈夫能回心转意，但冷漠无情的丈夫让她失望了，她不得不接受命运的无奈和悲凉。

苦菜

　　该篇一上来的起兴句"习习谷风，以阴以雨"就为全诗定下了一种云愁雾惨的基调。风雨作为男性暴力的象征，构成了软弱的女子走不出的苦境。面对宿命般的不公，她只能刚柔不吐，逆来顺受。"不远伊迩，薄送我畿"，是伤心人的调侃，是含泪的苦笑；"不念昔者，伊余来墍"，是温柔的控诉，无奈的伤悼。此诗俚而工，婉而切，怨而不诽，哀而不怒，在娓娓道来中回旋着一种如泣如诉的忧伤。

荠菜

丈夫多好新

苦相身为女，卑陋难再陈。男儿当门户，堕地自生神。

雄心志四海，万里望风尘。女育无欣爱，不为家所珍。

长大逃深室，藏头羞见人。垂泪适他乡，忽如雨绝云。

低头和颜色，素齿结朱唇。跪拜无复数，婢妾如严宾。

情合同云汉，葵藿仰阳春。心乖甚水火，百恶集其身。

玉颜随年变，丈夫多好新。昔为形与影，今为胡与秦。

胡秦时相见，一绝逾参辰。

——〔西晋〕傅玄《豫章行苦相篇》

氓（卫风）

氓之蚩蚩[1]，抱布贸[2]丝。匪来贸丝，来即我谋[3]。送子涉淇，至于顿丘。匪我愆期[4]，子无良媒。将[5]子无怒，秋以为期。

乘彼垝垣[6]，以望复关[7]。不见复关，泣涕涟涟；既见复关，载笑载言[8]。尔卜尔筮，体无咎言[9]。以尔车来，以我贿[10]迁。

桑之未落，其叶沃若[11]。于嗟鸠[12]兮，无食桑葚；于嗟女兮，无与士耽[13]。士之耽兮，犹可说[14]也；女之耽兮，不可说也。

桑之落矣，其黄而陨[15]。自我徂尔，三岁食贫。淇水汤汤，渐车帷裳[16]。女也不爽[17]，士贰其行[18]。士也罔极[19]，二三其德[20]。

三岁为妇，靡室劳矣[21]；夙兴夜寐，靡有朝矣[22]。言既遂[23]矣，至于暴矣。兄弟不知，咥[24]其笑矣。静言[25]思之，躬[26]自悼矣。

及尔偕老，老使我怨²⁷。淇则有岸，隰则有泮²⁸。总角之宴，言笑晏晏²⁹。信誓旦旦³⁰，不思其反³¹。反是不思，亦已焉哉³²。

◎注释

1. 氓（méng）：居住在城外村社之农夫（城内为国人），原为从外地迁来之民（依附于城内的统治民族），故从"亡"从"民"，义同"甿"（méng）。蚩蚩（chī）：慢行状。《说文》："蚩，虫曳行也。"引申为憨厚貌。一说为嬉笑貌，可参考。

2. 布：布匹，当为麻布。币的初义为布帛，后之布币乃沿用其名而已。贸：交易。

3. 来即我谋：来和我商量结婚事宜。即：就。

4. 愆期：过期，拖延。

5. 将：请（双声假借），表示愿望。

6. 垝（guǐ）垣：城墙，垝、垣为同义词。于省吾认为垝通"危"，义为"高"，可参考。

7. 复关：城门要道处的关口，掌稽查与征税。

8. 载……载……：又……又……。载，句首助词。

9. 体：占卜的兆象。咎言：凶辞。

10. 贿：财物，这里指嫁妆。

11. 沃若：鲜润有光泽的样子。若：词尾，同"然""如"。

12. 于（xū）嗟：感叹词。于：通"吁"。鸠：斑鸠。

13. 耽：沉湎、迷恋。

14. 说：通"脱"，解脱、解除。

15. 陨：通"殒"（yún），焦黄色。

16. 淇水汤汤，渐车帷裳：意为"天长日久，谁都有犯错误的时候"。渐：浸湿。帷裳：围车的布幔，一般用于女性乘坐之车。

17. 爽：过错。

18. 士贰其行：他三心二意，走上邪道。贰：不专一，差错。行（háng）：路，行为。

19. 罔极：无常，没有定准。

20. 二三其德：三心二意，感情不专一。

21. 靡室劳矣：没有什么家务不做。靡：没有……不。室劳：家务。

桑葚

22. 夙兴夜寐，靡有朝矣：晚睡早起，没早没晚。兴：起床。朝：早晨，这里是"朝夜"二字的省略。

23. 言：句首语气词。既：已经。遂：遂心如意。

24. 咥（xì）：大笑的样子。

25. 静：通"靖"，本义为思，《方言一》："靖，思也。"靖言，指的是"忧思沉重的样子"。言：焉、然。

26. 躬：自身、自己。

27. 及尔偕老，老使我怨：当年你说要与我偕老，可年纪变老只使我心生怨恨。及：与。

28. 隰：水边湿地。闻一多认为通"湿"，亦写作"漯"，读如"沓"，即漯河，卫国境内古水名，可参考。泮：通"畔"，边缘、界限。

29. 总角：儿童发型，头发扎起呈两角状。宴：丱（guàn）之误，指儿童两角的形状，《齐风·甫田》有"总角丱兮"。晏晏：安闲快乐貌。

265

30. 旦旦：明白，一点不含糊，引申为恳切。
31. 不思其反：从没想到会改变。反：反复，变心。
32. 反是不思，亦已焉哉：不顾念过去的誓言，也就算了吧。反：背离。是：
　　这，指誓言。思：顾念。已：停止，到此为止，意为"算了吧"。

◎译文

一副憨厚的模样只会傻笑，　　　　　　　为人妻全不顾岁月虚度，
托名买丝来求问婚期。　　　　　　　　　一年年甘与你忍受清贫。
送你涉过淇水又到了顿丘，　　　　　　　大车啊在浩浩淇水里来回，
临分手赔笑脸殷勤致意：　　　　　　　　终于啊河水打湿了车帷。
"不是我有意推延时日，　　　　　　　　我洁身自好没什么过错，
你未遣媒人不合事理。　　　　　　　　　你自甘沉沦却走上邪路。
不要生气不要失望，　　　　　　　　　　不辨是非不分美丑，
等秋天来采摘爱的果实。"　　　　　　　你三心二意迷途不复。

从此后度日如年日思夜盼，　　　　　　　嫁到你家来历年操劳，
常常独上断壁遥望复关。　　　　　　　　夙兴夜寐黑白颠倒。
看不到复关便忍不住垂泪，　　　　　　　你所追求的都已经得到，
看到复关才欢颜顿展。　　　　　　　　　情意渐疏脾气却变暴，
你说占卜的结果大吉大利，　　　　　　　兄弟不知我内心的酸苦，
驾车来接我吧不要再迟延。　　　　　　　嘻哈哈嘲笑我自寻烦恼。
　　　　　　　　　　　　　　　　　　　忧思无聊可向谁倾诉？
　　　　　　　　　　　　　　　　　　　暗吞泪向墙隅自怜自悼！

春天里桑叶光泽滋润，
紫红的桑葚甜蜜诱人。
斑鸠啊斑鸠不要贪嘴，　　　　　　　　　想当年曾发誓白头到老，
桑葚甜蜜吃多了会迷醉；　　　　　　　　老来只使我怨恨日添。
少女啊少女不要多情，　　　　　　　　　淇水浩荡终不出两岸，
爱情美好沉溺了定后悔。　　　　　　　　河滩宽阔总有个边缘。
男人多情同样会多变，　　　　　　　　　当年青梅竹马同嬉共戏，
女人深情怎不受拖累？　　　　　　　　　你信誓旦旦爱我到永远，
　　　　　　　　　　　　　　　　　　　如今一意孤行不思回返。
秋天里桑叶泛黄老去，　　　　　　　　　不思回返我亦何求？
随风零落没有人关心。　　　　　　　　　悠悠身世托付于苍天。

◎
赏
析

同《谷风》一样，这是一首弃妇诗，只是诗人的态度更加坚强，更加决绝，有品格，有骨气，令人在同情之余生钦佩之心。全诗收放自如，勾描染抹皆成文章：状人物形神毕肖，叙原委要言不烦，说事理则象喻警绝。初恋少女的婉转柔肠，持家主妇的日夜操劳，负心之人

桑葚

的本色冥顽，在风轻云淡之间娓娓道出。诗人怨而不怒，寓抒情于叙事，寄诛伐于说理，如鼓云推波，于回旋往复之际滔滔自前，有一种使负心人无所逃于天地之间的道义力量在。

◎
相
关
链
接

决绝

　　皑如山上雪，皎如云间月。闻君有两意，故来相决绝。今日斗酒会，明旦沟水头。躞蹀御沟上，沟水东西流。凄凄复凄凄，嫁娶不须啼。愿得一心人，白头不相离。

——古乐府《白头吟》

　　人生若只如初见，何事秋风悲画扇？等闲变却故人心，却道故人心易变。骊山语罢清宵半，夜雨霖铃终不怨。何如薄幸锦衣儿，比翼连枝当日愿。

——〔清〕纳兰性德《木兰花令·拟古决绝词柬友》

第 十 二 讲
征夫思归与闺妇怀人

　　征夫思归与闺妇怀人是民歌中一个永恒的主题,在《诗经》中
当然也不会例外。周王朝以一个僻处西陲的小邦,统治了庞大的"天
下",自然是十分吃力的。周人既要防范各地为数众多的其他民族
的叛乱,又要集中力量应付北方强大的游牧族猃狁的进攻,因而征
戍和徭役的负担十分沉重,这给广大民众包括中小贵族带来了无尽
的痛苦。反映在《诗经》中,主要有《东山》(豳风)、《击鼓》(邶
风)、《陟岵》(魏风)、《雄雉》(邶风)、《卷耳》(周南)、
《有狐》(卫风)、《伯兮》(卫风)、《扬之水》(王风)、《君
子于役》(王风)、《殷其雷》(召南)、《小戎》(秦风)等篇章。

东山(豳风)

　　我徂东山[1],慆慆[2]不归。我来自东,零雨其濛。我东曰[3]归,
我心西悲[4]。制彼裳衣,勿士行枚[5]。蜎蜎者蠋[6],烝在桑野[7]。
敦彼独宿,亦在车下[8]。

　　我徂东山,慆慆不归。我来自东,零雨其濛。果臝[9]之实,
亦施于宇[10]。伊威[11]在室,蟏蛸在户[12]。町畽鹿场,熠燿宵
行[13]。不可畏也? 伊可怀[14]也。

　　我徂东山,慆慆不归。我来自东,零雨其濛。鹳鸣于垤[15],

妇叹于室。洒埽穹室¹⁶，我征聿¹⁷至。有敦瓜苦¹⁸，烝在栗薪¹⁹。自我不见，于今三年。

　　我徂东山，慆慆不归。我来自东，零雨其濛。仓庚²⁰于飞，熠燿其羽。之子于归²¹，皇驳²²其马。亲结其缡²³，九十²⁴其仪。其新孔嘉²⁵，其旧如之何？

◎注释

1. 徂：去。东山：征戍之地。
2. 慆（tāo）：消逝。《唐风·蟋蟀》：“今我不乐，岁月其慆。”“慆慆”连用意为时间长久。闻一多认为“慆”与“悠”同声相通，慆慆即悠悠，意为时间长久。亦可通。
3. 曰：语助词。
4. 我心西悲：西归之时，我感到悲伤。
5. 制彼裳衣，勿士行枚：制办平常穿的衣服，再也不用冲锋陷阵了。裳衣：男子之服上曰衣下曰裳，戎装则否。士：通“事”，从事。行枚：即“横枚”，夜晚行军时衔于口中的横木，以免发出声。闻一多认为行通“胻”（héng，胫），枚通“徽”，行枚即胻徽，又称“行滕”“行缠”，为战士护胫之衣，类似今之裹腿，可参考。
6. 蜎蜎（yuān）：蠕动貌。蠋（zhú）：野蚕。
7. 烝：众、众多。桑野：桑林，林、野互通。《陈风》有《株林》，株林即株野。
8. 敦彼独宿，亦在车下：只有一只孤独地蜷缩在车下。按：此句是作者自况，表达了离开队伍独自踏上归途的寂寞和凄凉。敦：通“团”，蜷曲貌。
9. 果裸：瓜蒌，一种药材。
10. 施（yì）：蔓延。宇：屋檐。
11. 伊威：地鳖虫。
12. 蟏（xiāo）蛸（shāo）：喜蜘蛛，即长脚蜘蛛。在户：在门框角上结网。
13. 町畽鹿场，熠燿宵行：家门外变成野鹿往来之处，夜晚萤火虫闪闪发光（如同鬼火）。按此句想象家园荒废的可怕景象。町（tǐng）畽（tuǎn）：屋外空地。熠燿：闪闪发光。宵行：萤火虫。
14. 怀：伤心。
15. 鹳：水鸟，将阴雨则鸣，妇人念行人将遇阴雨，故叹息。垤（dié）：蚁冢，蚁穴外的小土堆，或指小土丘。《毛传》：“垤，蚁冢也。将阴雨，则穴

处先知之矣。"

16. 穹窒：清理杂物。穹：扫除。窒：阻碍之物。

17. 聿：语助词。

18. 敦：通"团"，圆形。瓜苦：即"瓜瓠（hù）""瓠瓜"，葫芦。瓠瓜一剖为二瓢为卺（jǐn），结婚时夫妇各执一瓢饮酒，称"合卺"。

瓜蒌

19. 栗薪：栗木柴堆。《郑笺》："栗，析也。古者声栗裂同也。"析薪是"娶妻"的隐喻，此处以葫芦结在栗薪上表达自己的婚姻家庭仍然完美的祈愿。

20. 仓庚：黄莺儿。

21. 之子于归：当时指女子出嫁的套语。之子：这位女子，这里指作者妻子。于归：出嫁。

22. 皇：通"騜"，马色黄白相杂。驳：马色赤白相杂。

23. 亲：指妻子的母亲。结缡（lí）：嫁女的仪式之一，母亲在女儿临行时为之结佩巾。缡：佩巾，即"帨"，是女性的标志物，《礼记·内则》称生男悬弧于门左，生女设帨于门右。

24. 九十：言多。

25. 孔：很。嘉：美，好。

◎译文

从军来到遥远的东方，
时间多久了没有回家？
如今终于要踏上归路，
蒙蒙细雨在寒风中飘洒。
即将离开这东方的山野，
启程的一刻突感到悲伤。
换上平居的服装感慨无限，
再不用衔枚奔波在沙场。
桑林里的野蚕那么众多，
在桑叶间蠕动不觉得辛苦——
有一只蚕儿多么像我，
蜷缩在车下何其孤独！

伊威（地鳖虫）

从军来到遥远的东方，
时间太久了没有回家。
如今终于要踏上归路，
蒙蒙细雨在寒风中飘洒。
也许家中的瓜蒌果实累累，
蔓儿正沿着屋顶攀爬。
还有地鳖虫儿在室内奔忙，
门口悬挂着长脚蛛的丝网。
而门外的空地上鹿迹纵横，
萤火虫闪烁着阴森的冷光——
这情景有谁不感到可怕，
有谁的心中不充满忧伤？

蟏蛸（喜蜘蛛）

从军来到遥远的东方，
时间太久了没有回家。
如今终于要踏上归路，
蒙蒙细雨在寒风中飘洒。
蚁丘上雄鹳呼雌鹳就食，
妻子在房屋里怅然叹息。
听到我即将凯旋的音信，
她洒扫清除等待我归期。

271

宵行 ホタル

萤火虫

啊，想那圆墩墩的葫芦多么可爱，
一个个坐落在栗柴堆上——
自从我踏上远征的旅程，
迄今已过去了三年时光！

从军来到遥远的东方，
时间太久了没有回家。
如今终于要踏上归路，
蒙蒙细雨在寒风中飘洒。
美丽的黄莺儿雄雌颉颃，

葫芦

阳光下闪耀着金黄的翅膀。
想当日伊人初嫁豆蔻年华，
驾车的驷马高大光鲜。
慈母为她把帨巾亲结，
每一个仪式都那么美满——
那时她多么美丽又贤惠，
不知如今是否依旧似从前？

仓庚（黄莺、黄鹂）

◎赏析

　　此诗被傅斯年称为《诗经》中第一好抒情诗。一位征戍三年的士兵终于要回家了，此时的他感情变得异常复杂：既高兴（终于结束非人的生活，回了），又伤心（一身疲惫，狼狈不堪），还有忧惧（不知道家中会发生什么事情），按捺不住种种酸甜苦辣和非非之想，写下了这首控诉征戍之苦的千古名篇。

　　第一章写即将踏上归程时的感受和心情。终于可以回家了，终于可以穿上宽松的日常服装，终于可以不用像从前那样口衔横枚奔命于沙场，这本是日思夜想的喜事，诗人却没有一点喜悦的情绪（更不用说那种杜甫式的"漫卷诗书喜欲狂"了），因为身心早已经麻木了，失去了对幸福和痛苦的感应能力。在阴沉的苍穹下、蒙蒙细雨里，遥望西去的漫漫归途，诗人感到的是无边的孤独和苍凉，仿佛突然失去了着落也失去了动力，感到自己蜷缩在车下躲避阴雨风寒时，就像一只离开了桑林群体的野蚕，孤独而脆弱。

　　第二章是对家里状况的想象：也许那房子已经没人居住了，瓜蒌藤蔓遮满了屋顶，地鳖虫在屋里乱爬，长腿蜘蛛在门框上结了网，

鹳鸟

大门外的场地上鹿迹纵横，一到晚上萤火虫像闪烁的鬼火飞来飞去……那情景怎能不使人恐惧？怎能不使人伤心？

第三章也是想象，但是一种乐观的情况：妻子仍然在无怨无悔地等着我，打听到我要归来的消息，忙着打扫和整理房子；看到门外土堆上的鹳鸟在鸣叫，明白就要下雨了，她禁不住为我担心，叹息不止。回到家里，看到柴堆上的葫芦圆墩墩的正要成熟，一种辛酸的幸福感涌向心头：已经三年没看到这和乐而温馨的家常情景了。

第四章也是胡思乱想之词，只是情况不像第二章那么悲观，也不像第三章那么乐观，而是充满疑问与担心：妻子还在，但还是原来那一个吗（希腊远征特洛伊的联军统帅阿加门农回到家后，发现妻子给他生了一堆孩子。哪一个出门在外的男人不担心家里的美妻红杏出墙）？想当年她出嫁来我家时，车马堂皇（明媒正娶，合乎礼仪），她的母亲为她缔结佩巾（处女），再三叮咛要恪守妇道——当时一切都那么美好，现在是否已发生了变化？

诗写得真，把征人那复杂的心理活动表达得淋漓尽致，一字一词皆为心声；也写得美：阴沉的氛围，苍凉的情调，生动而绚烂的意象（如零雨濛濛的环境、熠燿其羽的颜色、鹳鸣于垤的情态、四章往复的旋律）揉在了一起，一点一画尽见精神。尤其是每章的前四句，浓墨重彩，一上来就把一种无奈的悲凉情绪布满宇宙，这情绪经过回环往复渗透进读者心灵深处，使通篇萦绕在一种温情的伤感旋律里。总之，本诗感情真挚而浓郁，格调沉痛而亮丽，如同雕心凿肺，令人感同身受而为之色变，不愧是《诗经》中最出色的抒情篇章之一。

◎ 相关链接

征人回乡

十五从军征，八十始得归。道逢乡里人，家中有阿谁？遥看是君家，松柏冢累累。兔从狗窦入，雉从梁上飞。中庭生旅谷，井上生旅葵。舂谷持作饭，采葵持作羹。羹饭一时熟，不知贻阿谁。出门东向看，泪落沾我衣。

——〔北宋〕郭茂倩编《乐府诗集·紫骝马》

岭外音书绝，经年复历春。近乡情更怯，不敢问来人。

——〔唐〕宋之问《渡汉江》

击鼓（邶风）

击鼓其镗 [1]，踊跃用兵 [2]。土国城漕 [3]，我独南行 [4]。

从孙子仲 [5]，平陈与宋 [6]。不我以归，忧心有忡 [7]。

爰居爰处 [8]，爰丧其马。于以求之 [9]？于林之下。

死生契阔 [10]，与子成说 [11]。执子之手，与子偕老 [12]。

于嗟阔 [13] 兮，不我活 [14] 兮！于嗟洵 [15] 兮，不我信 [16] 兮！

◎ 注释

1. 其镗（tāng）：即"镗镗"，击鼓声。

2. 用兵：演练兵器。

3. 土国：在都城挖土方，修筑工程。城漕：在漕邑筑城墙。漕：邑名。

4. 南行：从军去南方。

5. 孙子仲：卫国将领，王先谦以为是卫公子州吁当政时的公孙文仲，姚际恒认为是卫穆公时的孙良夫或其子孙林夫，不知谁是。

6. 平陈与宋：调解两国纠纷以使之和好。《左传》"隐公六年"杜注："和而不盟曰平。"

7. 有忡：即"忡忡"。

8. 爰：在哪里。居：驻扎。处：停歇。

9. 于以求之：在哪里找它。以：何处。

10. 契阔：结合，在一起。契：合，切近。阔：分，疏远。后世"契阔"一词出现歧义，或偏重于契，如繁钦《定情诗》的"何以致契阔，绕腕双跳脱"，曹操《短歌行》的"契阔谈䜩，心念旧恩"；或偏重于阔，如《旧唐书·中宗纪》的"契阔幽囚之地"。

11. 子：指妻子。成说：订约，定誓。《离骚》："初既与予成言兮。"

12. 偕老：同生共死。

13. 阔：远。《尔雅·释诂》："阔，远也。"

14. 活：通"佸"（huó），聚会，相见。

15. 洵：通"悬"，悬则停，停则久。此指长久分别。《荀子·性恶》："加日悬久。"

16. 信：指信守、实现（誓约），故亦有会合义。《墨子·经》上篇："信，言合于意也。"

◎译文

咚咚镗镗鼓声震天响，
众人踊跃耀武演兵场。
伙伴们执役都城或曹邑，
只有我不幸从军去南方。

即将随当政公孙文仲，
去南方调停陈宋纷争。
归来的日子遥遥无期，
我忧烦不安心事重重。

不知我将在哪里歇息哪里驻扎，
会在哪里失去心爱的车马。

亲人将在哪里找到我的尸骨，
——也许是在某一片山林之下？

生死悬隔人世苦短，
当年我们曾成约立誓。
我要牵你手永不舍弃，
与你白头到老但求同日死。

可叹啊离开你越来越远，
何时能再回到你的面前？
一天又一天日子过去，
如何能信守对你的誓言？

◎赏析

　　关于此诗的背景，《毛诗序》是这样说的："击鼓，怨州吁也。卫州吁用兵暴乱，使公孙文仲将而平陈与宋，国人怨其勇而无礼也。"州吁是卫国的公子，卫桓公十六年，州吁袭杀桓公，自立为君，联合郑伯弟段与宋、陈、蔡等国伐郑，联军围攻郑国东门，五天后撤军。从诗中"平陈与宋"的记载看，《毛诗序》的看法基本上是可信的，但我们完全可以忽略这种史事背景，把它看作一首典型的征人怀乡怨战诗。

　　全诗共五章。第一、二章言国事纷乱，统治者穷兵黩武，徭役横作，众人皆陷于艰难困苦之中，而"我"尤为不幸，要随主帅远征。有家不能归，为此忧心忡忡。

　　第三章为想象和自悼之辞，表明对此次从军的前景极度悲观：部队将在哪里驻扎、哪里停留？我将在哪里长眠（丧马为丧生的委婉说法，唐诗有"去时鞍马别人骑"之句）？谁能知道呢，一切都只能听天由命！也许要找我，只能到林下的泥土中了。部队行军无定处，而问"爰居爰处"；死于沙场不可寻，而云"于林之下"，此乃绝望之人直面命运而质问之，极为沉痛。按：关于此章含义，

277

向来众说纷纭，主要有以下几种观点：一，认为这是从军者与家人诀别之辞，交代倘此行无归，应于何处求之，如朱熹《诗集传》、范处义《诗补传》、吕祖谦《吕氏家塾读诗记》等；二，认为此章为作者通过描述行军之状讽刺在上者出师无名，导致军无斗志，纪律涣散，如明梁寅《诗演义》；三，作者自述行军途中艰难困苦之情形——居无定处，又丧其马。如《诗集传》卷二："民将征行，与其室家诀别曰：'是行也，将于何居处，于何丧其马乎？若求我与马，当求之于林之下。'盖预为败计也。军行必依山林，求之林下，庶几得之。"《诗补传》卷三："上二章则为怨辞，下三章皆国人与室家相诀之辞，谓我之此行，未知于何所居处，于何所丧马，汝欲求我遗骸，当于山林之下，自分必死也。"《诗演义》："于是而居处者，师之次止有所畏也；于是而丧失其马，无以御敌也；丧马而求之林下，见其失伍离次也。士卒之失志如此，将之罪也。"全都是胶柱鼓瑟之论。

第四章回想与妻子誓约的情景：尽管知道生死聚散都是人之常情，我们还是立下了海誓山盟。那时我们手拉着手，誓愿白头到老永不分开。

第五章悲悼自己的处境：唉，相隔千里啊，我们什么时候能重新相聚？归期遥遥啊，可叹我的誓约得不到履行！

◎相关链接

征人怨战

结发为夫妻，恩爱两不疑。欢娱在今夕，燕婉及良时。

征夫怀往路，起视夜何其。参辰皆已没，去去从此辞。

行役在战场，相见未有期。握手一长叹，泪为生别滋。

努力爱春华，莫忘欢乐时。生当复来归，死当长相思。

——〔西汉〕苏武《留别妻》之一

行行重行行，与君生别离。相去万余里，各在天一涯。

道路阻且长，会面安可知。胡马依北风，越鸟巢南枝。

相去日已远，衣带日已缓。浮云蔽白日，游子不顾返。

思君令人老，岁月忽已晚。弃捐勿复道，努力加餐饭。

——《古诗十九首·行行重行行》

陟岵（魏风）

陟彼岵[1]兮，瞻望[2]父兮。父曰：嗟，予子行役，夙夜无已。上慎旃[3]哉，犹来无止[4]。

陟彼屺[5]兮，瞻望母兮。母曰：嗟，予季[6]行役，夙夜无寐。上慎旃哉，犹来无弃[7]。

陟彼冈兮，瞻望兄兮。兄曰：嗟，予弟行役，夙夜必偕[8]。上慎旃哉，犹来无死。

◎ 注释

1. 陟（zhì）：登。岵（hù）：多草木的山。《说文解字》："山有草木也。从山古声。"
2. 瞻望：遥望。
3. 上：通"尚"，庶几，表示希望。旃（zhān）：相当于"之"。
4. 犹：还可以，能够。止：停留，亦即死亡。朱熹《诗集传》："犹可以来归，无止于彼而不来也。"
5. 屺（qǐ）：没有草木的山。《说文》："屺，山无草木也。从山己声。"
6. 季：小儿子。
7. 弃：指死而弃尸异地。
8. 夙夜必偕：早晚一样辛苦，不分黑白。

◎译文

登上高高的荒凉山岑，
遥遥想望家中的父亲。
仿佛听到他絮絮念叨：
我的儿子在外行役，
没日没夜难得休息。
希望他能照顾好自己，
早日平安回到家里。

登上树木葱茏的山崮，
遥遥想望家中的慈母。
仿佛听到她自言自语：
我的小儿从军在外，

没日没夜多么辛苦。
希望他能照顾好自己，
千万不要抛身在陌路！

登上高高的孤寂山岗，
遥遥想望家中的兄长。
仿佛听到他默默祈祷：
我的弟弟行役在外，
没日没夜转战疆场。
希望他能照顾好自己，
千万不要魂抛在异乡！

◎赏析

　　按照《毛诗序》的说法，本诗的主旨是"孝子行役思念父母也"。征人久处异地，登高望远，想起家乡的父老兄弟，而情不自禁。本诗的特别之处在于，诗人不是直接抒发自己的乡思之苦，而是想象家中亲人牵挂自己的情景，于是万籁俱寂，仿佛时空距离不再存在，冥冥之中只剩有相互思念的心灵在倾诉、在共鸣。这使得全诗读来真情弥漫，悱恻动人。

◎相关链接

思人而想人思己

　　独在异乡为异客，每逢佳节倍思亲。
　　遥知兄弟登高处，遍插茱萸少一人。
　　　　　　　——〔唐〕王维《九月九日忆山东兄弟》
　　邯郸驿里逢冬至，抱膝灯前影伴身。
　　想得家中夜深坐，还应说着远游人。
　　　　　　　——〔唐〕白居易《至夜思亲》

夜夜相思更漏残，伤心明月凭阑干，想君思我锦衾寒。

咫尺画堂深似海，忆来惟把旧书看，几时携手入长安？

——〔唐〕韦庄《浣溪沙》

雄雉（邶风）

雄雉¹ 于飞，泄泄² 其羽。我之怀矣³，自诒伊阻⁴。

雄雉于飞，下上其音⁵。展⁶ 矣君子，实劳⁷ 我心。

瞻彼日月，悠悠我思。道之云远，曷云能来⁸。

百尔君子⁹，不知德行¹⁰。不忮不求¹¹，何用不臧¹²。

◎注释

1. 雄雉：野雄鸡在发情期间对雌鸡照顾周到，并表现出强烈的占有欲，故在《诗经》时代经常被作为丈夫的象征物。雄雉同雄狐，为多淫欲之禽兽。

2. 泄泄（yì）：（雄雉引逗雌雉）鼓动翅膀的样子。按：泄通"枻"，枻为船桨，"枻枻"意为像船桨一样鼓动。

3. 怀：思念。矣：也。

4. 诒（yí）：通"遗"，留下、给予。伊：助词。阻：烦闷、忧愁。按：阻读为戚（古音同"麼"），故有"忧伤"义。旧注释为"艰难""阻隔"，恐非。

5. 下上其音：指声音高低成韵，婉转动听。此乃雄雉求偶之鸣。

6. 展：通"辰"，美善貌（《小雅·车辖》有"辰彼硕女"），此处形容君子之姿容风神（人多释"展"为"诚"，非。"展"有"诚"意，然非卫人用语。宋卫汝颍之间谓"诚"曰"恂"）。

7. 劳：使……担忧。

8. 曷：通"何"。云：助词。

9. 百尔君子：你们这些君子。"君子"在此是对男子带谐趣色彩的尊称。

10. 德行：正确的做法。

11. 忮（zhì）：狠戾。《说文》："很也。从心支声。"引申为嫉妒、忌恨、因不择手段的求取而伤害。求：贪求。

12. 用：由。臧（zāng）：善、好。

◎译文

靓丽的雄雉在草丛中起舞，
媚惑地鼓动五彩羽翼。
我的思念啊纯属徒劳，
只是加重了心中的忧戚。

日升月落时光飞逝，
我思念悠悠郁郁寡欢。
云路迢遥万里悬隔，
何时你才能来到我面前？

靓丽的雄雉在草丛中起舞，
嘹亮的鸣声在空中缭绕。
那位风流倜傥的翩翩君子啊，
让我牵挂不已无限烦恼。

可叹你们这些大男人啊，
不懂女人的愿望和心思。
不忮不求岁月静好，
那才是我们想要的日子。

◎赏析

　　《毛诗序》谓："雄雉，刺卫宣公也。淫乱不恤国事，军旅数起，大夫久役，男女怨旷，国人患之而作是诗。"可谓一如既往地望文生义，不着边际。两汉以来，陈陈相因，未见达诂者。

　　这是一首妇人因怀春而思征夫之作，可谓闺怨诗的鼻祖。第一、二章感于雄雉求偶（泄泄其羽、上下其音）而兴发远人之思（后世则见花开而兴怀、睹杨柳而思人），并慨叹这种思念只是自寻烦恼，因为远水解不了近渴。可是，那倜傥风流的君子啊，实在使我牵肠挂肚，放心不下。

　　第三章进一步申说自己思念的绵绵无尽：夜以继日，春去春又来，可那思念的人啊，依然远在天涯，什么时候他才能归来呢？日月既是对时间的表述，也是"君子"光彩形象的表征。

　　第四章则是因思而生怨，完全是一副闺中少妇的口吻，属于"悔教夫婿觅封侯"之类：你们这些男人啊，讲什么事业功名，就知道打打杀杀，根本就不知道怎样做才是对的，才合乎我们的心意。如果没有相互嫉害之心，没有过分的贪求，平平安安过日子，岁月静好，岂不才是最惬意的生活？看似是在讲理，实则是"不讲道理"——当然，女人往往因这一种不讲道理而更显可爱。正是凭了这在许多人看来不可理解的第四章，诗中思妇那伶俐而深情的形象活现出来。

雄雉

◎ 相关链接

闺怨

闺中少妇不曾愁，春日凝妆上翠楼。

忽见陌头杨柳色，悔教夫婿觅封侯。

——〔唐〕王昌龄《闺怨》

凛凛岁云暮，蝼蛄夕鸣悲。凉风率已厉，游子寒无衣。

锦衾遗洛浦，同袍与我违。独宿累长夜，梦想见容辉。

良人惟古欢，枉驾惠前绥。愿得常巧笑，携手同车归。

既来不须臾，又不处重闱。亮无晨风翼，焉能凌风飞。

眄睐以适意，引领遥相睎。徒倚怀感伤，垂涕沾双扉。

——《古诗十九首·凛凛岁云暮》

卷耳（周南）

采采卷耳[1]，不盈顷筐[2]。嗟我怀[3]人，寘彼周行[4]。

陟彼崔嵬[5]，我马虺隤[6]。我姑酌彼金罍[7]，维以不永怀[8]。

陟彼高冈，我马玄黄[9]。我姑酌彼兕觥[10]，维以不永伤。

陟彼砠[11]矣，我马瘏[12]矣。我仆痡[13]矣，云何吁[14]矣。

◎注释

1. 采采：口语，即"采呀采"。卷耳：一种石竹科草本植物，嫩苗可食用，可入药，用于祛风散热。

2. 盈：满。顷筐：前低后高的竹筐，易满。

3. 嗟：叹词，也起语助词的作用。怀：思念。

4. 寘（zhì）：通"置"，放置，这里指"把筐放在大路旁"。周行：大道。按：这句话大有深意，丈夫沿大路远去，把筐子放于路旁，思绪追寻丈夫的行踪远去，于是有了下面的白日梦想。

5. 崔（cuī）嵬（wéi）：山之最高处，土山上之峰峦。《小雅·谷风》有"维山崔嵬"，《传》："崔嵬，山巅也。"

6. 虺（huī）隤（tuí）：力竭难行之貌。虺：通"瘣"（huī）。隤：同"颓"。

7. 姑：且。金罍（léi）：青铜盛酒器，圆或方形，形制较大。

8. 维：发语词。以：凭。永怀：思念不已。

9. 玄黄：义同"虺隤"，马疲病难行之态。闻一多《诗经通义·乙》："疑虺隤即委蛇，力竭难行之貌也……玄黄，亦委蛇之语转，犹虺隤也。"或释玄黄为疲病之气色，亦通。

10. 兕（sì）觥（gōng）：犀牛角做的酒杯。

11. 砠（jū）：多土的石山。《毛传》："石山戴土曰砠。"

12. 瘏（tú）：病。《尔雅·释诂》："痡、瘏、虺隤、玄黄，病也。"按：此皆疲劳之病。

13. 痡（pū）：因疲愈而病。

14. 云：发语词。何：何其，多么。吁（xū）：通"盱"，忧伤。《尔雅·释诂》："盱，忧也。"

◎译文

采呀采呀采卷耳，
浅浅的筐儿总不满。
想起远人无心采，
筐儿放在大路边。

登上陡峭高山巅，
我马疲惫不能前。
坐饮金罍图一醉，
只为暂时不伤感。

登上陡峻高山冈，
我马疲病步踉跄。
且纵一醉饮兕觥，
只为暂时不念想。

登上高高土山崮，
我马力竭行趑趄。
我仆憔悴步踟蹰，
呜呼伤心究何如？

卷耳

◎赏析

　　关于这首诗的题旨，向来众说纷纭。概而言之，主要有以下观点：一、后妃知臣下勤劳，进贤劝善（《毛诗序》《诗本义》《诗经世本古义》《毛诗稽古编》《诗古微》）；二、后妃思君子（《诗集传》《诗经原始》《诗所》）；三、后妃佐王燕享使臣（《毛诗后笺》）；四、文王求贤（《诗经通论》《毛诗说》）；五、闺妇思征夫（《读风偶识》）；六、征夫思家（《诗经今注》《诗经直解》）。今人大都认为是闺妇怀远人之作，但对于后三章的认识大不相同。有人认为是作诗者想象征人艰难情状，代为抒发思乡之苦（即后三章之"我"为征人）；有人认为是思妇叙述其幻觉，感到所思之人从远方赶来。凡此种种都未能得其正解。钱锺书先生在《管锥编》中认为是第三者分别叙述思妇与征

285

夫的离别愁绪，也难以服人，因为倘由第三者客观叙述，则不宜同时用第一人称"我"。再者，这种"话分两头"（即同时叙述两个方面，如白居易《中秋月》的"谁人陇外久征戍？何处庭前新别离？失宠故姬归院夜，没番老将上楼时"；陈陶《陇西行》的"可怜无定河边骨，犹是春闺梦里人"）的诗歌叙述方式，是文学艺术高度成熟后专业文人的技巧，不会出现在上古民歌中。

这是一位女子思念行役在外的情人或丈夫之作。诗中的"我"都是诗人自谓。第一章由采卷耳兴起远人之思（采摘总与男女之情或怀人相联系。本诗以采卷耳起兴，当另有深意：卷耳果实呈小圆柱形状，分果上有钩状刺毛，容易粘在衣服上、头发上，去之不易。诗中的女诗人也许希望自己像卷耳籽一样，黏在丈夫身上，时刻不分离），直抒肺腑：要采卷耳却心不在焉，总也填不满那浅浅的筐子（张仲素《春闺思》中"袅袅城边柳，青青陌上桑。提笼忘采叶，昨夜梦渔阳"，与此同一机杼）。在这风和日丽的春光里，我独守寂寞了无意绪，可叹我所思念的人儿啊，日夜奔波在旷野、在旅途。第二至四章不是代人诉怀，而是想象前往追寻所思的艰难情景：爬过了一座座山，翻过了一道道岭，马累坏了，仆人也病倒了，在每一个高处都放眼远望（登高望远乃怀思与盼归之意，"陟彼崔嵬""陟彼高冈"绝非仅仅渲染旅况之艰难），可还是见不到那人的踪影，只能借酒浇愁，对旷野倾诉无尽的忧伤。第四章以马瘏人病戛然作结，犹屈原《离骚》之"仆夫悲余马怀兮，蜷曲顾而不行"，一切努力和希望于顷刻间破灭，极为沉痛。

有人认为携仆饮酒、颠沛于风尘，非妇人之所行，岂不知《诗经》时代妇人饮酒本属平常，《左传》中即有多处妇人在公众场所饮酒的记载。直到宋朝以前，礼教对妇人的束缚还不是很严重，陈后主《三妇艳》即有妇人"酌金杯"之语："大妇酌金杯，中妇照妆台。小妇偏妖冶，下砌折新梅。众中何假问，人今最后来。"况且，诗中只是托诸空言的想象之词，没必要胶柱求之。

　　"登高望行人"是中国传统文学中一个非常重要的主题，关于"望夫石"的传说、"高楼思妇"的形象等，都是其体现。可以说，本诗是这个传统的滥觞，只是《诗经》时代的女子还比较自由、有活力，能够想象自己翻山越岭去追寻所思，不像后世女子只能凄凄惨惨困守高楼，或望穿双眼化作石头。

◎相关链接

高楼思妇

　　　　关山三五月，客子忆秦川。思妇高楼上，当窗应未眠。
　　　　星旗映疏勒，云阵上祁连。战气今如此，从军复几年。
　　　　　　　　　　　　——〔南朝·梁〕徐陵《关山三五月》
　　　　凉风已袅袅，露重木兰枝。独上高楼望，行人远不知。
　　　　轻寒入洞户，明月满秋池。燕去鸿方至，年年是别离。
　　　　　　　　　　　　　　　　——〔唐〕姚系《古离别》
　　　　违别未几日，一日如三秋。犹疑望可见，日日上高楼。
　　　　唯见分手处，白苹满芳洲。寸心宁死别，不忍生离愁。
　　　　　　　　　　　　　　　——〔唐〕赵微明《古离别》
　　　　平林漠漠烟如织，寒山一带伤心碧。暝色入高楼，有人楼上愁。玉阶空伫立，宿鸟归飞急。何处是归程，长亭更短亭。
　　　　　　　　　　　　　　　　——〔唐〕李白《菩萨蛮》

有狐 (卫风)

有狐绥绥 [1]，在彼淇梁 [2]。心之忧 [3] 矣，之子 [4] 无裳。

有狐绥绥，在彼淇厉 [5]。心之忧矣，之子无带。

有狐绥绥，在彼淇侧 [6]。心之忧矣，之子无服。

◎注释

1. 绥绥：探试而行貌。
2. 梁：水坝。《毛传》："石绝水日梁。"
3. 忧：忧虑。
4. 之子：那人，指作者的丈夫。
5. 厉：通"濑"（lài），多石的浅水日"濑"。
6. 侧：边，这里指"岸"。

◎译文

有一只雄狐绥绥而行，
在那淇水的石坝之上。
我的心突然间充满忧虑，
想起他没有换季的衣裳。

有一只雄狐时隐时现，
在那淇水的浅濑河滩。

我的心突然充满忧虑，
想起他至今冬服未全。

有一只雄狐悄然出现，
在那淇水一侧的岸边。
我的心突然充满忧虑，
他没有衣服抵御冬寒。

◎赏析

　　在古人的心目中，狐为淫媚之兽。（《齐风·南山》："南山崔崔，雄狐绥绥。"）由狐而想到男女之事，进而兴起远人之思，这是民间文学质朴性的表现（后世文人作品中，则成了见花伤心，因秋起愁）。诗人看到狐狸春情发动（"水"亦是情事的象征，狐狸在水边转悠，乃求偶之象），想起了自己远方的丈夫，于是一边伤感于自己的孤独和寂寞，一边为征人的衣裳不具而担忧起来——毕竟征人的饱暖是家中思妇最牵肠挂肚的事情。古人征戍自备武器与服装，故"寄征衣"与"捣衣怀人"成了中国文学史中一个持久的、令人心酸的主题，那叮叮咚咚的月夜捣衣声伴着秋虫的哀吟似乎至今仍萦绕在民族精神的夜空里。

◎ 相关链接

征衣与闺思

长安一片月，万户捣衣声。秋风吹不尽，总是玉关情。
何日平胡虏？良人罢远征。

——〔唐〕李白《秋歌》

砧杵闻秋夜，裁缝寄远方。声微渐湿露，响细未经霜。
兰膏唯遮树，风帘不碍凉。云中望何处，听此断人肠。

——〔唐〕杨凝《秋夜听捣衣》

一别隔炎凉，君衣忘短长。裁缝无处等，以意忖情量。
畏瘦疑伤窄，防寒更厚装。半啼封裹了，知欲寄谁将。

——〔唐〕孟浩然《闺情》

伯兮（卫风）

伯兮朅兮，邦之桀兮[1]。伯也执殳[2]，为王[3]前驱。

自伯之东，首如飞蓬[4]。岂无膏沐[5]，谁适为容[6]。

其雨其雨，杲杲出日[7]。愿言[8]思伯，甘心首疾[9]。

焉得谖草[10]，言树之背[11]。愿言思伯，使我心痗[12]。

1. 伯兮朅兮，邦之桀兮：哥哥威武又英俊，是国中俊杰。朅（qiè）：勇武貌。
　桀：通"杰"，特立，杰出。

2. 殳（shū）：一种竹制长兵器，又名"刺杖"。《释名·释兵》："殳矛、殳，殊也。长丈二尺无刃，有所撞捶于车上，使殊离也。"

3. 王：周王，指"伯"曾为周王的卫士。据《周礼》，王驾启程，执殳前驱者中士二人，执戈盾夹王车者下士十有六人。

4. 首如飞蓬：头发像枯萎的蓬草一样凌乱。

5. 膏沐：洗发用的香料米汁之类。

6. 谁适为容：谁值得我为他梳妆打扮呢？适：值，值当。

7. 其雨其雨，杲（gǎo）杲日出：都说要下雨了、下雨了，太阳仍然赫赫烈烈地升起来。其：发语词。杲杲：光明貌。雨为男女性事象征。

8. 愿：愁思貌。《方言》："惟，凡思也；虑，谋思也；愿，欲思也；念，常思也。"言：语助词。

9. 甘心首疾：即"心甘首疾"，义同"痛心疾首"。甘：用其反义，为苦，苦心即忧苦伤痛之心。马瑞辰《诗经传笺通释》："甘与苦古以相反为义，故甘草，《尔雅》名为大苦；《方言》：'苦，快也。'郭注：'苦而为快者，犹以臭为香、乱为治、徂为存。'以此推之，则甘心亦得训为苦心，犹言忧心、劳心、痛心也。"闻一多认为甘通"欿""惂"，亦忧心、愁心义，可参考。首疾：头痛。

10. 焉：哪里。谖（xuān）草：即萱草、忘忧草，又名疗愁、宜男等，可食用的黄花菜（金针）是百合科萱草属中的一种。

11. 树：栽种。背：通"北"，此指堂北、屋后，人迹罕至之处。此处所栽之物与处所，皆寓有"遗忘"之义。

12. 痗（mèi）：忧思成病。

◎译文

阿哥威武又英俊，
真是邦国之雄杰。
肩扛长殳勇无敌，
为王前驱不可缺。

自从阿哥去东方，
妹妹发乱如飞蓬。
不是没有洗发膏，
只是为谁扮装容？

蓬

都说下雨要下雨，
又是杲杲太阳出。
垂头无语思哥哥，
头痛脑涨心如堵。

哪里能得忘忧草，
栽在后园解忧烦。
低头无语思哥哥，
失魂落魄病恹恹。

萱草

◎赏析

　　这是一首典型的"闺怨诗"：丈夫行役在外久久不归，妻子在家苦苦思念神魂俱失。首章述说丈夫的英武与才干，为下面抒发相思之苦作铺垫；第二章描写丈夫离去后妻子的无聊情状，"自伯之东，首如飞蓬"成为抒发闺怨的名句；第三章描写盼夫归来的心情之迫切犹如旱苗盼甘霖（"雨"作为情爱的象征是民间文学的普遍手法），表示虽"为伊消得人憔悴"亦在所不惜；第四章寻求解脱之道，以"忘忧草"治思虑之疾属病急乱投医的无奈之举，现在寄希望于此，沉痛至极。二至四章字字血泪，由"首如飞蓬"而"甘心首疾"、而"使我心痗"，层层推进，将思妇的忧思之苦表达得真切感人。

◎相关链接

思妇之"容"

春闺无人春日长，莺声恰恰啼垂杨。
美人睡起倦梳洗，芳容娇褪梅花香。
绿云鬋鬙钗半蝉，蛾眉蹙处开愁锁。
绣衾尘掩秋月辉，口脂红淡樱桃颗。
玉笙何处吹伊凉，紫骝骄嘶隔粉墙。
停针懒刺双鸳鸯，倚栏踌躇空断肠。

守宫点腕红凝血，一寸芳心万愁结。

宜男正开郎不归，东风满地梨花雪。

——〔明〕姚纶《春闺怨》四首

自春来、惨绿愁红，芳心是事可可。日上花梢，莺穿柳带，犹压香衾卧。暖酥消，腻云鬋。终日厌厌倦梳裹。无那。恨薄情一去，锦书无个。　　早知恁般么。悔当初、不把雕鞍锁。向鸡窗、只与蛮笺象管，拘束教吟课。镇相随，莫抛躲。针线闲拈伴伊坐。和我。免使年少，光阴虚过。

——〔北宋〕柳永《定风波慢》

扬之水（王风）

扬之水[1]，不流束薪[2]。彼其之子[3]，不与我戍申[4]。怀哉怀[5]哉，曷月予还归[6]哉！

扬之水，不流束楚。彼其之子，不与我戍甫[7]。怀哉怀哉，曷月予还归哉！

扬之水，不流束蒲。彼其之子，不与我戍许。怀哉怀哉，曷月予还归哉！

◎注释

1. 扬之水：激荡的河水。扬：激扬，水流湍急貌。
2. 束薪：捆束在一起的薪柴，喻夫妇婚姻。
3. 彼其之子：那个女子，指妻子。
4. 戍：守卫。申：姜姓小国，与齐、吕、许皆四岳之后，周王母家。
5. 怀：思念。
6. 曷：通"何"。还归：还家。
7. 甫：即吕国，亦姜姓。

◎ 译文

湍急的河水啊流向遥远，
束起的柴薪留在了岸边。
爱人呀爱人，
你在家中独自苦守。
我驻防中国何其孤单！
日里怀想啊夜里思念，
什么时候才能回归家园？

湍急的河水向远方流去，
冲不走束起的一捆薪楚。
爱人啊爱人，
你在家中苦挨岁月，

我驻防吕国何其孤独！
日里怀想啊夜里思念，
什么时候才能回归家园？

湍急的河水向远方流去，
冲不走束起的一捆蒲草。
爱人啊爱人，
你在家中苦苦等待，
我戍守许国独自伤悼。
日里怀想啊夜里思念，
什么时候才能回归家园？

◎ 赏析

　　《毛诗序》："扬之水，刺平王也。不抚其民，而远屯戍于母家，周人怨思焉。"《毛诗序》认为，本诗反映的是周平王为报答母家姜姓诸侯驱除戎狄并拥戴自己的功德，派遣周之下民远戍申、许、吕等国，造成役人久旷在外，导致民怨沸腾的社会现实。这种说法基本上是可信的。毫无疑问，本诗是一篇戍卒怀归之辞，并且是新婚之夫怀念家中妻子而作，因为"薪"在《诗经》中一般总与婚姻事有关。

　　本诗的起兴句也是诗眼所在：束起的薪柴本来不该被河水冲走，但作者偏偏抱怨"扬之水，不流束楚"；女子随军远戍本来是不现实的、绝对不可能的，但作者不管，他没有什么政治觉悟、家国情怀，也不会去追究导致民生疾苦的现实原因，他所执着的、无论如何无法接受的只是这样一个事实：他和亲爱的妻子无法在一起。真可谓情到深处，意乱神迷。这种只有孩子才有的执着和任性表明了作者心痛成瘾，绝望至极，令人读来戚然动容。

◎相关链接

远戍之思

　　青青河畔草，绵绵思远道。远道不可思，宿昔梦见之。

　　梦见在我旁，忽觉在他乡。他乡各异县，展转不相见。

　　枯桑知天风，海水知天寒。入门各自媚，谁肯相为言？

　　客从远方来，遗我双鲤鱼。呼儿烹鲤鱼，中有尺素书。

　　长跪读素书，书中竟何如？上言加餐饭，下言长相忆。

　　　　　　　　　　　　　——汉乐府《饮马长城窟行》

君子于役（王风）

　　君子于役[1]，不知其期，曷［其］至哉[2]？鸡栖于埘[3]，日之夕矣，羊牛下来[4]。君子于役，如之何勿思？

　　君子于役，不日不月[5]，曷其有佸[6]？鸡栖于桀[7]，日之夕矣，羊牛下括[8]。君子于役，苟[9]无饥渴？

◎注释

1. 于役：在外服役。
2. 曷［其］至哉：什么时候归来啊。"其"字据他本补。
3. 埘（shí）：在土墙上挖的鸡窝。《毛传》："凿墙而栖曰埘。"
4. 羊牛下来：牛羊的圈舍都关上了。来：通"椋"（lì，"来"古音lí），关键，指闭锁牛羊圈舍的机关。
5. 不日不月：不计日月，没有归期。
6. 曷其：同"何其"，怎么能。佸（huó）：见面，团聚。《毛传》："佸，会也。"
7. 桀：通"榤"（jié），木架、木桩。就地立桩，桀然独立，故谓之"榤"。《毛传》："鸡栖于弋为桀。""弋"通"杙"（yì），木桩。
8. 括：用以关闭牛羊圈舍的横木。按："括"亦有"会"义，关闭即机关交会。
9. 苟：或许，但愿。

◎译文

夫君在外服兵役，
不知归来有无期。
什么时候能归来？
夜幕降临日已夕，
牛羊归圈山村静，
鸡儿已入窝里栖。
夫君行役独在外，
如何叫人不相思？

夫君行役独在外，
旷日持久无归期。
夫妻团聚待何时？
夕阳西下夜幕降，
牛羊歇下圈舍闭，
鸡儿已上木架栖。
夫君行役独在外，
但愿平安无渴饥。

◎赏析

　　孟浩然有"愁因薄暮起，兴是清秋发"（《秋登万山寄张五》），陶渊明有"云无心以出岫，鸟倦飞而知还。景翳翳以将入，抚孤松而盘桓"（《归去来兮辞》）以及"归人望烟火，稚子候檐隙"（《归园田居》）。黄昏日暮，正是愁人时候。睹鸟归禽栖，思妇兴怀；望万家灯火，游子思归。本诗抓住了这种最酸楚苍凉的人生况味，形乎歌咏，言切而意长，理直而情深，令人凄然为之心酸气结。它启轫了中国传统文学中一个引人注目的主题：日暮斜阳之际的思妇游子之愁。

◎相关链接

日暮斜阳之愁

　　时暧暧而向昏兮，日杳杳而西匿。雀群飞而赴楹兮，鸡登栖而敛翼。归空馆而自怜兮，抚衾裯以叹息。

—— 〔西晋〕潘岳《寡妇赋》

　　醉忆春山独倚楼，远山回合暮云收。波间隐隐认归舟。　　早是出门长带月，可堪分袂又经秋。晚风斜日不胜愁。

—— 〔五代·南唐〕冯延巳《浣溪沙》

殷其雷（召南）

殷其¹雷，在南山之阳。何斯违斯²，莫敢或遑³。振振⁴君子，归哉归哉！

殷其雷，在南山之侧。何斯违斯，莫敢遑息⁵。振振君子，归哉归哉！

殷其雷，在南山之下。何斯违斯，莫或遑处⁶。振振君子，归哉归哉！

◎注释

1. 殷：雷的隆隆声。《说文》："作乐之盛曰殷。"其：语助词。
2. 何斯违斯：刚到一处，又离开了，指住处飘忽不定（有人将"何"释为疑问代词，第一个"斯"为助词，译为"为什么离家久不归"；还有人将第一个"斯"释为代词"这个人"，皆非）。何，通"曷"，又通"遏"，义为"相及"、到达。斯：这儿。违：离开。
3. 或遑：偶尔闲下来。或：有、有时。遑：闲暇。《毛传》："遑，暇也。"
4. 振振：器宇轩昂的样子。旧释为"诚信貌"，非。
5. 遑息：得空休息。
6. 处：住下来。

◎译文

隐雷隆隆响，
在那南山阳。
居处无定所，
憩息犹未遑。
赫赫我夫君，
何日回家乡？

隐雷隆隆响，
在那南山坡。
居止飘不定，

不敢暂停歇。
堂堂我夫君，
归时待几何？

隐雷隆隆响，
在那南山底。
行踪无定处，
不敢暂停息。
巍巍我夫君，
归来待何时？

◎
赏
析

　　《毛诗序》："殷其雷，劝以义也。召南之大夫远行从政，不遑宁处，其室家能闵其勤劳，劝以义也。"《毛诗》所言过于高大上了，其实这也是一首思妇怀人诗，只是所思之人身份比较高，是一个器宇轩昂的"振振君子"（《诗经》中习惯用"振振"一词形容白鹭等鸟类之姿态的优美矫捷、贵族子弟的英俊有神采、宾客举止的典雅和大度，如《周南·麟之趾》有"振振公子，于嗟麟兮"，《鲁颂·有駜》有"振振鹭"，《周颂·振鹭》有"振鹭于飞，于彼西雝。我客戾止，亦有斯容"）。他风尘仆仆为国事操劳，居无定所，席不暇暖；闺妇闻雷声而思远人，念其勤苦，盼其还归。

　　"雷"在诗中既是兴又是比。首先，"雷"是天地阳刚之气，与"习习谷风"同为男性的象征，因而由"南山之雷"兴起对威势赫赫的夫君的思念，乃自然而然；第二，一般情况下，惊蛰龙抬头后雷声始震，正当役夫归而务农之时（春役暮春始归），此时思情正切，盼归乃理所当然；第三，"雷"奋迅猛烈，既可形容所思之"君子"身份之隆、权势之大，又可比况其为政之勤勉、奔波之辛苦。这些不同层面的含义相互生发，加以诗篇快速跳跃的节奏，渲染了一种热切、动荡的情感氛围，使读者如闻隆隆隐雷在旁，同思妇一起心神不宁、坐立不安。

小戎（秦风）

　　小戎俴收[1]，五楘梁辀[2]。游环胁驱[3]，阴靷鋈续[4]。文茵畅毂[5]，驾我骐馵[6]。言[7]念君子，温其如玉[8]。在其板屋[9]，乱我心曲。

　　四牡孔阜[10]，六辔在手。骐駵是中[11]，騧骊[12]是骖。龙

盾之合 ¹³，鋈以觼軜 ¹⁴。言念君子，温其在邑。方何为期，胡然 ¹⁵ 我念之。

伐驷孔群 ¹⁶，厹矛鋈錞 ¹⁷。蒙伐有苑 ¹⁸，虎韔镂膺 ¹⁹。交帐 ²⁰ 二弓，竹闭绲縢 ²¹。言念君子，载寝载兴 ²²。厌厌良人 ²³，秩秩德音 ²⁴。

◎ 注释

1. 小戎：战车，针对"元戎""大戎"而言称"小戎"。元戎车缦轮，马披甲，用于前驱陷阵，小戎随其后。伐（jiàn）：通"浅"。收：车厢，即軫、舆。

2. 楘（mù）：车辕上用以加固或装饰的皮带。梁：輈（zhōu）上句衡，即"轭"。輈：独木车辕，即"轩辕"。"五楘梁輈"即"梁輈五楘"，指梁輈上皮带交错绑束。五，通"午"，交午、交错。

3. 游环：两服马背上的皮环，与骖马的外辔连在一起，约束两骖马使不外出，因其位置是活的，故称"游环"。胁驱：服马外侧的皮绳，用以防止骖马向内。

4. 阴靷（yǐn）：引车前行的皮绳，前段系在车衡上，两服马各一根；后段经过一个金属环（续）合为一根，连在车舆上。因在车下，故曰"阴靷"。鋈（wù）：白铜（当时应该是铜锡合金或镀锡的青铜），亦作动词，指镀锡。续：通着、属，系着之处，系靷的金属环。

5. 文茵：有花纹的兽皮或毛毡所做之车垫。畅毂（gǔ）：长长的车轮。畅：通"长"；毂：车轮中间插轴及承辐的圆木。《考工记·车人》有"短毂则利，长毂则安"。

6. 骐（qí）：青色与黑色花纹相杂之马。异（zhù）：马膝以上皆白或后左足色白之马。

7. 言：发语词。

8. 温其如玉：性格像玉一样温和。

9. 板屋：以木板做的屋子，当是采邑中比较简陋的房舍。《毛诗》认为以木板建屋是戎人风俗，"在其板屋"是在戎邑，恐非。秦人久处西戎之间，风俗文化相互影响是很正常的事情。

10. 四牡：四匹公马。孔：很。阜：肥大。

11. 骝（liú）：即"駵"，红色的马，或云红色黑鬣为骝。中：在中间，即作为服马。

12. 䯄（guā）：黄色黑嘴之马。骊：纯黑色之马。

13. 龙盾：画有龙纹的盾。合：合而载之，即两盾连在一起以为车蔽，在车轼之前。

14. 鋈以觼軜：经过镀锡（鋈饰）的觼軜。觼（jué）：有舌的环，固定在车前轼上。軜（nà）：附在觼上的金属勾爪，停车时用以系（收纳）辔。旧注以为軜为两骖马内辔，恐非，因为骖马内辔系于服马衔镳上。

15. 胡然：为什么。陈奂《毛诗传疏》："何为、胡然皆疑问之词。"

16. 伐驹：未披甲的四马。《韩诗》："驹马不着甲曰伐驹。"群：合群，指动作协调一致。

17. 厹（qiú）：三棱矛。镦（duì）：矛柄末端的平底金属套。鋈镦：镀白金或用白金修饰（钼以纹饰）的矛柄套。

18. 蒙：通"厖"（máng），杂，意为多种花纹混杂一起。伐：旧注通"瞂"（fá），意为盾牌，闻一多先生认为通"茷"，为车载之旌旆，于义为长，今从之。有苑：即"苑苑"，有文采貌。

19. 虎韔（chàng）：虎皮做的弓袋。韔：弓袋。镂膺：用镂有花纹的铜件装饰的马胸带。《尔雅·释器》："金谓之镂"；《毛传》："膺，马带也"。

20. 交韔：两弓颠倒交叉放置袋中。

21. 竹闭：通"柲"（bì），即弓檠（qíng），用以矫正弓弩，竹制。绲（gǔn）縢：以织带缠绕。绲：用麻或丝织成的带子。縢：缠绕、约束。《毛传》："绲，绳。縢，约也。"弓不用时用织带与竹闭绑在一起，以防变形。

22. 载：结构助词。寝：睡觉。兴：起床。

23. 厌厌：雍容温和貌。《毛传》："厌厌，安静也。"良人：先秦时期妻子对丈夫的称呼。

24. 秩秩德音：指言辞谈吐风雅悦耳。秩秩：井然有序的样子，指语言和行为中规中矩，不舛不乱。德音：合乎礼仪的悦耳的言谈。

◎译文

小戎轸舆浅，
梁辀皮带缠。
游环联胁驱，
靷绳贯铜环。
毂长茵靓丽，
骐骅骏马欢。
思念我夫君，

温润如美玉。
念其在板屋，
撩乱我心曲。

从容驱驷马，
执辔如弹琴。
两服骐骝奋，

骊骊两骖跟。

轼前双龙盾，

𬴊𬴊镀白金。

念念思夫君，

在家多温存。

归期当何日，

缘何劳我心？

厹矛镶金鐏，

虎韔配镂膺。

旌旆曳五彩，

四马齐奋勇。

竹檠丝带捆，

交韔有双弓。

念念思夫君，

起卧不得宁。

温雅我君夫，

谈吐多迷人！

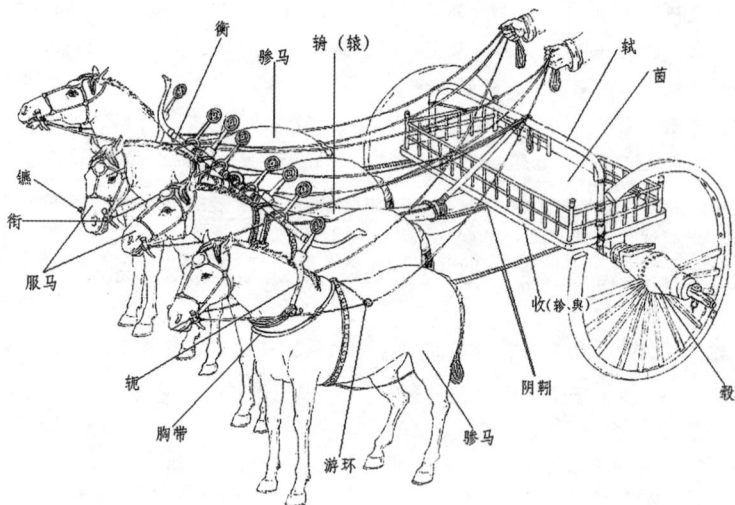

车马具示意图（参考刘义华：《中国古代车马舆具》，清华大学出版社 2013 年版，有修改）

◎
赏
析

《毛诗序》谓："小戎,美襄公也。备其兵甲以讨西戎,西戎方强,而征伐不休。国人则矜其车甲,妇人能闵其君子焉。"扯到秦襄公身上殊无必要,但说本诗反映了在襄公奋战西戎的过程中"国人则矜其车甲,妇人能闵其君子"的社会氛围和时代精神,倒是不为无据。

一位勇武俊杰的年轻武士去了作为抗戎前线的采邑,出于种种原因——怀孕、生病抑或仅仅是安全——的考虑,把年轻的妻子留在了国都。留守的少妇牵肠挂肚,情丝百结:时而想象他在前方指挥若定的神采,时而追思两人相处时他妙语连珠的雅致,整日沉浸在对他的声容和气息的想象里,不止一次想象自己轻车快马,去到丈夫身边与他同苦乐,共担当——或许,这就是本诗背后的情感故事?

与东方各国少妇怀念征人的诗篇不同,《小戎》中没有厌战情绪,通篇洋溢着富丽明快的旋律。很可能,女诗人就是一位不让须眉的巾帼英雄吧——如果没有多年出生入死的肌肤厮磨,一个女子能对本来属于男人的战车如此热爱,以至于对其结构细节津津乐道、如数家珍?虽然涉及的名物具体而繁多,但叙述的线索有条不紊,描绘的笔触生动鲜明;在精雕细琢而近乎铺张的描述中,杂以"乱我心曲"之类婉约文字。这是怎样的强健与娇娆,这是何等的气度与才情!透过诗篇我们可以想象,在两千多年前的西部边陲,一个勇敢而深情的少妇那风华绝代的英姿。

牛运震《诗志》评此诗"极雄武事,妙在以柔婉参之也"。该篇于枯硬中见灵动,于繁芜中蕴生机,既有汉代大赋之魂魄,又有宋元小曲之精神。

战马

偷偷看我骁勇的小伙子，他是怎样纵马驰骋过我村，那彪悍的烈马啊，飘动着菊花黄马鬃，蹄声响哒哒。

——［俄］阿·康·托尔斯泰《如果我知道》

苍翠的野地上一座石桥。

一个孩子站着。他望着流水。

远处：一匹马，背拖一抹夕阳。

它静静地饮水，

鬃毛散落在河中，

好似印第安人的头发。

——［瑞典］哈里·马丁松《风景》（李笠译）

第十三讲
离别、思乡与伤逝

离别、思乡与伤逝，是人类情感的永恒主题，这在《诗经》中自然有所体现。本讲我们要介绍的是下面几篇：《燕燕》（邶风）、《二子乘舟》（邶风）、《泉水》（邶风）、《绿衣》（邶风）、《渭阳》（秦风）、《葛生》（唐风）。

燕燕（邶风）

燕燕于[1]飞，差池[2]其羽。之子于归[3]，远送于野。瞻望弗及，泣涕如雨。

燕燕于飞，颉之颃之[4]。之子于归，远于将[5]之。瞻望弗及，伫立以泣。

燕燕于飞，下上其音[6]。之子于归，远送于南[7]。瞻望弗及，实劳[8]我心。

仲氏任只[9]，其心塞渊[10]。终[11]温且惠，淑慎[12]其身。先君之思[13]，以勖[14]寡人。

◎注释

1. 于：结构助词。
2. 差池：参差不齐貌，指雄雌双燕羽毛长短不同。
3. 之子于归：当时用于女子出嫁的套语。归：出嫁。

4. 颉之颃之：双燕轮流上下翻飞。颉（xié）：下飞。颃（háng）：上飞。

5. 于：疑为"予"之误。将：送。

6. 下上其音：声音时高时低。

7. 南：南郊。闻一多认为"南"当是"林"字之误，林、野同义，指郊外，可参考。《毛传》："邑外曰郊，郊外曰野，野外曰林，林外曰駉。"

8. 实：同"是"。劳：因思念而心神疲惫。

9. 仲：代指其妹，排行第二。任：能担承，任劳任怨。只：语气词。

10. 塞：通"寒"，诚实。《说文》："寒，实也。"渊：静默、深远。

11. 终：既。

12. 淑：善良。慎：谨慎。

13. 先君之思：被送者临别时叮嘱的话，意为：时刻想着死去的君父。

14. 勖（xù）：勉励。

◎译文

燕子成群在空中戏逐，　　　　　　燕子成群在空中戏逐，
羽翼参差上下翻舞。　　　　　　　相呼相唤上下翻舞。
今天你远嫁异国他乡，　　　　　　今天你远嫁他乡异国，
郊外送别我久久独伫。　　　　　　送你来到南郊陌路。
眼望着你车马渐行渐远，　　　　　看着你的车马渐行渐远，
我伤心难禁啊泪飞如雨！　　　　　我的心深感空虚又凄苦！

燕子成群在空中戏逐，　　　　　　在家之时你任劳任怨，
羽翼参差上下翻舞。　　　　　　　心地诚实谋虑深远。
今天你就要嫁作人妇，　　　　　　你待人温和处事大方，
送你远远来到郊外长途。　　　　　你贤淑谨慎持身端庄。
看着你的车马渐行渐远，　　　　　临行激励我戒惧持敬，
我伫立在风中泪落如缕！　　　　　把先人的事业努力发扬。

◎赏析

　　此诗被称作"千古送别诗之祖"。《毛诗序》认为是卫庄姜送别归妾，纯属牵强附会。这应当是卫君送女弟出嫁之作。

　　商人认为他们的祖先乃玄鸟遗卵所生（卫国公室久居殷商故地，不能不受地方传统的影响），因此燕子可以感发人们对族群来源和生命轮回的思考。先民以仲春燕来之日，祀于高禖以求子，且于其

燕子

时"会男女"，因而燕子被视为高禖化身的神鸟，故又以之兴婚姻家庭之事（《吕氏春秋》载有娀氏之二女作歌"燕燕往飞"，为北音之始。燕子在中国文化和文学中是一个十分重要的角色，很快，它们就由明媚的青春旷野飞入王谢之家的雕梁画栋、小姐们的暖幕香帘，最后飞入寻常百姓的土屋茅舍）。长大而嫁作人妇，承担起繁衍种族的使命，这既是古代女性的宿命也是她们的天职，既是她们的荣耀也是她们的哀伤。本诗以"燕燕于飞"起兴，使人直接面对生命的辽阔和族类的永恒，引发的是女子远嫁之时亲人之间那种难舍又无奈的旷古哀愁。

全诗四章。第一至三章由双燕翻飞之景兴"之子于归"之事："女子有行，远父母兄弟。"妹妹（直呼"仲氏"，似乎是妹妹）就要出嫁了，这是天经地义而又无可奈何的事情。也许从此后天各一方，毕生难以相见。送了一程又一程，最后凄然分手，却不愿离去。迷茫地伫立在春风里，遥望那送嫁的车队消失在天际风尘深处，禁不住热泪滚滚而下:"瞻望弗及,泣涕如雨。"以乐景写悲情,满目春光,尽作愁雾,真可谓惊心而动魄矣。

第四章怀念妹妹的通达贤淑:在家时任劳任怨,"终温且惠",临别还不忘以"先君之思"相叮咛。如今知音一去,还有谁能在我烦恼时给我安慰,在我遇到困难时帮我出主意、想办法、鼓励我奋发呢?在这家常琐事的絮叨中,一片天伦至情喷涌而出,使人戚戚然同此手足分离之悲。

燕子

燕子与诗

双燕有雄雌,照日两差池。衔花落北户,逐蝶上南枝。桂栋本曾宿,虹梁早自窥。愿得长如此,无令双燕离。

——〔南朝·梁〕萧纲《双燕离》

南园春半踏青时,风和闻马嘶。青梅如豆柳如眉,日长蝴蝶飞。　花露重,草烟低,人家帘幕垂。秋千慵困解罗衣,画梁双燕归。

——〔五代·南唐〕冯延巳《醉桃源》

朱雀桥边野草花,乌衣巷口夕阳斜。旧时王谢堂前燕,飞入寻常百姓家。

——〔唐〕刘禹锡《乌衣巷》

二子乘舟（邶风）

二子¹乘舟，泛泛其景²。愿言³思子，中心养养⁴！

二子乘舟，泛泛其逝⁵。愿言思子，不瑕有害⁶！

◎注释

1. 二子：二人，一般认为是卫宣公的两个异母子伋和寿。
2. 景：通"迥"，远。闻一多《诗经通义·乙》："景读为'迥'，言漂流渐远也。"
3. 愿言：低头深思貌。言，犹"然"。闻一多认为，"愿"即"颥"字，颥为头下垂貌，引申出谨慎、深思、念想、忧虑等义。（详见《闻一多全集》卷四《诗经通义·乙》）
4. 养（yáng）：通"痒""痒"，烦扰。肤之烦扰为"痒"，心之烦扰亦为"痒"，烦扰则心不安，与"忧"相近，故"痒"亦训"烦忧"。
5. 逝：远去。
6. 不瑕有害：不至于有麻烦。瑕：通"假"，《说文》："假，至也。"有学者认为此句为倒装句，即"不有瑕害"，"瑕"通"何"，亦通。按"瑕"的本义为"玉之小而劣者"，故又有"瑕疵"的意思，引申为"远""至""过"，则"不瑕有害"可理解为"不远于害""不至于害"；而"瑕"与"何"同声，又可相通假。

◎译文

眼看着你们俩登上小船，　　　　眼看着你们俩登上小船，
在浩渺烟波中渐行渐远。　　　　在浩渺烟波中驶向天边。
低头无语扯不开牵念，　　　　　低头无语扯不开牵念，
我的心中充满了忧烦。　　　　　但愿你们能平安归还。

◎赏析

　　关于此诗的主题，主流意见都认为是时人为伤悼卫宣公的两个儿子伋和寿所作。《毛诗序》云："《二子乘舟》，思伋、寿也。卫宣公之二子，争相为死，国人伤而思之，作是诗也。"《毛传》云："宣公为伋取于齐女而美，公夺之，生寿及朔。朔与其母诉伋于公，公令伋使齐，使贼先待于隘而杀之。寿知之，以告伋，使去之。伋曰：'君

命也，不可以逃。'寿窃其节而先往，贼杀之。伋至，曰：'君命杀我，寿有何罪？'又杀之。"《毛传》所叙源于《左传》，然《左传》所载伋、寿事迹没有一同乘舟的情节，因此这种观点似乎难以成立。刘向《新序·节士》认为此诗乃寿之傅母所作，说寿知其母阴谋，遂与伋同舟，使舟人不得杀伋，"方乘舟时，伋傅母恐其死也，闵而作诗"，也没有足够证据。

现代学者有认同"闵伋、寿"之说者，但持不同意见者亦多。闻一多先生猜测此诗"似母念子之词"（《风诗类钞》），也有学者推断为一位父亲送别"二子"之作，均难以令人信服。总之要坐实诗的本事，理由似乎都比较牵强。笔者认为，还是将此篇视为亲人间的送别诗比较合适。

诗写得朴素但浑然。"泛泛其景""泛泛其逝"成为中国送别诗中最经典的场景：随着镜头的不断拉伸，一叶小舟渐行渐远，最终消失在水天一色的杳渺天际，送别者的无助、孤独和悲伤不断扩散，将整个世界笼入一片苍茫。

◎ 相关链接

孤舟送别

故人西辞黄鹤楼，烟花三月下扬州。

孤帆远影碧空尽，唯见长江天际流。

——〔唐〕李白《黄鹤楼送孟浩然之广陵》

劳歌一曲解行舟，红叶青山水急流。

日暮酒醒人已远，满天风雨下西楼。

——〔唐〕许浑《谢亭送别》

望君烟水阔，挥手泪沾巾。飞鸟没何处，青山空向人。

长江一帆远，落日五湖春。谁见汀洲上，相思愁白蘋。

——〔唐〕刘长卿《饯别王十一南游》

泉水（邶风）

毖[1]彼泉水，亦流于淇。有怀于卫，靡[2]日不思。娈彼诸姬[3]，聊与之谋[4]。

出宿于泲[5]，饮饯[6]于祢。女子有行[7]，远父母兄弟。问[8]我诸姑，遂及伯姊[9]。

出宿于干，饮饯于言。载脂载舝[10]，还车言迈[11]。遄臻[12]于卫，不瑕有害[13]。

我思肥泉[14]，兹之永叹[15]。思须与漕[16]，我心悠悠。驾言[17]出游，以写[18]我忧。

◎注释

1. 毖（bì）：通"泌"，水流涌出貌。此处的泉水可能专指当时卫地一处源泉，因水流汹涌故称"泌泉"，即下文的"肥泉"。

2. 靡：无。

3. 娈（luán）：美好貌。诸姬：随嫁的同姓女子，卫君姬姓。当时诸侯之女出嫁都有同姓之女（本族之姪娣或同姓诸侯之庶女）陪同，称"媵"（yìng）。

4. 聊：姑且。

5. 宿：停下歇息。泲（jǐ）：地名，以下"祢"（mí）、"干"、"言"同。

6. 饯（jiàn）：饮酒送行。

7. 有行：女子出嫁。有：词头。行：嫁人，适人。

8. 问：探望，问候。

9. 伯姊：代指姐妹们。

10. 载：语助词。脂：给车轴上油。舝（xiá）：车轴头上插的小金属棍，防车轮滑落，此处作动词。

11. 还（xuán）车：调转车头。言：助词。迈：行，远行。

12. 遄（chuán）：快速。臻：到。

13. 不瑕（xiá）有害：不至于有什么麻烦吧。瑕：通"假"，至。

14. 肥泉：即上文"毖泉"。毖、泌、肥音近相通。

15. 兹：通"滋"，益发、更加。永叹：长叹。
16. 须、漕：卫地名。陈蔚林认为"须乃沵之误字，沵乃沬之古文"，即《桑中》"沬之乡矣"之沬邑，可参考。
17. 驾：驾车。言：助词。
18. 写：通"泻"，排解。

◎译文

美彼泉水日夜涌，　　　　　宣称出城宿于干，
最终汇流入淇河。　　　　　遮人眼目饯于言。
叹我卫国故乡思，　　　　　装上车辇上足油，
日日夜夜不停歇。　　　　　调转车头把家还。
姑且召集姊妹们，　　　　　快去快回走一趟，
一起商量归宁策。　　　　　也许不会有麻烦？

宣称沛邑游玩去，　　　　　梦绕神牵想肥泉，
祢地饯行遮人目。　　　　　无可奈何长叹惋。
女子出嫁作人妇，　　　　　想念沬邑与漕邑，
远离兄弟与父母。　　　　　心绪悠悠眼望穿。
偷偷回家看双亲，　　　　　怅然驾车出游去，
问候兄弟与诸姑。　　　　　聊以宣泄我忧烦。

◎赏析

　　这是远嫁异国的卫侯之女思念家乡之作（姚际恒《诗经通论》、方玉润《诗经原始》都认为作者是许穆夫人，未有确证）。《毛诗序》谓："泉水，卫女思归也。嫁于诸侯，父母终，思归宁而不得，故作是诗以自见也。"这应该是可信的。但对于其中的脉络理路，会通的人并不多。

　　首章以潺潺流动的泉水兴起邦国家乡之思：泉有源而人有家，女儿嫁出如泉水远流，眼前的这条溪水可以流向我家乡的淇水，而我却碍于礼法有家难回（女子出嫁后，何时归宁有严格规定。倘父母已不在，则不得再回娘家）。没有哪天哪夜不思念啊，那生我养我的乡土。姑且同姐妹们商量一下，看有没有什么办法缓解这梦绕

神牵的思乡之苦。

第二和第三章是姐妹们想出来的办法：偷着回家。设计了两条路线。一是声称到沛地去，大张旗鼓在祢地饯行；二是声称到干地去，在言地饯行挡人眼目。提前上好车油，检查好车辖，饯行后调转车头，驰往卫国。姐妹们都认为，只要速去速回，应当不会有什么麻烦。按第二、第三两章的次序似乎应倒过来，或许是错简所致。正确的顺序应当是先设想如何启程，再想象回家后干什么：看望父母兄弟、诸位姑姑，还有曾经一起玩耍的众姐妹们——除了自家父母兄弟，最挂念的当然是那些同自己年龄相仿的姐妹。

第四章再次回到现实：前面那些办法只是想想、议议而已，是不可能付诸实行的。不仅如此，思乡之苦因为此番想入非非而更加强烈，以至于长叹不已，神思恍惚。没有办法，只好驾车出游，以图缓解内心的思念与忧愁。

全诗由肺腑流出，情态鲜活，真挚动人。首章人泉相映，活现出满目乡愁者的失魂落魄之态，有"游子乍闻征袖湿，佳人才唱翠眉低"之效；第二、第三章凭空结撰，极文字之跌宕、人情之婉转，使读者心情随之鼓舞起落；第四章以轻描淡写之笔结蕴藉不尽之意，无聊无奈之情状令人心酸。

◎相关链接

嫁女思乡

　　吾家嫁我兮天一方，远托异国兮乌孙王。
　　穹庐为室兮旃为墙，以肉为食兮酪为浆。
　　居常思土兮心内伤，愿为黄鹄兮归故乡。

——〔西汉〕刘细君《悲愁歌》

绿衣（邶风）

绿兮衣兮，绿衣黄里¹。心之忧矣，曷维²其已。

绿兮衣兮，绿衣黄裳³。心之忧矣，曷维其亡⁴。

绿兮丝兮，女所治⁵兮。我思古人⁶，俾无訧兮⁷。

絺兮绤⁸兮，凄其以⁹风。我思古人，实获我心¹⁰。

◎注释

1. 里：此处"里"指裳，因裳长衣短，故衣在外而裳在里（从闻一多说）。
2. 曷：通"何"。维：结构助词。
3. 裳：下衣。
4. 亡：无，止。
5. 女：通"汝"。治：制作。
6. 古人：故人，指作者的妻子，从诗义看，很可能已去世。
7. 俾：使。訧（yóu）：通"尤"，过失。
8. 絺（chī）：细葛布。绤（xì）：粗葛布。闻一多："绿丝谓衣也，絺绤谓裳也。衣用丝，裳用葛，葛色本黄，裳以葛为之，故曰黄裳。"
9. 凄：凉。以：似、如。《秦风·小戎》有"温其如玉"，句法同。
10. 实获我心：确实能理解我的心思。

◎译文

绿衣服啊绿衣服，
绿色上衣配黄里。
我的忧伤和思念，
谁知何时能止息？

绿衣服啊绿衣服，
绿色外衣配黄裳。
我的忧伤和思念，
何时不再扯心肠？

绿衣服啊丝所制，
一针一线经你手。
我抚绿衣思故人，
使我无忧度春秋。

葛布夏衣穿在身，
秋气乍来凉森森。
我抚绿衣思故人，
事无巨细称我心。

◎赏析

　　这是一首悼念亡妻之作。夏去秋来，身上的单衣已不敌风寒，想起妻子在时，每当换季时节都能早作安排，一切熨帖妥当，全不用自己操心，于是睹物思人，眼见簟空人去，幽冥悬隔，不禁悲从中来，写下了这首凄婉动人的悼亡诗。

　　第一、二章直抒胸臆，倾诉自己无尽的思念和悲伤；第三章追念妻子的勤劳贤惠：那一根根丝线、一件件衣裳都是妻子亲手所做。不仅如此，她还是一位善于相夫教子的贤妻良母，有她在旁拾遗补阙，我就不会犯什么过错；第四章则追念妻子的善解人意：她知寒知暖——现在秋风凉了，我还穿着夏天的单衣。倘若妻子在旁，这一切还用我自己忙活吗？她对我是那样体贴，事事都能做到我心里——"我思古人，实获我心"。

　　本诗从日常琐事体味生死悲欢与人世冷暖，极尽人心之曲折回环，真切感人。

◎相关链接

悼亡·睹物思人

　　　　湘皋烟草碧纷纷，泪洒东风忆细君。

　　　　浪说嫦娥能入月，虚疑神女解为云。

　　　　花阴昼坐闲金翡，竹里春游冷翠裙。

　　　　留得旧时残锦在，伤心不忍读回文。

　　　　　　　　　　　——〔明〕傅汝砺《忆内》

　　重过阊门万事非，同来何事不同归？梧桐半死清霜后，头白鸳鸯失伴飞。　　原上草，露初晞，旧栖新垅两依依。空床卧听南窗雨，谁复挑灯夜补衣。

　　　　　　　　　　　——〔南宋〕贺铸《鹧鸪天》

渭阳（秦风）

我送舅氏，曰至渭阳¹。何以赠之，路车乘黄²。

我送舅氏，悠悠我思³。何以赠之，琼瑰⁴玉佩。

◎注释

1. 渭阳：渭水之北。水北曰阳，则送舅氏至渭阳，渡过渭水，远离都城，足见情意深重。
2. 路车：即大辂，诸侯所乘之车。乘（shèng）：四匹马为一乘。黄：黄色马。
3. 悠悠我思：指因送舅氏而生发对母亲的深深思念。《毛序》："康公时为太子，送文公于渭之阳，念母之不见也。我见舅氏，如母存焉。"
4. 琼：玉之美者。瑰，美石。

◎译文

我送舅舅回国，
来到渭水之阳。
临别何以为赠？
路车驷马金黄。

我送舅舅回国，
思母心意苍茫。
临别何以为赠，
美玉作佩铿锵。

◎赏析

关于此诗，《毛诗序》认为是"康公念母也。康公之母，晋献公之女。文公遭丽姬之难未反，而秦姬卒。穆公纳文公，康公时为太子，赠送文公于渭之阳，念母之不见也，我见舅氏，如母存焉。及其即位，思而作是诗也"。据《左传》"庄公二十八年"，晋献公烝于齐姜，生秦穆夫人及太子申生，又娶二女于戎，大戎子狐姬生重耳，小戎子生夷吾，则康公之母为晋文公异母姊。《毛序》指名道姓，诗中又有"舅氏""渭阳""路车"等字眼，因而是基本可信的，只是是否为康公即位后所作，难以定论，因康公于文公七年即位，此时文公已去世。

作为送别诗，《渭阳》言简意远，没有"儿女共沾襟"的那种小家子态，却自然透露出一股"贵介英雄气"。一句"悠悠我思"，凝聚千言万语，情意拳拳，自可动人，信乎牛运震《诗志》所论："平平寥寥，动人骨肉之感，全不说出，却自感慨深长。"

送别

嘉会难再遇，三载为千秋。

临河濯长缨，念子怅悠悠。

远望悲风至，对酒不能酬。

行人怀往路，何以慰我愁。

独有盈觞酒，与子结绸缪。

——〔汉〕佚名《李少卿与苏武诗》三首之一

青山横北郭，白水绕东城。

此地一为别，孤蓬万里征。

浮云游子意，落日故人情。

挥手从兹去，萧萧班马鸣。

——〔唐〕李白《送友人》

葛生（唐风）

葛生蒙楚[1]，蔹蔓于野[2]。予美亡此[3]，谁与独处[4]。

葛生蒙棘[5]，蔹蔓于域[6]。予美亡此，谁与独息。

角枕粲[7]兮，锦衾烂[8]兮。予美亡此，谁与独旦[9]。

夏之日，冬之夜，百岁之后，归于其居[10]。

冬之夜，夏之日，百岁之后，归于其室。

◎注释

1. 蒙：覆盖。楚：一种灌木，又称"荆"。葛而蒙楚、蒙棘，寓死者身后凄凉。
2. 蔹（liǎn）蔓：同烂漫、连漫，指葛藤爬行蔓延，《思玄赋》有："烂漫丽靡。"一说"蔹"亦是一种草本植物，即乌蔹梅，恐非，因为"葛生蒙楚"与"蔹蔓于野"语法结构不同，不是一种对举关系，后者显然是对前者的进一步解释说明，此其一；其二，古人有植葛于墓以示家族绵延的风俗，蔹则不与焉。野：此处指墓地。
3. 予美：犹"良人"，指丈夫。亡此：灵魂逃亡而匿于此，意即死而葬于此。
4. 谁与独处：与谁单独在一起。独：相当于"同"。在旷野之中，虽有人陪伴亦是孤独的，故称"独处"。处：安居。
5. 棘：酸枣树。
6. 域：营域，为死人建造的居处，即墓地。《毛传》："域，营域也。"马瑞辰《毛诗传笺通释》："营域，或作茔域，古为葬地之称。《说文》：'茔，墓地也'是也。"
7. 角枕：兽角装饰的枕头。粲：鲜亮。角枕锦衾，皆死者所用之物。
8. 锦衾（qīn）：锦缎做的被子。烂：华美。
9. 谁与独旦：与谁一起度过长夜到天明。闻一多认为"旦"乃"晏"之坏字，晏亦安息之义，可参考。
10. 其居：指逝者所处坟墓。下文"其室"同。

◎译文

葛生荆楚间，
蔓延此荒野。
我爱葬于此，
与谁共安歇？

葛生荆棘丛，
蔓延此蒿里。
我爱葬于此，
与谁同安息？

角枕多光鲜，
锦衾何灿烂。

我爱葬于此，
与谁同暮旦？

夏日复冬夜，
岁月自循环。
待我百年后，
与你来团圆。

冬夜复夏日，
岁月往来急。
待我百岁后，
来归共此室！

◎赏析

关于此诗主旨，主要有三种观点：第一，征妇怨辞：征人在外，生死不定，闺妇独守空房，日夜悲思，发为浩叹，只求死后同穴；第二，妻子追悼亡夫：长夜无眠，描述坟茔所见，想象逝者情形，期待着百年之后归于夫居；第三，男子悼念亡妻。

葛

细品全诗，应以第二种观点最合乎事理。若以为征妇怨辞，则"百岁之后，归于其室"殊无着落。倘"予美"已成无定河边骨，岂可待百年后托付此身？倘征人尚有生还之望，家人又岂可作此凄厉不祥语？"冬之夜，夏之日"，此未亡人绝望之辞：古今无际，天地茫茫，逝者已矣，存者虽生犹死。

本诗中起兴的对象物是"蔹蔓于野"的"葛"本身，而不是"葛"和"蔹"所构成的"风景"——尽管现代人更倾向于把前两句理解为风景描写。在《诗经》中，"葛"往往用于起兴家族的绵延，而"楚"与"棘"一般用来起兴艰难的境况，则首句"葛生蒙楚"即象征家族的不幸——男主人的早死，而"蔹蔓于野"则象征着家族的延续和永恒——坟墓亦是家族的有机构成部分，死去意味着归于家族整体。妇人尽管可以与丈夫合葬，在家族谱系中毕竟处于从属地位，本诗开篇以葛藤象征宗族，知出自妇人之手，非男子悼亡妇明矣。

此诗以人世情形写死者状况，葛藤蔹蔓于域，满目荒翳；角枕锦衾，极尽灿烂，生死之际，触目惊心。"谁与独处""谁与独息"写得极为沉痛：托体同山阿，天荒地老万古苍茫，虽有人相伴亦孤

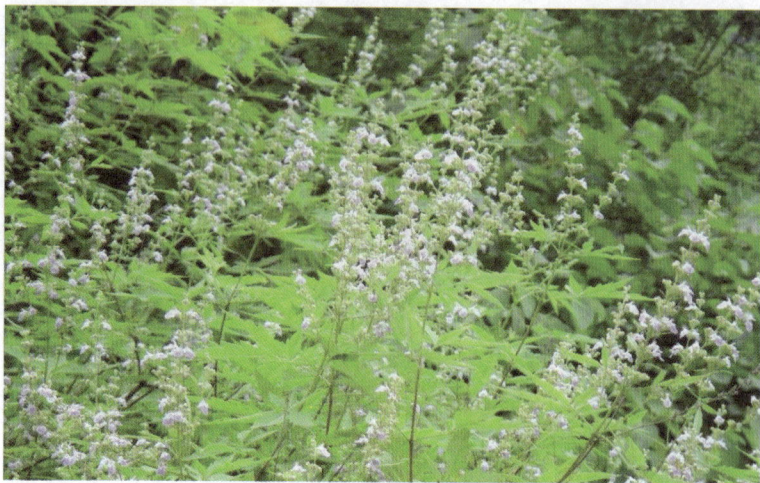

楚

独无比。"谁与独旦"一语直可破除幽明之隔、生死之限：逝者如
生而生者已死，日升日落依旧而生死两茫然，鬼气森冷，凄美哀艳。
后世只有李贺《苏小小墓》和苏轼《江城子》近之。

◎相关链接

悼亡

　　幽兰露，如啼眼。无物结同心，烟花不堪剪。草如茵，
松如盖；风为裳，水为佩。油壁车，久相待；冷翠烛，劳光
彩。西陵下，风吹雨。

　　　　　　　　　　　　　　——〔唐〕李贺《苏小小墓》

　　十年生死两茫茫。不思量，自难忘。千里孤坟，无处话
凄凉。纵使相逢应不识，尘满面，鬓如霜。　　夜来幽梦忽
还乡。小轩窗，正梳妆，相顾无言，惟有泪千行。料得年年
肠断处，明月夜，短松冈。

　　　　　　　　　　　　　　——〔北宋〕苏轼《江城子》

第十四讲
世态讽咏与人生感悟

　　本讲内容分两部分，对世态人情的讽刺和对人生的体悟与感喟。前者主要篇目有《相鼠》（鄘风）、《蟋蟀》（鄘风）、《葛屦》（魏风）、《载驰》（鄘风）、《行露》（召南）等，后者主要有《蟋蟀》（唐风）、《衡门》（陈风）、《山有枢》（唐风）、《车邻》（秦风）、《蜉蝣》（曹风）等。

相鼠（鄘风）

相[1]鼠有皮，人而无仪[2]！人而无仪，不死何为[3]？

相鼠有齿，人而无止[4]！人而无止，不死何俟[5]？

相鼠有体[6]，人而无礼！人而无礼，胡不遄[7]死？

◎注释

1. 相：视、看。
2. 仪：威仪，指人合乎礼仪的举止、仪态。
3. 不死何为：倒装，意为"不去死还想干什么"。为：动词，做。
4. 止：节制、礼节。
5. 俟：等。"不死何俟"意为"不赶紧去死还等什么"。
6. 体：身体。前两章"齿""皮"乃身体之部分，故对应着礼的一个方面，本章则概言之，谓有人之体，就应当具人之行，合乎为人之礼。
7. 胡：何，为何，为什么，怎么。遄（chuán）：快，速速，赶快。

◎ 译文

老鼠尚有面皮，　　　　　人若没有节制，
人却没有礼仪。　　　　　不死更待何时？
人若没有礼仪，
不死究为何事？　　　　　老鼠有模有样，
　　　　　　　　　　　　人却不知循礼。
老鼠都有牙齿，　　　　　人若不知循礼，
人却没有节制。　　　　　何不赶快去死！

◎ 赏析

　　本文讽刺不知礼仪、没有廉耻的宵小之徒，怒骂直斥，毫不留情。以猥琐至极的老鼠作对比，强调人而无仪，鼠之不如，尤为警绝。班固在《白虎通义·谏诤篇》继承鲁诗的说法，认为此诗为妻子谏夫，似乎不合情理：诗中瞋目切齿，形同诅咒，已非为妻者谏夫之道矣。

蝃蝀（鄘风）

蝃蝀在东[1]，莫之敢指[2]。女子有行，远父母兄弟[3]。

朝隮[4]于西，崇朝[5]其雨。女子有行，远兄弟父母。

乃如之人也[6]，怀[7]昏姻也。大无信[8]也，不知命[9]也！

◎ 注释

1. 蝃蝀（dì dōng）：彩虹。刘熙《释名》："虹又曰美人。阴阳不和，婚姻错乱，淫风流行，男美于女，女美于男，互相奔随之时，则此气盛。"古人认为虹乃阴气过盛所致。蝃蝀在东：彩虹出现在东方。陈启源《稽古编》："蝃蝀在东，暮虹也；朝隮于西，朝虹也。暮虹截雨，朝虹行雨，屡验皆然，虽儿童妇女皆知也。"

2. 莫之敢指：没有人敢对它指指点点。古人亦认为虹乃两龙（双头龙乃雄雌交配之象）交配，故不可随便指点，以免犯忌。

3. 女子有行，远父母兄弟：意为女子长成了必当嫁人，但应当依礼而行，不能给父母家人抹黑。女子有行：当时用于代指女子出嫁的套语，亦见《泉水》《竹竿》等篇。

4. 陻（jī）：云气升起，亦指虹霓。《周礼·春官》"九曰陻"注："郑司农曰：陻者，升气也；玄谓：陻，虹也。"

5. 崇朝（zhāo）：崇，"终"的假借字。终朝，整个早晨。《毛传》："从旦至食时为终朝。"

6. 乃如之人也：竟然有像这样的人啊。乃，竟；如，像。也：通"兮"。

7. 怀：与"坏"通用，败坏、破坏。昏姻：婚姻。

8. 大：太。信：约束，引申为贞洁。按信同"申"，有收束的意思，女子自我检束即是贞洁。

9. 知：符合、遵从。按："知"本义为相知、匹配，引申为遵从。命：父母之命。

◎译文

傍晚东天彩虹悬，
世上无人敢指点。
女子出嫁作人妇，
父母脸面紧相关。

一早霓虹挂西天，
终朝阴沉雨连绵。

女子出嫁作人妇，
家族脸面最相关。

婚姻规矩全破坏，
此是何人不要脸！

三心二意情不定，
父母之命抛一边。

◎赏析

　　关于本诗的主题，季明德认为是"女子在母家与人私，及既嫁而犹与所私者通，诗人刺之"。这是正确的。诗人一开始以"蝃蝀在东，莫之敢指"起兴，是在强调这种丑秽不祥之事本来是不应谈论的，但对方实在太肆无忌惮了，嫁作他人妇仍不知收敛，因此禁不住跳出来声讨诛伐；第二章"朝陻于西，崇朝其雨"，是说一个女孩子居家无行，会为其父母家人带来耻辱和霉运。显然，作者强压着愤怒，以"隐语"的方式含糊其词，似乎只是在讲说为人处事的寻常道理，但最后还是忍不住了，所以第三章直接跳出来，斥责当事人无视父母之命，违背婚姻伦常。

　　诗人反复申论"女子有行，远父母兄弟"，是在强调女人的贞操和品行不仅关系着家族的声誉，而且体现着人伦的天理。为此苦

321

口婆心，指桑论槐，说理讲道，最后瞥冷眼，爆粗口，完全是亲族邻里间日常人生的杯葛纠缠，使读者似乎可以亲临其境，感受到两千多年前的人们因为三观不合而吹胡子瞪眼的情景——《诗经》就是这样充满人间烟火气。

葛屦（魏风）

纠纠葛屦[1]，可以[2]履霜？掺掺[3]女手，可以缝裳。要之襋[4]之，好人[5]服之。

好人提提[6]，宛然左辟[7]，佩其象揥[8]。维是褊心[9]，是以为刺[10]。

◎注释

1. 纠纠：缠绕，纠结交错，指葛屦已破敝而以绳缠绑。葛屦（jù）：指夏天所穿葛绳编制的鞋。
2. 可以：能够。或以为"可"通"何"，可以即"何以"，于诗意未洽。诗中称破敝之屦可以履霜，纤纤素手可以缝裳，取"勉为其难"之意耳。
3. 掺掺（xiān）：同"纤纤"，形容女子的手很柔弱纤细。
4. 要（yāo 腰）：衣的腰身，作动词，缝好腰身。襋（jí）：衣领，作动词，缝好衣领。
5. 好人：美人，此指富家的女主人。
6. 提提（shí）：同"媞媞"，安舒貌。
7. 宛然：回转貌。辟（bì）：同"避"。左辟即左避，意为躲到一边对人爱理不理。《管子·白心篇》："左者出者也，右者入者也。"古人相避皆以左，故左有"不相值"之义。
8. 揥（tì）：古首饰，可以搔头摘发，象揥乃象牙做成的揥。
9. 维：因为。是，这人，指"好人"。褊（biǎn）心：心地狭窄。
10. 刺：讽刺。

◎译文

胡乱绑缠的草鞋，
也能践履寒霜。
女儿纤纤素手，
亦可缝补衣裳。
接上裙腰连上领，
辛辛苦苦我忙一场。
那个好人穿起来，
顾自镜前细端详。

那个好人啊，
从容又安详。
头插象簪仪态足，
扭来转去有模样，
转身把我晾一旁。
好人啊，不是我心眼小，
是你目中太无人，
我才忍不住，
说话带风凉！

◎赏析

　　现代学者倾向于认为，本诗写的是一个缝衣女奴为主人缝制衣服时遭受屈辱而表达出的讽刺与声讨，这显然属于想当然之论。旧说如《毛诗序》云："《葛屦》，刺褊也。魏地陋隘，其民机巧趋利，其君俭啬褊急，而无德以将之。"朱熹《诗集传》云："魏地陋隘，其俗俭啬而褊急，故以葛屦履霜起兴而刺其使女缝裳，又使治其要襋而遂服之也。"方玉润《诗经原始》以为："夫履霜以葛屦，缝裳以女手……以象掭之好人为而服之，则未免近于趋利……不惟啬而又褊矣，故可刺。"全都是远离人情事理的迂腐之见。

　　诗的主旨当然是讽刺，但这种讽刺没有剑拔弩张的敌意，也没有砭骨入髓的冷酷，表达的只是女人之间含酸带醋的失望和不满：本来我也不是必须给你缝衣服的，辛苦忙碌一番，你还真不当回事啊？从"掺掺女手，可以缝裳"的抱怨可以看出作者不是受压迫的女奴，也不是靠缝裳谋生的农家女儿，她大概是"好人"从娘家带来的媵妾，两人之间有主仆的名分，但更多的是一种"闺蜜"关系，因此她对"好人"的抱怨只是来自于付出劳动却没有得到重视的一时委屈，是没有任何实质性内容的。其实在她眼里，"好人"就是一个没心没肺的"傻白甜"，是没法真正和她一般见识的。从"宛然左辟，佩其象掭"的细节描写可以看出小女人的敏感和小心眼，读来生动而富有情趣。

323

载驰（鄘风）

载驰载[1]驱，归唁卫侯[2]。驱马悠悠[3]，言至于漕[4]。大夫[5]跋涉，我心则忧。

既不我嘉[6]，不能旋[7]反。视尔不臧[8]，我思不远[9]？

既不我嘉，不能旋济[10]。视尔不臧，我思不閟[11]？

陟彼阿丘[12]，言采其蝱[13]。女子善怀[14]，亦各有行[15]。许人尤[16]之，众稚且狂[17]。

我行其野，芃芃[18]其麦。控[19]于大邦，谁因谁极[20]？大夫君子，无我有尤。百尔所思，不如我所之[21]。

◎ 注释

1. 载（zài）：结构助词。
2. 唁（yàn）：慰问死者家属。吊人亡国也称"唁"。卫侯，此处当指文公，卫懿公战死后，立戴公，仅一月，戴公死，文公立。
3. 悠悠：路途遥远。
4. 言：助词，无意义。漕：地名，《毛传》："漕，卫东邑。"
5. 大夫：指从许国赶来阻止许穆夫人的许国大臣。
6. 既：尽、都；嘉：赞许、赞同。
7. 旋：同"还"，回返。
8. 视尔不臧：我的主意不如你们？视：看，引申为比较。臧：好，善。
9. 思：思虑、谋划。此句谓："难道我的思谋不够长远？"
10. 旋济：渡河返回。
11. 閟（bì）：闭塞，引申为周密。思之周密即深远。
12. 陟（zhì）：登。阿丘：有一边偏高的山丘。
13. 蝱（méng）：通"莔"（méng），贝母草，一种中草药，有清热解郁、化痰散结的功效。此处指没人了解自己，满腔郁愤，只能自我排解。
14. 女子善怀：此为当时套语，指出嫁女子对乡国及亲人的怀念。
15. 行：道路、方式，指个人有个人的情况，意为我关心的和别人不一样。
16. 许人：许国的君臣。尤：责怪。

17. 众稚且狂：既幼稚又狂妄。众：通"终"，与"既"同。

18. 芃（péng）芃：茂盛貌。

19. 控：往告，赴告。

20. 因：亲附，依靠。极：通"亟"。《方言》一："亟，爱也。"

21. 之：通"志"，思考、谋虑。

◎译文

驾起大车一路奔驰，　　　　　　　　独自登上那高高山丘，
我要回去慰问我的兄弟。　　　　　　采一束贝母聊解心中的烦忧。
促马驰过了长路漫漫，　　　　　　　出嫁的女儿都会挂念家乡，
终于来到久违的漕邑。　　　　　　　我的牵挂岂能和她们一样？
许国的大夫赶来劝阻，　　　　　　　许国的君臣把我责怪，
我的心啊充满了忧思。　　　　　　　他们全都蒙昧又痴狂。

都不赞成我的做法，　　　　　　　　蓬勃的麦苗在春风中摇曳，
可我决不会就此回返。　　　　　　　我将走进狂野独自向远方。
你们能有更好的主意？　　　　　　　向伟大的齐国提请援助，
难道我的思谋不够长远？　　　　　　他们一定会派兵救死扶伤。
　　　　　　　　　　　　　　　　　然有介事的大夫君子啊，
　　　　　　　　　　　　　　　　　不要责怪我女流浅率。
都不赞成我的主张，　　　　　　　　你们焦头烂额的万千谋划，
我也决不会就此放弃！　　　　　　　不如我轻车快马折冲一场！
你们能有更好的办法？
难道我的筹划不够周密？

◎赏析

　　这是《国风》中唯一一首作者可考的诗作，作者是被称为我国第一位女诗人的许穆夫人。《毛诗序》："《载驰》，许穆夫人作也。闵其宗国颠覆，自伤不能救也。卫懿公为狄人所灭。国人分散，露于漕邑，许穆夫人闵卫之亡，伤许之小，力不能救；思归唁其兄，又义不得，故赋是诗也。"

　　许穆夫人是卫宣公庶子公子顽与其后母宣姜所生的女儿，有两个哥哥，戴公和文公；两个姐姐，齐子和宋桓夫人。此诗当作于卫文公元年（前659）。据《左传》"闵公二年"记载："冬十二月，狄

人伐卫，卫懿公好鹤，鹤有乘轩者，将战，国人受甲者，皆曰'使鹤'……及狄人战于荥泽，卫师败绩。"卫懿公战死，卫遗民在宋桓公接应下渡过黄河，在漕邑安顿下来，立戴公。不久戴公死，文公继位。听到国破君亡的噩耗，许穆夫人不顾穆公的反对，长驱奔漕，与卫国君臣商讨对策，在收聚遗民、重整军备的同时，积极向齐国求援。齐桓公派公子无亏率兵驰救，宋、许两国也发兵助战，最终击败狄人，收复失地。两年后，卫国在楚丘重建都城，又延续了四百余年。许穆夫人凭一己之力挽救了卫国。

贝母（右）

本诗的风格，沉郁顿挫，悲慨激昂，一种英迈雄壮之气充溢字里行间。首章起势横绝：大路超远，风尘惊飞，人物孤迥而万类苍茫。次章直抒胸臆，当面质问："你们都不赞同我的做法，可我无论如何不能放弃。难道我的思谋不够长远、不够周密？你们又能提出什么像样的主意？"巾帼不让须眉，英气逼人。第三章荡开去，以上山采贝母兴起自己孤独无助的愤懑与忧伤——有病了却无可依靠，只能自我排解，在斥责许国君臣无知和顽固的同时，表明了自己的决心与自信：不要把我看作多愁善感的弱女子，我有你们不理解的志向和目标。第四章再次以麦苗青青的高天大野比况自己的孤迥心情，强调自己的主张是唯一正确的选择，斩钉截铁地嘲讽了"大夫君子"们的优柔与自私。全诗气象高远，格调雄浑，读来令人心神酣畅。

行露（召南）

厌浥[1]行露，岂不夙夜[2]，谓行[3]多露。

谁谓雀无角[4]？何以穿我屋？谁谓女无家[5]？何以速我狱[6]？虽速我狱，室家不足[7]！

谁谓鼠无牙？何以穿我墉[8]？谁谓女无家？何以速我讼？虽速我讼，亦不女从[9]！

◎注释

1. 厌浥（yì yì）：露水潮湿貌。厌，繁体"厭"，通"湆"，《说文》：'湆，幽湿也。'浥：湿润。《广雅·释诂》："湆浥，湿也。"
2. 夙夜：早晚，当时的通行语，意为做事情不分早晚。如"我其夙夜""莫肯夙夜"。夙，早。
3. 谓："畏"之假借，意指害怕行道多露。行（háng）：道路。
4. 角（jiǎo，旧读 jué）：鸟喙。

5. 女：同"汝"，你。无家：没有成家、没有妻室。
6. 速：招致，使……陷入。狱：案件，官司。
7. 室家不足：要求成婚的理由不成立。足：成立。
8. 墉（yōng）：墙。
9. 不女从，即不从汝。

◎译文

崎岖小径上风露迷茫，
问我为什么不愿早晚赶路，
害怕露水打湿了衣裳。

谁说麻雀没有嘴巴，
何以啄破我的门窗？
谁说你尚未成家老实憨厚，
为什么要诉我至官府肆意逞强？
诉我至官府那又如何？

要我嫁你的理由不够正当！

谁说老鼠没有牙齿，
何以洞穿我的垣墙？
谁说你尚未成家老实憨厚，
为什么要讼我至官府如此癫狂？
讼我至官府又能如何？
我决不会屈从蛮横与强梁！

◎赏析

关于本诗的主旨，从古至今聚讼纷纭。《毛诗序》认为是贞女对强暴之男的反抗誓词，而《韩诗外传》《列女传》却认为是申女许嫁之后，因夫礼不备而拒绝出嫁的诗作。明朱谋㙔《诗故》以为是寡妇执节不贰之词，清方玉润《诗经原始》则以为是贫士却婚以远嫌之作。余冠英《诗经选》认为是一个已有夫家的女子的家长对企图以打官司逼娶其女的强横男子的答复；陈子展《诗经直解》认为是一个女子拒绝与已有妻室男子重婚而自明其志之作。笔者认为，诗文是一位坚持正见的女子对纠缠不休的有妇之夫的拒绝和声讨。细玩诗意，作者似乎是一位寡妇，则本篇就是最早的寡妇拒骚扰的诗了。

第一章是诗眼所在。露水在《诗经》中往往作为男女情事的象征，一早一晚天黑露浓，正是最容易产生是非的暧昧时刻，一个正派的人应该知道远嫌避疑，故当作者设问自答"难道我不想早晚赶

麻雀

路？只是担心露水打湿了衣裳"时，就已经亮明旗帜，表明了自己是有底线、守原则、决不苟且自污的。

　　第二、三章以新奇的比喻对罔顾黑白、胡搅蛮缠的男子进行了辛辣的反诘和嘲讽：你提出的那些理由有哪一条能拿得出手？你的所作所为本身就证明了你的卑鄙和无赖。鼠有牙、雀有喙原本是老少皆知、毋庸置疑的常识，现在却不得不用"穿墙破屋"这样的事实来加以证明，说明跟一个根本不讲道理的人讲道理是一件多么困难、多么屈辱的事情！不过，这也使对方的流氓本质顿时现出原形——诗人的无奈反衬出了对方的无理和蛮横。接着，作者更进一步，把对方逼到了墙角：谁说你没有成家？若没成家可以明媒正娶啊，为什么要诉至官府逼我就范？显然，"速我狱"只是对方的口头威胁而不是既成事实，否则就成一篇法庭陈词了，第一章的自我表白和第二、三章的设问责难就显得没有必要了。在"女无家"和"速我狱"之间本来没有因果关系，作者硬把两者扯在一起，只是借梯下楼，以揭露对方先以"无家"相欺诳，后以"诉讼"相威胁，是一个彻头彻尾的真小人。作者自修栈道，左右开弓，使对方无可抵拒，无所遁形。本诗正立奇出，似疏实密，以无理之问责有实之情，寥寥数语间，一个洁身自好、聪明伶俐又刚正不屈的女子形象活现眼前。

蟋蟀（唐风）

蟋蟀在堂[1]，岁聿其莫[2]。今我不乐，日月其除[3]。无已[4]大康，职思其居[5]。好乐无荒[6]，良士瞿瞿[7]。

蟋蟀在堂，岁聿其逝。今我不乐，日月其迈[8]。无已大康，职思其外[9]。好乐无荒，良士蹶蹶[10]。

蟋蟀在堂，役车其休[11]。今我不乐，日月其慆[12]。无已大康，职思其忧。好乐无荒，良士休休[13]。

◎注释

1. 蟋蟀：虫名，平日在野外，进入堂屋避寒，表示接近岁暮。《豳风·七月》有"七月在野，八月在宇，九月在户，十月蟋蟀入我床下"。
2. 聿（yù）：语助词，有"遂""就"的意思。莫（mù）：古"暮"字。周代建制，以十一月为岁首，故十月初即为"岁暮"。
3. 日月，指光阴。除：去，逝去。
4. 已：表示程度的副词，相当于过、太。

5. 职：尚、还要。《尔雅·释诂》："职，常也。"常从尚声，故职又通作"尚"。
　　居：处，指所担当的职位。

6. 无：通"毋"。荒：荒废、荒淫。

7. 瞿瞿（jù）：警觉、敏捷貌。

8. 迈：行走、流逝。《毛传》："迈，行也。"

9. 外：指职务范围以外的事务。

10. 蹶（jué）：本义为急行，此处指敏于行。《毛传》："蹶蹶，动而敏于事。"

11. 役车其休：役车马上要停止使用了，指行役者将要结束服役，回家过年。
　　其：结构助词，有"将要"的意思。

12. 慆：过去。《毛传》："慆，过也。"按：慆通"逾"，逾乃过。

13. 休休：敏捷，与蹶蹶、瞿瞿义同。休通"倏"，《说文》："倏，走也。读若叔。"

◎译文

蟋蟀鸣叫在堂，　　　　　　不可沉湎过度，
又是岁末光景。　　　　　　尚思职事纷纭。
若不及时行乐，　　　　　　享乐但有节制，
时光流逝匆匆！　　　　　　君子力行惇惇。
不可过度沉溺，
尚思担当任重。　　　　　　蟋蟀鸣叫在堂，
享乐但有节制，　　　　　　役车即将停歇。
君子敏捷力行。　　　　　　若不及时行乐，
　　　　　　　　　　　　　时光流逝如河！
蟋蟀鸣叫在堂，　　　　　　不可过度沉湎，
又是岁末来临。　　　　　　尚思忧难时刻。
若不及时行乐，　　　　　　享乐但有节制，
时光飞逝无痕。　　　　　　君子行处敏捷。

◎赏析

　　本诗可名之为"岁末述怀"，是中国诗史上数量众多的同类诗的鼻祖。作者直吐心曲，坦率真挚，语言不假雕饰而神韵俱畅。全诗格调庄严，真正的乐而不淫、哀而不伤，体现了西周全盛时的气度和风华。

蟋蟀

及时行乐

驱车上东门，遥望郭北墓。白杨何萧萧，松柏夹广路。
下有陈死人，杳杳即长暮。潜寐黄泉下，千载永不寤。
浩浩阴阳移，年命如朝露。人生忽如寄，寿无金石固。
万岁更相迭，贤圣莫能度。服食求神仙，多为药所误。
不如饮美酒，被服纨与素。

——《古诗十九首·驱车上东门》

清夜无尘，月色如银。酒斟时、须满十分。浮名浮利，
虚苦劳神。叹隙中驹，石中火，梦中身。　　虽抱文章，开
口谁亲。且陶陶、乐尽天真。几时归去，作个闲人。对一张
琴，一壶酒，一溪云。

——〔北宋〕苏轼《行香子·述怀》

332

衡门（陈风）

衡门[1]之下，可以栖迟[2]。泌之洋洋[3]，可以乐饥[4]。

岂其食鱼[5]，必河之鲂[6]？岂其取妻，必齐之姜[7]？

岂其食鱼，必河之鲤？岂其取妻，必宋之子[8]。

◎注释

1. 衡门：一般认为是横木之门，《毛传》："衡门，横木为门，言浅陋也。"闻一多《风诗类钞》曰"东西为横，衡门疑陈城门名"，近是。笔者认为，衡门当是陈国东向偏门。古时东门外往往是举行籍田礼、祭祀高禖和蚕神的地方，也是青年男女春日踏青欢会之所，故多与爱情有关。《诗经》

鲂鱼

鲤

kǔ lǐ

鲤鱼

中有多首以东门为景点的情诗，如陈风中还有《东门之池》《东门之杨》两篇，郑风中有《东门之埠》《出其东门》两首。倘若以衡门为简陋的"横木之门"，则其下"栖迟"何曾谈起？

2. 栖迟：栖息，游逛，此指幽会。

3. 泌（bì）：本义为泉水疾流之貌，此处专指陈之泌水。洋洋：水流盛大貌。此处字面意思是：洋洋河水之中，各种各样的鱼儿，都可以用来充饥。

4. 乐饥：乐，通"疗"，治疗，此处为隐语，指满足性欲望。《诗经》中常将性的欲望称为饥。

5. 岂：难道。食鱼：性行为的隐语。

6. 河：黄河。鲂：一种体型较大、肉味鲜美的鱼。

7. 齐之姜：齐国的姜姓美女。齐国公室为姜姓，世代与姬姓诸国通婚，故"齐之姜"成为美女的代称。

8. 宋之子：宋国的子姓女子。宋国公室为商人后裔，子姓。

◎译文

东门之外的野地，
供我们漫步悠游。
洋洋泌水中的鱼儿，
自可以疗饥解忧。

谁说饿了吃鱼，
必须是黄河之鲂？

谁说结婚娶妻，
必须是美女齐姜？

谁说饿了吃鱼，
必须是黄河之鲤？

谁说结婚娶妻，
必须是宋室丽姬？

◎赏析

　　多数解诗者认为此诗乃隐者自述安贫乐道，如朱熹《诗集传》云："此隐居自乐而无求者之词。言衡门虽浅陋，然亦可以游息；泌水虽不可饱，然亦可以玩乐而忘饥也。"姚际恒《诗经通论》云："此贤者隐居甘贫而无求于外之诗。"这都是道学家的一厢情愿之论。同《考盘》一样，本诗与隐士无关，不过是娶不到美女的穷酸男人们自我调侃之词，属于吃不到甜葡萄便说酸葡萄一样好吃之类。虽说也是谈人生讲道理，然而带有浓厚的插科打诨色彩。有人认为本诗是热恋中男女之间的日常情话，笔者认为似乎不太合适，因为吃鱼、疗饥之类的比兴过于粗鄙直露，不可能出自卿卿我我的有情人之口。

山有枢（唐风）

　　山有枢[1]，隰有榆[2]。子有衣裳，弗曳弗娄[3]。子有车马，弗驰弗驱。宛[4]其死矣，他人是愉[5]。

　　山有栲[6]，隰有杻[7]。子有廷内[8]，弗洒弗埽[9]。子有钟鼓，弗鼓弗考[10]。宛其死矣，他人是保[11]。

　　山有漆[12]，隰有栗。子有酒食，何不日[13]鼓瑟？且以喜乐[14]，且以永日[15]。宛其死矣，他人入室。

◎ 注释

1. 枢（shū）：通"樞"（ōu）、蕛，木名，即刺榆。
2. 隰：低洼之地。榆（yú）：树名，即白榆。
3. 曳（yè）：拖。娄："摟"之省借，用手把衣服拢着提起来。《正义》："曳娄俱是着衣之事。"这里泛指穿衣。
4. 宛：通"苑""菀"，萎死貌。《淮南子·俶真训》高诱注："苑，枯病也。"
5. 愉："偷"之假借，指以苟且的方式取得、拥有。
6. 栲（kǎo）：树名，又名"山樗""臭椿"。
7. 杻（niǔ）：树名，又名"檍"，梓属乔木。
8. 廷内：庭院与堂室。廷：通"庭"。内：堂屋、内室。《汉书·晁错传》："家有一堂二内。"
9. 洒：洒水清除。埽（sǎo）：同"扫"，打扫。
10. 鼓：敲击。考：攷之假借，击打。《说文》："攷，扣也"，"扣，击也"。
11. 保：占有、拥有。
12. 漆：漆树。
13. 日：每天。
14. 喜乐：本义是高兴，这里指高高兴兴地享受酒食。按"喜"字的本义为豆里装满食品。
15. 永日：消磨时光。《诗经集传》："永，长也……饮食作乐，可以永长此日也。"

◎ 译文

枢树长满了山坡，
河滩栽满了白榆。
你有漂亮的衣服，
为啥舍不得穿上？
你有华丽的车马，
为啥舍不得驰驱？
一旦枯然死去，
他人开心收取。

栲树长满山岗，
杻树栽满滩头。
你有豪宅大院，
不肯居住享受。

你有钟鼓器乐，
不肯宴饮弹奏。
一旦枯然死去，
他人前来占有。

山上漆林茂盛，
山下栗树婆娑。
你有美酒佳肴，
何不日夜笙歌？
何妨悠游嬉戏，
漫将人生消磨？
一旦枯然死去，
他人入室安歇。

榆树

杻（檍）

◎
赏
析

　　关于这首诗的主题，《毛诗序》认为是讽刺晋昭公"不能修道以正其国，有财不能用，有钟鼓不能以自乐，有朝廷不能洒扫，政荒民散，将以危亡，四邻谋取其国家而不知，国人作诗以刺之也"。这一说法毫无史实根据，可谓迂腐之甚。季本《诗说解颐》、方玉润《诗经原始》以为这首诗是"刺俭而不中礼"之作，似是而实非。郝懿行《诗问》谓"《山有枢》，讽吝啬也"，可称近似之论。凡吝啬成癖之人，必有不可理喻之处，故诗之用语危言耸听，如当头棒喝，令人惊悚。倘若仅仅是"刺俭而不中礼"，是不会用这种居高临下的绝对性口吻的。需要指出的是，本诗的起兴句和《诗经》其他篇中的相比有很大不同，不是直接包含、映射或引起主题，而是烘托出一种与主题相涉的氛围、基调，以加强论说和抒情的力量：树长在山上、长在山下，都是无关人事沧桑的自然之物——尽管它们被视为名义所有者的财富，但存在的时间可能比人的生命更长久。"山有枢，隰有榆"，这种空间的转换使宫室器乐等构成的人类生活场域显得狭陋而渺小，于是自然得出这样的结论：人所能真正把握的只是当下，能够消受的其实并不多，因此及时享乐才是聪明的人生态度。

在古今中外的诗歌传统中，"享乐主义"都是一个很大的主题。本诗与此相关，但不属于它的纯粹形态。作为一种价值取向的享乐主义来自因为人生空虚所产生的无意义感——享乐只是自我麻痹的手段和方式，因而本诗表达的那种唯恐亏了自己便宜别人的、类似市侩主义的对物质利益的算计，与后世的享乐主义相差甚远。

《山有枢》出现在《唐风》中并不偶然，这是环境相对封闭而又拥有深厚文化传统的土壤里才会开出的罂粟之花：它娇娆而美丽，又深深关联着针对人之本性的致命诱惑。在那个全民"筚路蓝缕、以启山林"的荒莽时代，这种及时行乐的观念确实具有震撼灵魂的情感

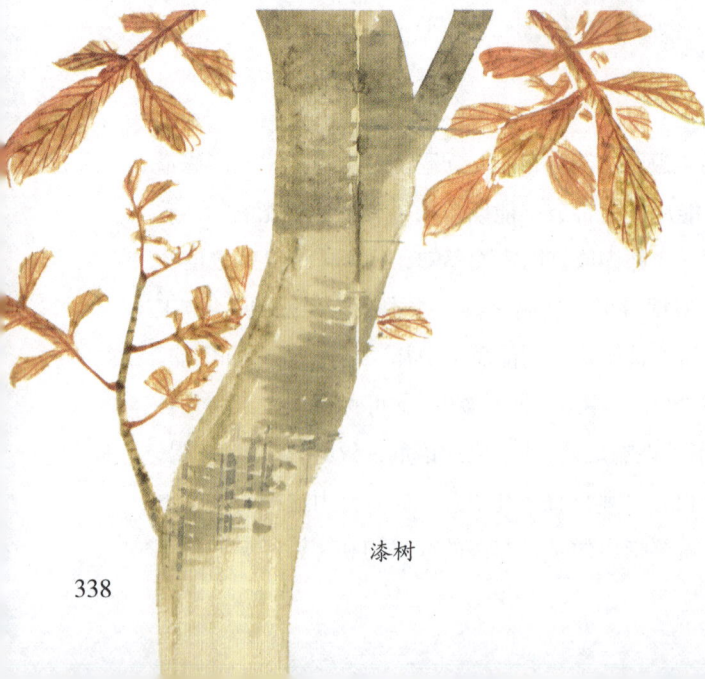

漆树

冲击力，但本诗之诗意和魅力的来源不止于此。在那种表面上的利益得失的计较背后，是人类生存之整体性的素朴和脆弱：人生活在万物之间，与万物相摩相荡，也像万物一样消长迭代，所谓财富只意味着一种暂时的所有权，转眼之间就会归属他人。因此，与其说《山有枢》是享乐主义者对大众的说教，或心怀醋意的旁观者对守财奴的讽刺挖苦，还不如说它是一个略显疲惫的古老民族（唐尧后裔）在从自然的角度审视自己的存在时，发出的故作旷达的感喟和叹息。这就是为什么我们在阅读时仍会感受到一种拂面而来的清新之气，而不是卑伧和粗俗。

◎相关链接

及时享乐

生年不满百，常怀千岁忧。

昼短苦夜长，何不秉烛游！

为乐当及时，何能待来兹？

愚者爱惜费，但为后世嗤。

仙人王子乔，难可与等期。

——《古诗十九首·生年不满百》

日日深杯酒满，朝朝小圃花开。

自歌自舞自开怀，且喜无拘无碍。

青史几番春梦，黄泉多少奇才。

不须计较与安排，领取而今现在。

——〔南宋〕朱敦儒《日日深杯酒满》

车邻（秦风）

有车邻邻[1]，有马白颠[2]。未见君子，寺人之令[3]。

阪有漆[4]，隰有栗[5]。既见君子，并坐鼓[6]瑟。今者[7]不乐，逝者其耋[8]。

阪有桑，隰有杨。既见君子，并坐鼓簧[9]。今者不乐，逝者其亡。

◎注释

1. 邻邻：同"辚辚"，旧说为车轮滚动声，恐非，辚辚应是一种比较清脆的声音，故此处当为銮铃声。当时贵族乘车必有銮铃，如《大雅·烝民》有"八鸾锵锵""八鸾喈喈"。

2. 白颠：指马的额头正中有一撮白毛，是名贵良马，又称"戴星马""玉顶马"。

3. 未见君子，寺人之令：还没有看到君子其人，内侍先来传达命令。君子：对来访友人的尊称。寺人：侍者。马瑞辰《毛诗传笺通释》："寺人者，即侍人之省，非谓《周礼》寺人之官也。"王先谦《诗三家义集疏》："盖近侍之通称，不必泥历代寺人为说。""寺人之令"在文字上有所省略，应为（先接到了）寺人所传之令。

4. 阪（bǎn）：山坡。漆：漆树。

5. 隰（xí）：低湿的地方。栗：栗子树。

6. 并坐：同时就座。鼓：吹。

7. 今者：今日，当下。

8. 逝者：他日、将来，时间过去以后即"到达"将来。耋（dié）：八十岁，此处作为动词，变老。

9. 簧：笙、竽等带簧的乐器。

◎译文

銮铃儿叮叮轻车疾驶，
白额头的骏马跑得多欢！
君子的侍者赶来通报：
他就要来到我的门前。

山坡上的漆树高高耸立，
山脚下的栗树叶密荫浓。
美好的朋友啊今日何日，

让我们坐下来鼓瑟吹笙——
为什么不当下及时行乐?
突然间我们将不再年轻!

山坡上有一棵孤独的桑树,

山脚下有一棵寂寞的白杨。
美好的朋友啊今日何日,
让我们坐下来吹笙鼓簧——
为什么当下不及时行乐?
青春啊倏忽将沦入渺茫!

◎赏析

《毛诗序》谓本诗"美秦仲也。秦仲始大,有车马礼乐侍御之好焉";丰坊《诗传》发挥毛说,谓"襄公伐戎,初命秦伯,国人荣之。赋《车邻》";吴懋清《毛诗复古录》则以为是"秦穆公燕饮宾客及群臣,依西山之土音,作歌以侑之"。今人或以为是"反映秦君腐朽的生活和思想的诗"(程俊英《诗经译注》),或以为是"没落贵族士大夫劝人及时行乐"(袁愈荌、唐莫尧《诗经全译》),或以为是"妇人喜见其征夫回还时欢乐之词"(蓝菊荪《诗经国风今译》),全都是捕风捉影,望文生义。

我以为这是一首同性恋者的情诗。"阪(或山)有……""隰(或泽)有……"的起兴句式在《诗经》中往往用来表达男女之情,一般情况下这是一个"阴阳结构",即"山"或"阪"对应着的是乔木,"隰"或"泽"对应的是花草、灌木,如"山有扶苏,隰有荷华""山有乔松,隰有游龙"等,而本诗中阪上隰中都是乔木,不能不令人怀疑有同性恋之倾向。另外,并坐鼓瑟的缠绵以及谈生论死的深情,都不应是正常的男性关系所当有。

本诗的主题仍然是宣扬及时行乐,但与《山有枢》相比,多了一种清旷超远的意味。首章以轻车快马,渲染了青春少年的荣华与欢愉;第二章以漆、栗起兴,两者都是富产果实的树木,象征着此生之富裕与繁盛(尤其是栗子为结婚时所用的吉祥干果,有多生贵子的寓意);第三章以桑、杨引领,这两种树木往往与死亡相关,象征着彼世之冷寂和荒凉。这样,人生悲喜忧乐的不同场景便同时呈现在眼前,令人顿生尘世如梦的飘忽、苍凉之感,于是来日苦短、

341

时不我待的感慨和嗟叹便出自肺腑，使读者随之遽然而惧，戚然而惊。这大概是秦腔中那种旷古悠远的悲怆和苍凉的源头吧。

◎ 相关链接

白杨与死亡

驱车上东门，遥望郭北墓。白杨何萧萧，松柏夹广路。

——《古诗十九首·驱车上东门》

古人若不死，吾亦何所悲。

萧萧烟雨九原上，白杨青松葬者谁。

贵贱同一尘，死生同一指。

人生在世共如此，何异浮云与流水。

短歌行，短歌无穷日已倾。

邺宫梁苑徒有名，春草秋风伤我情。

何为不学金仙侣，一悟空王无死生。

——〔唐〕皎然《短歌行》

牧马古道傍，道傍多古墓。萧条愁杀人，蝉鸣白杨树。

回头望京邑，合沓生尘雾。富贵安可常，归来保贞素。

——〔唐〕常建《古意》

蜉蝣（曹风）

蜉蝣[1]之羽，衣裳楚楚[2]。心之忧矣，于我归处[3]。

蜉蝣之翼，采采[4]衣服。心之忧矣，于我归息。

蜉蝣掘阅[5]，麻衣[6]如雪。心之忧矣，于我归说[7]。

◎ 注释

1. 蜉蝣（fú yóu）：一种微小的昆虫，生长于水泽地带，有一对相对于身体而言大而透明的翅膀，成虫寿命只有几个小时到几天。

2. 楚楚：整洁鲜明貌。

3. 于：通"与"。归处，安息、死去。

4. 采采：光洁鲜艳状。

5. 掘阅：突然蜕化而出。掘：通"堀"（窟），本义为洞穴，引申为从洞穴中突出、突然出现。《说文》："堀，突也。"阅：经历、从……中出现。《淮南子·原道训》有"万物之总，皆阅一孔"。故"掘阅"即"出脱""蜕出"之义。按：多数学者将"掘阅"理解为"钻穴而出"，恐无根据，因为蜉蝣幼虫生活在水里，而非地下，陆机《诗鸟兽草木虫鱼疏》认为蜉蝣幼虫在阴雨天穿穴而出，是不合事实的。

6. 麻衣：麻纤维做的衣服，丧服亦用麻，故此处有对丧服的暗示。

7. 说：读若"脱"，止息，安住。

◎ 译文

小小蜉蝣振翅飞舞，
尽情展示着生命的华服。
尘世苦短啊我心忧伤，
哪里是我此生的归处？

鲜艳的长裙凌空舞蹈，
小小蜉蝣扇动着翅膀。
尘世苦短啊我心伤悲，
哪儿是我归宿的梦乡？

决然遗蜕向死而生，
楚楚动人啊麻衣如雪。
尘世苦短我心忧闷，
哪儿是我安息之所？

蜉蝣

◎ 赏析

　　蜉蝣是一种渺小的昆虫，生长于水泽地带，它们的身体修长柔软，腹部末端有一对长长的尾须，翅膀大而透明，给人一种楚楚动人的感觉。在经过稍长的幼虫期成虫后，它们即不饮不食，在空中

343

飞舞交配，完成其延续物种的使命后便结束生命，一般都是朝生暮死。并且，它们喜欢在日落时分把它们最后的生命之舞推向高潮，死后坠落地面，有时能积成一层。因此，它们渺小的死亡能给人们惊心动魄的感觉。2000多年前的敏感诗人由此体味了生命的短暂、脆弱和美丽，发出了人生几时、魂归何处的深沉叹惋。

　　本诗开篇以"蜉蝣之羽"领起，把这种"小精灵"的华丽而脆弱的翅膀比喻为青春男女的楚楚衣裳，在人和蜉蝣之间建立了一种相互映射的同构关系，于是人世的所有富贵繁华都变得像虫翼一样渺小而脆弱了，"于我归处"的人生感喟便水到渠成般流出胸臆。第二章反复咏叹，一种珍惜生命、把握现在的紧迫感油然而生。第三章将直视死亡的目光拉回到生命的初始，描述蜉蝣之初生，娇嫩的翅羽好像初雪一样洁白。生命是如此美丽，然而"麻衣如雪"还是使人联想到死的哀伤。生之光华、死之绚烂交织在一起，强化了那种人生如梦的无奈和栖遑之感，震撼人心。

◎相关链接

蜉蝣与死亡

木槿荣丘墓，煌煌有光色。白日颓林中，翩翩零路侧。
蟋蟀吟户牖，蟪蛄鸣荆棘。蜉蝣玩三朝，采采修羽翼。
衣裳为谁施，俯仰自收拭。生命几何时，慷慨各努力。

——〔东晋〕阮籍《咏怀诗》

鱼游乐深池，鸟栖欲高枝。嗟尔蜉蝣羽，薨薨亦何为。
有生岂不化，所感奚若斯。神理日微灭，吾心安得知。
浩叹杨朱子，徒然泣路岐。

——〔唐〕张九龄《感遇》之三

第十五讲
生活日常的叙说与歌咏

　　《国风》所表达的情感主题涉及人类生活的各个方面，除上面提到的别离、伤逝、思乡、怨政、讽君等外，还有一些诗篇表达的是生活日常的更具体的喜怒哀乐，如妇人归省、儿子念母、主人送客、兄弟述怀、战友励志以及夫妻恩爱和床笫间的悄悄话等，主要篇目有《葛覃》（周南）、《葛藟》（王风）、《凯风》（邶风）、《扬之水》（郑风）、《缁衣》（郑风）、《女曰鸡鸣》（郑风）、《鸡鸣》（齐风）、《杕杜》（唐风）、《有杕之杜》（唐风）、《无衣》（唐风）、《干旄》（鄘风）、《无衣》（秦风）。

葛覃（周南）

　　葛之覃¹兮，施于中谷²，维叶萋萋³。黄鸟于⁴飞，集⁵于灌木，其鸣喈喈⁶。

　　葛之覃兮，施于中谷，维叶莫莫⁷。是刈是濩⁸，为𫄨为绤⁹，服之无斁¹⁰。

　　言告师氏¹¹，言告言归¹²。薄污我私¹³。薄澣¹⁴我衣。害澣害否¹⁵？归宁¹⁶父母。

◎注释

1. 葛：多年生草本植物，花紫红色，茎可做绳，纤维可制绳索、鞋子（即葛屦），织成布，俗称"夏布"。覃（tán）：《尔雅》："覃，延也；延，长也。"这里的覃是形容词，绵绵延长的样子。

2. 施（yì）：蔓延。《毛传》："施，移也。"中谷：山谷中。

3. 维：发语助词，含有"其"义。萋萋：茂盛貌。

4. 黄鸟：黄雀。黄鹂也被称作"黄鸟"，但黄鹂喜欢生活在树木枝叶间，一般单独或成对活动，故此处"集于灌木"的应是黄雀。黄雀喜欢成群结队，经常被视作家庭团圆的象征。于：作语助词，无义。

5. 集：栖止，聚集。

6. 喈喈（jiē）：鸟鸣声。

7. 莫莫：茂盛貌。《广雅》："莫，茂也。"含有成熟之义，参阅胡承珙《毛诗后鉴》。

8. 刈（yì）：斩，割。濩（huò）：镬的假借字，本义为煮东西的大锅，引申为煮。此指将葛放在水中煮，以剥制纤维。

9. 绤（chī）：细的葛纤维织的布。绤（xì）：粗的葛纤维织的布。

10. 斁（yì）：厌弃。朱熹《诗集传》："盖亲执其劳……虽极垢弊而不忍厌弃也。"

11. 言：语助词。师氏：富裕之家女孩子的保姆。《仪礼·婚礼》郑玄注："姆，妇人五十无子、出而不复嫁，能以妇道教人者。"类似管家奴隶，女孩子结婚时往往带到夫家。

12. 言：语助词。归：归宁，回娘家。出嫁亦曰归。

13. 薄：勉励，《方言》："薄，勉也。"污（wù）：揉搓着洗。《毛传》："污，烦也。"《郑笺》："烦、捋之功用深，澣谓濯之耳。"捋（ruán），即揉搓。私：贴身内衣。《释名》："私，近身衣。"

14. 澣（huàn）：浣，洗。衣：上曰衣，下曰裳。此处统指外衣。

15. 害（hé）澣害否：衣服哪些洗哪些不洗？害：通曷、盍，疑问代词。否：不。

16. 归宁：已婚女子回娘家省亲。宁：本义为安，这里指向父母问安。

◎译文

葛藤绵绵长，
葛叶葱葱绿，
离根奔前程，
蔓延在山谷。
黄雀喈喈叫，
飞罢集灌木，

家人聚一起，
当年多幸福！

葛藤绵绵长，
蔓延在山谷，
离根日以远，

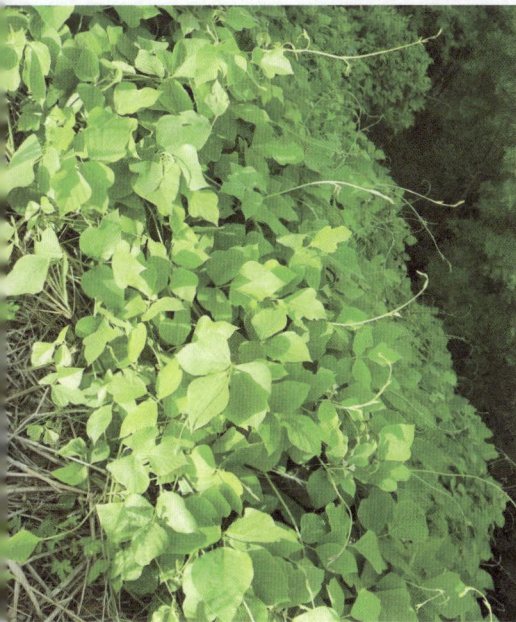

葛叶油油绿。
割来开水煮，
织成粗细布，
新衣穿在身，
感激念当初。

归期既已定，
赶紧告阿姆。
速速备行李，
澣洗我衣服。
何洗何不洗，
匆忙费踌躇。
不日启归程，
回家看父母！

葛藤

◎赏析

　　关于此诗的主题，向来争论纷纭，但得其正解者不多，而能够体会到其环中妙义的，更是少之又少。如《毛诗序》老调重弹，以为"《葛覃》，后妃之本也。后妃在父母家，则志在于女工之事，躬俭节用，服浣濯之衣，尊敬师傅，则可以归安父母，化天下以妇道也"。尽管有郑玄、朱熹等学术大牛为之推扬，这种论点早已失掉了市场。现代学者大都认同这是已婚少妇归宁父母之作，但往往把葛藤蔓延看作风景描写，织布做衣看作即时家务，完全不懂诗人之心机。

　　第一章首先以葛藤"施于中谷"起兴，意味深长。葛藤随势蔓延却不离根本，因此在《诗经》时代被看作"女子有行，远父母兄弟"的象征，而崎岖、幽暗并且只有一个出口的山谷，不正是无法把握自己命运但又实实在在附着于土地上的女子之人生境况的写照吗？古代女子特别是贵族女子出嫁后是不能随便回娘家的，因此在远离父母家乡的那一刻，她们内心是充满不安甚至悲苦的，但她们只能义无反顾地前去追寻自己的命运。在到达夫家相当长一段时间

347

里，她们会为强烈的怀乡思亲之苦所折磨。这就是为什么下面立即切换成了另一套象征性话语：一起飞逐和栖息的黄雀——黄雀因其群居特性，在《诗经》中经常被作为起兴父母子女天伦之乐的象征符号。这样，葛藤兴返根之意，黄鸟起天伦之情，双重变奏交织在一起，形成一种强烈的情感张力。

第二章看起来似乎是对日常家务的描述，实则大有深意。"服之无斁"这种当前的感受把女诗人的现实存在系连于她那苍茫的过去：身上的衣服是葛藤做的，而葛藤出自山谷，那山谷正是我来时的路（女人就是爬出山谷的葛藤），那一头有父母亲人的思念，还有家族的期待与寄托。服饰的雅洁是女人内在本质的体现，而她的修身自持关联着父母家人的脸面和光荣。

第三章抒发准备回家探亲时的喜悦之情。哪些衣服要洗哪些可以不洗？这种女人特有的纠结富有生活情趣。作者那种因兴奋而凌乱的心情，唯有杜甫的"却看妻子愁何在，漫卷诗书喜欲狂"（《闻官军收河南河北》）可以相媲美。其痛快淋漓，使读者不觉随之舞之蹈之。这里需要强调的是，回家要准备的东西很多，为什么单单把衣服提出来？因为衣服是一个人的脸面，尤其是内衣，是女性品行和贞操的象征。通过衣服的整洁，诗人向父母表明：女儿在婆家尽职尽责，洁身自好，没有给家人丢脸——站在两个家族之间的女人又一次直接面对了永恒。

第三章通过女人回娘家"述职"的喜悦和自信，把整首诗的情感旋律推向了最高点。现在回过头来看第一、第二章，不仅是通向高潮的铺垫，也是从高光点出发向后、向远方的镜头拉伸：由眼前服饰的整洁（女人的荣耀）回推到做衣服的过程与材料，由做衣服的材料回推到山中的葛藤，由山中的葛藤回推到女子的来路和根本。上海博物馆藏楚简《孔子诗论》第十六简论《葛覃》之主题曰："吾以《葛覃》得氏（厥）初之诗。民性固然：见其美，必欲反其本。"

可谓的论。这样，一个平常女子渺小而又庄严的人生便整体性地呈现在大地之上、苍天之下。世代繁衍的女人与生生不息的葛藟相互映衬，会使现代读者产生一种万物一体、天地荒茫的庄严之感。

◎ 相关链接

返乡之喜

剑外忽传收蓟北，初闻涕泪满衣裳。

却看妻子愁何在，漫卷诗书喜欲狂。

白日放歌须纵酒，青春作伴好还乡。

即从巴峡穿巫峡，便下襄阳向洛阳。

——〔唐〕杜甫《闻官军收河南河北》

葛藟（王风）

绵绵葛藟[1]，在河之浒[2]。终远兄弟[3]，谓他人父。谓他人父，亦莫我顾[4]。

绵绵葛藟，在河之涘[5]。终远兄弟，谓他人母。谓他人母，亦莫我有[6]。

绵绵葛藟，在河之漘[7]。终远兄弟，谓他人昆[8]。谓他人昆，亦莫我闻[9]。

◎ 注释

1. 绵绵：连绵不绝。葛藟(lěi)：葛藤。戴震："诗中凡言葛藟，谓葛之藤蔓耳。古曰藟，今曰藤，古今语也。"《广雅·释草》："藟，藤也。"闻一多谓累、腾相通，皆有"缠绕"义（《月令》有"乃何累牛腾马"），藟、藤亦音近义同。

2. 浒（音虎 hǔ）：水边。

3. 终：既、已经。远兄弟：远离兄弟，指出嫁。

4. 顾：照顾、关心。

5. 涘（sì）：水边。

6. 有：本义是"心里有……""把……放在心上"，引申为亲爱、关心。《左传》"昭公二十年"："是不有寡君也。"

7. 漘（chún）：河岸，水边。

8. 昆：兄长。

9. 闻：同"问"，恤问、慰问，亦有关爱义。王引之《经义述闻》："谓相恤问也。古字闻与问通。"

◎ 译文

绵绵野葛藤，　　　　　　婆婆称母亲。
蔓延在水浒。　　　　　　何曾把我疼，
远离亲兄弟，　　　　　　此亲非我亲。
来称他人父。
此父非我父，　　　　　　绵绵野葛藤，
不恤我辛苦。　　　　　　河畔任枯荣。
　　　　　　　　　　　　亲兄不可见，
绵绵野葛藤，　　　　　　却称他人兄。
蔓延在水滨。　　　　　　何曾问冷暖，
嫁作他人妇，　　　　　　此兄非我兄。

◎ 赏析

　　《毛诗》以为此诗乃东周初年姬姓贵族所作，旨在讥刺平王弃宗族而不顾。这种牵强附会的解读连毛诗体系内的大佬们都难以苟同，如朱熹《诗集传》云："世衰民散，有去其乡里家族，而流离所者，作此诗以自叹。"这种说法为大多数现代解诗者所接受，如金启华主编《诗经鉴赏辞典》称之为"中国最早的游子之歌"；程俊英、蒋见元所著《诗经注析》题为"这是流亡他乡者求助不得的怨诗"。遗憾的是，此类观点仍然难免望文生义之嫌疑。

　　一个女孩结婚后，在婆家遭受冷遇，过得不开心，便写下了这首自叹自怜又带有怨愤之情的牢骚诗。全诗三章都以葛藤蔓延于河边起兴。随处爬行的葛藤是女子最终嫁作他人妇的宿命的象征,《诗经》中经常用葛藤攀缘于乔木表示女子嫁入了好人家,如《樛木》有"南有樛木,葛藟累之"。本诗中的葛藟只能绵延于荒凉的河边,无所依靠,无所攀附,甚至没有来处,不知所往,只能在天荒地老之中孤独地消耗岁月,而一往不返的河水又是出嫁的女人日益远离亲人的命运的写照。这样,在这个宏阔背景下,诗人渺小的、日常的无助和哀伤便具有了震撼人心的悲剧性的力量。

凯风（邶风）

凯风 [1] 自南,吹彼棘心 [2]。棘心夭夭 [3],母氏劬劳 [4]。

凯风自南,吹彼棘薪 [5]。母氏圣善,我无令人 [6]。

爰有寒泉 [7],在浚 [8] 之下。有子七人,母氏劳苦。

睍睆黄鸟 [9],载好 [10] 其音。有子七人,莫慰母心。

◎注释

1. 凯风:南风。凯:和乐。南风长养万物,故曰"凯风"。
2. 棘心:酸枣树的幼芽,柔弱而色赤,比喻对母亲无限依赖的幼儿。
3. 夭夭:润泽有生机的样子。
4. 劬（qú）劳:劳苦。
5. 棘薪:指长大的酸枣树,可以当作柴烧,故称"棘薪"。
6. 令人:好儿子。
7. 寒泉:地下涌出的泉水,也可能特指某处源泉、井池(《水经注》:"濮水枝津东径浚城南,而北去濮阳三十五里,城侧有寒泉冈,即《诗》'爰有寒泉,在浚之下'")。寒泉喻七子少年时家境贫寒,赖慈母尽心抚育,方得以成人。慈母之恩深厚纯粹,如深泉源源不竭,并且须臾不可没有。
8. 浚:卫邑名,一说为水名。
9. 睍（xiàn）睆（huǎn）:同"间关",黄鸟和鸣声。白居易《琵琶行》:"间关莺语花底滑。"旧说颜色鲜亮貌,恐不妥。黄鸟:即黄雀,性喜群居,《诗经》中经常用黄鸟和鸣兴起家庭的天伦之乐。

10. 载:语气助词。好:优美悦耳。朱熹《诗集传》:"言黄鸟犹能好其音以悦人,而我七子独不能慰悦母心哉?"

◎译文

暖风自南来,
吹拂棘芽开。
棘苗生苗壮,
慈母费心肠。

暖风自南来,
吹棘成薪柴。
我母诚仁善,
子女不成才!

浚邑地之下,
凛冽泉水深。
纵然有七子,
慈母仍苦辛。

唧唧黄雀鸣,
一家多温馨。
恨我七兄弟,
无以慰母心!

棘（野酸枣）

◎赏析

关于此诗的主题,主要有以下几种看法:一、母亲不安于室,七子微言讽谏;二、母亲受夫虐待,七子颂母谏父;三、歌颂母亲善良勤劳;四、哀悼亡母;五、七子自责而留后母。其中以第一种观点影响最大,《毛诗序》发其端,历代踵继而倡者甚伙。

我的意见是,《凯风》绝非泛泛的母恩颂歌。诗中多自责之意,必有其兴发的缘由,但这个缘由既不是母亲"不安于室"(七子已

黄鸟

成才，则其母已是老妇，老妇而不安于室，可谓家丑，为人子者有何心情形之乎歌咏？诗中再三歌颂母亲的恩德，与"规劝"之意实在不相关涉。汉儒一定要在这本他们看来体现"温柔敦厚"之教的道德教科书里找一个"微讽""几谏"的例子，《凯风》因为有"莫慰母心"之类字眼而首遭其殃），也不是慈母弃世（"寒泉"在《诗经》时代实指地下的深泉或井水，没有后世"黄泉"之意），更不是母受虐待（闻一多先生主此说，立论根据是在《诗经》中，凡涉及"风""薪"之处皆象征男女情事。此论拘泥太过。兴者，感物

353

生情，其发于男女之怀与发于子女之口，自然有所不同）。此诗兴怀之由，在于家境贫苦，七子感于慈母劳瘁一生，欲有以报答而力所难能，因而深自愧责，一片人间真情出自肺腑，恻恻动人。

第一章以"凯风"吹拂"棘心"兴起对母亲养育之恩的感戴之情。凯风即南风。《毛诗李黄集解》："南风长养万物，万物喜乐，故曰凯风。凯之为言乐也。""棘心"喻七子童稚年幼时。棘苗在南风吹拂下生机勃勃，儿女在慈母关怀下健康成长。

第二章七子愧叹自己长大不才：可爱的幼苗长成了只能做柴烧的棘子树。儿女已长大却无所成就，母亲已苍老却依然在操劳。

第三章感慨母恩难报。寒泉乃来自于地深处之水，凛冽而甘。《易·井》："九五，井洌，寒泉，食。象曰：寒泉之食，中正也。"《子夏易传》释之曰："井之治者，寒泉也。洌，其寒又甚焉。居于中正，为井之主，保井之德，养而不穷者也。"寒泉的无穷无尽、不事张扬和清澈甘洌，正喻母恩的深厚广大、母爱的纯洁与质朴。

第四章七子倾诉自己无以宽慰母心的愧疚和伤感。黄鸟乃群居之禽，《诗经》中或以其和鸣之美兴室家天伦之乐（《周南·葛覃》《邶风·凯风》），或以其孤单之状兴游子孤儿之悲（《秦风·黄鸟》《小雅·黄鸟》《小雅·绵蛮》）。此处以黄鸟形色之美、音声之好，渲染其老幼和鸣的融融之乐（《易·中孚》有"鸣鹤在阴，其子和之"），反衬出家庭的困顿和为人子的无奈。

◎ 相关链接

◎ **慈母之思**

　　　　　　篋中出故衣，络纬声四壁。昔年慈母线，一一手所历。
　　　　　　眷眷游子心，恻恻虚堂夕。逝水不返流，孤云杳无迹。
　　　　　　空令揽衣人，一线泪一滴。衣弊奈有时，母恩无穷期。
　　　　　　终怜寸草心，何以报春晖。朝寒纵砭骨，念此不忍披。

且复返所藏，永寄霜露思。

——〔南宋〕林景熙《故衣》

晨起缝破衣，针线不成行。母年七十四，眼昏手又僵。
装绵苦欲厚，用线苦欲长。线长衣缝紧，绵厚耐寒霜。
装成令儿暖，母衣单薄凉。

——〔清〕郑板桥《李氏小园》

扬之水（郑风）

扬之水，不流束楚[1]。终鲜[2]兄弟，维予与女[3]。无信人之言，人实迋[4]女。

扬之水，不流束薪。终鲜兄弟，维予二人。无信人之言，人实不信[5]。

◎ 注释

1. 束楚：同"束薪"，捆扎在一起的薪柴，在《诗经》中往往作婚姻关系的象征。楚：荆，一种落叶灌木，是烧柴的重要原料。
2. 终：既，尽，引申为"皆""都"。《孟子·告子》："是君臣父子兄弟终去仁义，怀利以相接。"鲜：少，无。
3. 维，通"惟"，只有、唯有。女：通"汝"。
4. 迋（kuāng）：通"诳"，欺骗。
5. 信：有诚信、可信。

◎ 译文

即便湍急的河水，　　　　　　　即便湍急的河水，
也冲不走成捆的薪柴。　　　　　也冲不走成捆的柴薪。
都没有兄弟可依傍，　　　　　　都没有兄弟可依仗，
只有你我相亲相爱。　　　　　　相依为命只有我们两人。
不要轻信他人的话啊，　　　　　不要轻信他人的话啊，
他们骗你不分好歹。　　　　　　他人的话语哪可当真！

355

◎赏析

　　闻一多认为本诗的主旨是"将与妻别，临行慰勉之词也"，似乎是切题的，只是到底是男劝女还是女劝男，似乎不可遽然定论。笔者认为理解为男劝女，似乎显得过于狭隘与小气，因为那其实是出自对女方贞操的担心；理解为女劝男，则更合乎人情事理，在近乎絮叨的殷勤叮咛之间，一副善解人意的贤妻良母形象跃然而出——因为男人面临着更多的社会性诱惑，容易受狐朋狗友的不良影响，所以妻子的监督和劝诫不可缺少。

　　诗以激荡的河水冲不走束薪起兴，强调了夫妻同心则恩爱永固、无往不利的道理，然后告诫对方不要轻信他人，否则只会上当受骗。话说得直白，理讲得透彻，活现了相濡以沫的贫贱夫妻世俗日常的忧虑和忐忑，富有人间烟火气。

缁衣（郑风）

　　缁衣之宜¹兮，敝²，予又改为³兮。适子之馆⁴兮，还，予授子之粲⁵兮。

　　缁衣之好兮，敝，予又改造兮。适子之馆兮，还，予授子之粲兮。

　　缁衣之席⁶兮，敝，予又改作兮。适子之馆兮，还，予授子之粲兮。

◎注释

1. 缁（zī）衣：黑色的衣服，当时卿大夫到官署（私朝）所穿的衣服。孔颖达《诗经注疏》："卿士旦朝于王，服皮弁，不服缁衣。退适治事之馆，释皮弁而服（缁衣），以听其所朝之政也。"宜：合适，合身。
2. 敝：破旧、破损。
3. 为：制作。

4. 适：往，到。馆：官舍，办公的场所。《毛诗郑笺》："卿士所之之馆，在天子之宫。"

5. 授：给予。之：同"以"。《墨子·兼爱下》有"自古之及今"，《墨子·明鬼下》有"旦暮以为教乎天下，之疑天下之众"。粲：本义为精米，引申为鲜明，这里指新衣服。

6. 席（xí）：通"储"（古音同），储之长音即储与，宽大貌（从闻一多说，见《诗经通义·乙》）。《楚辞·哀时命》有"衣摄叶以储与兮"。大即宽松，宽松则舒适，故席与"宜""好"同义。

◎ 译文

这件官服恰合身，
只是有点破损，
我已经为你改造。
就先凑合着穿吧，
等回来换新就好。

这件官服真不赖，
只是有点损坏，
我已为你修改。

就会有新的穿了，
当你官衙归来。

这件官服真宽舒，
只是有点残破了，
我已为你缝补。
姑且凑合着穿吧，
归来就有新官服！

◎ 赏析

　　本诗在《诗经》中大概是最默默无闻的一首，几乎在各种《诗经》选本中都不见踪影。它没有舞之蹈之的激烈的情感宣泄，有的只是夫妻之间略显琐碎的家常闲谈。妻子在早上为丈夫准备去官衙办公的衣服时，发现那衣服有些破损了，于是马上缝补好，并决定赶紧做一件新的。诗中的妻子一边帮丈夫穿衣服，一边不厌其烦甚至有点絮叨地把发生的情况和自己的打算说给丈夫听。诗的语言朴素，节奏急促而灵动，通过日常生活中一个简单场景的描写，诗中女子贤惠、体贴、勤快而又利落的形象跃然纸上，表现出了她对丈夫无微不至的体贴和一往情深的关爱，一种质朴而温馨的亲情洋溢其间。

女曰鸡鸣（郑风）

女曰"鸡鸣"¹，士曰"昧旦"²。"子兴³视夜，明星有烂⁴。将翱将翔⁵，弋凫⁶与雁。"

"弋言加⁷之，与子宜之⁸。宜言饮酒，与子偕老⁹。琴瑟在御，莫不静好¹⁰。"

"知子之来之¹¹，杂佩以赠之¹²。知子之顺¹³之，杂佩以问¹⁴之。知子之好¹⁵之，杂佩以报¹⁶之。"

◎ 注释

1. 鸡鸣：古人昼夜计时中的一个时段。这种计时法与十二时辰的对应关系是："夜半者即今之所谓子也，鸡鸣者丑也，平旦者寅也，日出者卯也，食时者辰也，隅中者巳也，日中者午也，日昳者未也，晡时者申也，日入者酉也，黄昏者戌也，人定者亥也。"
2. 昧旦：天蒙蒙亮时分，后于鸡鸣。
3. 兴：起来。
4. 明星：启明星，天亮时出现在东方。有烂：烂烂，明亮貌。
5. 将翱将翔：行动矫捷的样子。翱、翔这里指快步奔走。将，助词。
6. 凫：野鸭。
7. 言：助词。加：射中。
8. 宜之：做成菜肴。宜：本义是祭品、肉食，这里作动词。《毛传》："宜，肴也。"古字宜、肴同。
9. 偕老：白头到老。
10. 在御：在弹奏的状态。御：用，弹奏。琴瑟不能一直弹奏，只要随时可以使用，就是正常的。静：通"净"，干净整洁。琴瑟是婚姻之象，故"琴瑟静好"指婚姻美满。
11. 来：通"勑"，顺从、体贴。之：词尾，无意义。
12. 杂佩：应该是男女都可佩戴的各种佩饰。古代男女交好，女投果而男赠佩。"杂佩以赠之"意味着无所保留。《毛诗》以为杂佩是"珩璜琚瑀衝牙之类"整套佩饰，恐非，因为这样整套玉佩作为个人身份之尊贵的标志，是国家礼制的重要组成部分，不是平民所佩戴的，更不能

　　随意送人，哪怕是自己的妻子。

13. 顺：温存。

14. 问：慰赠、赠送。

15. 好：对……好，温顺，与上文来、顺同义。

16. 报：报答。

◎译文

女说"鸡才鸣"，　　　　　　恩爱永到老。
男说"天已亮"。　　　　　　谐和如琴瑟，
"不信看外边，　　　　　　岁月常静好。"
明星多灿烂。
是时去河边，　　　　　　　"你体贴又温柔，
网猎凫与雁。"　　　　　　　我爱你无保留。
　　　　　　　　　　　　　你温顺又知礼，
"等你猎获归，　　　　　　　我爱你全心意。
我来做佳肴。　　　　　　　你漂亮又贤惠，
同饮一杯酒，　　　　　　　我爱你永不悔。"

◎赏析

　　此篇是最早的对话体诗，是年轻夫妻清晨的私房话。女的问："是不是刚刚鸡叫？"可能此时丈夫正欲穿衣起床。男的答："天都快亮了。不信你起来看看，启明星已经升起来了。我该走了，去猎野鸭和大雁。"女的又说："你猎到野鸭和大雁，我就给你做成菜肴。我们一起好好喝一杯，祝愿我们琴瑟和好，白头到老。"男的又说："你对我真是太好了，这么体贴我，这么温柔，我要把全部的佩玉都送给你，让你过得富有而快乐。"口吻毕肖，如新燕相呢喃，洋溢着世俗生活质朴的幸福感和新婚夫妇小日子的温馨，使人不觉被感染而为之祝福。

鸡鸣（齐风）

"鸡既鸣矣，朝既盈¹矣。""匪鸡则²鸣，苍蝇之声。"

"东方明矣，朝既昌³矣。""匪东方则明，月出之光。"

"虫飞薨薨⁴，甘与子同梦。""会且⁵归矣，无庶予子憎⁶。"

◎注释

1. 朝：朝堂。盈：满，指上朝的人都齐了。
2. 则：之。
3. 昌：盛，指人多。
4. 薨薨（hōng）：成群的昆虫一起飞的声音。
5. 且：将要。
6. 无庶予子憎：别让同僚憎恶你。无庶：庶无的倒文，义为"庶几不会"。予：通"与"，给予。子：你。憎：反感，谴责。

◎译文

"公鸡已打鸣，
人已满朝廷。""不是天色亮，
那是明月光。"

"不是鸡打鸣，
是烦人苍蝇声。""虫飞声薨薨，
随我同入梦。"

"东方已大亮，
人已满朝堂。""朝会将结束，
莫使众人憎。"

◎赏析

　　这首诗描写的是一大早妻子督促丈夫起床参朝而丈夫耍赖拖延的情景。第一、二章虽是催促，但因为时间尚有余，并不迫切，故妻子一再包容、迁就。第三章则语重心长，直陈事理：再不起床朝会就结束了，不要因此让同僚们对你产生反感和厌恶啊！女子的通达与体贴跃然纸上，在催促与迁就之际流露出对丈夫的深情。"虫飞薨薨"一句，烘托出了小夫妻爱巢中的缠绵与温馨，在"鸡既鸣矣""东方明矣"这急管繁弦般世俗节奏的冲击之下，围起了一个昭示生命永恒的温情角落——那儿没有疲于奔命的忙碌，没有淹没一切的喧嚣，有的只是爱情的欢歌与圆舞。对世界的辽阔与复杂多变，昆虫们毫不关心，它们万古如斯地按照生命的节律生息、繁衍，过得一心一意而又有滋有味。但人毕竟不是昆虫，他有太多的义务、职责、欲望和梦想，包括对爱情的保障和承诺。所以，诗中的妻子才甘愿抛却温柔乡，督促丈夫奔赴世俗的名利场。丈夫并没有考虑这么多，他只是装痴卖傻赖床不起，先说鸡鸣是苍蝇叫，又称天亮之色为月出之光。苍蝇之声与鸡鸣声相去甚远，月出之光与旭旦之明亦大不一样，故而以此为辞甚为无理，然无理处正显妙趣。因为该男子是向贤妻撒娇，并不是真要找一个说得过去的理由。过去有人历尽曲折将苍蝇解释成蛤蟆，实在是冬烘气十足。此诗写人口吻活现，言情昵而不亵，结构上极尽回环摩荡之致，读来疾徐有度，情味盎然。

◎相关链接　春宵苦短

挨着靠着云窗同坐，看着笑着月枕双歌。　听着数着愁着怕着早四更过。　四更过情未足，情未足夜如梭。　天那！更闰一更妨甚么。

——〔元〕贯云石《中吕·红绣鞋》

杕杜（唐风）

有杕之杜[1]，其叶湑湑[2]。独行踽踽[3]。岂无他人，不如我同父。嗟行之人[4]，胡不比[5]焉。人无兄弟，胡不佽[6]焉。

有杕之杜，其叶菁菁[7]。独行睘睘[8]。岂无他人，不如我同姓。嗟行之人，胡不比焉。人无兄弟，胡不佽焉。

◎注释

1. 有杕（dì）：杕杕，独立特出貌。《毛传》释为"特貌"，指树木高大突出。高大自然茂盛，故下文有"其叶湑湑""其叶菁菁"。杜：棠梨，又称甘棠。一说果实白者为"棠梨"，赤者为"杜梨"。
2. 湑湑（xǔ）：同"楚楚"，润泽鲜明貌。
3. 踽踽（jǔ）：佝偻缓行貌。
4. 嗟行之人：可叹那些路途中人。行（háng）：道路。
5. 比：相亲近。
6. 佽（cì）：同"比"，相亲和。
7. 菁菁（jīng）：有生气的样子，亦为鲜明貌。
8. 睘（qióng）：通"茕"（qióng），孤独貌。

◎译文

高高棠梨树，
枝叶郁葱葱。
漫漫人生路，
踽踽我独行。
际遇岂无人？
与我不同根。
可叹陌路人，
何为不相亲？
若无兄与弟，
相亲有何人？

高高棠梨树，

棠梨

枝叶郁青青。
漫漫人生路，
踽踽我独行。
际遇岂无人？
与我不同姓。
可叹行路人，
何为不相亲？
若无兄与弟，
相亲有何人？

棠梨

◎赏析

　　关于此诗的主题，《毛诗序》谓："杕杜，刺时也。君不能亲其宗族，骨肉离散，独居而无兄弟，将为沃所并尔。"扯得实在有点远。《诗经原始》以为"自伤兄弟失好而无助也"，亦有过于拘泥之嫌疑——也许写作的背景是"兄弟失好"，但从字面上看不出这一层意思。诗以棠梨起兴。棠梨树的果实簇生，因此《诗经》中往往用以兴起家族团聚、兄弟和睦之意。诗人以茂盛的棠梨树比拟强盛的家族，想到眼下宗脉萧条、自己孤独无靠的处境，油然而兴怀：棠梨树郁郁葱葱，可怜我却形单影只。难道就没有人可以依靠？可他们毕竟与我不是同根所生啊！可叹那些路上行人，聚散匆匆凄惶孤独，难道他们就不想相互亲爱？可叹那些无兄无弟的伶仃之人，只能一个人扛起生活的重压，难道他们就不想相互扶助？可毕竟他们各有归宿身不由己啊。"凡今之人，莫如兄弟。"（《小雅·棠棣》）同根所生的兄弟们，我们还是摒弃前嫌相互扶持吧！（按：此诗亦可径直理解为无兄无弟者的伤感之叹。"嗟行之人"以下四句并非呼唤"四海之内皆兄弟"的美好人际关系，只是强调"路人永远不可能结成兄弟一样的亲密关系"这一伦理事实。）有人认为此诗是一首"流浪者之歌"，是乞丐们吟唱的"莲花落"（《诗经直解》），实乃似是而非之论。若认为每章的后四句表达的是无家可归者相互关爱的愿望，则与前面"岂无他人，不如我同父"表达的意思相冲突。

兄弟之情

生涯怜汝自樵苏，时序惊心尚道途。别后几年儿女大，
望中千里弟兄孤。

秋天落木愁多少，夜雨残灯梦有无。遥想故园挥涕泪，
况闻寒雁下江湖。

——〔明〕谢榛《秋日怀弟》

有杕之杜（唐风）

有杕之杜，生于道左[1]。彼君子兮，噬肯适我[2]？中心好[3]之，
曷饮食之[4]？

有杕之杜，生于道周[5]。彼君子兮，噬肯来游[6]？中心好之，
曷饮食之？

◎注释

1. 道左：路的左边。
2. 噬：通"逝"，发语词。适我：到我这里来。
3. 中心：心中。好：喜爱。
4. 曷饮食之：何不设宴招待他。曷：何不。
5. 道周：道右。《韩诗》："周，右也。"
6. 来游：到我这里来。

◎译文

那高高棠梨树啊，
生长在大道左边。
尊贵的客人啊，
愿否与我共流连？
——心中喜欢无疑猜，
何不设宴待他来？

那高高的棠梨树啊，
生长在大道右边。
尊贵的客人啊，
愿否与我同遨游？
——心中喜欢无疑猜，
何不设宴待他来？

◎
赏
析

　　这是一首迎客诗。以往人们都认为其主旨是"求贤"或刺"不好贤"，如《毛诗说》"急求贤也"，《诗经原始》"自嗟无力致贤也"，《诗集传》"此人好贤而不足以致之"。《毛诗序》更是落实到晋武公身上，称此诗刺晋武公"不求贤以自辅焉"。皆非。凡《诗经》中提到"枤杜"，皆与宗族亲情有关。此诗表达的是好客之意：担心客人不至，表示既然喜欢他们，希望他们来，就应当不惜花费，待以筵席。此处的客人当指《小雅·伐木》中的诸父、诸舅、诸兄弟，总之是一家人。棠梨树生于人所必走的路旁，意味着兄弟亲情的维护和发扬才是真正的为人之道。

◎
相
关
链
接

迎客

　　　伐木许许，酾酒有藇。既有肥羜，以速诸父。宁适不来，微我弗顾。于粲洒扫，陈馈八簋。既有肥牡，以速诸舅。宁适不来，微我有咎。

　　　　　　　　　　　　　　　　　　——《小雅·伐木》

　　　舍南舍北皆春水，但见群鸥日日来。

　　　花径不曾缘客扫，蓬门今始为君开。

　　　盘飧市远无兼味，樽酒家贫只旧醅。

　　　肯与邻翁相对饮，隔篱呼取尽余杯。

　　　　　　　　　　　　　　　　　——〔唐〕杜甫《客至》

无衣（唐风）

岂曰无衣¹？七²兮。不如子之衣，安且吉³兮！

岂曰无衣？六兮。不如子之衣，安且燠⁴兮！

◎注释

1. 无衣：根据生活常识，这里应指没有可换的衣服。
2. 七：虚词，表示很多，下文"六"同。
3. 安：安泰，舒适。吉：好，漂亮。
4. 燠（yù）：暖和。

◎译文

难道说我无衣换？　　　　　哪能说我没衣换，
柜里衣服有多件！　　　　　柜里衣服有很多！
只是不如你亲制，　　　　　只是不如你亲缝，
穿着舒适又好看。　　　　　穿着舒适又暖和！

◎赏析

　　《毛诗序》认为此诗是晋武公向周王请赐爵位时所作："无衣，美晋武公也。武公始并晋国，其大夫为之请命乎天子之使，而作是诗也。"则"子之衣"指的是"天子所赐之衣"。这显然是冬烘先生的附会之辞。试想，以武公之身份，向天子之使谈论衣服多寡，何其猥琐之甚！衣服在天子封爵时所赐之器物中不具代表性，以此为封爵的象征物显然不合适，并且天子所赐乃庄重礼服，是不可以与其他寻常衣服相提并论的。

　　一个有妻有妾的贵族，因为特别喜欢其中的一位，爱屋及乌，穿着对方缝制的衣服不愿意更换。问他是不是无衣可换了，他抓住机会拍了个高级马屁：哪能没衣服可换呢，柜里多着呢，只是哪一件都不如你亲手缝制的这件穿着好看又舒服。大男人撒娇献媚，也着实有趣。这种古今中外都会发生的日常小品，富有生活情味，读来使人禁不住会心莞尔。

干旄（鄘风）

孑孑干旄¹，在浚之郊²。素丝纰³之，良马四之⁴。彼姝⁵者子，何以畀⁶之？

孑孑干旟⁷，在浚之都⁸。素丝组⁹之，良马五之。彼姝者子，何以予之？

孑孑干旌¹⁰，在浚之城。素丝祝¹¹之，良马六之。彼姝者子，何以告¹²之？

◎注释

1. 孑孑（jié）：特出之貌。指旗杆矗立，异常显眼。《说文》："孑，无右臂也。"《段注》："引申之，凡特立为孑。"干旄（máo）：以牦牛尾装饰旗的杆，树于车后，以状威仪。干通"竿""杆"，此指旗杆。旄：同"牦"，牦牛尾。陈奂《诗经传疏》："注牦牛尾于杆之首曰干旄。下章干旟、干旌皆同于干旄也。"干旄一般插在车后。
2. 浚（xùn，作"疏通"之义解时读jùn）：卫国邑名。郊：国都的城外。杜子春《周礼注》："（距国）五十里为近郊，百里为远郊。"浚乃卫国国都之郊，故"浚之郊"与"浚之都""浚之城"义同，都是指"浚这个地方"。
3. 素丝：本义指洁白的蚕丝，这里指古人相互馈赠的礼物，以五两（能制作五匹帛的蚕丝）为一束，称"束丝"，类似于春秋时期广泛用作礼物的"束帛"（帛一丈八尺为一端，两端称一匹或一两，五匹即五两为束），金文中有周王赏赐束丝之例，如《守宫尊》有"易（赐）守宫丝束"。纰（pí）：比次、组合，指束扎在一起。
4. 四之：以四匹为一份礼物。下文五之、六之同。
5. 姝（shū）：美好。
6. 何以：以何，拿什么。畀（bì）：给，予。
7. 旟（yú）：本指画有鸟隼的军旗，泛指旗帜，诗中"干旟"指用羽毛装饰的"杆"。
8. 都：周时地方的区域名。《毛传》："下邑曰都。"陈奂《毛诗传疏》："周制，乡遂之外置都、鄙。"
9. 组：组合，束在一起。

10. 干旄：同"干旗"，亦以羽为饰之"杆"。《周礼·司常》："析羽为旌。"
11. 祝："属"（zhǔ）的假借字，连属、捆扎。
12. 告：通"造"，致送、给予。《尚书·大诰》："予造天役"，马《注》："造，遗也。"闻一多《诗经通义·乙》谓："遗有遗忘及遗赠二义。"

◎ 译文

旗杆上的旄头随风招摇，　　　　　　骏马五匹已经备足。
远方的贵客来到浚郊。　　　　　　　仪表堂堂的翩跹君子啊，
素丝五两捆为一束，　　　　　　　　拿什么表达我的敬意和祝福？
良马四匹已经备好。
仪表堂堂的翩跹君子啊，　　　　　　旄杆高矗旄羽随风，
拿什么表达我的敬意和慰劳？　　　　高贵的客人来到浚城。
　　　　　　　　　　　　　　　　　素丝五两捆作一束，
旗杆上的羽饰随风飞舞，　　　　　　骏马六匹礼仪具成。
远方的贵客来到浚都。　　　　　　　仪表堂堂的翩跹君子啊，
素丝五两捆作一束，　　　　　　　　什么礼物能表达我别念离情？

◎ 赏析

　　关于这首诗的主题主要有三种观点：《毛诗序》主张"美卫文公臣子好善说"；朱熹《诗集传》主张"卫大夫访贤说"，即树干旄于浚地以招纳贤才；现代一些学者则持"男恋女情诗说"。其中《毛诗序》的观点一如既往的不怎么靠谱。朱熹的观点为多数人所接受，实则似是而非：春秋时期游士之途未开，国家要职都由世家把持，加之卫国方圆不过百里，境内同姓皆本家，异姓皆亲戚，树旗招贤从何谈起？至于男女情诗说，更出于对古人生活状况的隔阂与无知：春秋前期礼法尚严，男女之间投桃报李也就罢了，真要涉及束丝匹马，恐怕要有媒妁之言、父母之命，纳彩请期走程序，绝不会招摇于野私相授受。

　　本诗应是卫国君臣送宾劳客之作。根据周礼，诸侯与王室以及诸侯之间使节往来时，主人对客人"入有郊劳，出有赠贿"。其实赠贿亦在郊外道别之时。对卫国都城而言，浚地即是郊外。客人干

旄暂驻，是为与主人行道别礼。客人身份高贵，仪表非凡，他的到来让主人兴奋了一阵子，临别又为如何赠礼而纠结不已：先是四马束丝，可能觉得不能尽意，改为五马束丝，仍然觉得不够意思，最后定为六马束丝，但还是有些忐忑不安……诗人其实不是在算计和掂量礼物的多寡，而是因为过于激动而神魂颠倒，失去了自我。总之，本诗表达的不是敬贤之意，而是好客之情。

◎ 相关链接

送客诗

斗酒勿为薄，寸心贵不忘。坐惜故人去，偏令游子伤。
离颜怨芳草，春思结垂杨。挥手再三别，临岐空断肠。

———〔唐〕李白《南阳送客》

长亭柳渐柔，送客当闲游。江近闻津鼓，云开见戍楼。
薄书来衮衮，岁月去悠悠。闭眼寻归路，春芜满故畴。

———〔南宋〕陆游《送客》

无衣（秦风）

岂曰无衣？与子同袍[1]。王于兴师[2]，修我戈矛。与子同仇[3]！

岂曰无衣？与子同泽[4]。王于兴师，修我矛戟。与子偕作[5]！

岂曰无衣？与子同裳[6]。王于兴师，修我甲兵[7]。与子偕行[8]！

◎ 注释

1. 袍：长外衣，类似今之斗篷，野营时可以铺在身下。
2. 王：指周天子，秦自襄公以来受平王之命伐西戎。一说民众称秦公为王。
   于：语助词。兴师：起兵。
3. 同仇：共同对敌。闻一多先生以为仇通"俦"，指同乡里，可参考。
4. 泽：通"襗"，内衣，如今之汗衫。
5. 作：起，行动。
6. 裳（cháng）：下衣，此指战裙。
7. 甲兵：铠甲与兵器。
8. 行：往。陈奂《毛诗传疏》："言奉王命而偕往征之也。"

◎ 译文

莫说你战服未好，
让我们共享征袍！
我王兴兵讨伐，
赶紧把戈矛磨快。
让我们同仇敌忾！

莫说你战服未齐，
请分享我的内衣！
我王兴兵征战，

赶快修理好矛戟。
让我们一起赴敌。

莫说你未备衣裳，
我这有战裙分享。
我王兴兵讨敌，
赶快把兵甲擦亮。
让我们同赴战场！

◎ 赏析

　　本诗是秦国军中战歌，当产生于秦国敌对西戎、经营镐京之时。衣服是贴身之物，与战友共享，可见其情谊之深重。诗篇慷慨豪迈，一往无前，有一种并吞天下的气象，可称边塞诗之鼻祖。

◎ 相关链接

边塞诗

　　轮台城头夜吹角，轮台城北旄头落。

　　羽书昨夜过渠黎，单于已在金山西。

　　戍楼西望烟尘黑，汉军屯在轮台北。

　　上将拥旄西出征，平明吹笛大军行。

四边伐鼓雪海涌，三军大呼阴山动。

虏塞兵气连云屯，战场白骨缠草根。

剑河风急雪片阔，沙口石冻马蹄脱。

亚相勤王甘苦辛，誓将报主静边尘。

古来青史谁不见，今见功名胜古人。

　　　　——〔唐〕岑参《轮台歌奉送封大夫出师西征》

第十六讲
庆贺与祝祷

有关节庆与婚嫁、生日祝贺、祝咒祈求的诗有周南的《樛木》《桃夭》《螽斯》《芣苢》《麟之趾》，召南的《驺虞》《鹊巢》《采蘩》《采蘋》，豳风的《伐柯》，曹风的《鸤鸠》等。

樛木（周南）

南有樛木[1]，葛藟累[2]之。乐只君子[3]，福履绥[4]之。

南有樛木，葛藟荒[5]之。乐只君子，福履将[6]之。

南有樛木，葛藟萦[7]之。乐只君子，福履成[8]之。

◎ 注释

1. 樛（jiū）：树木高而曲。"樛"为"朻"之重字。《韵会》："朻，木高而下曲也。"

2. 葛藟（gě lěi）：葛藤。戴震："诗中凡言葛藟，谓葛之藤蔓耳。古曰藟，今曰藤，古今语也。"《广雅·释草》："藟，藤也。"闻一多谓累、腾相通，皆有"缠绕"义，藟、藤亦音近义同（参见闻一多《诗经通义·乙》）。累：缠绕并覆盖，又作"纍"。

3. 只：语气助词。君子：此处指结婚的新郎。

4. 福履：福禄，幸福。《毛传》："履，禄也。"绥：通"绣"，本义为冠缨之饰，即冠缨交结之后下垂的部分，这是衣饰中最引人注目的部分，故引申为"修饰"，凡修饰都是在原物之上有所增加，故又引申为"累积"。在本诗中有"锦上添花""好上加好"之义。下文"将""成"同。

5. 荒：同"累"，亦缠绕并覆盖义。《毛传》："荒，奄也。"

6. 将：读作"妆"（参考闻一多《诗经通义·乙》）。《说文》："妆，饰也。""饰"
有增加、辅助、成就之义。

7. 萦（yíng）：回旋缠绕。《康熙字典》："《玉篇》：萦，旋也；《广韵》：绕也。"

8. 成：亦有"装饰""施加于"之义。《士丧礼》："献素献成亦如之"，闻一
多谓："成与素对举，有饰谓之成，无谓之素也。"

◎
译
文

大树高高立南山，　　　　　　和和乐乐新郎官，
青青葛藤来交缠。　　　　　　吉祥如意福禄增。
和和乐乐新郎官，
吉祥如意福禄添。　　　　　　葛藤缠绵相依傍，
　　　　　　　　　　　　　　大树高高立山岗。
参天大树南山顶，　　　　　　和和乐乐新郎官，
绵延无已附葛藤。　　　　　　吉祥如意福禄长。

◎
赏
析

　　这是一首婚礼贺诗。作者以顶天立地的大树比喻新郎，以攀缘
于其上的葛藤比喻新娘，生动形象。对新婚夫妇增福增禄的美好未
来的祝福，发于性情，出之自然，在人际关系日渐疏远的现代人看
来，具有一种朴素却动人的魅力。

桃夭（周南）

桃之夭夭[1]，灼灼其华[2]。之子于归[3]，宜[4]其室家。

桃之夭夭，有蕡[5]其实。之子于归，宜其家室。

桃之夭夭，其叶蓁蓁[6]。之子于归，宜其家人。

◎ 注释

1. 夭夭：多姿多态而富有生机的样子。夭：曲折貌。钱钟书先生谓："妖妖总言一树桃花之风调，灼灼专咏枝上繁花之光色。"（《管锥编·桃夭》）
2. 灼灼：花朵色彩鲜艳明亮的样子。华：同"花"。
3. 之子：这位女子。于归：姑娘出嫁。古代把丈夫家看作女子的归宿，故称"归"。于：助动词。古人释为"去""往"，《毛传》："于，往也。"
4. 宜：合宜，适合。
5. 有：用于形容词之前的语助词，和叠词的作用相似，有蕡（fén）：蕡蕡，果实繁盛，颜色斑驳貌，指桃子成熟时红白相间、色彩艳丽。
6. 蓁（zhēn）：草木繁密的样子，这里形容桃叶茂盛。

◎ 译文

碧桃何矫袅，
灼灼绽繁花。
新人进门来，
兴旺发全家。

碧桃何矫袅，
累累结硕果。

新人进门来，
发家福禄多。

碧桃何矫袅，
其叶郁葱葱。

新人进家门，
发家福禄增。

◎ 赏析

　　这是一首婚礼贺诗。"桃之夭夭，灼灼其华"，既是比又是兴：灼灼繁花与青春绽放的少女相互辉映，累累果实象征着家族的繁衍与昌盛。寥寥八个字，烘托出了一片花团锦簇的喜庆氛围，渲染出了生命的美丽和永恒。其笔力之雄健，千古之下，罕有其匹。

螽斯（周南）

螽斯[1]羽，诜诜[2]兮。宜[3]尔子孙，振振[4]兮。

螽斯羽，薨薨[5]兮。宜尔子孙，绳绳[6]兮。

螽斯羽，揖揖[7]兮。宜尔子孙，蛰蛰[8]兮。

◎注释

1. 螽（zhōng）斯：或名"斯螽"，一种直翅目昆虫，俗称为"蝈蝈"。一说"斯"为语词。

2. 诜（shēn）诜：同"莘莘"，众多貌。

3. 宜：多。马瑞辰《诗经通释》："古文宜作多。窃谓宜从多声，即有多义。宜尔子孙，犹云多尔子孙也。"

4. 振振（zhēn）：振奋有为的样子。

5. 薨（hōng）薨：昆虫群飞的声音。

6. 绳绳：（像绳索）连续不断貌，指子孙众多。《毛传》："绳绳，戒慎也"，于诗意未洽。

7. 揖揖（yī）：会聚的样子。揖为集之假借。《毛传》："揖揖，会聚也。"

8. 蛰（zhé）蛰：聚集貌。按：蛰本义为蛇类"伏藏静处"，即冬眠，蛇类冬眠往往聚在一起，故又有"聚集"义，引申为"多"。

◎译文

蝈蝈成群，
振翅歌唱。
祝你家族兴旺，
子孙满堂！

蝈蝈振翅，
嗡嗡群翔。

祝你多子多孙，
绵绵久长！

蝈蝈振翅，
团团飞翔。
祝你多子多孙，
兴盛吉祥！

螽斯

◎
赏
析

　　这大概也是一首婚礼贺诗，祝贺别人多子多孙，家族兴旺。诗篇以振翅高歌、嗡嗡群飞的螽斯起兴，渲染了一种热烈而强盛的生命氛围，在大自然生生不息的宏大背景下，表达了对祝贺对象之家族繁衍与昌盛的美好祝福。诗中洋溢着的那种万物一体、生命蓬勃的荒莽情调，使之具有了现代人无法企及的永恒魅力。

◎
相
关
链
接

贺婚

金华门外浥京尘，乌石山前结帨巾。

翁婿相看冰映玉，庭闱一笑顿生春。

昔言尔尔嫌随俗，今唤卿卿喜有人。

来岁梦兰叶佳兆，犀钱玉果出娱宾。

——〔南宋〕王迈《贺同年林簿同卿龟从新婚》

初笄梦桃李，新妆应摽梅。疑逐朝云去，翻随暮雨来。

杂佩含风响，丛花隔扇开。姮娥对此夕，何用久裴回。

——〔唐〕郑世翼《看新婚》

芣苢（周南）

采采芣苢[1]，薄言[2]采之。采采芣苢，薄言有[3]之。

采采芣苢，薄言掇[4]之。采采芣苢，薄言捋[5]之。

采采芣苢，薄言袺[6]之。采采芣苢，薄言襭[7]之。

◎注释

1. 采采：一般释为茂盛或鲜艳的样子，恐非，因为在采收车前籽时，车前草不再茂盛，更不再鲜亮，故笔者以为这里应理解为"采"的连续动作。芣苢（fú yǐ）：一种植物，即车前草，其叶和种子都可以入药，亦可以食用，其穗状花序结籽特别多，所以古人认为食用车前籽能多生孩子。按"芣苢"古音同"胚胎"，说明车前籽利怀孕的观念源远流长。

2. 薄：通"迫"，有迫促、赶紧、勉力之义（从闻一多先生观点），一说"薄"为发语词，无义。言：语助词，这里主要起补充音节的作用。

3. 有：取得，获得。《尔雅·释诂》："有，取也。"

4. 掇（duō）：拾取，摘取。

5. 捋（luō）：从茎上成把地采取。

6. 袺（jié）：提起衣襟兜东西。

7. 襭（xié）：把衣襟扎在腰带上兜东西。

◎译文

采呀采呀车前籽，
快快快，采下来。
采呀采呀车前籽，
采下来，入我怀！

采呀采呀车前籽，
快快快，搓下来。

采呀采呀车前籽，
快快快，撸下来！

采呀采呀车前籽，
入我襟，兜起来。

采呀采呀车前籽，
入我衭，兜起来！

车前草

377

◎ 赏析

　　这是一群女子在采收车前子的种子时所唱的歌。因为车前子"宜怀妊"(《毛传》)，可以相信这首歌具有祈福求子的祝咒辞性质。最后一章具有浓厚象征意味的"袺之""襭之"的反复祝祷，使人如临其境般感受到对怀妊之祈求的急迫和热切。歌词非常朴素甚至有点简陋，但那种发自生命深处的人性的脉动，那种原始的、循环往复却又直截了当的新生命的呼唤，具有强大的冲击力：这是天荒地老之中，那个劳动着、繁衍着的古老民族最深沉的呼号和祈求。宜乎方玉润在《诗经原始》中说："读者试平心静气涵咏此诗，恍听田家妇女，三三五五，于平原旷野、风和日丽中，群歌互答，余音袅袅，若远若近，忽断忽续，不知其情之何以移，而神之何以旷。"

驺虞（召南）

彼茁者葭[1]，壹发五豝[2]，于嗟乎[3]驺虞[4]！

彼茁者蓬[5]，壹发五豵[6]，于嗟乎驺虞！

◎ 注释

1. 茁(zhuó)：草木茂盛貌。葭(jiā)：初生的芦苇。最早的箭杆是用苇秆做的，西周以后，有些礼仪性用箭也用芦苇做箭杆，如《类说》卷三十六："秦制避恶车，悬之于门，桃弓苇箭，以禳不祥。"这里是一种表述祈愿的祝咒辞，即希望芦苇都变成利箭，一次射杀五只野猪。

2. 壹：一，一说十二箭为一发。豝(bā)：母猪（此处应为雌野猪）。

3. 于(xū)嗟乎：感叹词，表示惊异、赞美。于，通"吁"，叹词，表示赞叹或悲叹。

4. 驺(zōu)虞(yú)：传说中的一种白虎形的义兽，诗中应该是指上古八蜡祭祀中所祭祀的虎神。一说驺虞为古代管理鸟兽的官，恐非诗义。

5. 蓬(péng)：草名，即蓬草，又称"蓬蒿"。蓬蒿的杆也能做礼仪性箭矢的杆，《礼记·射义》有云："故男子生，桑弧蓬矢六，以射天地四方。天地四方者，男子之所有事也。"

6. 豵（zōng）：小猪。一岁曰豵（此处应为一岁的小野猪）。

◎译文

把蓬勃的苇丛变成利箭，　　　　把茁壮的蓬杆装上箭镞，
一发射中五只野猪。　　　　　　一发射中五只野猪。
保佑我啊，驺虞，　　　　　　　保佑我啊，驺虞，
啊，神圣的驺虞！　　　　　　　啊，神圣的驺虞！

◎赏析

　　多数学者认为本诗是歌唱猎人的颂歌，纯属望文生义。
　　胡承珙云："《礼记·乐记》：'武王散军郊射，左射《狸首》，右射《驺虞》，而贯革之射息'，是则《驺虞》之诗，文、武王世已入乐章，故周公制礼，于大司乐、钟师、射人及《礼仪·乡射礼》皆有奏《驺虞》之文。《墨子·三辨篇》云：'周成王因先王之乐，命曰《驺虞》。'可见《驺虞》为文王时诗。"说明《驺虞》十分古老，绝对不是文明时代表达个人情感的"赞美猎人之作"——它必定有一个深邃的集体情感的渊源。
　　驺虞原本是属于炎帝族系的邹屠族（邹屠氏图腾即《山海经》中的奢比尸，人面兽身如虎）和东夷少昊白虎支天虞部合婚后的图腾，是一种虎状的"仁兽"，后来在神话和传说中被附会为驱逐野猪、保护庄稼的虎神，也是猎人的守护神。本文即巫师在狩猎祭祀仪式中的祝咒歌词。歌词虽然简单，但它洋溢着的那种来自上古的荒莽气息，依然有一种天然而古朴的魅力，令人感动。

鹊巢（召南）

维鹊[1]有巢，维鸠居[2]之。之子于归[3]，百两御[4]之。

维鹊有巢，维鸠方[5]之。之子于归，百两将[6]之。

维鹊有巢，维鸠盈⁷之。之子于归，百两成⁸之。

◎注释

1. 维：发语词。鹊：喜鹊。
2. 鸠：鸤鸠，当是八哥。过去多释为布谷鸟，即杜鹃，恐非。因为杜鹃只是把卵偷偷下在其他鸟的巢里，而不是占用之。居：居住。
3. 之子于归：用于女子出嫁的套语。之子：这个女子。于：往，一说为结构助词。归：归于夫家，出嫁。
4. 百：虚数，指数量多。两：同"辆"。御：侍卫、护卫，在诗中与下文"将""成"俱有陪送、扈从义。
5. 方：比拟、齐等，引申为占有、据有。《广雅·释诂一》："方，有也。"
6. 将（jiāng）：本义为扶持，引申为卫护，扈从。
7. 盈：本义为"满"，亦有"有"之义。《墨子·经上篇》："盈，莫不有也。"盈、有义相生，故亦有"有"义。
8. 成：本义同"城"，故亦有卫护义。马瑞辰《诗经通释》："首章在迎则曰御之，二章在途则曰将之，三章既至则曰成之。"

◎译文

喜鹊有新巢，
八哥来居住。
新人归其家，
百车来迎娶。

喜鹊有新巢，
八哥来合宿。
新人归其家，
百车来送护。

喜鹊有新巢，
八哥来做主。
新人归其家，
百车来陪护。

八哥

布谷鸟

◎赏析

关于此诗的主题，主要有两种观点，一种认为是贺婚诗，鹊巢喻新郎家，鸠喻新娘；一种认为是"弃妇辞"，鹊喻弃妇，鸠喻新妇。从全诗的基调看，应当是前者。若是弃妇的自怨自怜之作，则应将情感重心放在对"负心汉"的控诉、或对自己命运的叹惋上，而不应当对婚礼车队的规模给予太多关注。

本诗以"维鹊有巢，维鸠居之"兴起，抒情的重心落在"百两御之"上，虽然有些显摆，但却不使人产生鄙俗之感，因为当时的人们生活在万物之间，婚礼作为宗族绵衍之伟大活剧的高光时刻，仍保留了生命仪式的庄严性——正是那种来自于种族共同体的宏阔悠远的背景音，为《诗经》赋予了后世诗作无可企及的永恒魅力。

采蘩（召南）

于以采蘩[1]？于沼于沚[2]。于以用之？公侯之事[3]。

于以采蘩？于涧[4]之中。于以用之？公侯之宫[5]。

被之僮僮[6]，夙夜在公[7]。被之祁祁[8]，薄言还归[9]。

381

◎ 注释

1. 于以：疑问词，往哪儿。于：往。以：同"何"。蘩（fán）：白蒿。叶似嫩艾，茎或赤或白，根茎可食，《毛诗笺》有云："以豆荐蘩菹也。"古代常用来祭祀或用于生蚕，《左传》有："苹蘩蕴藻之菜，可以荐于鬼神，羞于王公。"

2. 沼：沼泽。沚（zhǐ）：指水中的小块陆地，《说文》："小渚曰沚。"

3. 事：此指祭祀。

4. 涧：有水的山沟。《毛传》："山夹水曰涧。"

5. 宫：公侯的家庙。汉代以后专指皇宫。

6. 被（bì）：同"髲"（bì）。即"髲髢"（tī），取他人之发编结披戴的发髻，相当于今之假发。僮（tóng）僮：众多。

7. 夙夜：早晚，这是当时的套语，指干什么事情不分早晚。公：公室。

8. 祁（qí）祁：同"僮僮"，众多。

9. 薄：通"迫"，有"赶紧"之义。归：回家。

◎ 译文

何处去采蘩？　　　　　采蘩何处用？
沼泽沙洲边。　　　　　公侯之庙宫。
采蘩何所用？
公室祭祖先。　　　　　进出如鱼贯，
　　　　　　　　　　　夙夜供差遣。
采蘩去何处？　　　　　忙里又忙外，
去那山涧中。　　　　　何时把家还？

◎ 赏析

　　本诗描述的是劳动妇女为公室服役、采蘩供祭的情景。她们不分白天黑夜，忙里忙外，牵挂着自己的小家，渴望与亲人团聚而不得。不过，就诗歌流露的基调看，并没有多少沉重和哀伤，相反仍然是轻快的、明亮的，脱胎于原始村社的那种共同体性质的社会关系为她们的生活赋予了一种现代社会所稀缺的世俗的温情。祭祀祖先神灵对宗族共同体的每个成员来说都是神圣的节日，阳光明媚的春天更使人心旷神怡，所以本诗不是抱怨劳动的辛苦，而是礼赞节日的忙碌和欢欣。《毛诗序》谓"采蘩，夫人不失职也。夫人可以奉祭祀，则不失职矣"，多少有些道理。

蔞
ヌ、ヨモギ

蘩　白蒿也
レロヨモギ

白蒿（左）

采蘋（召南）

于以采蘋[1]？南涧之滨。于以采藻[2]？于彼行潦[3]。

于以盛之？维筐及筥[4]。于以湘[5]之？维锜及釜[6]。

于以奠[7]之？宗室牖[8]下。谁其尸[9]之？有齐季女[10]。

◎注释

1. 于以：犹言"于何"，在何处。蘋（pín）：又称"四叶菜""田字草"，蘋科，为生于浅水之多年生蕨类植物，可食。

2. 藻：杉叶藻科，为多年生水生草本植物，可食。

3. 行：通"洐"（xíng），沟水。《说文》："洐，沟行水也。"潦（lǎo）：雨后路边沟里的流水、低洼处的积水。

4. 筥（jǔ）：圆形的竹筐。方称"筐"，圆称"筥"。

5. 湘：通"鬺"（shāng），烹煮。

6. 锜（qí）：三足锅。釜：无足锅。锜与釜均为炊饭之器。

7. 奠：放置祭品。

8. 宗室：宗庙。《毛传》："大宗之庙也。"大宗，即大夫之始祖。牖（yǒu）：在房顶的窗户。马瑞辰《毛诗传笺通释》："古者牖一名向，取向明之义。其制向上取明，与后世之窗稍异。"

9. 尸：古人祭祀用人充当神，称尸。

10. 有：语首助词，无义。齐："齍"（qí）之省借，美好。《广雅·释诂》："齍，好也。"季：少、小。古称未嫁之女为季女。

◎译文

采蘋去何处？
南山小溪间。
何处去采藻？
流水池塘边。

采来放哪里？
方筐与圆筥。
烹煮用何器？
吉金锜与釜。

致祭在哪里？
宗庙当中处。
谁人做神主？
庄洁美少女。

槐叶蘋

◎赏析

这是一首叙述贵族女子出嫁之前的"教成之祭"的诗作。关于"教成之祭"，《礼记·昏义》有这样的记载："是以古者，妇人先嫁三月。祖庙未毁，教于公宫；祖庙既毁，教于宗室。教以妇德、妇言、妇容、妇功。教成，祭之。牲用鱼，芼之以蘋藻，所以成妇顺也。"

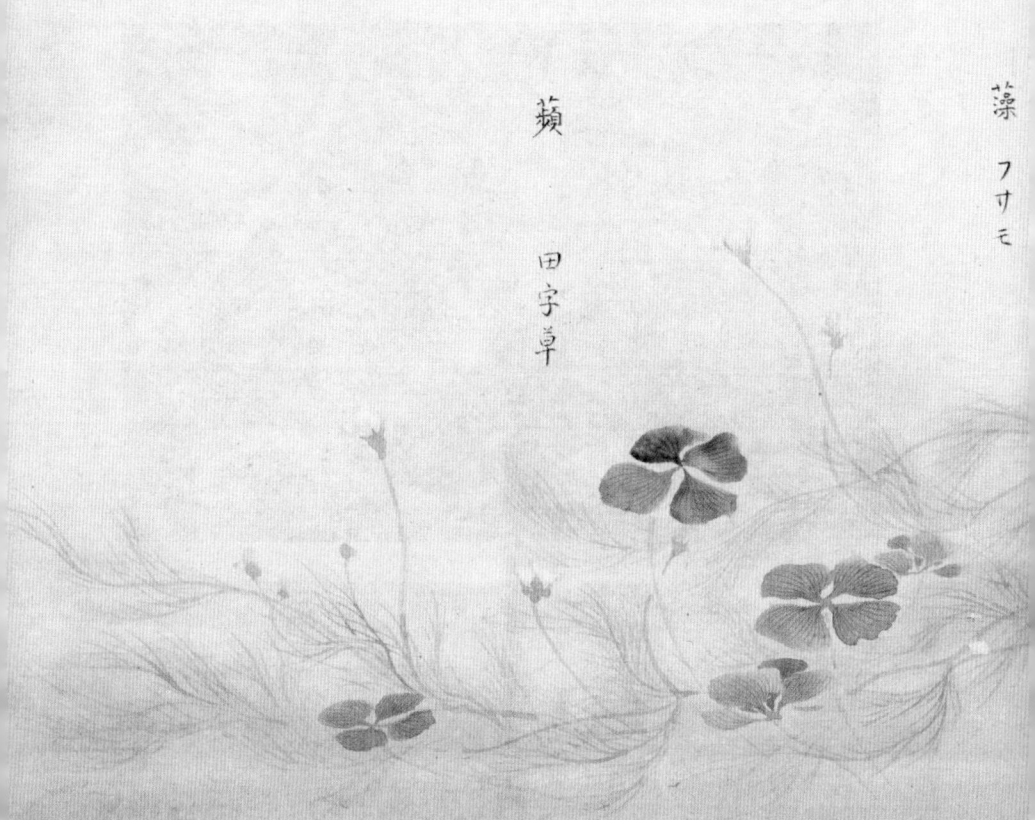

藻

蘋

田字草

藻与蘋

（阮元校刻《十三经注疏·礼记正义》）。这是一个女孩子在出嫁之前所经历的最神圣的人生仪式：敬告祖先自己已成人，为即将到来的新生活做好了准备。全诗连用五个"于以"，一问一答间，视线从远及近，由山涧沟池而至宗庙，最后集中到洁净庄严的美少女神主身上，如推波转流，节奏紧张而明快，看似琐碎的细节描写却不会给人以烦冗无聊的感觉，而是摇曳多姿，洋溢着来自原野的鲜活的生命气息。可以说，这首看似简单直白的歌谣是青春生命的礼赞。

浮萍

伐柯（豳风）

伐柯¹如何？匪斧不克²。取³妻如何？匪媒不得。

伐柯伐柯，其则⁴不远。我觏之子⁵，笾豆有践⁶。

◎注释

1. 伐柯：砍取做斧柄的木料。《说文解字》："柯，斧柄也；伐，击也，从人，持戈。"
2. 匪：同"非"。克：能。
3. 取：通"娶"。
4. 则：法则、标准。此处指按一定样式才能砍伐到合适的斧子柄。
5. 觏（gòu）：通"遘"，遇见。之子：这个人，指其妻子。
6. 笾（biān）：竹编礼器，主要用来盛果品。豆：木制、金属制或陶制的器皿，主要盛放腌制食物、肉类、酱类等。有践，即"践践"，整齐有序。《毛传》："践，行列貌。"闻一多谓践通"潗"，干净整洁的样子，可参考。

◎译文

砍伐斧柄靠什么？
没有斧头不可能！
要娶媳妇怎么办？
没有媒人可不行。

砍伐斧柄用斧头，
随时比照不走偏。
这个女人能持家，
井井有条不一般。

◎赏析

　　闻一多先生认为本篇是"新婚谢媒之辞"，"诗人乐其新婚而归功于媒氏，意谓有良媒乃得有良妇耳"（闻一多《诗经通义·乙》），可谓解人之论。本诗篇幅虽小，但含义十分丰富。诗人上来先讲道理，指出砍斧柄要用斧头，娶媳妇要求助于媒人。下面很自然地转向了对媒人的恭维：拿着斧子去砍斧柄，合适不合适比照一下就知道了；娶媳妇找媒人，媳妇怎么样看看媒人就知道了。尽管是很有创意的高级奉承，其实都是客套的废话——人在高兴时是不吝惜对他人的赞美的。最后表达的才是他真正要说的心里话：对新婚佳人满意极了。但他并没有夸赞她多么漂亮或多么能生孩子——这是当时评价女人价值的最重要的两个方面，而是派头十足却又十分低调地举出了一个小小的闪光点作为例证：她能把家收拾得非常整洁有序。诗人那种故作姿态的沾沾自喜实在令人莞尔。

　　本诗是真正的老百姓的诗作，表达的是人生日常的欢乐与欣喜，朴素而鲜活。

麟之趾（周南）

　　麟之趾[1]，振振公子[2]，于嗟[3]麟兮。

　　麟之定[4]，振振公姓，于嗟麟兮。

　　麟之角，振振公族，于嗟麟兮。

◎ 注释

1. 麟：原本是一种鹿，《说文》："麟，大牝鹿也。"春秋以后，逐渐被附会成一种"有蹄不踏，有额不抵，有角不触"的祥瑞动物。趾：足，指麒麟的蹄。
2. 振振（zhēn）：美盛貌，指公子内外双美，振作尤为。公子：与公姓、公族皆指贵族子孙。
3. 于（xū）：通"吁"，叹词。于嗟：叹美声。
4. 定：通"颀"（dìng），额。

◎ 译文

你是麒麟坚定的足趾啊，帅气有为的公子！吉祥啊，麒麟！
你是麒麟光明的额头啊，帅气有为的公子！吉祥啊，麒麟！
你是麒麟仁义的触角啊，帅气有为的公子！吉祥啊，麒麟！

◎ 赏析

　　这是一首颂诗，祝颂公室后继有人，前程吉祥，很可能是公室子弟成人礼庆典上的贺词。以祥瑞之兽麒麟比喻公室宗族，以麟之趾、额、角比喻其后代，可谓神思天纵。尽管属于拍马屁，但拍得光明正大而且有创意，不仅不下作，甚至有一种雍容富贵气象。

◎ 相关链接

冠礼贺诗

　　髧彼两髦，末几见兮，突而弁兮。记昔年犀玉，奇资秀质，今朝簪佩，丰颊修眉。满面春风，一团和气，发露胸中书与诗。人都美，是君家驹子，天上麟儿。　　画堂人物熙熙。会簪履雍容举庆宜。看筵日礼宾，陈钟列俎，三加致祝，一献成仪。绿鬟貂蝉，朱颜豸角，早有君臣庆会期。荣冠带，看绶悬若若，印佩累累。

　　　　　　　　　　　　——〔宋〕程节斋《沁园春·贺新冠》

鸤鸠（曹风）

鸤鸠[1]在桑，其子七兮[2]。淑人[3]君子，其仪一兮[4]。其仪一兮，心如结[5]兮。

鸤鸠在桑，其子在梅[6]。淑人君子，其带伊丝。其带伊[7]丝，其弁伊骐[8]。

鸤鸠在桑，其子在棘[9]。淑人君子，其仪不忒[10]。其仪不忒，正是四国[11]。

鸤鸠在桑，其子在榛[12]。淑人君子，正是国人。正是国人，胡不万年[13]？

◎注释

1. 鸤鸠（shī jiū）：鸟名，即八哥。古代有鸤鸠养子平均的说法，《毛传》："鸤鸠之养其子，朝从上下，暮从下上，平均如一。"《左传》"昭公十七年"："鸤鸠氏，司空也。"杜预注："鸤鸠平均，故为司空，平水土。"按：大部分学者认为，鸤鸠乃布谷鸟，恐非，因布谷不自己筑巢养子，也不喜欢群居。
2. 其子七兮：子女成群。七为虚数，言其多。
3. 淑人：善人。
4. 其仪一兮：他的容止举动完全以礼仪为准，没有偏差。《毛传》："言执义一则用心固。"仪：容止、仪表。
5. 心如结：比喻用心专一、坚固。朱熹《诗集传》："如物之固结而不散也。"
6. 梅：梅子树。
7. 伊：是。
8. 弁（biàn）：皮帽。骐（qí）：青黑色的马，这里指皮帽上有黑白相间的条纹。
9. 棘：酸枣树。
10. 忒（tè）：通"贰"，不一，引申为差错、怀疑等。
11. 正：法则。闻一多《风诗类钞》："正，法也，则也。正是四国，为此四国之法则。"
12. 榛（zhēn）：一种坚果果树，小型乔木，又称"山板栗"或"棰子"。
13. 胡：何。朱熹《诗集传》："胡不万年，愿其寿考之辞也。"

◎译文

恩爱的八哥在桑树上歌唱，
子女成群何其欢畅。
谨悫正直的淑人君子啊，
你举止一贯威仪端庄。
威仪端庄举止一贯，
你心思如结意志坚强！

恩爱的八哥在桑树中栖息，
子女成群在梅丛中飞翔。
谨悫正直的淑人君子啊，
你纯丝的腰带何其庄重。
纯丝的腰带何其庄重，
黑白条纹的皮帽素雅又吉祥！

恩爱的八哥在桑树中止息，
子女成群在酸枣丛嬉戏。
谨悫正直的淑人君子啊，
你威仪堂堂用心不易。
威仪堂堂用心不易，
表率四方下民仰止。

恩爱的八哥在桑树中安居，
旁边的榛树丛子女成群。
谨悫正直的淑人君子啊，
你以身作则教正国人。
以身作则教正国人，
愿你瓜瓞绵绵福禄长春！

榛树

◎赏析

　　这应该是一首歌功颂德的贺寿诗。其内容不外乎夫妻和睦、子女众多、家财丰裕、福寿无边之类。因为说得实在，却也清新可喜，不似后世"寿比南山松不老，福如东海水长流"一般空洞俗套。

　　诗篇以鸤鸠众子"在桑""在梅""在棘""在榛"起兴，突出

梅树

了财富丰饶、多子多福的祝颂主题——桑、梅、棘、榛都是果实盛多之木，不仅接地气，而且堂堂正正，不谀不媚；将主人公成为"全开挂型"人生赢家的原因归结为严谨自律、用心专一，把奉承话说得不卑不亢、恰到好处，为后世同类体裁的应景之作树立了一个难以超越的标杆。需要强调的是，第二章的"其带伊丝，其弁伊骐"不是一般的衣饰描写，而是诗人所颂扬的对象之内在品质的体现：异常讲究的皮弁是其尊贵身份的标志，而纯洁的丝带则是其自我约束的道德能力的象征。

第十七讲
《豳风·七月》

《豳风》中的《七月》独具一格,它内容复杂,风格古奥,当是一首渊源久远的月令性质的农事诗,是研究上古一般民众日常生活状况最珍贵的史料。豳是周族先人一个重要的聚居地,在《禹贡》雍州岐山之北,原隰之野。据《史记》记载:虞夏之际,周人祖先弃为后稷而封邰。及夏之衰,弃子不窋失其官守而自窜于戎狄之间。不窋生鞠陶,鞠陶生公刘,公刘能复修后稷之业,民以富实,乃相土地之宜而立国于豳之谷焉。十世而大王徙居岐山之阳,十二世而文王始受天命,十三世而武王遂为天子。

原文

七月流火,九月授衣。一之日觱发,二之日栗烈。无衣无褐,何以卒岁! 三之日于耜,四之日举趾,同我妇子,馌彼南亩,田畯至喜。

七月流火,九月授衣。春日载阳,有鸣仓庚。女执懿筐,遵彼微行,爰求柔桑。春日迟迟,采蘩祁祁。女心伤悲,殆及公子同归。

七月流火,八月萑苇。蚕月条桑,取彼斧斨,以伐远扬,猗彼女桑。七月鸣鵙,八月载绩。载玄载黄,我朱孔阳,为公子裳。

四月秀葽，五月鸣蜩。八月其获，十月陨萚。一之日于
貉，取彼狐狸，为公子裘。二之日其同，载缵武功。言私其豵，
献豣于公。

五月斯螽动股，六月莎鸡振羽。七月在野，八月在宇，
九月在户，十月蟋蟀入我床下。穹窒熏鼠，塞向墐户。嗟我
妇子，曰为改岁，入此室处。

六月食郁及薁，七月亨葵及菽，八月剥枣，十月获稻。
为此春酒，以介眉寿。七月食瓜，八月断壶，九月叔苴，采
荼薪樗，食我农夫。

九月筑场圃，十月纳禾稼。黍稷重穋，禾麻菽麦。嗟我农夫，
我稼既同，上入执宫功。昼尔于茅，宵尔索绹，亟其乘屋，
其始播百谷。

二之日凿冰冲冲，三之日纳于凌阴。四之日其蚤，献羔
祭韭。九月肃霜，十月涤场。朋酒斯飨，曰杀羔羊。跻彼公堂，
称彼兕觥，万寿无疆。

分段解析

　　七月流火¹，九月授衣²。一之日觱发³，二之日栗烈⁴。无衣无褐⁵，何以卒岁！三之日于耜⁶，四之日举趾⁷，同我妇子⁸，馌彼南亩⁹，田畯至喜¹⁰。

◎注释

1. 流：向下移动。火：大火星，即心宿二，每年夏历五月黄昏出现于正南方，六月以后开始向西偏移，因而它是气候由暖转冷的标志星。流火：大火星西下，谓之西流，指示夏去秋来。

2. 授衣：指改换为适合秋天穿的夹衣（官府奴隶由官府发放）。毛瑞辰、闻一多等认为是把制作冬衣的活计交女工做，恐非。按常理，冬衣都是各家各户在阴雨天或空闲时做好，不会等天寒了再统一分派制作。古人生活条件简陋，于秋冬之际每多忧生之嗟。此处并非叙述一项日常作业，而是表达一种古老的群体性情绪：对即将到来的严寒的恐惧和无奈。故下文有"无衣无褐，何以卒岁"之叹。

3. 一之日：一月的日子，指周历的一月，相当于夏历十一月，以下"二之日""三之日""四之日"类推。所谓三正的区别只在于岁首的不同。周人在生活中习惯使用的还是夏历，为避免自己的月历与夏历相混淆，故将属于农闲期的周历一至四月分别称为"一之日""二之日""三之日""四之日"。有人认为此处实行的是一年十个月的太阳历，证据不足。觱（bì）发（bō）：寒风撼物的声音。

4. 栗烈：凛冽，寒气逼人。《毛传》："栗烈，气寒也。"无风而寒，寒已甚也。

5. 褐：粗麻或粗毛制作的冬衣。

6. 于耜：名词前加"于"，是一种固定用法，表示动作的指向，此处可译为"修理耜"。《毛传》："于耜，始修耒耜也。"

7. 举趾：开始耕作。这是一种习惯说法，相当于以"开镰"代指开始割麦、"动土"表示开始建造。

8. 同我妇子：偕同老婆孩子。

9. 馌（yè）：致食往祭。《周礼·春官·小宗伯》有"若大甸，则帅有司而馌兽于郊"。郑玄注："馌，馈也。以禽馈四方之神于郊，郊有群神之兆。"裘锡圭先生以为此"馌兽"与《月令》中"祭禽"相类，"馌也是祭"。馌彼南亩，即春耕时往田头举行祭田神之礼。

10. 田畯：田神，即周的始祖"稷"，畯、稷形近而通。"喜"通"饎"（chì），酒食，此处指享用酒食。大丰簋中有"事喜上帝"。"同我妇子，馌彼南亩，田畯至喜"三句为当时人们叙述春耕祭礼时的惯用语，如《小雅·甫田》"曾孙来止，以其妇子，馌彼南亩。田畯至喜"；《小雅·大田》"曾孙来止，以其妇子，馌彼南亩，田畯至喜"。

◎译文

七月火星偏西方，　　　　　　　　正月农具修理好，
九月天冷换衣装。　　　　　　　　二月田间耕作忙。
十一月寒风噼啪响，　　　　　　　同我老婆和孩子，
十二月严寒彻骨凉。　　　　　　　敬祭田畯在地旁。
没有布料做冬衣，　　　　　　　　农神保佑好年光！
苦挨严寒日月长。

　　七月流火，九月授衣。春日载阳[1]，有鸣仓庚[2]。女执懿筐[3]，遵彼微行[4]，爰[5]求柔桑。春日迟迟[6]，采蘩祁祁[7]。女心伤悲，殆[8]及公子同归。

◎注释

1. 载：通"才"，义为"开始"。阳：阳气上升，天气转暖。
2. 有：动词词头，无实义。仓庚：鸟名，即黄莺。
3. 懿筐：深筐。
4. 遵：沿着。微行：小径。
5. 爰：通"曰"，句首语助词。
6. 迟迟：舒长貌，指白昼漫长。
7. 蘩：白蒿，《毛传》以为用以生蚕，后世未闻其说，或即用于祭祀。《左传》云："蘋蘩蕴藻之菜，可荐于鬼神，可羞于王公。"祁祁：众多，指采蘩者。
8. 殆：通"迨"，趁。《召南·摽有梅》："求我庶士，迨其吉兮。"自"春日迟迟"至结尾为当时描述"有女怀春"时的套语，指未婚女子春心萌发，对景伤怀，即民歌中"大姑娘思情郎"之类。

◎译文

七月火星偏西方，　　　　　　　　春日回阳天气暖，
九月天冷换冬装。　　　　　　　　黄莺鸣啭树中央。

395

女孩成群挎深筐，　　　　　采蘩少女遍山岗。
沿着小径一路走，　　　　　何日得嫁富贵婿，
一路寻去采采桑。　　　　　女儿念此心悲伤。
春日迟迟动春思，

　　七月流火，八月萑苇¹。蚕月条桑²，取彼斧斨，以伐远扬。
猗彼女桑³。七月鸣鵙⁴，八月载绩⁵。载玄载黄，我朱孔阳⁶，
为公子裳。

◎注释

1. 萑（huán）：荻类植物。苇：芦苇。萑苇：指收割荻苇，这里省略动词"收割"。
2. 蚕月：三月。条桑：修剪桑树，条通"挑"，即挑出新生枝条剪除。桑树越修剪越茂盛，故三月采桑时顺便修剪。
3. 猗：通"掎"（jǐ），牵引、扯拉。女桑：新生的桑枝。
4. 鵙（jú）：伯劳，夏历五至七月间交配，其间善鸣。
5. 载：助词。绩：纺织。
6. 孔阳：很鲜亮。孔：很。阳：明。

伯劳

◎译文

七月火星下西天，
八月割苇备养蚕。
三月到来养蚕忙，
修理桑树动斧斤，
拉下新冒长枝条。
挥动斧头伐远扬。

七月伯劳相呼唤，
八月纺织趁农闲。
织成布料染玄黄，
还有大红亮又鲜，
要为公子做衣裳。

四月秀葽¹，五月鸣蜩²。八月其获，十月陨蘀³。一之日于貉⁴，取彼狐狸，为公子裘。二之日其同⁵，载缵武功⁶。言私其豵⁷，献豜⁸于公。

◎注释

1. 秀：抽穗。葽：远志，一种草本植物，可入药。据《诗经疏义会通》卷八引郑玄："物生于阳而成于阴。四月纯阳而阴已胎，葽感阴气之早者也，故物之成者自葽始。"又"阴不起于阴而起于阳，寒不根于寒而根于暑。当纯阳之月而纯阴极寒已可逆推矣，故此章以四月为始"。

2. 蜩（tiáo）：蝉。《诗经疏义会通》卷八："五月寒蝉鸣。蝉阴类也，故鸣始于五月。"

3. 陨蘀（tuò）：植物叶落。蘀：枯叶。

4. 貉（hé）：通禡（mà），禡祭，指军队行军军前或暂驻时举行的祭祀。田猎如同作战，故亦举行禡祭。

5. 同：聚，指会集民众。

6. 缵（zuǎn）：继续。武功：武事，指大规模田猎。

7. 私：归猎获者个人所有。豵（zōng）：一岁小猪，这里泛指小兽。

8. 豜（jiān）：三岁猪，泛指大兽。

◎译文

四月远志穗始成，
五月蝉鸣阴气生。
八月秋熟始收获，
十月叶落物凋零。
十一月禡祭始冬狩，

远志

蝉

狐狸

猎获狐狸取皮毛，
要为公子做衣裳。
十二月聚众同围猎，
日夜驰逐演武功。
猎获小兽归自己，
猎获大兽要归公。

五月斯螽动股¹，六月莎鸡振羽²。七月在野，八月在宇³，九月在户，十月蟋蟀入我床下。穹窒熏鼠⁴，塞向墐户⁵。嗟⁶我妇子，曰为改岁⁷，入此室处⁸。

◎注释

1. 斯螽：蟋蟀类昆虫。动股：摩擦大腿，古人认为斯螽两腿摩擦发声。
2. 莎（shā）鸡：昆虫名，又名"络纬""纺织娘"。振羽：振翅发声。
3. 宇：屋檐。
4. 穹窒熏鼠：清理杂物，熏赶老鼠。穹：使空廓。窒：堵塞不通之处。
5. 向：北向的窗子，《说文》："向，北出牖也。"墐（jìn）：用泥涂抹。户：此指柴门。
6. 嗟：如释重负地叹息。
7. 曰：发语词，同"聿""遹"，有"开始""将要"的意思。
   改岁：周历以夏历十一月为岁首，故十月底称改岁。
8. 入此室处：古人农时居于野，闲时归居于邑。

纺织娘（阜螽）

◎译文

五月斯螽擦股鸣,
六月莎鸡振秋声。
蟋蟀七月在旷野,
八月檐下暂栖处,
九月天寒入我庐,
十月入我床下奏哀曲。

清理杂物熏老鼠,
涂抹柴扉封窗户。
叹息一声告妻女,
一年到头终忙完,
辞旧迎新入此居。

蟋蟀

六月食郁及薁[1]，七月亨葵及菽[2]，八月剥[3]枣，十月获[4]稻。为此春酒，以介眉寿[5]。七月食瓜[6]，八月断壶[7]，九月叔苴[8]，采荼薪樗[9]，食[10]我农夫。

◎注释

1. 郁：郁李，一种蔷薇科野果。薁（yù）：亦称"蘡薁"（yīng yù）、野葡萄。
2. 亨：通"烹"，煮。葵：一种蔬菜，古人常食用。菽：大豆。
3. 剥：通"扑"，打。一说为"取"，《广雅》："剥，取也。"亦通。
4. 获：通"濩"，煮泡，用以做酒。
5. 介（古读 gài）：求。眉寿：高寿。老年人常有毫眉。
6. 瓜：各种瓜类。
7. 断：割下。壶：通"瓠"，葫芦。
8. 叔：拾取。苴：麻子。大麻雄雌异株，雄称"枲"（xī），雌称"苴"（jǔ），其子亦称苴，五谷之一。
9. 采荼薪樗：收集茅草，砍伐臭椿，以备烧柴。荼：茅草。樗：臭椿。荼、樗于田间地头随处可长，故整地、采薪一举两得。
10. 食：养。

◎译文

六月郁李蘡薁熟，
七月可食葵与菽，
八月到来枣儿红，
十月煮稻入酒瓮。
甜枣新稻酿春酒，
敬奉神灵祈长寿。
七月副食多瓜果，
八月断葫作家具。
九月收集大麻子，
樵采薪柴伐椿荼，
农夫生活多辛苦！

薁（蘡薁、野葡萄）

郁李

葵菜

臭椿树

九月筑场圃¹，十月纳禾稼。黍稷重穋²，禾麻菽³麦。嗟我农夫，我稼既同⁴，上入执宫功⁵。昼尔于茅⁶，宵尔索绹⁷，亟其乘屋⁸，其始播百谷。

◎注释

1. 场圃：打谷场。圃：菜园。《诗经疏义会通》："场圃同地。物生之时则耕治以为圃而种菜茹，物成之际则筑坚之以为场而纳禾稼，盖自田而纳之于场。"

2. 黍：谷类的一种，去皮后称"黄米"，比小米粒大而性黏，可做糕。稷：一种不黏的黍子，可用于祭祀。重：通"穜"（tóng），早种晚熟谷类作物。穋（lù）：晚种早熟谷类作物。

3. 禾：既是诸谷之总称，又是谷子之专名。菽：大豆。

4. 同：收集起来，入仓。

5. 上：通"尚"，还需要。执：从事。宫功：家务事。功：事。一说为贵族做劳役，非。

6. 于茅：去收割茅草。

7. 索绹（táo）：搓绳。索：动词，捻搓。绹：绳索。《广雅·释器》："绹、绳，索也。"

8. 亟：急，赶紧。乘：本义为"加于其上"，这里指覆盖。按：此处之屋，当为野中之庐。

◎译文

九月筑场备秋收，
十月场圃纳庄稼。
黍稷重穋齐上场，
还有菽麦与禾麻。
所有粮食收完了，
尚有无尽家务事。
叹我农夫无闲暇！
白天上山割茅草，
晚上披星搓绹绳，
赶紧上房修屋顶，
转眼过年又春耕。

茅草

403

二之日凿冰冲冲¹，三之日纳于凌阴²。四之日其蚤³，
献羔祭韭⁴。九月肃霜⁵，十月涤场⁶。朋酒斯飨⁷，曰杀羔羊。
跻彼公堂⁸，称彼兕觥⁹，万寿无疆¹⁰。

◎注释

1. 冲冲：凿冰声。
2. 纳：藏入。凌阴：冰窖。阴，通"窨"。《诗经疏义会通》："苏氏曰：'古者藏冰发冰以节阳气之盛。夫阳气之在天地，譬犹火之着于物也，故常有以解之。十二月阳气蕴伏，锢而未发，其盛在下，则纳冰于地中。至于二月，四阳作，蛰虫起，阳始用事，则亦始启冰而庙荐之。至于四月，阳气毕达，阴气将绝，则冰于是大发，食肉之禄，老病丧浴，冰无不及，是以冬无愆阳，夏无伏阴……'"
3. 蚤：通"早"：早祭，古代一种祭祖礼。《月令》："仲春献羔开冰，先荐寝庙。"
4. 羔：羔羊。韭：韭菜。都是举行早祭的祭品。
5. 肃霜：天气肃杀而降霜。
6. 涤场：打扫场圃。《毛传》："涤，扫也。"有学者认为当读为"涤荡"，形容深秋万物萧瑟状，非也。打扫谷场意味着一年的农活结束了，对农民来说是个重要的时刻和有意义的标志，直至今日有些地方的老一辈农民在农活结束后还习惯性地相互问候："都拾掇完了吗？"
7. 朋酒：两樽酒。此章叙述举行乡饮酒礼即养老礼情况。据乡饮酒礼，称"朋酒"是因为于房户间设两樽壶。孔颖达以为是设尊之法，每两樽并设，故称"朋"。闻一多认为古者五贝为朋，则朋酒当为五樽酒。飨：享饮。
8. 跻：登。公堂：公共聚会的场所。《毛传》："公堂，学校也。"学校也是公众集会和举行仪式的地方。
9. 称：举。兕觥（sì gōng）：犀牛角制的酒杯。
10. 万寿无疆：饮酒者相互间的祝词。

◎译文

十一月凿冰声冲冲，
十二月纳于冰窖待时用。
正月开冰行早祭，
献羔献韭敬祖灵。
九月肃霜天转寒，
十月扫场农事完。

宰杀羔羊行乡饮，
美酒两樽乐无边。
登上公堂齐欢聚，
手举兕觥相祝愿，
吉庆有余寿万年！

◎ 赏析

　　本诗可谓中国最早的月令农事诗。它以季节的转换为线索，叙述了农夫在不同时节的劳作和感受，表达了扎根于大自然深处的古老民族那日常人生的坚忍与无奈，欢乐和忧伤。其中有祖辈累积的知识和信念、世代相传的民谚与农谣，也有老农的叹息、少女的惆怅，还有寒冬到来之际穷人的忧惧与凄惶。风格古朴渊茂，读来令人如饮纯醪，无限低回。是故方玉润云："独是此体在《三百篇》中不可多觏，非惟《雅》《颂》所无，即风体亦绝无而仅有者也。故以一诗而别为一册者，未为过也。今玩其辞，有朴拙处，有疏落处，有风华处，有典核处，有萧散处，有精致处，有凄婉处，有山野处，有真诚处，有华贵处，有悠扬处，有庄重处，无体不备，有美必臻。晋唐后陶、谢、王、孟、韦、柳田家诸诗从未见此境界。"崔述亦称："读《七月》，如入桃源之中，衣冠朴古，天真烂漫，熙熙乎太古也。"

◎ 相关链接

农事诗

　　野人无历日，鸟啼知四时：二月闻子规，春耕不可迟；
三月闻黄鹂，幼妇闵蚕饥；四月鸣布谷，家家蚕上簇；
五月鸣鸦舅，苗稚忧草茂。人言农家苦，望晴复望雨；
乐处谁得知？生不识官府。
葛衫麦饭有即休，湖桥小市酒如油。
夜夜扶归常烂醉，不怕行逢灞陵尉。

　　　　　　　　　　　——〔南宋〕陆游《鸟啼》

第十八讲
《诗经》基础知识提要

一、诗经简介

《诗经》是中国第一部诗歌总集，收集了从西周初年（公元前11世纪）到春秋中叶（公元前6世纪）大约500年间的诗歌305篇（此外有目无诗6篇，故有时称311篇）。《诗经》在先秦被专称为《诗》，或取其整数称"诗三百"。到汉代，《诗》被朝廷正式奉为经典，出现《诗经》的名称，并沿用至今。《诗经》是儒家最重要的经典——"五经"——之一，也是承载我们民族传统的最重要的元典之一，不仅是民族文学的源头，也是民族文化和精神的源头。

（一）《诗经》的创作年代与结集

《诗经》中最早的作品当写定于周初，《周颂》中有些篇章如《时迈》《武》《桓》《酌》《赉》等基本可以确定为武王克商时所作。《国风》中有些篇章如《驺虞》《螽斯》《芣苢》《豳风》等渊源久远，当是经过长期流传后在西周时期写定的；最晚的如《陈风》中的《株林》，完成时间已经到了春秋中晚期的陈灵公时代。根据《左传》记载，"赋诗言志"是春秋时期外交礼仪的重要内容，说明"懂《诗》"成为当时士人群体基本修养的"标配"。大体可以说，《诗经》的创作年代在西周至春秋中期以前。

　　《诗经》最后编定成书，大约不晚于公元前 6 世纪中期。据《左传》"襄公二十九年"记载，前 544 年，鲁国乐师为来访的吴公子季札演奏列国歌诗，与今本《诗经》比较，十五国风的先后次序中，《周南》《召南》《邶》《鄘》《卫》《王》《郑》《齐》等 8 个相同，而《魏》《唐》《秦》《陈》《桧》《曹》《豳》等 7 个不同，说明《诗经》在当时已经基本定型了。

　　《诗经》产生的地域，约相当于今河南、山西、陕西、河北、山东及湖北北部、安徽北部一带，以黄河中下游地区为中心。作者包括了从贵族到平民各个阶层的人士，绝大部分已不可考，《国风》中一大部分应是集体创作的产物。

　　《诗经》的来源大概有三个：一是朝廷祭祀所作（颂诗类）；二是公卿列士所献（雅诗类）；三是从民间采集而来（风诗类）。相传周代设有采诗之官，每年春天摇着木铎深入民间收集歌谣，被称为"采风"。他们把歌词整理后交给太师谱曲，演唱给周天子听，作为施政的参考。如班固《汉书·食货志》记载："孟春之月，群居者将散，行人振木铎徇于路以采诗，献之太师，比其音律，以闻于天子。"可以肯定地说，周王朝的乐官在《诗经》的编集和成书过程中起了主要作用，《诗经》的定型应该是在他们手里完成的。

（二）关于孔子删《诗》

　　汉代学者认为《诗经》是经过孔子删定而成。司马迁《史记·孔子世家》载："古者诗三千余篇，及至孔子，去其重，取可施于礼仪，上采契、后稷，中述殷周之盛，至幽、厉之缺，始于衽席，三百五篇，孔子皆弦歌之，以求合韶武雅颂之音，礼乐自此可得而述。"对于这种观点，现代学者基本持否定态度，理由主要有两个。

一是在《论语》中，孔子曾多次提及"诗三百"，如《为政》："《诗》三百，一言以蔽之，曰：'思无邪'。"再如《子路》："诵《诗》三百，授之以政，不达；使于四方，不能专对。虽多，亦奚以为？"说明"诗三百"在孔子时代已经是一个众所周知的现成名词，如果孔子本人将三千诗篇删为三百，他不可能把这个名词用得如此现成。

二是孔子毕生以"放郑声，远佞人"为职志，而《诗经》中的《郑风》基本是原汁原味的，以"淫声"为多，说明未经孔子删改。

比较可能的是，孔子晚年归鲁后，用当时的"官话"（雅言）和宫廷雅乐对来自于不同方言区的诗篇做了音韵和声调上的校正，并根据内容做了简单分类，这就是他自己所乐道的："吾自卫返鲁，然后乐正，雅、颂各得其所。"（《论语·子罕》）

（三）"诗经学"简史

孔子为《诗》赋予了太多的教化功用，把学《诗》看作"成人"的一个必需的过程。在《泰伯》篇中，他强调成为君子应当"兴于诗，立于礼，成于乐"。正是由于这一价值指向，《诗经》在汉儒那里被曲说成圣人行施道德教化的经典，对《诗经》的释读成为世代相袭的陈腐学问，它的真面目、真精神被层层叠架的曲解性文字深深掩埋了。直到清末民初，尽管有过不同派别和师承之间的分歧与争论，对《诗经》的释读一直没能从道德主义的乌烟瘴气中摆脱出来。

1.汉代"四家诗"与今古文之争

汉朝传承《诗经》的有四家：

（1）鲁诗：源自荀卿门人浮丘伯，传自鲁国申培公。倡美刺之说，其特点是以诗作谏书。《鲁诗》的解释虽离本义甚远，但相对平实，故研习者众多，最早立为博士，为西汉时期显学。《鲁诗》亡于西晋永嘉之乱。

（2）齐诗：传自齐辕固生。杂五行论，倡五际说，以阴阳气运的交际附会诗意。《齐诗》多怪异之论，学术价值较低，大致在东汉末年即失传。

（3）韩诗：传自燕人韩婴。韩婴在汉文帝时为常山王太傅，作《内外传》数万言，其解诗去泰去甚，介于齐、鲁之间，多采故事杂说，或引诗证事，或引事明诗。《韩诗》亡于宋代，现在只能通过辑佚本窥见《外传》的吉光片羽。

（4）毛诗：相传《毛诗》源于子夏，辗转传于鲁人毛亨（大毛公）。毛亨作《训诂传》于家，传授于赵人毛苌（小毛公）。《毛诗》的特点是以文辞求义，精于训诂，然铺陈诗教，把诗当作道德教科书，与《鲁诗》接近。

四家诗中只有《毛诗》完整地流传了下来，经过历代不停注解和阐释，层层堆积，形成了一个庞杂的思想和学术系统。我们讲传统的《诗经》学，主要就是指《毛诗》。所以，广义地说，《毛诗》不仅是指毛亨注释的本子，它至少包括以下内容：

（1）《大序》：在《关雎》篇前，总论三百篇的创作经验和表现方法，概括诗的本质与教育意义，是儒家诗歌创作理论的重要文献。

（2）《小序》：在各篇之首，解题式序文，阐述该诗的主旨、作者和创作的时代背景。

（3）《毛诗故训传》：毛亨撰，传毛苌。通过阐释词语典故解诗，不作发挥。

（4）《毛诗传笺》：郑玄著，补充毛注（笺，意为表明、识别，对毛注没有说清楚的地方加以阐释，不同的地方表明自己的观点）。

（5）《毛诗正义》：孔颖达编撰。对《毛传》《郑笺》之注文的疏解（前两者称"注"，"正义"称"疏"，合称《毛诗注疏》）。

汉代经学有今文、古文之分。简单说来，今文经指的是汉朝初年以当时通行的隶书写定、传授的经典，古文经则以六国古文字为载体，大部分发现于西汉中期以后。今文经的传授上接战国百家争鸣的学术传统，时人释经主要是为了探讨政治哲学和伦理问题，故以微言大义的阐发为主；古文经大多属于新发现的古文献，其权威只能建立在真实性的基础上，故以章句训诂为特色。

《鲁诗》《齐诗》《韩诗》属今文经，它们同源异流，在西汉中期以前自为其说，俱为当时显学，其弊在于曼衍支离，浮夸无据；《毛诗》则属于古文经，它出身卑微，来历不甚分明，只能扎扎实实自求奋发，终于淘汰三家而自为大宗，其弊在于分文析义，卑陋烦琐。

2. 宋代《诗经》学

自西汉至隋唐，历代解经者陈陈相因，墨守师说，不敢越雷池一步，《诗经》研究成为在注疏中讨生活的冬烘之学。进入北宋后，随着民族精神转向内在，理性思辨成为学界风尚，对经典的怀疑渐成思潮，《诗经》学因此进入一个全新的历史阶段。

《诗经》宋学的代表作有：欧阳修《诗本义》、王安石《诗经新义》、苏辙《诗经集传》、朱熹《诗集传》。

《诗经》宋学有以下特征：

（1）以《毛诗》为主，兼采三家，不拘门户；

（2）怀疑或弃用《诗序》，就诗论诗，注重《诗经》的文学价值；

（3）注重义理探求，勇于阐发新意，轻视文字训诂；

（4）力求简明，反对烦琐。

3.《诗经》清学

明末清初考据学兴起，《诗经》研究出现又一个高峰。清代《诗经》学的最大贡献在于音韵和训诂方面，尤其是古音韵的发明，开启了《诗经》学的新时代。在诗义阐释方面，清代《诗经》学过于拘泥汉唐，不及宋学简明通达。

《诗经》清学的代表作有：马瑞辰《毛诗传笺通释》、胡承珙《毛诗后笺》、陈奂《诗毛氏传疏》、姚际恒《诗经通论》、方玉润《诗经原始》、崔述《读风偶识》。

其中，《毛诗传笺通释》《毛诗后笺》《诗毛氏传疏》可谓清代《诗经》学的代表作，长于训诂考证，而于义理少有发挥；《诗经通论》《诗经原始》《读风偶识》颇能驳正旧解，自出新意，其影响延及近代。

另外，清代对今文《诗经》的研究也取得了丰硕成果，代表性的著作有：魏源《诗古微》、皮锡瑞《诗经通论》、王闿运《诗经补笺》、王先谦《诗三家义集疏》。

4. 现代《诗经》学

现代《诗经》学的主要代表作有：吴闿生《诗义会通》，林义光《诗经通解》，陈子展《诗经直解》，闻一多《诗经通义》，傅斯年《诗经讲义稿》，程俊英、蒋见元《诗经注析》，屈万里《诗经诠释》，周振甫《诗经译注》，高亨《诗经今注》。

现代学者摆脱了经典的束缚，得以从文学、历史学、社会学、民俗学、文化人类学等不同角度和层面展开对诗经的研究，无论在广度还是深度上都远超古人。20世纪二三十年代，以

"古史辨派"学者为中心开展的"诗经大讨论"直接促成了《诗经》研究由经学到文学的现代转向。其中顾颉刚发表《诗经的幸运与厄运》等系列论文，为现代《诗经》研究拓荒开昧；傅斯年的《诗经讲义稿》高屋建瓴，深入浅出，多有新人耳目之见。闻一多最为解人，其《诗经通义》《诗经新义》释文字直探本源，解题旨别开生面，惜遭时战乱，未遑雕琢。文本注释方面，吴闿生《诗义会通》、林义光《诗经通解》、陈子展《诗经直解》承乾嘉汉学之余，得时代风气之先，综核旧说，时出新义；高亨《诗经今注》、周振甫《诗经译注》虽注释简略，见解陈腐，然乘时而出，亦能各得行情于大众。程俊英、蒋见元《诗经注析》，屈万里《诗经诠释》，皆能折中汉宋，斟酌古今，虽无甚新意，然观点平实而稳妥，适作初学者登堂之阶。除此而外，林林总总，乏善可陈矣。

（四）《诗经》之"六义"

《诗·大序》首次提出了"六义"的概念："故诗有六义焉：一曰风，二曰赋，三曰比，四曰兴，五曰雅，六曰颂。"《周礼·春官》有"六诗"之说："太师教六诗，曰'风'、曰'赋'、曰'比'、曰'兴'、曰'雅'、曰'颂'。"无论"六义"还是"六诗"，都不是科学的概念，因为它们把两类不同性质的事物硬凑在了一起。唐朝孔颖达称风、雅、颂为诗之"体"，赋、比、兴为诗之"用"。现代学者一般认为风、雅、颂是诗的分类，赋、比、兴是诗的表现手法。

1.风、雅、颂

《诗经》按"风""雅""颂"分为三大类，"雅"又分为"大雅""小雅"，称为"四诗"。

"风"指的是风土民俗。古人认为通过民间歌诗可以了解一个地方的世态人情,故称周、召、邶、鄘、卫、王、郑、齐、魏、唐、秦、陈、桧、曹、豳15个古国(邑)的歌诗为"十五国风"。其中周、召因为地处周朝的"南国",属夏朝故地,渊源深厚,在周朝文化中居特殊地位,故特称为"周南""召南"。

"雅"是朝廷士大夫的歌诗,故与地方民歌之"俗"相对而称"雅",因而"雅"又有"正"的意思——朝廷之乐是可以"风化"天下的"正声"。"雅"诗的内容大多与政事相关,故《毛诗》称:"雅者政也,言王政之所由兴废也。""雅"分大小,大雅可能出自朝廷高官或负责礼乐的专门人员之手,具有"官方"性质;小雅大多出自一般贵族之手,带有较多的个人色彩。

《诗经》分类表

大类	小类	数量	内容
风	周南、召南、邶、鄘、卫、王、郑、齐、魏、唐、秦、陈、桧、曹、豳	160篇	《风》是各地的土风歌谣。其中既有渊源久远的集体创作的作品,也有个人性的男欢女悲、感时伤怀之作。其地域,除《周南》《召南》产生于江、汉、汝水一带外,其他均产生于从陕西到山东的黄河流域。
雅	小雅	74篇	雅是周朝廷及贵族士人之歌诗,其内容包括"述祖德""称战伐""记宴享""贺婚嫁""哀丧乱""悲行役"等。雅又有"正"的意思,当时把朝廷之乐看作是正声——典范的音乐。
	大雅	31篇	
颂	周颂	31篇	《颂》是专门用于宗庙祭祀的音乐。《毛诗序》说:"颂者美盛德之形容,以其成功告于神明者也。"其中"商颂"是宋国公室的祭祀乐歌,产生于宋襄公前后。
	商颂	5篇	
	鲁颂	4篇	

关于"颂"，毛诗的解释是："颂者，美盛德之形容，以其成功告于神明者也。""颂"是宗庙祭祀乐歌，其功能是颂美上帝及祖先，为现实中的君主求得福佑吉祥。《诗经》中的"颂"诗分为周颂、商颂、鲁颂三部分，其中商颂出自宋国，因为宋是商人后裔。

"风""雅""颂"的区分并不是很分明，它们呈现为一种相互嵌套的连环关系，即"大雅"的个别篇章类"颂"，还有一些篇章似"小雅"；"小雅"中有的与"大雅"无别，有的类同于"国风"；"国风"中有些篇章类同于"小雅"。

2. 赋比兴：《诗经》的"表达方式"

"赋""比""兴"是《诗经》中三种主要的情感表达方式。关于三者的区别，朱熹的观点最中肯。他说："赋者，敷陈其事而直言之者也；兴者，先言他物以引起所咏之辞也；比者，以彼物比此物也。"简单说来，"赋"是正面陈述；"比"同时含有类比和比喻的意思；"兴"则是人与物的同感共振。

"兴"是《诗经》中最重要也最具特色的"表现手法"。它在本质上是人对万物的感应与共鸣，是先民跟自然最原初的关系方式的体现。《诗经》里的人作为一个整体沉浮于世界之中，人们以宗族为单位息息相关地生活在一起，共享有限的知识和经验。"兴"者起也，人处在万物之中，触物起情，比类兴感，随时随地近乎条件反射般地产生感应和联想，这就是"兴"之所兴——"兴"是生命本身在与万物交感中所激发的共鸣。因此，不能简单地把《诗经》中的"兴"理解为一种技巧性的"创作手法"，它是集体性情感的一种本能性表达，因而它在诗中的作用是整体性、根本性的，不仅内含或影射着诗的主题，而且规定或烘托着诗歌抒情的氛围与基调——至少，它内含着主题的线索和指向。通过并且只有通过挖掘诗中核心起兴句的深层内涵，才能把握住一首诗的主题所在。

秦汉以后，随着人和自然关系方式的变化，自然物成为审美的对象，"兴"退出人类精神的历史舞台，不再与诗歌的情感主题相关，而蜕化为仅仅起"引起"作用的"开头语"。

二、《诗经》的释读与拯救

《诗经》的阐释史，就是一部或有意或无意曲解与误读的历史。无论是春秋战国时代出于实用目的的"断章取义"，还是汉代儒生的圣经化，都对我们理解《诗经》造成了障碍和误导。《诗经》的美有待我们重新发现，《诗经》的生命有待我们从西汉以来陈陈相因的道德主义的泥淖里拯救出来。

（一）春秋战国时代的"断章取义"

在西周与春秋时代，《诗经》是贵族教养的源泉和标志。据《左传》记载，当时人们在外交、婚嫁、饮宴等仪式性场所，一般要有"歌诗""赋诗""诵诗""引诗"等内容。尤其在外交事务中，"赋诗言志"成为表情达意的礼仪性手段，如果不熟悉"三百篇"，答对失当，会因为粗卑无礼而受到轻视，故而孔子告诫他的儿子伯鱼说："不学《诗》，无以言。"

春秋战国时代人们赋诗、引诗有一个特点：惟我所用，断章取义。即不管原诗的语境和主旨如何，只是根据字面意思按需择取，如《郑风》中的《野有蔓草》本是男女之间的情诗，鲁襄公二十七年秋七月，郑国子大叔陪同郑伯宴享晋国赵武时赋之以言志，是取其中"邂逅相遇，适我愿兮"句意。这种"用诗"的方式有助于《诗经》的传播和普及，但也造成了极为恶劣的影响，汉初三家诗抛开文本"据意发挥"的陋习即由此而来。

（二）汉儒的歪曲和误读

儒家将《诗经》据为己有，通过对《诗经》的阐释发挥自己的理论主张，因而从孔子开始的一部诗经学史，就是一部充满歪曲和误读的历史。史载孔子以"六艺"教学生，六艺，即诗、书、礼、易、乐、春秋。《礼记·经解》引孔子的话："温柔敦厚，诗教也；疏通知远，书教也；广博易良，乐教也；絜静精微，易教也；恭俭庄敬，礼教也；属辞比事，春秋教也。"孔子认为，诗可以陶冶人的性情，增加人的知识和才干。在《论语·阳货》篇里，他说："诗，可以兴，可以观，可以群，可以怨。迩之事父，远之事君。多识于鸟兽草木之名。"兴，借诗言志，陶冶情操；观，以诗为史，考见得失；群，以诗饰容，交接人物；怨，以诗达意，抒发不平。显然，孔子为《诗》赋予了太多的教化功用，把学诗看作"成人"的一个必需的过程。在《泰伯》篇中，他强调成为君子应当"兴于诗，立于礼，成于乐"。正是由于这一价值指向，《诗经》在汉儒那里被曲说成圣人行施道德教化的经典，它的真面目、真精神被陈陈相因、层层叠架的曲解性文字深深掩埋了。

随便举几个例子。《关雎》本来是一篇表达爱慕的情诗，《毛诗》却解释为"后妃之德也。《风》之始也，所以风天下而正夫妇也"，即教导妻子们如何扮演自己的角色。《齐风·鸡鸣》本来是夫妻床笫间的悄悄话：女的说，快起来吧，鸡都叫了；男的说，再待会儿，天还早着呢！《毛诗序》却解说成"思贤妃也。哀公荒淫怠慢，故陈贤妃贞女，夙夜警戒相成之道焉"。这种误读今天还在继续着。举个例子:《豳风·七月》中有"春日迟迟,采蘩祁祁。女心伤悲,殆及公子同归",本来是少女思春之辞(民歌中多有此类话头,即大姑娘思情郎之意),悲的只是不能趁此良辰美景与公子同归,却被好多人赋予阶级斗争的内容,解说成少女担心被统治阶级强行掳去成亲。同样的,《七月》中的"同我妇子,馌彼南亩"本来是春耕时举行祭田仪式,却被解说为老婆孩子送饭上田头的田园牧歌图。

(三)《诗经》的拯救

《诗经》不仅是一个提供阅读的客观文本,它提供给我们的是对那个我们和万物所曾共有的世界的感受与体验。要理解《诗经》,不能局限于文字训诂,必须进入诗人所生活的那个世界的深处,在人跟自然的深密联系中体会诗人的快乐和忧伤,因为它创作于我们民族寒风料峭而又生气蓬勃的早春,它的歌唱发于大地深处的生机。

我们今天要做的工作,就是通过重新解读拯救《诗经》,清除《诗经》学年深月久积聚的"垃圾",恢复它的本来面貌,尽可能地按照其本然的意义理解它。这是一项极具挑战性的工作,要求研究者不仅具备较高的历史学、文学、训诂学素养,还要具备文化学、民俗学、人类学等相关学科的知识和能力。作为上古时代的民歌和乐歌总集,《诗经》反映了那个时代的生活状况和精神风貌,它不仅是文学创作的源头,也是我们民族精神的一个源头。因而,要理解我们民族的历史和现实,要理解传统文化的性格和气质,应当从最初的这部诗歌集开始。因为,作为一种文学形式,诗歌总是最直接地表达人们对于生活的理解和感受。在此,我呼吁读者,要怀着一颗同情的心,深入《诗经》所揭示的那个世界的深处，在与上古诗人的共鸣中，唤回《诗经》那被儒家道德主义毒素麻痹了的灵魂。

三、《诗经》的价值与学习《诗经》的意义

《诗经》是中华文明的元典，民族精神的源头，是上古史研究的资料的渊薮，也是现代人文教养的源泉。

（一）《诗经》建构了我们民族天人关系的基本模式，开启了中华传统独具特色的生活世界。通过《诗经》，我们可以真切理解民族传统文化的内涵和特质

1. 天人合一、万物共鸣的自然宇宙观

《诗经》所展示的是一个天人一体、万类共鸣的生机世界，人类同禽兽虫鱼一样沉浮在大自然的律动里，他们"舞之蹈之"的欢歌咏叹，同鹿鸣雁叫一样构成一个地方的生态景观。"国风"之"风"不同于现代物理学所定义的"流动的空气"，也不仅指地方性的风俗习惯，而且是指自然万物所散发出的"有生命的气息"——在《诗经》的世界里，人和万物处在一种相互感发、相互应和的神秘联系中。可以说，《诗经》构建和拓展了我们民族精神的最初的家园。

2. 关注现实日常人生的价值取向

这是我们中华民族最鲜明最重要的文化特征。许多古代文明是通过虚构的英雄史诗获得民族认同和文化自信的，《诗经》中虽然也有对民族之道德英雄（圣王）的讴歌赞美，但更多的是对现实日常的诉说和感受。《诗经》世界里的人生活在万物与群体之间，虽然渺小却自信而有尊严（尽管上天有时候无所作为，

但世界仍然是可靠的，那种被称作"命运"的悲剧性力量尚未形成）。这种充满人性之温情的价值取向使中华民族避免了文化上的偏狭和宗教的迷狂。

3. 哀而不淫、温柔敦厚的人生态度

《诗经》展示的是一个充满温情的、人类自己的世界：虽然上天有时候昏聩无为，虽然人性中有着丑陋的一面，但善恶毕竟取决于人自己的行为，世界掌握在人的手中，一切都是现实的、可理解的，既没有宗教式的迷狂，也没有被不可把握者毁灭的绝望，所有的愤怒和忧伤都是暂时的。这种不偏不倚的人生态度塑造了中华民族积极乐观、坚韧进取的性格和气质。

（二）《诗经》是上古史研究的第一手史料

《诗经》是最直接、最生动的先民日常生活与精神活动的反映，因此是上古史研究的第一手资料。比如《颂》诗和《大雅》记载了对民族历史的追忆，也保留了周初礼教文化的气象和荣华；《小雅》《国风》真实地反映了从西周到春秋时期人们的生活和情感状况。《豳风·七月》那日常劳作中的农夫农妇的喜乐与叹惋、《郑风·溱洧》里红男绿女的追逐嬉戏、《召南·采蘩》中河畔野径上青春靓丽的欢歌笑语、《陈风·东门之杨》中月下约会的情人那怦怦心跳的兴奋与不安，还有艰难征夫的乡思与孤独闺妇的愁怀、绝望弃妇的悲伤与失意小吏的嗟叹，以及讽世与刺时、忧君与怨政、伤逝与别离等，种种现实人生的遭逢、境遇与感受无不生动鲜活地呈现在读者面前，使人恍恍然如临其境，戚戚然同其所感。因此，研究先秦史，无论是经济史还是社会生活史、思想文化史，《诗经》都是最可靠、最有价值的资料。另外，作为最可靠的传世文献，与出土的甲骨文、铜器文字结合起来，可以有助于古文字和音韵学的研究。

（三）《诗经》是中国文学和美学的源头，也是现代人文教养的源泉

《诗经》所建构的人和自然的关系方式，它所开启的思想与情感表达的方式，它所揭示的人生姿态与价值取向，是形成中国文学和美学传统的最重要元素。因而无论是研究文学史特别是诗歌史，还是研究中国传统的文学、美学理论，都不能不追溯到《诗经》这个源头。

《诗经》也是国人之人文教养的源泉。从《诗经》中析出的成语、典故广泛地应用于各个时代的各种文学、艺术作品中，因此不熟悉《诗经》，就无法真正读懂民族传统的文学遗产，就意味着不具备基本的国学素养。随便举个例子：据统计，《中国典故大辞典》所收以《诗经》为典源的典故词语有 408 条之多，远超《左传》的 300 条，《论语》的 198 条，《易经》的 174 条。下面表列其中一小部分，以作管豹之窥：

《诗经》成语表

成语	原文	出处	成语	原文	出处
窈窕淑女	窈窕淑女， 君子好逑	《关雎》	辗转反侧	优哉游哉， 辗转反侧	《关雎》
求之不得	求之不得， 寤寐思服	《关雎》	之子于归	之子于归， 宜其家室	《关雎》
赳赳武夫	赳赳武夫， 公侯干城	《兔罝》	忧心忡忡	未见君子， 忧心忡忡	《草虫》

成语	原文	出处	成语	原文	出处
鹊巢鸠占	维鹊有巢，维鸠居之	《鹊巢》	遇人不淑	条其啸矣，遇人之不淑矣！	《中谷有蓷》
未雨绸缪	迨天之未阴雨，彻彼桑土，绸缪牖户	《鸱鸮》	新婚燕尔	宴尔新昏，如兄如弟	《谷风》
一日不见，如隔三秋	彼采萧兮，一日不见，如三秋兮	《采葛》	履薄临深	战战兢兢，如临深渊，如履薄冰	《小旻》
信誓旦旦	信誓旦旦，不思其反	《氓》	人言可畏	仲可怀也，人之多言，亦可畏也	《将仲子》
孔武有力	羔裘豹饰，孔武有力	《羔裘》（郑）	衣冠楚楚	蜉蝣之羽，衣裳楚楚	《蜉蝣》
自求多福	永言配命，自求多福	《文王》	小心翼翼	维此文王，小心翼翼	《文王》
天作之合	文王初载，天作之合	《大明》	不可救药	多将熇熇，不可救药	《板》
同仇敌忾	修我戈矛，与子同仇	《无衣》（秦风）	投桃报李	投我以桃，报之以李	《抑》
进退维谷	人亦有言，进退维谷	《桑柔》	兢兢业业	兢兢业业，如霆如雷	《云汉》
明哲保身	既明且哲，以保其身	《烝民》	爱莫能助	维仲山甫举之，爱莫助之	《烝民》
兄弟阋墙	兄弟阋于墙，外御其侮	《棠棣》	乔迁之喜	出于幽谷，迁于乔木	《伐木》
不醉无归	厌厌夜饮，不醉无归	《湛露》	他山之石	它山之石，可以攻玉	《鹤鸣》

成语	原文	出处	成语	原文	出处
巧言如簧	巧言如簧，颜之厚矣	《巧言》	生不逢辰	我生不辰，逢天僤怒	《桑柔》
高山仰止	高山仰止，景行行之	《车舝》	耳提面命	匪面命之，言提其耳	《抑》
惩前毖后	予其惩，而毖后患	《小毖》	绰绰有余	此令兄弟，绰绰有裕	《角弓》
暴虎冯河	不敢暴虎，不敢冯河	《小旻》	高高在上	命不易哉，无曰高高在上	《敬之》
踊天踏地	谓天盖高，不敢不局，谓地盖厚，不敢不蹐	《正月》	不忮不求	不忮不求，何用不臧	《雄雉》
二三其德	士也罔极，二三其德	《氓》	发言盈庭	发言盈庭，谁敢执其咎	《小旻》
风雨如晦	风雨如晦，鸡鸣不已	《风雨》	昊天罔极	欲报之德，昊天罔极	《蓼莪》
率由旧章	不愆不忘，率由旧章	《假乐》	日升月恒	如月之恒，如日之升	《天保》
靡不有初	靡不有初，鲜克有终	《荡》	蜩螗沸羹	如蜩如螗，如沸如羹	《荡》
伊于胡底	我视谋犹，伊于胡底	《小旻》	自贻伊戚	心之忧矣，自诒伊戚	《小明》
惴惴不安	临其穴，惴惴其栗	《黄鸟》	其甘如荠	谁谓荼苦，其甘如荠	《谷风》
鼠牙雀角	谁谓雀无角，何以穿我屋	《行露》	空谷白驹	皎皎白驹，在彼空谷	《白驹》
饥馑荐臻	天降丧乱，饥馑荐臻	《云汉》	夙兴夜寐	夙兴夜寐，靡有朝矣	《氓》

续表2

成语	原文	出处	成语	原文	出处
白圭之玷	白圭之玷，尚可磨也	《抑》	不愧屋漏	相在尔室，尚不愧于屋漏	《抑》
日就月将	日就月将，学有缉熙于光明	《敬之》	巧言如簧	巧言如簧，颜之厚矣	《巧言》
绳其祖武	昭兹来许，绳其祖武	《下武》	吐刚茹柔	人亦有言，柔则茹之，刚则吐之	《烝民》
言之谆谆	诲尔谆谆，听我藐藐	《抑》	筑室道谋	如彼筑室于道谋，是用不溃于成	《小旻》

四、《国风》分叙

《诗经》305篇，十五《国风》共160篇，占了一半多。就艺术价值来看，《国风》远在《雅》《颂》之上。关于《国风》的来源和含义，朱熹是这样说的："国者，诸侯所封之域；而风者，民俗歌谣之诗也。谓之风者，以其被上之化以有言，而其言又足以感人，如物因风之动以有声，而其声又足以动物也。是以诸侯采之以贡于天子，天子受之而列于乐官，于以考其俗尚之美恶，而知其政治之得失焉。""二南"在国风中比较特别，一是涉及区域大，二是风格比较朴素。关于"二南"之所在，《楚风补·旧序》有"夫陕以东，周公主之；陕以西，召公主之。陕之东，自东而南也；陕之西，自西而南也；故曰'二南'。系之以'周南'，则是隐括乎东之南、西之南也"。二南之地虽不属于周朝统治中心，但因为靠近王畿，是周同姓和姻亲之封国、采邑最集中的地区，沐浴王朝教化悠久，文化发达，所以"二南"

被视为"用之闺门乡党邦国而化天下"的"正风"。

与"二南"相比，其他十三国风体现了更浓厚的地方色彩。

（一）《国风》的地域、时间与特征

下面以列表形式，对《国风》产生的地域、时间及其内容、特征等作一简要梳理。

《国风》分叙表

国别	篇目	时间	地域	特征
周南（11篇）	关雎、葛覃、卷耳、樛木、螽斯、桃夭、兔罝、芣苢、汉广、汝坟、麟之趾	西周末至东周初	东周王畿之南汉江、汝河流域，今河南西南部、湖北北部、安徽西部，即周之"南国"	文辞朴素，多涉及日常生活礼制，"发乎情止乎礼仪"
召南（14篇）	鹊巢、采蘩、草虫、采蘋、甘棠、行露、羔羊、殷其雷、摽有梅、小星、江有汜、野有死麕、何彼襛矣、驺虞	西周末至东周初	陕西南部、四川北部及重庆西北部，湖北西北部，汉江中上游，西周盟邦庸、蜀、微、濮诸国故地	除《草虫》《野有死麕》有涉色情风化外，其余风格类同于《周南》
邶风（19篇）	柏舟、绿衣、燕燕、日月、终风、击鼓、凯风、雄雉、匏有苦叶、谷风、式微、旄丘、简兮、泉水、北门、北风、静女、新台、二子乘舟	西周末至东周中	卫国，商朝故地，今河南北部、河北南部、山东西部。邶、鄘、卫都是卫国歌诗	富有文采，情感强烈，涉及生活各个方面
鄘风（10篇）	柏舟、墙有茨、君子偕老、桑中、鹑之奔奔、定之方中、蝃蝀、相鼠、干旄、载驰	同上（《定之方中》作于齐桓时代）	同上	同上

国别	篇目	时间	地域	特征
卫风 （10篇）	淇澳、考槃、硕人、氓、竹竿、芄兰、河广、伯兮、有狐、木瓜	同上	同上	同上
王风 （10篇）	黍离、君子于役、君子阳阳、扬之水、中谷有蓷、兔爰、葛藟、采葛、大车、丘中有麻	东周	东周王畿地区，今河南洛阳一带，"雅言"中心区	乱离之音为多
郑风 （21篇）	缁衣、将仲子、叔于田、大叔于田、清人、羔裘、遵大路、女曰鸡鸣、有女同车、山有扶苏、萚兮、狡童、褰裳、丰、东门之墠、风雨、子衿、扬之水、出其东门、野有蔓草、溱洧	郑文公前（《清人》记文公时事）	河南中部，以郑州为中心的夏、商、东夷文化交会区，文化渊源深厚	有关男女之情的多，可为"郑风淫"之证明
齐风 （11篇）	鸡鸣、还、著、东方之日、东方未明、南山、甫田、卢令、蔽笱、载驱、猗嗟	齐襄公以前（《南山》《载驱》《蔽笱》记襄公事）	齐国，山东东部、北部	多记日常杂事，风格简明，然殊无"泱泱大国"之风
魏风 （7篇）	葛屦、汾沮洳、园有桃、陟岵、十亩之间、伐檀、硕鼠	西周末至东周中（前661年魏国被晋灭亡）	陕西省西南部，今芮城一带，尧舜及夏朝时的文化中心之一	多悲天悯人及讽上刺政之作
唐风 （12篇）	蟋蟀、山有枢、扬之水、椒聊、绸缪、杕杜、羔裘、鸨羽、无衣、有杕之杜、葛生、采苓	西周末至东周中期	晋国，山西中部，唐尧故地	以夫妇兄弟伦理亲情的讴歌和及时行乐思想的宣扬为特色
秦风 （10篇）	车邻、驷铁、小戎、蒹葭、终南、黄鸟、晨风、无衣、渭阳、权舆	秦康公以前（《渭阳》为康公送其舅晋文公之作）	秦国，陕西省中南部	风格激昂强劲，有边疆风土气

425

续表2

国别	篇目	时间	地域	特征
陈风（10篇）	宛丘、东门之枌、衡门、东门之池、东门之杨、墓门、防有鹊巢、月出、株林、泽陂	陈灵公以前（《株林》涉灵公事）	河南省东南部及安徽西部，今河南淮阳一带	以男女之情为多，风格艳丽
桧风（4篇）	羔裘、素冠、隰有苌楚、匪风	西周（桧于西周时为郑所灭）	河南省中部，今密县一带	小国悲凉之音
曹风（4篇）	蜉蝣、候人、鸤鸠、下泉	西周至东周前期	山东西南部，今定陶一带	初为大封，后慑服于强邻，故《候人》《鸤鸠》，有升平气象；《蜉蝣》《下泉》，类亡国之音
豳风（7篇）	七月、鸱鸮、东山、破斧、伐柯、九罭、狼跋	西周（《破斧》《东山》作于周公东征时）	周人故地，今陕西旬邑和邠县一带	地塉国古，礼琐政繁，其音如埙，简古苍茫

（二）《国风》的情感主题

"兴"是人作为一个类属整体与万物交感共振的方式，很容易成为共同的经验而为群体所享有。因此，《国风》中即便那些最具个人性的作品，如《东山》（豳风）、《载驱》（鄘风）等，表达的也是一种具有高度共享性的群体性情感。根据每首诗所表达的情感主题，本书把160篇风诗分为11个大类，其中第一大类"情诗"又分为7个小类，每个主题1讲，共17讲。列表如下：

《国风》主题表

分类		数量	篇目
情诗	戏谑	10篇	《山有扶苏》、《狡童》、《褰裳》、《将仲子》、《北风》、《草虫》、《羔裘》（唐风）、《芄兰》、《汝坟》、《候人》

续表1

分类		数量	篇目
情诗	企慕	11篇	《汉广》、《关雎》、《有女同车》、《出其东门》、《野有蔓草》、《宛丘》、《东门之枌》、《东门之池》、《泽陂》、《羔裘》(桧风)、《蒹葭》
	赞美	9篇	《汾沮洳》、《硕人》、《淇澳》、《简兮》、《椒聊》、《叔于田》、《大叔于田》、《羔裘》(郑风)、《绸缪》
	欢会	10篇	《东门之杨》《静女》《野有死麕》《风雨》《桑中》《九罭》《木瓜》《君子阳阳》《箨兮》《溱洧》
	思恋	10篇	《子衿》《东门之墠》《考槃》《竹竿》《采葛》《丘中有麻》《十亩之间》《河广》《月出》《隰有苌楚》
	求嫁与咒誓	9篇	求嫁:《摽有梅》《旄丘》《匏有苦叶》《著》《丰》《匪风》 咒誓:《江有汜》《大车》《东方之日》
	怨诉爱怜与伤悼	9篇	《柏舟》(鄘风)、《日月》、《终风》、《遵大路》、《甫田》、《采苓》、《防有鹊巢》、《晨风》、《素冠》
讽君与刺上		13篇	《羔羊》《狼跋》《新台》《墙有茨》《鹑之奔奔》《君子偕老》《敝笱》《南山》《载驱》《株林》《墓门有棘》《黄鸟》《清人》
颂美与同情		9篇	《兔罝》《甘棠》《何彼襛矣》《猗嗟》《卢令》《还》《终南》《驷铁》《定之方中》
忧时与怨政		7篇	《式微》、《下泉》、《东方未明》、《鸨羽》、《扬之水》(唐风)、《伐檀》、《硕鼠》
命运叹惋与身世之悲		12篇	《兔爰》、《黍离》、《鸤鸠》、《破斧》、《园有桃》、《北门》、《小星》、《权舆》、《柏舟》(邶风)、《中谷有蓷》、《谷风》、《氓》
征夫思归与闺妇怀人		11篇	《东山》、《击鼓》、《陟岵》、《雄雉》、《卷耳》、《有狐》、《伯兮》、《扬之水》(王风)、《君子于役》、《殷其雷》、《小戎》
别离、思乡与伤逝		6篇	《燕燕》《二子乘舟》《泉水》《绿衣》《渭阳》《葛生》

分类	数量	篇目
世态讽咏与人生感悟	10 篇	世态讽咏：《相鼠》《蝃蝀》《葛屦》《载驰》《行露》；人生感悟：《蟋蟀》《衡门》《山有枢》《车邻》《蜉蝣》
生活日常的叙说与歌咏	12 篇	《葛覃》、《葛藟》、《凯风》、《扬之水》（郑风）、《缁衣》、《鸡鸣》、《女曰鸡鸣》、《杕杜》、《有杕之杜》、《无衣》（唐风）、《干旄》、《无衣》（秦风）
庆贺、赞礼与祝祷	11 篇	《樛木》《桃夭》《螽斯》《芣苢》《麟之趾》《鹊巢》《采蘩》《采蘋》《驺虞》《鸤鸠》《伐柯》
令农事诗	1 篇	《七月》

  总之，《诗经》离我们并不遥远，它所表达的情感我们依然在经历着感受着。由它那清湛的源头渗出的涓涓细流仍在滋润着我们民族文化的生命。对我们每个人来说，它都是风雅的标志，更是教养的源泉。

　　我在上大学后开始接触《诗经》。当时听老师讲,《诗经》是中华民族最重要的元典,也是中国文学史上不可企及的高峰,就以朝圣的心态请回一本打算认真拜读,然而读来读去横竖搞不懂它好在哪里。另外找了几个本子翻了翻,感觉没有本质的差别:注释的艰涩和生硬且不说,几乎所有的翻译都形同糟糠,品不出一点诗意的味道,使人觉得译者似乎执意要跟现代汉语过不去。于是便心怀困惑地把它扔在了一边,很长一段时间里再没有光顾。

　　在南开大学历史学院留校任教后,我因为科研需要再一次拿起了《诗经》,却在不经意间走进了它那草长莺飞、雉飞鹿鸣的世界深处,隐秘的心弦一时被它那美丽的哀愁振出了袅袅回音。于是我明白了,《诗经》的每一首诗都像经霜的牡丹,尽管由于年深月久的曲解和误读,枝叶枯萎了,被时光的灰尘埋没了,但根脉仍然是鲜活的,只要轻轻触摸一下就会绽放出绚烂的花朵。

　　本稿所追求的就是通过正本清源的重新解读拯救《诗经》,唤回它那被儒家道德主义的毒素所麻痹、被历代解经者陈陈相因的附会和臆说所遮迷了的精魂。无论在内容还是形式上,本稿与现有的各种《诗经》注译本都截然不同。首先,本书以文化人类学和民俗学的视角与方法,打乱十五国风的顺序,分为十几个情感母题,在讲解过程中加入相关知识链接,使读者在阅读《诗经》的同时理解它在中国文学史上的源头地位,并对民族心理和情感的发展演变形成较全面的感性认识。其次，在文字注释上，力求摆脱汉以来经学注疏的师法和门派局限，直探本源，在综合百家基础上独出心裁；在诗意赏析和文本翻译方面，依据《诗经》时代人们表达思想和情感的独特方式，沉浸式地领会和阐发那个早春时节的诗意的天然和纯粹，真正以诗的语言和形式来翻译《诗经》。再次，书中配以大量有关草木虫鱼的插图，使无暇关注自然的现代读者在亲近自然的同时，能更真切地感受《诗经》的魅力所在，因为诗中的草木虫鱼不仅是一种关于自然的知识，更是构成诗意空间的不可缺少的要素。

　　本书的写作是一项极具挑战性的工作，有赖众多亲朋好友的帮助和支持，才得以顺利"杀青"付印。这里首先要感谢的是南开大学历史学院先秦史专家朱彦民教授、云南师范大学历史与行政学院讲师耿雪敏、青岛市疾病预防控制中心副研究员肖海青、诗人李卢珺（笔名轻飔），还有企业家宋小杰、叶敏伉俪。他（她）们几位最早审读了文稿并提出了中肯的修改意见。

　　书中配图一部分取自日人细井徇的《诗经名物图解》，一部分从亲朋处搜集而来。在此对以下为我提供图片的亲朋好友致以衷心的感谢：南开大学生命科学院赵念席教授、沈广爽实验师及其科研团队（榉树、蕨菜、螽斯、野豌豆、荆、商陆、泽泻、酸模、茅根、蒌蒿、白茅、茜草、锦葵、苘麻、知了、天牛、蜻蜓、葫芦、白茅、菟丝子、艾蒿、甘草、山梨、蒺藜、蓍草、益母草、地鳖虫、喜蜘蛛、蟋蟀、蜉蝣、浮萍），天津师范大学生命科学院闫春财教授（鹈鹕、凤头鸊鷉、白鹭、野鸡、灰雁、红嘴喜鹊、猫头鹰、白鹳），著名摄影家李俊涛先生（野鸡、荷花、桃花、芄兰、蒲草、荻、灰菜、莠草、狼尾草、黍子、谷子），著名画家、天津北辰画院院长张珉先生（手绘燕子、八哥），广东省农业科学院环境园艺研究所徐晔春研究员（棠棣花），天域生态环境股份有限公司技术总监朱会营先生（栎树、楸树、梓树、萱草、臭椿），企业家毕燎原先生（猕猴桃花、猕猴桃、木瓜），天津仁爱学院建筑系陈书砚先生（手绘城阙图），天津古籍出版社美编鞠佳美女士（卷耳），天津社会科学杂志社编辑王贞女士（花椒），南开大学档案馆王铁珺（紫叶李），还有我的姐姐李秋英（酸枣、远志、山蒜）、弟妹王新秋（葛子、苦菜）、表弟鞠振福（棠梨花、棠梨果），等等。

我的学生姚星、朱坤滢、宦丽霞、吕伟、王重阳、韩露也做了许多查找和整理资料的工作，吕伟还提供了紫云英图片，在此一并致谢。

必须感谢的还有我的夫人侯林莉。她不仅承担了文字校对、图片拍摄（木槿、芍药、柳树、芦苇、鹊巢、榆树）、图片整理等大量具体工作，而且作为资深编辑每每在需要时提出专业性的建议和参考。

最后要感谢的是浙江人民出版社的王利波总编和本书责任编辑诸舒鹏先生，他俩在处理业务问题上表现出来的专业性与创造性，以及在处理相关问题上表现出来的大气与机敏，都给我留下了深刻的印象。与他（她）们的合作对我来说是一次深受教益的愉快经历。

再一次感谢以上提到的各位亲朋好友：你们真诚的帮助无论对我本人，还是对每一个心向美好的读者，都具有与日俱新的永久价值，因为拯救《诗经》，就是拯救这个时代的最后的诗意，就是拯救那根于我们内心的、伟大中华传统的一点灵明。

李宪堂

2022 年 10 月 26 日于南开

附录：《诗经》地理图

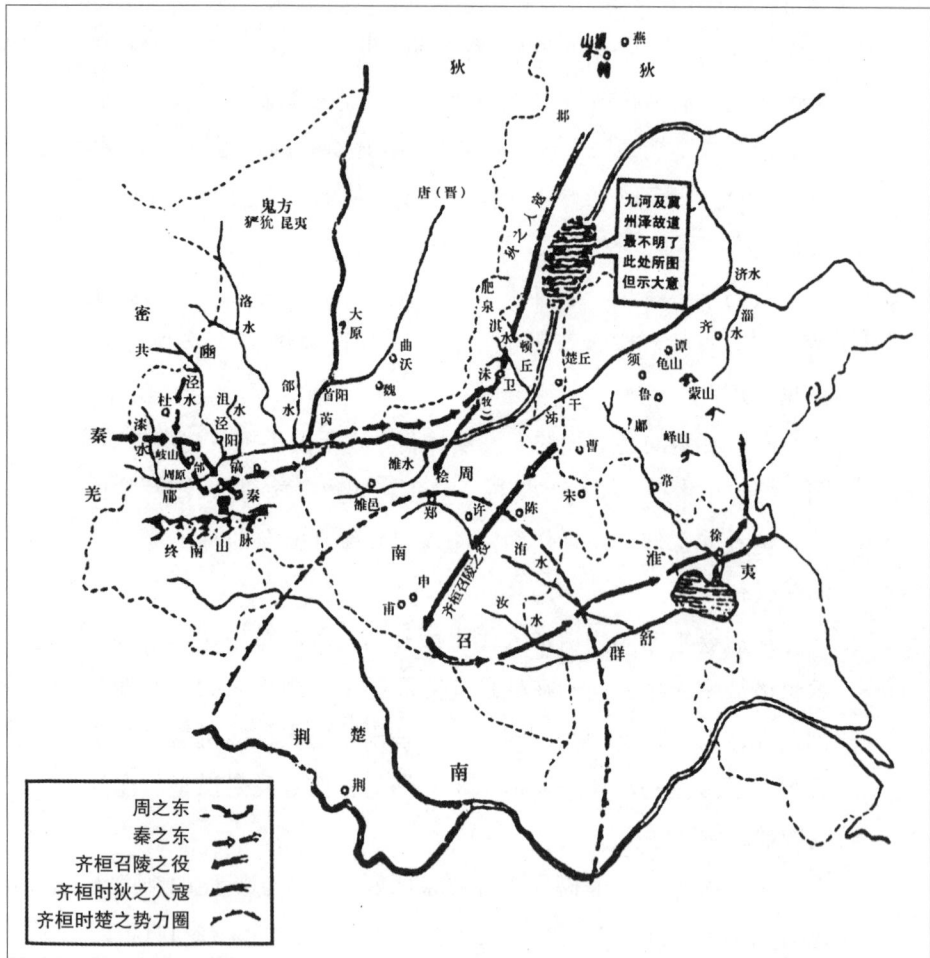

（傅斯年：《〈诗经〉讲义》，中华书局 2014 年版，第 113 页）